金色的梦

林力影视作品集

林 力 著◎

CFP 中国电影出版社
2022 · 北京

图书在版编目（CIP）数据

金色的梦：林力影视作品集 / 林力著. —北京：中国电影出版社，2022. 1

ISBN 978-7-106-05361-1

Ⅰ. ①金… Ⅱ. ①林… Ⅲ. ①电影文学剧本—作品集—中国—当代②电视文学剧本—作品集—中国—当代 Ⅳ. ①I235

中国版本图书馆CIP数据核字（2021）第214516号

出版发行 中国电影出版社（北京北三环东路22号） 邮编：100013
电话：64296664（总编室） 64216278（发行部）
64296742（读者服务部） E-mail：cfpbjb@126. com

印　　刷 中国电影出版社印刷厂
版　　次 2022年1月第1版 2022年1月北京第1次印刷
开　　本 710mm × 1000mm 1/16
印　　张 27
插　　页 10
字　　数 460千字
定　　价 90.00元

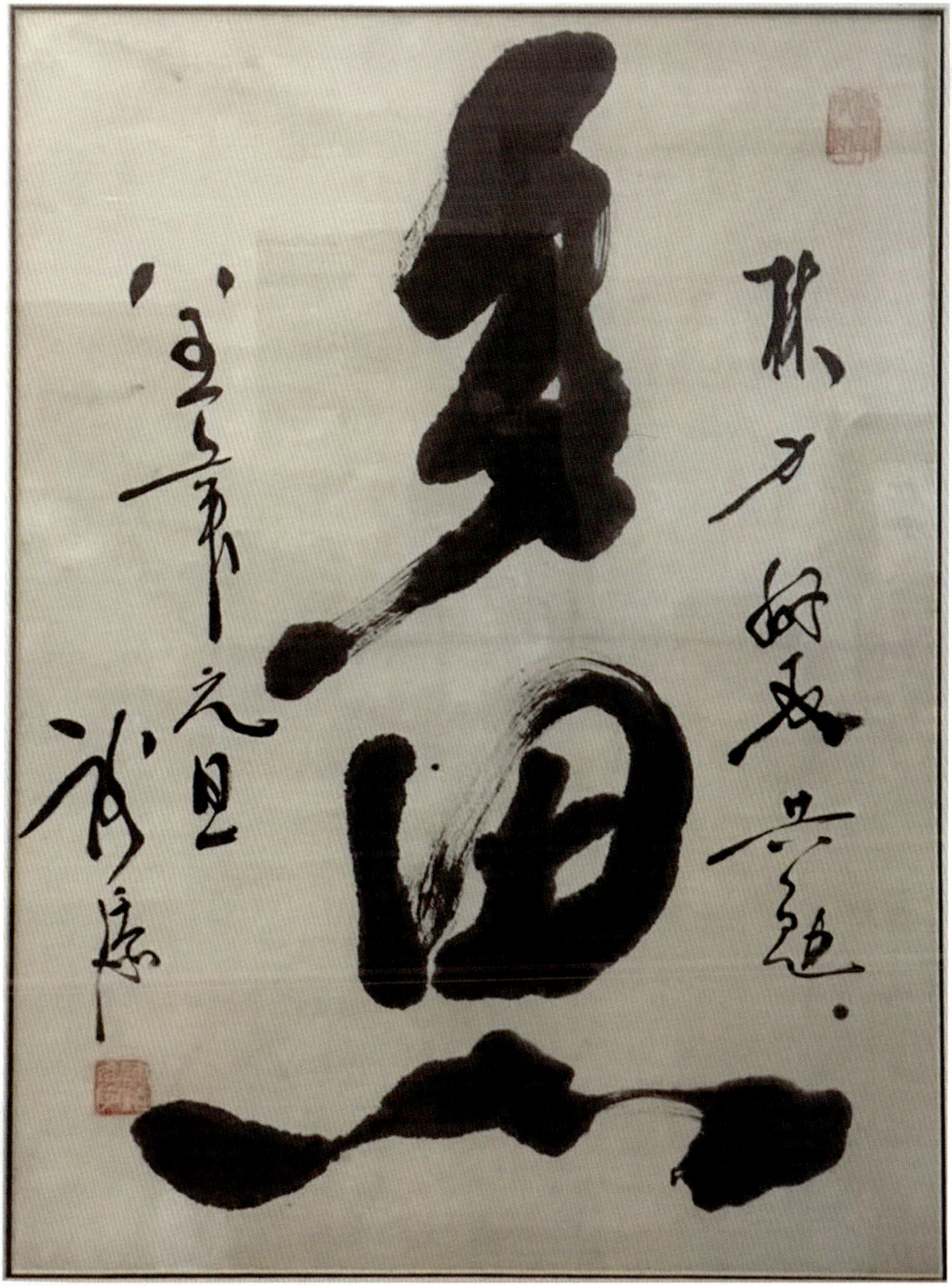

图1-1　著名导演谢添题字

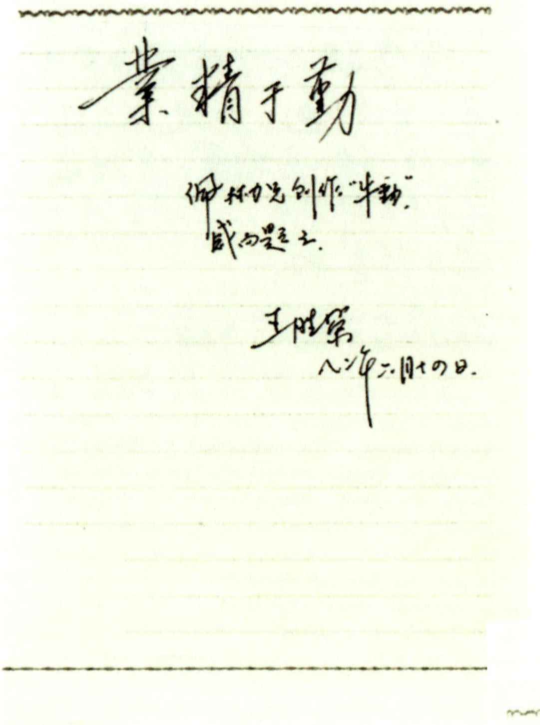

图4-1　编剧王胜荣题词

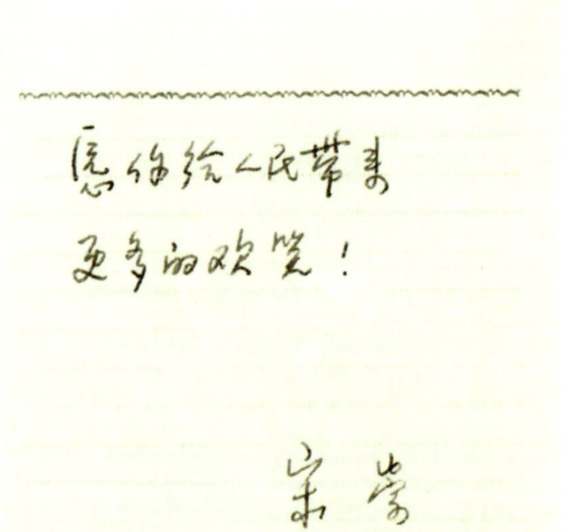

图4-2　著名导演宋崇题词

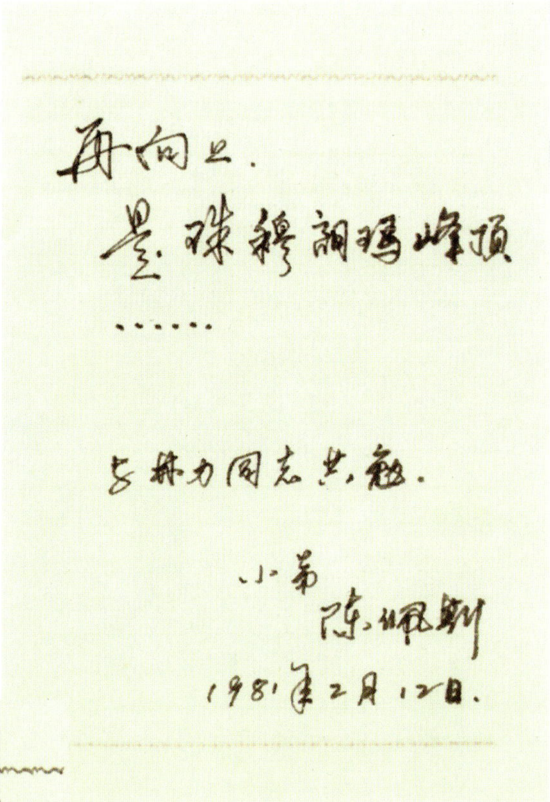

再向上.

是珠穆朗玛峰顶

……

与林力同志共勉.

小弟

陈佩斯

1981年2月12日.

图5-1　著名演员陈佩斯题词

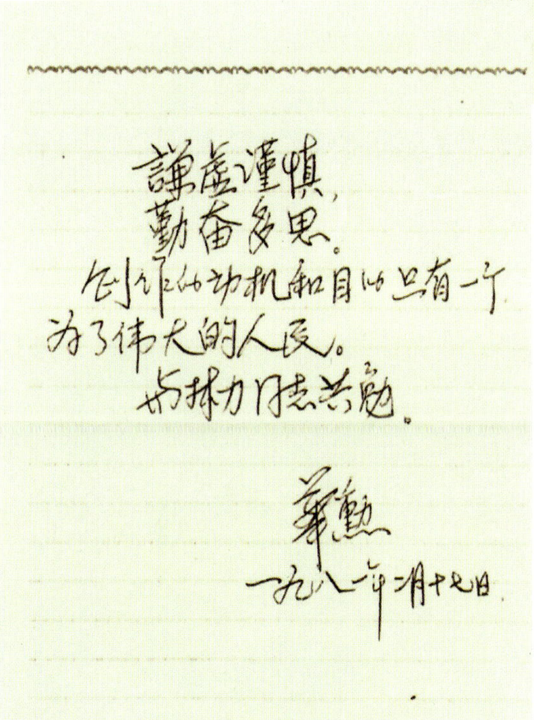

謙虛謹慎，

勤奮多思。

创作的动机和目的只有一个

为了伟大的人民。

与林力同志共勉。

華勳

一九八一年二月十七日

图5-2　导演张华勋题词

图6-1　电影界前辈文化部副部长陈荒煤时刻关心青年编导的成长
右起：林力、陈荒煤、张震欣

图6-2　亲切的会见
右起：原广电部副部长兼电影局局长陈昊苏、台湾影人、林力

图7-1　林力（中）在电影喜剧创作研讨会小组会上发言，右为著名相声表演大师侯宝林先生

图7-2　林力与著名相声表演大师侯宝林先生（左）于漓江合影

图8-1　林力和著名导演谢添（左）研究剧本

图8-2　林力和电影《红色娘子军》编剧梁信（前）

图9-1　1980年在北京东方饭店召开电影创作研讨会
右起：林力、电影《瞧这一家子》导演王好为

图9-2 《瞧这一家子》剧组拍摄结束，畅游八达岭长城
前排右起：陈佩斯、董子武、林力、陈育德、汪用恒

图10-1 《瞧这一家子》全家福剧照
右为著名相声演员马季

图10-2 《瞧这一家子》全家福剧照

图11-1 《瞧这一家子》剧组在北京陶然亭公园拍摄

图11-2 《瞧这一家子》剧照

右起：陈佩斯、董子武、刘晓庆

图12-1　1984年《金色的梦》导演林力（左）与主演赵青（著名舞蹈家）在珠江电影制片厂摄影棚合影

图12-2 《早安北京》摄制组合影
前排左一冯光辉、左二李健、左四林力、左五摄影李伟民、左六制片主任任莽珉、左八演员王运通
后排左三演员李小燕、左八男主角莫元季

图13-1 《血土》剧组人员为作曲刘奇送行
前排左四刘奇、左五林力、左七葛存壮

图13-2 林力与《乡情》男女主角任冶湘（左）、黄小雷（右）摄于珠江电影制片厂

图14-1 《血土》摄制组在昆明郊区拍摄现场
右起：张宝秋（饰闻一多夫人）、林力、葛存壮（饰闻一多）

图14-2 《血土》剧组人员合影
前排左一演员张宝秋、左四化装师冯桂香（北影）
后排左四摄影师刘允良、左八导演林力、左五民盟云南省委秘书长、右一美术设计刘兢生（八一厂）

图15-1　林力与著名导演冯小刚（左）合影

图15-2　相聚电影界联谊会

右起：谢铁骊、林力、刘晓庆、书法家米南阳、伍卫国

图18-1　电影创作、理论研讨会合影

“文革”之后，百废待兴，为了重新繁荣电影事业，文化部、电影局于1981年1月在北京体育学院召开了首次中国电影创作理论研讨会。参会者为电影界领导、前辈、著名电影理论家、部分编导演及各电影厂文学部负责人，共计一百余人。会议期间放映了彭宁拍摄的影片《太阳与人》，由此引发了一场反自由化的大辩论。这张合影非常珍贵，它记录了那个难忘的时刻，同时给我们留下了珍贵的记忆。

第一排：米家山（右二）、陈敦德（右三）、从连文（右四）、陆小雅（右五）、周民震（右六）、彭宁（右十三）、李文斌（右十五）

第二排：白桦（右三）、柳城（右六）、李天济（右七）、林力（右八）、梁信（右九）、苏叔阳（右十）、陈荒煤（右十一）、钟惦棐（右十二）、黄宗江（右十六）、司徒北敦（右二十一）

第三排：谢晋（右八）

第四排：吴贻弓（右五）

序 言

他只把欢乐播撒到人间

最初在银幕上看到林力的名字，是在大学期间。那是中国改革开放的初年，喜剧电影尚不多见，一部《瞧这一家子》让坐在学校礼堂里的师生们笑得很是开怀，影片的编剧正是林力。不久，便传来了该片获得文化部优秀影片奖的消息，从此，我对林力的名字便留下了印象。

1983年，北京电影学院文学系主办了一届电影编剧进修班，我作为助教参与了该班工作。那个班招收的大都是在当时崭露头角的电影编剧，其中有刚刚获得电影金鸡奖特别奖的影片《泉水叮咚》的编剧吴建新，有创造了票房佳绩的影片《月亮湾的笑声》的编剧之一金海涛，还有之后写出过《我的法兰西岁月》等多部电影剧本的赵葆华，电影《孙中山》的编剧贺梦凡等二十余位才俊。林力也在那个班里。

进修班结业之前，主讲教员王迪老师要求每个学生提交一个电影文学剧本，以示学业成果。林力最初提交的剧本是《星星星》，这是他继《瞧这一家子》之后的新作。剧本中浓郁的生活气息、娴熟的镜头语汇、诙谐的喜剧场景彼此交融，不难看出他在电影编剧上的素养。不久，他又提交了一部描写“文革”时期艺人生活的悲喜剧《最后的微笑》，也得到了王迪老师的充分肯定，西安电影制片厂原本有意搬上银幕，后因故未能如愿。由于当时只有手写稿，剧本几经辗转，最后没了下落，这让林力着实遗憾了很久。

在他到电影学院进修之前，《星星星》已由潇湘电影制片厂拍摄完成。看了影片后，我想，如果导演对剧本能够再多一些细致、恰当的处理，或许会是一部并不逊于《瞧这一家子》的优秀影片。

剧本《星星星》延续了《瞧这一家子》的轻喜剧风格，描写的是改革开放初期，由年轻人代表的新思想、新观念与老一辈代表的守旧意识的相互碰撞，剧本所表达的内涵与当时正在涌动的改革浪潮有着内在契合，而这种契合同样是以轻喜剧风格实现的，这既凸显了他对现实生活的敏锐，也显示了他对喜剧样式的钟情。

说到喜剧，大体可以分为两种——讽刺喜剧和抒情喜剧（或曰“轻喜剧”）。由于特殊的历史原因，讽刺喜剧在我国始终未能得到长足发展，只有抒情喜剧尚存一定的发展空间，对此，林力显然也是了然的。于是，他便在抒情喜剧方面做了更多发掘。而抒情喜剧在结构上同样需要诸多技巧，倘若把握失度，就会落入庸俗的圈套。而林力的喜剧，却能在抒情中合理地融入娱乐性元素，让娱乐显得“逗而不厌，闹而不乱，笑而不俗，趣味由衷”（表演艺术家陈强语）。这无疑为喜剧创作提供了宝贵经验。

林力的剧作之所以能够远离庸俗，主要在于他对“笑料”的营造大都是通过人物性格完成的。比如《瞧这一家子》中所重点刻画的几个人物——老胡、嘉奇和张岚，迥异的性格可谓被他写到了极致：老胡保守，却对工作尽心尽力；嘉奇善良，但却爱慕虚荣；张岚浅薄，又带有几分张扬……由于他们身上的优点与缺点都过于鲜明，所以，当这些性格与周围人发生碰撞时，就很自然地形成了“笑料”。

由于让人物性格具有了折射时代精神的特质，使得林力的喜剧在为观众提供良好观赏价值的同时，也呈现出了较高的艺术价值与思想内涵。

除了对性格的生动刻画，他在喜剧上还利用了一些其他技巧，其中最为突出的便是对“误会”与“巧合”的使用。“误会”与“巧合”虽然是所有戏剧都无法脱离的技巧，但对喜剧而言则显得尤为不可或缺。这两种技巧在《瞧这一家子》《星星星》和他的其他喜剧样本中都有着突出体现。

在《瞧这一家子》《星星星》拍摄完成之后，林力的创作可谓进入了一个新阶段，又接连创作了《早安，北京》《金色的梦》《歌手》《冬去春来早》《暮雪人归》《血土》等多部影视剧本，且大都搬上了银幕或荧屏。除《血土》外，在其他剧本中，轻喜剧风格仍旧是他不渝的坚守，这对于一名创作者而言，是十分难能可贵的。因为只有坚守，创作的个性才会鲜明，也才可能让自己的风格变得更加完整。

也许有人会问：林力之所以热衷于喜剧，是不是在他的生活中缺少苦涩？其实不然。无论是创作过程中遇到的艰辛，还是笔耕不辍导致的疾患，都曾让林力经历了巨大磨难，但即使是在最艰难的时刻，他依然没有放弃自己的追求。把痛苦埋在心里，把笑声还给人间。

该文集除了剧本，还收集了他多年撰写的一些创作散论，从这些散论中，既可以看到他对影视文化的独到见解，也如实记录了他在四十余年里经历的苦辣酸甜。这些文章对于人们了解林力的创作心路，认识影视文化的基本规律，同样具有十分积极的启示意义。

这本文集虽然只是林力个人主要作品的汇编，但在很大程度上也折射了新时期中国影视创作的某些踪迹，故此，不仅值得品读，也值得欣喜。

中国电影集团公司《中影史料》执行主编

目 录

耕耘篇

剧作

瞧这一家子

序

一架移动式照相机。

一位饶有风趣的照相师正神气活现地指挥着："啊，再靠紧一些，都看我这儿……"他举手晃晃，"头低一些……好……往这儿瞧，唉！"他不满意地放下手。

镜头拉开。

天安门画像前。

老胡和胡婶在椅上端坐，嘉英和嘉奇立在椅后，正神情专注地望着前方。

照相师走近众人。他把嘉奇的领子拉拉平整，把胡婶往中间挪动一下，然后替老胡摆了个微侧头的姿势："别动，就这样。"

老胡生硬地坐着，神态严肃，目不旁视。

照相师："您别绷着劲。"他看看嘉奇，"啊，这位同志挺自然。"

嘉奇冲照相师一点头，然后马上又做出微笑的表情等待着。

照相师："啊，够意思！"

老胡不耐烦地："同志，劳您驾，快点吧！"

胡婶用胳膊顶他一下："急什么，别照成个丑八怪。"

"模样儿本来就不济……"老胡嘟哝一句。

照相师动作敏捷地抄起快门，同时打开了前面的一盏灯。

老胡把眼睛眯缝起来。

照相师："睁眼睛，看这儿！"

老胡使劲一睁，把眼睛瞪得老大。

照相师："好，笑一笑。"

胡婶、嘉奇、嘉英微笑着，老胡也生硬地咧咧嘴。

照相师："同志，这样笑。"他做个笑的表情向老胡示范。

老胡嘴一张一合地模仿着，逗得照相师禁不住乐起来。

老胡收敛起笑容，面色严肃地："不笑，就这模样了！"

照相师无可奈何地："得，听您的。注意照了！"

随着快门咔嚓一响，银幕上出现了一张"全家福"照片——胡婶慈眉善目，老胡神情严肃，嘉英落落大方，嘉奇潇洒自负。

照片上的4个人像，依次渐渐隐去。接着飞旋出几个字体，推出片名：

瞧这一家子

一

朝霞初露天际。

曙光毛织厂宿舍区。

一幢楼房二层的一间阳台上，一朵紫红色的月季花，在晨曦中绽放着。阳台左边的一扇窗户被推开，胡嘉英出现在窗口，向对面张望着。

几乎同时，对面楼房二层的一扇窗子也推开了，露出杨玉林健壮魁梧的身影。

玉林正拢嘴向嘉英说话。

玉林："八——点——到——厂——里——去。"

他唯恐别人听见，嗓音压得很低，只能从他的口形判断他说些什么。

胡嘉英却什么也听不清，急得又摆手又指耳朵。

杨玉林见她不明白，急得直抓脑袋。忽然，他从窗口消失了。

"嘿，这人……"胡嘉英恼火地嘟哝了一句。

二

胡家另一间室内。

嘉英的父亲老胡起床了。这是个严肃、倔强、办事一丝不苟的老人。

他走到日历牌前，规规矩矩地撕下一页，露出来红色的字体——1977年×月×日，星期日。然后整整衣服，推开起居室门，习惯地咳了声——

这意思就是通知大家：我起来了。

阳台上月季花前，老胡惊喜地瞪大眼睛。少顷，他端起花盆，小心翼翼地返身进屋，一边大声地：“老婆子，快来！”

胡婶应声而至：“干什么呀？”

“花开啦……嘿……花开啦。”老胡眉飞色舞。

胡婶瞪他一眼：“少一惊一乍的！半年了，可就开这么一朵。”

“嘿……”老胡满脸堆笑，“乍一拿来，你说活不了，现在怎么样？这叫‘功到自然成’！”

“你呀！”胡婶离去。

老胡小心地摘下两片败叶，又转身拿起自制的小喷壶，一抬头看见嘉英卧室门敞开着，为了让女儿分享一下喜悦，忙着招呼一声：“嘉英……嘉英……”

三

嘉英卧室。

嘉英正向对面张望着，听见喊声，一边应着一边忙举起双臂做上肢运动。

杨玉林突然又出现在对面窗口，他展开一张白纸，上面清清楚楚地写着几个大字：8点到厂里去！

嘉英一边点头，一边急速摆着臂——不过这已不是早操动作，而是示意玉林快离开。

老胡出现在房门口。他莫名其妙地望着嘉英，琢磨着，缓步走进室内。

“爸爸……”嘉英放下双臂，不自然地叫了声。然后拿起毛巾，冲出卧室。

四

老胡站在窗前，下意识地举起双臂也左右摇动起来，眼睛却四下里搜寻着，忽然他的目光停留在对面窗口。

一根竹竿从窗口伸出来，随后出现了杨母（玉林妈），她正准备晾衣服，一抬头看见老胡的怪模样，吃了一惊，忍不住地问："他胡大伯，您这是干什么呀？"

老胡难为情地放下胳膊，掩饰地："没事，活动活动……"

玉林妈好奇地："我看您练得怪好的，哎，什么拳呀？"

"太……太极。"老胡脱口而出，然后又冲玉林妈"嘿嘿"地干乐一声，赶快离开了窗口。

五

玉林家。

杨玉林正伏在桌前专心地写着，计算着，他胳膊一动，把那张白纸碰落在地上。

玉林妈晾完衣服进来，边擦手边说："要不你师傅身体那么硬朗，人家见天早上练拳！"

"练拳？"玉林连头也不抬，"妈，我师傅，有名的老古板，文娱、体育不沾边，练哪门子拳？"

杨母认真地："我刚才亲眼看见啦。"

"在哪儿？"玉林警觉地抬起头。

"对着窗口呗！"

"真悬！"玉林用手拍下脑门。

"不悬，有窗台挡着，掉不下去。"杨母说着，发现地上的白纸，拾起，看了眼上面的几个大字，责怪地，"真是的，眼睛又不花，用写这么大的字！"

玉林一声不响地接过纸，折好塞进口袋，又低头写起来。

杨母从厨房里端出早点摆在桌上："你呀，成天写了画，画了写，就不知道想想自己的事？"

玉林心不在焉地："嗯……什么事？"

杨母："你要是结了婚，我不也有个帮手。"她用手捶捶后腰，"唉……"

玉林关切地："妈，您腰又疼了？"

杨母："年轻时在纱厂作下的病，到老都找上门啦。"

玉林："妈，我早说过，衣服您甭洗，等星期天我来个总突击……"

杨母："我也看不出你哪天休息。今儿就是星期天，你也不知道累。"

玉林："妈，挡车工比我要辛苦得多！"

杨母感叹地："谁说不是！要是有那么一天，挡车工不用跑来跑去的多好！"

玉林："妈，将来所有的织机都会由电子控制，只要一按电钮就成。"

杨母："我这辈子，怕看不到了。"

玉林："到本世纪末您才83。一搞四个现代化，国家富强，生活条件优越，人都长寿。"

杨母乐滋滋地："看你会说的，快吃吧。"

玉林端起粥碗，稀里呼噜地喝起来。

杨母："急什么？又没人和你抢！"

六

胡家饭桌前。

嘉英把碗筷放在桌上，站起来："爸爸，我有事去。"

"嗯……"老胡抬头，欲言又止。

嘉英进屋拿起书包走出，笑着说："妈，中午饭别等我了。"

"大礼拜天的，这家里就没点事啦？"胡婶不满地说。

"你少嘟哝两句。"老胡一扬头，"二十六七的姑娘还不兴有点事？"

嘉英含笑地带上门，敏捷地跑下楼梯。

七

宽阔的马路。

玉林和嘉英骑车并进，一边说着什么。

八

胡家。

老胡戴着花镜，正用心地看生产简报。标题：跑步学大庆，曙光厂产量持续跃进！

一阵清脆、悦耳的钟声，时针指着8点。

老胡走到卧室前，呼地推开门。

床上，嘉奇用毛巾被捂着头，露着两只脚，鼾声大作。

老胡厌恶地皱起眉头，刚要发作。

胡婶赶过来，把门轻轻带上："又不上班，让孩子多睡会儿。"

老胡不满地："你瞧，楼上楼下哪个像他？"

胡婶："家里就别耍威风了。"

老胡回到桌前，琢磨着，觉得不能就此罢休，他一挺腰板："耍威风怎么啦？我是他老子，有管他的责任。"说完朝门口走去。

"你上哪儿？"

"厂子。"

"哼，你们爷俩倒是一对儿。"胡婶数落着，"休息天不去转悠，那机器就变样啦？"

老胡："咱是干部，就要干字当头，不能叫别人倒着称咱们——不干。"

老胡一拉门走出，随即又探进头来，大声地："叫他快起来！不像话。"

九

"嘉奇……嘉奇……"楼下传来呼喊。

小室内。

嘉奇惊醒，猛地翻身下地，跃到窗前向下探看。

青年邮递员大阮用手指着腕上的手表比画着。

嘉奇歉意地微笑一下，忽地从窗口消失。

一〇

胡家。

嘉奇推开门从卧室跃出。

胡婶吃惊地："干吗像愣头青似的！"

嘉奇："妈，您怎么不叫我，差点误事！"

胡婶："你也有事？"

"您没听见，叫我呢。"嘉奇飞快地冲进洗脸间。

胡婶走进嘉奇卧室，收拾床铺。

她望着枕边一堆小人书，叨唠着："那么大了，看小人书没够。"

嘉奇穿着衣服，忙探进头来："这也是学习。"

胡婶不解地："哄孩子的，也能学习？"

嘉奇："又有字，又有图，学起来快。我演戏都离不开它。"说毕，他做了个昂首挺胸的英雄状。

胡婶扑哧一声乐了。

嘉奇飞速走到门边，想想，说："妈，中午饭甭等我。"

"不等，不等！"胡婶动气了，"全一个味，天天不吃才好呢，省得我忙乎啦！"

嘉奇："您别发火，等晚上我回来，给您带好东西。"

"谁稀罕。"

嘉奇旋风似的跑出去。

一一

林荫道旁。

大阮伴着张岚不耐烦地等待着。

张岚："你的朋友太不讲信用。"

大阮："别急，说话就来。"

张岚："哼！"

一二

林荫道旁。

远处。嘉奇飞跑而来。

大阮忙上前低声埋怨道："你可来了。"然后大声地，"喏，这就是我常对你说的市工会文工团话剧演员。"

嘉奇喘着粗气，矜持地一点头："胡……胡……嘉奇。"他尽量摆出一副演员的姿态。

大阮又一指张岚："我的朋友。"

张岚大方地伸出手："我叫张岚。我就想和演员交朋友，认识你真高兴！"

嘉奇微笑了一下。

大阮咽口唾沫："请你照顾点情绪……"

张岚白他一眼："个子像根电线杆子，心眼儿没针鼻儿大。"

嘉奇一乐："是不是我该离开一会儿？"

"哎，别走！"大阮拉住嘉奇，"她要买裤子，我不懂，请你来当参谋。"

嘉奇痛快地："行！"

张岚钦佩地："你什么都懂？"

嘉奇微笑着一点头。

大阮："我请来的，错不了。人家爸爸姐姐都搞纺织。"

张岚："你说哪个厂子产品最好？"

嘉奇："曙光厂。"

一三

曙光毛纺织厂精织车间。

四台转动着的织机前，嘉英熟练地表演着开车、抛梭、关车。

玉林和田芳、小陈、宋文海等人，目不转睛地观看着。

忽然，玉林猛地喊声："停！"

嘉英一拉刹把，机声戛然而止。

玉林俯身一指布面："你们看，问题就在这里。当纬纱快完时，挡车工只要稍一疏忽，就出现稀密档，造成疵点。"

嘉英："所以挡车工才要眼明、手快、腿勤。"

玉林看着大家："消灭稀密档就不能用别的办法？"

田芳："什么办法？"

玉林拍拍织机："改造它！"

宋文海一笑："嘿，它岁数比我还大。"

嘉英不放心地："行吗？"

“行！”玉林伸手掏出张纸，“这是初步设想，用光电原理控制纬停。”

宋文海伸脖子看着，似懂非懂地啧着嘴。

一四

精织车间办公室。

图表前，老胡戴着花镜，满意地把生产进度的箭标升上一小格。然后，他套上套袖，拿出工具，向门外走去。

一五

精织车间。

小陈：“我看哪，只要操作技术过硬，照样会减少稀密档。”

田芳：“你基本功好，就能保证永远不出疵点？”

小陈自负地：“当然！”

宋文海：“玉林，修理工现在够忙活啦，再弄上电子，不等于自己套枷板吗？”

玉林：“咱们修理工，要想到挡车工的辛苦。”

田芳冲宋文海大声地：“就是！敢情你腰不酸，腿不痛。”

玉林：“再说使用电子不光减轻劳动强度，更主要的是可以保证质量。”

人们情绪活跃。

老胡悄悄走近众人身后。

田芳高兴地：“哎，要是能搞成功，就好了。省得整天东跑西颠，窝腰岔气的啦！”

老胡咳声。

众人回头。

“干革命就要有这股劲！”老胡看一眼田芳，弦外有音地，“净惦着偷个懒，取个巧，可不行！”

嘉英不满地：“搞自动化和偷懒取巧根本是两回事。”

老胡：“还要自动到什么样？这够不错啦！想当年我学徒那会儿，脚踏机器手换梭，一天累个贼死，挣不上几斤杂和面儿。现在可好，一式的大马达。不就多走几步路吗？”

玉林小心地：“师傅，将来织机用电子控制，连人都不用……”

老胡：“那你干嘛去？”

玉林一惊：“我？当然……当然还是干活。”

老胡：“这就结了。让我总结就一个字——干。出大力，流大汗，不干建不成社会主义。”

嘉英：“不搞现代化，社会主义也建不成！”

老胡：“现代化，那是大学问，上级自有安排。咱们哪，还是干什么说什么，卖什么吆喝什么！”

一六

百货大楼毛料柜台前。

张岚拿着条深灰色的涤纶男裤比量着。

张岚：“怎么样？”

嘉奇：“大方美观，结实耐穿。”

大阮：“主要是便宜。”

张岚：“又心疼钱是不？”

大阮赶忙掏出皮夹。

体育用品展销台前。

嘉奇指着件深红色的新式女泳服：“这种尼龙的是新产品，游起来轻快，穿着漂亮。”

张岚：“真的？”

大阮：“人家游泳数这个。”他一伸大拇指，“我就是跟他学的。”

张岚：“赶明儿你再教我。”

大阮一拍胸脯：“没得说，挺简单……”

他伸开长臂比画起来，“曲臂收膝，伸臂蹬……腿！”

一七

胡家。

老胡推开嘉奇的室门：“嘉奇呢？”

胡婶："早就走啦。"

老胡："好啊，跟我来个两头不见日头，成心躲我。"

胡婶："没有你那个管法，老大不小，谁还没个自尊心？"

"你看看他那模样，"老胡用手指着墙上挂着的嘉奇艺术特写照片，"生怕别人不知道他是个演员，就差脑门上贴广告啦。"

胡婶："想必他是这块材料，用不着你瞎咧咧。"

老胡感叹地："你当我愿意费唾沫，过去唱戏的还讲究冬练三九，夏练三伏，他练什么了——吹牛！"

一八

一只小船，大阮正用力划着双桨，他坐在中间像堵墙一样。此刻，嘉奇和张岚正伸脖子探脑地交流着。

张岚："你会跳舞吗？"

嘉奇支吾地："嗯……会一点儿。"

大阮："我和你说过，他什么都懂。"

张岚欣喜地："太好了，我们书店正要排个舞蹈，请你当编导吧！"

嘉奇："这怕不成……我是搞话剧的。"

张岚："别谦虚了。"

大阮："嘉奇，看我的面子。"

张岚白他一眼："我邀请的。"

大阮："冲我们俩面子。"

嘉奇一狠心："试试吧。"

张岚高兴地："说定了。星期六晚上见。"

一九

一只小船靠近岸边。

一小男孩坐在船头。

小红走下船叮嘱地："别动，我去买汽水。"

小男孩天真地点点头。

湖波荡漾，小船漂移，一个气球掉在水中。

远处。

大阮一拉嘉奇："你看，多悬！"

嘉奇转脸望去。

小男孩趴在船头，用小手捞气球。忽然，船身一斜……

岸上，小红飞跑而来，惊叫："然然，然然……"

嘉奇大惊失色。

大阮急得不知所措。

游人从各处飞快地跑来。

嘉奇一挥手："快！"说毕，从船头扑向水中。

大阮迟疑着。

张岚命令地："还看着干什么，快下！"

大阮站起身，一咬牙，用手捂住脸，扑通一声直挺挺地栽进水中。

岸上，小红焦灼地望着。

嘉奇在水中连窜带扑通地游着狗刨式。

大阮则一头扎在水里，运用着曲臂收膝，在原地高耸臀部，拼命地扑腾着，他刚想换口气，身子猛地沉下水去……

小男孩浮出水面。

嘉奇一把托住小孩，在水中扑腾着。

岸上一工作人员赶到，大声地："别害怕，站起来。"

嘉奇托着孩子慢慢站起来，水只没到肚子。

一旁，大阮尴尬地看着刚没过膝盖的水面……

岸上。

嘉奇把孩子递给小红。

小红激动地："同志，谢谢你……"

嘉奇："不……不用。"

大阮挺挺瘦长的身子："亏得遇到我们……"

二〇

图书馆。

嘉奇飞速地翻着目录卡。

借书台前。嘉奇对女管理员："请给我找几本舞蹈杂志。"

二一

厂区甬道。玉林和嘉英边走边说。

嘉英："……搞四个现代化不能光靠上级安排。"

玉林："齐书记要是知道咱们的想法，他会说什么？"

嘉英肯定地："保准支持！"

玉林："你这么肯定？"

嘉英："老齐是局电子扫盲班学员。"

玉林一拍脑门："可不，今天他们还考试呢！"

嘉英："走，咱们找他去。"

二二

局电子扫盲班教室。一场组装四管半导体的考试正在进行。一张课桌前，曙光厂党委书记老齐手握电烙铁，沉着自如地焊着接头。

旁边，一位戴眼镜的老厂长，满头冒汗，手忙脚乱地鼓捣着零件。少顷，他抬起头，不好意思地向老齐投以"求援"的目光。

老齐歉意地耸耸肩膀，做了个爱莫能助的表情。

一位花白头发的某纺织厂女书记，手脚倒挺利索，第一个组装完毕，带着一副得意的神情走向教员。

教员旋动开关，嘈杂的电波干扰声大作，女书记紧张地一把捂住胸口，她的心脏似乎接受不了这种频率……

教员幽默地："该要的声音一点没有。"

教员忽然抬起头……

窗外。玉林和嘉英正朝屋里指手画脚。

嘉英："你看，老齐在那儿呢！"

玉林伸头寻着："你看他多高兴。"

室内。老齐面露喜色，手捧半导体，倾听着清脆悦耳的音乐声。

老齐抬起身来，忽然看见玉林和嘉英，他举起半导体，得意地朝他们晃晃。

玉林和嘉英会心地笑了。

二三

一道门被推开。

嘉奇腋下夹着几册杂志，昏头涨脑地从图书馆里出来。

他仰头闭目地吸了几口气，然后边走边比画着一些舞蹈动作。两个过路的姑娘见状，嬉笑着。嘉奇察觉，不好意思地放下胳膊。

姑娘们窃窃私语。

甲："神经不正常。"

乙："我知道，这叫舞蹈症。"

两个姑娘忍不住又回头窥视。

嘉奇朝她俩挤出个笑脸。两个姑娘吓得飞速跑掉。

二四

胡家。

老齐笑眯眯地望着老胡……

老胡一挥手："你说吧，怎么干？"

老齐拍一下老胡的肩膀："还要加点分量啊。"

老胡："别看咱年长几岁，论干活，咱还有把子力气。"

老齐幽默地："要是不比力气，比动脑子，你怎么样？"

老胡不解地："动脑子？"

老齐："是啊，建设社会主义，不光出大力，流大汗。"

老胡琢磨着："你是说……"

老齐："搞四个现代化，咱们该有点新招啦！"

老胡望着老齐，仔细回味着这句话。

嘉英朝老齐递个眼色。

老齐："听说青年们有些想法……用电子技术改造老机器，提高生产质量，减轻劳动强度。我看这很好嘛！"

老胡扫了嘉英一眼，嘉英把脸扭向一旁，装作不知。

老胡："如今这些年轻人，论起文化和技术，要嘛没嘛。这半年多，达到现在这个水平，已经是天大的进步。”

老齐：“他们既然迈出了第一步，就会走到第一百步。”

老胡：“那也得一步步走。”

老齐：“步子不能快一点？”

老胡：“脚跟不稳，非摔跟头不可。”

嘉英：“我们才不怕摔跟头呢。”

老胡：“我可怕！有俩跟头，生产指标就全玩完了。”

胡婶端着壶茶走到桌前，老齐赶忙接过，亲热地：“大嫂子，你也坐会儿。”

胡婶：“摔跟头算什么，昨天上楼我还摔了一跤，腰也扭了，可归结我还是上来啦。”

老齐关切地：“腰怎么样了？”

胡婶痛快地说：“里里外外一干活又好了！”

老齐爽朗地笑起来，嘉英也咯咯地乐了。

老胡不满地：“你跟着瞎掺和什么。”

胡婶：“我说的是实话。”

老齐：“大嫂子说得对，要是怕摔跤不敢上楼，就得睡露天地啦。”

嘉英乐个没完，胡婶也笑了。

老胡看看胡婶也嘿嘿地乐起来。

二五

玉林家。

玉林兴奋地从桌旁立起。

杨母：“什么事，美得这样？”

玉林：“光电探纬总算有点门啦。”

玉林走到窗口伸头探看，他想去告诉嘉英，可又不好意思贸然去找，灵机一动：“妈，咱家的泡菜呢？”

杨母：“干什么？”

玉林：“我师傅这两天上火，给送点泡菜开开胃。”

杨母：“唉，对师傅就该这样。”说完，满心喜悦地把泡菜坛放在桌上。

玉林从坛里一块一块地朝外夹着。

二六

玉林端着碗泡菜，小心翼翼地走上楼梯。

胡家门口。玉林略一沉思，举手敲门。

老胡声音：“进来。”

嘉英拉开门，吃惊地：“玉林……”

玉林轻声地：“设计图已经搞完了，明天我去买晶体管。哎，先别跟你爸爸说，省得放空炮！”

嘉英会心地：“我明白。”

室内传来老胡的声音：“和谁说话呢？”

嘉英大声地：“玉林来了。”

老胡的声音：“玉林，给我理发来了？”

玉林朝碗努努嘴。

嘉英会意地：“给咱家送泡菜来了！”

胡婶高兴地走到门边。

玉林把碗递给胡婶：“我妈让我给胡师傅送点泡菜尝尝。”

胡婶喜眉笑眼地：“哟，谢谢你妈。快，进屋坐坐。”

“哎，不谢！”玉林支应着，“挺晚的，我不进去啦。”

胡婶望着玉林的背影夸奖地：“这孩子就是知情达理的。”

二七

嘉奇哼着歌，晃悠悠地走上楼梯。在拐弯处和匆匆下楼的玉林撞个满怀，嘉奇捂着胸口刚要发作，一抬头惊喜地：“是你，玉林哥？”

玉林不好意思地：“对不起，嘉奇……”说完欲走。

嘉奇一把拉住玉林：“哎，玉林哥，等等，上我屋去聊聊。”

玉林赶忙摆手：“改日吧。”

嘉奇：“我这人急脾气，又遇到点急事，不说可不行。”

玉林无可奈何地：“好吧。”

嘉奇："你会编曲子吗？"

玉林："曲子？我连歌都不会唱。"

嘉奇："那跳舞怎么样？"

玉林："嘿嘿……"

嘉奇期待地："还行吧？"

玉林："不会！"

嘉奇失望地一挥手："玉林哥，我算明白了，要不我爸爸怎么喜欢你呢？——一个模子浇的！"

二八

胡家。

老胡、老齐津津有味地尝着泡菜。

老胡："怎么样？"

老齐："味道不错，手艺蛮好。"

老胡得意地乐了。

胡婶："他就中意玉林，头发长了，都不进理发馆，非得玉林理。"

老胡："谁像你那个宝贝儿子！工作瞎胡混，家里油瓶倒了他都不带扶的。"

门启动。嘉奇探进头来。

老胡厉声地："别鬼头鬼脑，进来。"

胡婶："嘉奇，看谁来啦！"

嘉奇冲到桌前高兴地："齐叔！"

老齐："啊，演员回来了。"

老胡："别捧他，要不更找不着东西南北了。"

老齐："我看你这个家庭变化不小嘛！这不，"他朝嘉奇一摆头，"有了知识分子。"

老胡撇撇嘴："你问他有多少知识，连一簸箕也够不上！"

胡婶抢白地："一簸箕也比你多。"

嘉英："爸爸过去没条件学，可嘉奇是有条件不学。"

老胡挺挺腰板。

胡婶："你们爷俩老是一对儿。"

嘉奇讨好地："妈，咱俩一对儿！"说完从口袋里掏出双袜子，殷勤地递给胡婶，"妈，我给您买的。"

胡婶："嗯，挺好！"

老胡："挺好什么，你收一双，他能倒腾回去一打。"

老齐见状，风趣地："你们家还两派？"

老胡严肃地："没法调和……"一顿，他把话题拉回来，"老齐，下步怎么办？"

二九

曙光厂礼堂。

人头攒动，气氛热烈。

老齐正在发言："……广大群众希望我们生产出更多色彩鲜艳、质地精良的纺织品，任务不轻，困难也不少，我们怎么办？有的同志说，应该一手抓产量，一手抓质量。这种提法对！但不全面。正确地说，我们要左手抓产品质量，右手抓科研。"他举起右手，猛地收拢手指挥舞着拳头，"右手最有劲！哈……"

会场笑声。

三〇

曙光厂清静的甬道上。

"老病号"吹着口哨，晃悠悠地走着。

厂门口。收发员老张将他拦住："'老病号'，你怎么不开会？"

"老病号"无所谓地："不感兴趣。"

老张一瞪眼："你说什么？"

"老病号"马上改口："我这心口跳得慌，又过速了。"

老张近前一步，眯起眼睛："坐着也跳得厉害？"

"老病号"一皱眉："时间长了也不行。"

老张细声细语地："吃饭心跳吗？"

"老病号"没琢磨出味来："还没感觉什么。"

老张："吃得香吗？"
"老病号"肯定地："香！"
"呸！"老张猛劲吐口唾沫，"可惜了这点儿粮食！"
"老病号"讪讪而去。

三一

曙光厂礼堂。

老齐讲着话："……我计算了一下，一个织布挡车工弯腰低头查看布面，30年就有500多万次。巡回检查，一天要跑30多里路，30年加起来就是34万公里，可以绕地球8圈半！"人群中发出惊叹声。

老齐："……这使我想起拉练的时候，咱们一些棒小伙子，竟然赛不过姑娘们，就是因为她们训练有素。"众笑。

老齐："同志们，不要笑！应该深思啊。我们不抓科研行吗？不把人们从繁重的体力劳动下解放出来行吗？"会场顿时安静。

老齐提高声音："一个国家，不搞科学技术，就得挨打。一个行业，科学技术上不去，就会落后。一个企业，不抓科学技术，就一定被淘汰。"

玉林听得入神。

嘉英凑到他耳旁："这回我爸爸脑子里，该有点形势了！"

三二

夜。胡家。

老胡坐在床上，正认真看报。

胡婶："你怎么老看个没完？"

老胡："关心形势……"

胡婶："你先关心关心你们家的形势吧……嘉英都26岁啦。"

老胡眯起眼睛："其实也没啥，咱俩结婚的时候，你都30岁啦。"

胡婶："和你说正经的呢……哎，我看玉林这孩子挺好，他又听你的。"

老胡骄傲地坐直身子："那还用说，我是他师傅。"

胡婶："你给说说，不挺好的一对儿？"

老胡："好是好，可怎么张口？"

胡婶："你呀，不会摸摸底。"

三三

中午。曙光厂食堂。

老胡端着饭盒寻摸着。

一张方桌前，玉林正闷头吃饭，看见老胡走近，赶忙站起："师傅，您坐。"

老胡挨着玉林坐在长凳上，也闷头吃起来，少顷，他看看玉林，想说什么，又忍住了。

玉林："师傅，有事？"

老胡："嘿……没啥事。嗯嗯……"他清清嗓子，试探地，"玉林，有些问题我看你也该考虑了……"

玉林错领其意地："师傅，我是考虑了。"

老胡一震："考虑好了？"

玉林："还不太成熟。"

老胡关切地："不成熟也可以提出来，还得有个过程嘛。"

玉林："我准备向领导提出一份报告。"

老胡一惊："报告？"

玉林："是啊。"

老胡迫不及待地："给我看看行吗？"

"我正想找您呢。"玉林从口袋里拿出一张折好的白纸。

老胡郑重地展开，神情愕然。

标题：《光电探纬设计方案》。

三四

《光电探纬设计方案》。

老胡戴着花镜坐在家中翻看着。

老胡："什么光电，电光的，把人电着怎么办？"

嘉英咯咯乐了："爸爸，是光电探纬，不是光会电人！"

老胡："甭教训我，我懂！是电就危险。"一顿，"奇怪，你干吗这么上心？"

嘉英："这项革新和挡车工有直接关系。"

老胡："和我关系更大！"

嘉英诧异地看着老胡。

老胡："'四人帮'那些年，弄得工厂不像工厂，生产没个生产样。现在咱们谁都不能含糊，多生产保质保量的毛料，才是正经大事。"

嘉英："光电探纬就能起这作用。"

老胡："说得好听，捅了娄子，哭都晚了。"

嘉英赌气地："爸爸，您太……太跟不上形势。"她一扭脸走进卧室。

老胡一梗脖子："什么？我……"望着嘉英的屋门，"形势，我比你清楚，我知道自个儿的肩膀能挑多少斤！"

嘉英推开屋门探出头来："您那种挑法，这辈子也达不到现代化！"

老胡刚要发作，胡婶闻声进来。

胡婶："吵吵什么？"

老胡绷紧脸。

胡婶："哎，那事你摸底没有？"

老胡没好气地："摸了！"

胡婶急切地："怎么样？"

老胡拍拍纸："答复都来了。"

胡婶："玉林同意了？"

老胡："他愿意搞，我还没同意！"

胡婶一惊："你要变卦，我可不答应！"

老胡："什么事，你一掺和就乱套。"

胡婶大怒："我乱套？"

三五

市工会文工团大楼。

从各房中传出钢琴声、吊嗓声、独白声。

嘉奇慢悠悠地在甬道里走着。

一个演员赶到嘉奇旁边，埋怨地："排戏就等你啦，快点吧！"

话剧排练厅。

舞台上正进行着排练。

一个扮老工人的演员坐在桌旁正愤愤地抽烟。

其妻端上饭来："你吃点吧，犯不上生那么大气！"

老工人："吃饱了也待着——反正不让你干活，谁要一开机器就是为错误路线卖命，可都不织布，穿什么？"

其妻："这叫什么理？"

老工人："再看看这帮年轻人，让他们带到哪儿去啦……真让人担心呀！"

侧幕里。一个扮中年工人的演员猛地把手中衣服甩在肩头，急上，气喘吁吁地："张师傅，看看您家小牛吧，和那帮英雄们喝酒都喝得没模样啦……"他一扭脸，"那不，来了。"

嘉奇从侧幕里出来，他毫无醉意地："这……这是哪儿？"

老工人："看看你什么样子！"说着举起胳膊要揍他。

嘉奇瞪大眼睛看着他。

老工人立在那里，哭笑不得的神情——不过已经不是戏里的动作。

其妻走过来拉着嘉奇："还不进去。"

嘉奇无所谓地晃进幕里。

台下导演喊声："停，停止。"

几个演员走到台前。

导演不满地："嘉奇，我提醒你快10遍了，感觉没找对。你要表现的是喝醉酒，可你端着个架子干吗！"

嘉奇："我不会喝酒，谁知道什么感觉。"

导演跳上台："我做给你看。"

三六

曙光厂甬道。老胡、玉林、嘉英走来。

嘉英："爸爸，成立电子小组的事，您到底支持不？"

老胡把手中报表一扬："这些个生产指标正等着下达！买东西还得排个队呢。"

嘉英："您把四个现代化排在第几？"

"这……"老胡搔搔脑袋，"这不那么容易，人呢？"

玉林轻轻揪一下嘉英。

嘉英："有人。"

老胡："在哪儿？"

嘉英朝玉林后腰捅了一下。

玉林喃喃地："师傅，我……我可以搞！"

"你？"老胡一怔，"你全拿得下来？"

玉林："我可以学。"

老胡："那机器谁修？"

玉林："我修！"

老胡："咱们把话说在头里，不能影响生产！"

玉林："我知道。"

老胡："你一个人先学着怎么样？"

嘉英："把宋文海也抽出来吧？"

老胡："哎呀，我看赶明儿把我也得划拉进去。"

嘉英："很有可能。哎，您给不给人吧？"

老胡没吱声，无可奈何地用手搔着鼻梁。

三七

清晨。精织车间办公室。

"老病号"无精打采地把假条递给老胡："主任，一上机器挡车，我的心就跳得厉害。"

老胡皱起眉头："鼻子眼出气，心就得跳，除非……"他一顿，又转了话头，"让你干什么好哇！"

"老病号"："只要不挡车，干什么都行。"

老胡盯着"老病号"，思索着。

三八

技革室。

一间新腾出来的小屋，玉林正在收拾。

“老病号”推门而进。

玉林惊异地望着他。

“老病号”一本正经地：“向你报到。”

玉林：“报到？”

“老病号”：“主任说，要加强电子小组力量，把我派来归你领导啦。”

玉林哭笑不得地一屁股坐在凳子上。

三九

“就这样开张啦……”玉林的声音。

夕阳西下，玉林和嘉英在湖畔凭栏眺望。

嘉英：“我真不明白，为什么对我爸，你什么也不敢说？”

“再明白不过了。”玉林搔搔脑袋，“他过去是我师傅，现在是我的领导，将来……”

“将来大概是你岳父！”

“嘿嘿……”玉林憨笑着。

“傻劲儿。”嘉英爱抚地看他一眼，接着问道，“哎，咱们的事你什么时候和我爸说啊？”

玉林为难地：“等搞出点成绩再提这事吧。”

嘉英：“你呀，满脑子都是光电探纬！”

玉林指指心说：“这装的是你。”

“去你的吧！”嘉英羞红着脸，把头扭向一边。

玉林望着远处的工厂，像是对自己说：“不过，现在正是动脑子的时候。”

四〇

夜。玉林家。

桌上摆了各式各样的晶体管、小灯泡和电烙铁。玉林把两只光电管安装在两把间隔1米的椅子背上，又接通了一个小电铃。

杨母从屋中走出，关切地："玉林，天不早了，快睡吧！"

玉林兴奋地："妈，我不困。"他转身离开椅子，然后说，"妈，您从椅子中间过来。"

杨母不解地："干什么呀？"

玉林微笑地："您过来！"

杨母顺从地缓步而行，刚走到两只椅子中间，一阵清脆的铃声把她吓了一跳，赶忙又退回去："闹什么鬼？"

玉林满意地乐了："反应比较灵敏。"

杨母惊奇地："我灵敏？"

玉林："妈，您就好比是根纬线，您走到椅子中间代表纬线快完了，铃一响就表示自动关车。"

杨母："咳，我看你都着迷了。"

四一

嘉奇卧室。

桌前，嘉英手托着腮深情地望着窗外。

嘉奇对嘉英："你甭瞒我，你和玉林好的事我早看出来啦！"

"你少废话……"嘉英绷起脸。

"放心，我一定保密。"

嘉英略一沉思，爽快地："嘉奇，你喜欢玉林吗？"

"基本上喜欢，不过就是老气横秋的太死板。"嘉奇顺手拨弄几下琴弦，"当然，这只是我个人的意思，关键是爸爸的看法。"

嘉英："玉林是爸爸的徒弟，他了解玉林。"

"我看未必！"嘉奇一撇嘴，"我还是他儿子呢，他可一丁点儿也不了解我，总把我当成个3岁的孩子，什么都管。"

嘉英走到门边停住步："是该这么管你。"

嘉奇不服气地："什么？好，你可小心点，我会给你告密。"

四二

夜。玉林家。

玉林用衣服包住电铃，又把闹钟放在桌头。

时钟指着12点。

玉林抄起条毛巾投向椅间，传来一阵短促的铃声。

玉林困得直打歪。

时钟指着1点。

玉林迷迷糊糊地睁开眼睛，随手抄起一本书扔了过去，听见铃声，他脸上带着微笑沉入了梦乡。

晨光熹微。

杨母哭笑不得地望着散落一地的枕头、书、毛巾、鞋。

她轻手轻脚地一件件拾起，又拿下包着电铃的衣服，刚一转身，误入椅间，立刻铃声大作。

玉林一跃而起，光着脚站在地上。

“快穿上。”杨母递过鞋嗔怪地，“亏得是鞋，饭碗你也扔？”

四三

精织车间办公室。

老胡走到桌前，拿起一份表格，面露喜色。

统计员：“嘉英已经达到七千米无疵布，再保持1个月，突破万米没问题！”他一伸大拇指，“将门出虎女啊。”

老胡：“对她更应该严格要求。”

统计员：“自从您把‘老病号’调出，他们组的生产质量也提高很快。您这措施不错啊。”

老胡正色地：“别瞎说八道！我又不是偏心眼，是工作需要！”

随着门启动，一阵震耳的轰鸣声送进室内，老胡回转身来。

玉林拿着计划走到桌前。

玉林：“师傅，我申请点经费组装一台。这是计划，您看看。”

老胡接过计划，戴上花镜，仔细翻看。

玉林不安地等待着。

老胡慢腾腾地掏出笔，考虑着。

玉林瞪大眼睛期待地望着老胡。

老胡一狠心，一笔一画地写上几个大字，然后递给玉林，叮嘱地："省点花。"

玉林举目一看，哭笑不得地待在那里。

四四

老胡批示：5元整。

技革室里，宋文海等人拿着"批示"在嘟囔。

宋文海："真抠门儿，买个小孩玩意儿还得块儿八毛呢！"

"老病号"："面子就不小啦，我去，连5毛都批不下来。"

宋文海嘲讽地："批你5分钱都多。"

嘉英猛地抄起计划往外冲去。

玉林焦急地："嘉英，嘉英！"

"老病号"："得，5分钱怕都吹了。"

四五

精织车间办公室。

嘉英把计划拍在桌上生气地："爸爸，您太不像话了。"

老胡一愣："又要干吗，我够支持啦！"

嘉英："5块钱就搞电子革新？"

老胡："计划我看了，5块钱能买好几打小灯泡。"

嘉英："哎呀，爸爸，您也该学习学习啦！省得净说外行话。"

"学什么？"老胡一梗脖子，"我这点东西够你们学半辈子的。想当年……"

嘉英："您还是多看看现在，想想将来吧。"

老胡："现在批5块，将来还不定批不批呢。"

嘉英急了："我找党委去。"

老胡："那好，只要党委点头，我5000都敢批。"

四六

党委办公室。宽大明亮的房间里，摆满了单人床。办公桌被挪到一角。

老齐对着电话正讲着："……5000用不着批，我看100元还是可以的，不光小灯泡，二极管、三极管也要买嘛。搞技术革新，总还要点经费……这不是命令，是和你协商，好，就这样。"

嘉英："给了？"

老齐含笑地："给了，可不大痛快。"

玉林感动地："我……我一定把它搞成功！"

老齐："要多想到失败。"

话音未落，行政科长推门而进，见状吃惊地："办公室当宿舍，你这是将我一军！"

老齐故作严厉地："工人夜班宿舍没解决之前，我决不回来！"

行政科长含笑地："我明白。"

老齐："这儿今晚就可以住人。"

门旁，行政科长大声地："立刻安排！"

嘉英颇有感触地："老齐，你说我爸爸是怎么想的？"

老齐："这也正是我关心的问题。"

四七

繁华热闹的街道。老胡穿过熙熙攘攘的人群顾盼着。

新华书店大楼前，老胡犹豫着登上台阶。

科技书柜台前，老胡漫无目的地寻看。

柜台里。小红正热情地接待读者，她熟练地打着算盘，包装，开发票。

小红："请您带好发票。"

一读者："谢谢您。"

小红："不谢。"

另一老年读者："请你拿本机械原理。"

小红手到书出："您那么大年纪也学啊？"

老年读者："形势逼人啊，当领导的要掌握主动权，非精通点业务不可。"

老胡听着，若有所思。

另一边，身穿蓝底白圈上衣的张岚正伏在柜台上写信。

老胡看这边没人，走近张岚。他迟疑一下，小声地："哎，同志。"

张岚没听见，依旧写着。

老胡提高些声音："哎，同志！"

张岚抬起头态度生硬地："嚷什么，要什么说书名！"

"要……"老胡语塞，用手搔着鼻梁。

突然一阵电话铃响，张岚急切地拿起电话筒："喂，是我，什么？你大声点，这儿乱死了。"她用手堵上另一只耳朵，"明天是星期六，我们这儿都安排好了，你可一定让他来啊！"

老胡耐不住地："同志……同志……"

张岚扭过头来："等会儿！"转身又冲电话，"还有，听说话剧要演出，你一定给我弄票！"

老胡大声地："同志，给我拿本电子的书。"

张岚扭头瞪他一眼，然后一伸手从书架上抽出一本，"啪"地扔到老胡面前。

老胡看她一眼，戴上花镜，拿起书一看，是本《计划生育》，气得他放下书，刚想发作，一琢磨忍住了。他伸手掏出烟斗叼在嘴上，想吸口烟消消气。

张岚又扭过头来严厉地："哎，不许吸烟！"

老胡把烟斗狠劲塞回口袋，忍不住地："什么态度？"

张岚放下听筒一拧眉毛："态度怎么啦？还不兴有点事！"电话里传来大阮的声音，张岚朝话筒没好气地，"你也等会儿！"

小红担心地朝这边望了一眼。

老胡："你好好学习学习吧！"

张岚："别操心，我就在书堆里呢！"

"哼！"老胡气得说不出话，把手往后一抄，返身欲去。

小红赶过来热情地招呼着："老师傅，您要什么书？"

张岚："我给他拿了。"

"这，这叫什么呀？"老胡生气地摇晃着《计划生育》。

张岚刚想张嘴还击。

小红对张岚轻声地："我接待吧。"

"哼！"张岚扔下电话，躲向一边。

小红亲切地："您需要什么书？"

老胡摸不着门地："我也说不上来……就电子的吧。"

小红微笑着："您是自己学，还是替别人买？"

老胡吞吐地："我……嘿，也说不上。"

小红："哦，您也要掌握主动，对吗？"

老胡："对……对。"

小红会意地笑了："您需要的书叫《晶体管电路》，这书已经售缺，什么时候再版，还不清楚。"

老胡失望地："那就算了，麻烦你了。"

小红略一思索，热情地："老师傅，如果您急需，留下地址，我给您找找看。"

她把纸笔放在老胡面前。

四八

胡家。

嘉奇边修改舞蹈设计边向嘉英说着："爸爸这两天不知怎么了，老绷着脸，我可没招他。"

嘉英坦率地："爸爸生我和玉林的气了。"

嘉奇："为什么？"

嘉英："为革新的事。"

嘉奇一挥手："咳，你们也是，今儿操作练兵，明儿试验，有那工夫待会儿好不好？"

嘉英："谁像你，功也不练，戏也不排，还怪不错的。"

嘉奇得意地："哎，因为我条件好，大家都说，我是天生的工农兵形象。”他摆了个雄赳赳的姿势，“怎么样，像不像？”

嘉奖：“像！”

嘉奇期待地：“像什么？”

嘉英：“像……谢谢妈。”

嘉奇：“用不着损人，喜欢我的多着呢！”

四九

傍晚。新华书店小礼堂。

姑娘和小伙子们鼓掌欢迎嘉奇。

张岚指着小红说：“这是我们宣传队长兼手风琴伴奏林小红。”

嘉奇伸出手：“胡嘉奇。”

张岚热心地补充：“市工会文工团演员。”

小红一眼认出嘉奇，喜悦地：“欢迎你。”

嘉奇感到有些面熟：“甭客气。”他看眼张岚，“开始吗？”

小红：“先给大家讲讲吧！”

张岚：“姑娘们，小伙子们，先坐下。”

嘉奇面对众人郑重其事地掏出几页纸来。

五〇

技革室。

宋文海：“嗬，这光电探纬够复杂的！”

“这还是最简单的电子技术。”玉林拿起一张图，“它的原理是这样的……”

五一

新华书店小礼堂。

嘉奇正讲着：“……通过这个舞蹈主要是塑造出扭转乾（读成gān）坤的高大形象。”

人们出于礼貌，没敢乐出来。

一青年：“舞蹈怎样表现高大？”

嘉奇："这个吗？……我选择了一组刚劲雄伟的动作，同时用节奏鲜明的音乐加以衬（读成qīn）托。"

一个姑娘忍不住"咯"的一声，张岚不露声色地顶她一下。

嘉奇："从而表现你们图书发行（读成háng）战线，为工农兵服务的那颗跳动着的火热的心。"

这回大家都乐了，小红微皱眉头。

嘉奇矜持地一点头："现在开始排练。"

在手风琴伴奏声中。

姑娘和小伙子们，挺胸凸肚，昂首举臂，踏着强烈的节奏，原地不停地扭着方步——这是"文化大革命"中造反派最流行的那种舞姿。

他们神情各异，挥汗如雨。

一姑娘轻声地："我的天，就这么一个动作？"

另一姑娘："再多几个动作，咱们非趴下不可！"

嘉奇呼喊着口号："一、二、三、四，二、二、三、四……对，要有力量，抬起头！"他走近一小伙子面前，用手猛地将他的脑袋摆个高昂姿势。

他走近张岚。

张岚知趣地急速扬起头。

小红吃力地掀动手风琴，琴声渐弱。

跳舞的人们，脚步随之放慢。

嘉奇一挥手："拉起来。"

小红咬咬牙，又急速地拉起琴。

跳舞的人们，脚步立刻大乱。

一小伙子踢了前面姑娘一脚。

姑娘"哎哟"一声逃离队列。

另一姑娘喘着粗气，用手顶着腰眼，向一旁走去。

一小伙子喊声："报告，我上1号。"未等回答，人已不知去向。

张岚一拐一拐地向门口蹭去。

人们一个个溜走了……

礼堂空洞洞的，只剩下一个小伙子，在缓慢的乐声中，傻头傻脑地扭着。

嘉奇走近他身旁期待地："看来，你还理解这个舞蹈。"

小伙子一本正经地："大夫说过，让我多活动活动。"

嘉奇失望地一挥手："结束吧。"

不知道谁关灭了几盏日光灯。微弱的光亮下，嘉奇颓坐在椅上。

一声琴声，把他从沉思中惊醒过来，回头望去。小红默默无言地正把手风琴从肩上摘下。

嘉奇："你怎么不走？"

小红轻声地："我在等你。"

嘉奇难过地："你也可以走了。"

小红微笑地："我是主人。"

"对，是我该走了。"嘉奇站起。

小红："谢谢你的辅导。"

嘉奇注视着小红："是讽刺吗？"

小红诚恳地："不，你很热情，也很勇敢。"

嘉奇："我勇敢？"

小红："你冒着生命危险抢救小孩……"

嘉奇："噢，你就是……"

小红："那次忘问你姓名了。"小红微笑一下，随手关了最后一盏灯。

街道。嘉奇："我们顺路吗？我朝这边走。"

小红："一个方向。"

短暂的沉默。路灯下，二人缓步而行。

嘉奇："我看你心眼挺好……"

小红微笑地："为什么？"

嘉奇："没有你，我真不知道怎么离开。"

小红："你坐在那儿时，我想了很多……"

嘉奇望着小红。

小红："在那些年里，我们都学了些什么呢？"

嘉奇默默地听着。

小红："我笑不出来，只感到可悲。如果我们的父辈看到他们的儿女都成了胡蹦乱跳、愚昧无知的人，会有什么样的感觉？”

一幢楼前。小红止步微笑地：“你看，我先到家了。”

嘉奇遗憾地：“这条路好像变短了……”他犹豫了一下，然后鼓起勇气说，“非常希望再见到你。”

小红微笑地：“但愿不是在跳舞的时候。”说完，返身进入楼内。

望着小红消失的身影，嘉奇兴奋地两手一着地，拿了个大顶。

两个姑娘匆匆走近，看见嘉奇。

姑娘甲大惊地：“又是他？”

姑娘乙：“谁？”

姑娘甲：“舞蹈症。”

二人踮着脚绕过嘉奇，飞跑而去。

望着她俩的背影，嘉奇一耸肩膀：“神经病！”

五二

嘉英卧室。

嘉奇一只手抱着一摞厚厚的书，一只手正在不停地拣着。

嘉英看着被他掏空了一半的书架：“行了，行了，你要干什么？”

嘉奇：“学习。”

嘉英：“那也用不着全拿走哇！”

嘉奇：“我要把过去耽误的一切，都找补回来！”

嘉英好奇地：“你哪儿来的这股劲儿？”

“劲儿？……嘿嘿，”嘉奇挺挺腰，“我就该让人笑话？”

嘉英：“你可别放空炮，你看玉林，说到哪儿就做到哪儿。”

嘉奇嘲讽地：“你心里就有他。”

嘉英忽有所触地：“他心里可只有电子……”

五三

深夜。洒水车驶过宽阔的马路。电报大楼顶上的大钟，时针指着3点。

技革室。台案上，摆着组装完毕的光电探纬器。玉林在案旁睡得那么香甜。

在一阵奇特、梦幻般的乐声中，出现了现代化的纺织厂，宽阔明亮的车间，布满了崭新的机台，却不见人。机轮飞转，色彩奇异的织物翻舞着。房间的一面镶着整块钢化玻璃的控制室里，各种操作控制仪表闪着耀眼的红灯、绿灯。嘉英身穿白大褂正记录着数据。工程师玉林戴着眼镜走进来。忽然荧光屏上现出老胡严肃的面孔——不过，这已是长满了雪白胡须的老胡。控制室门突地自动打开，宋文海、田芳、小陈等簇拥而来。大家拍着玉林的肩膀，欢笑着，连荧光屏上的老胡也乐得胡须都飞舞起来。

音乐声止。

玉林伏在台案上，熟睡的脸上笑意盎然。

一阵咯咯的笑声。

玉林猛地惊醒。抬头望去，嘉英、宋文海、田芳等人起劲地冲他笑着。

玉林迷迷糊糊地望着他们，忽然他伸手朝宋文海的胳膊拧了一把。

“哎哟！”宋文海叫起来，“你要干吗？”

玉林傻呵呵地：“真是你们？”

“还有假？”宋文海用手抚着胳膊，“亏了是手，用刀子试就麻烦啦。”

在众人一片笑声中，“老病号”无精打采地走进来。

玉林拿起一根梭管：“光电探纬器组装完了，我想在织机上试验一下。”

田芳：“能成功？”

玉林：“还说不好。就是安上也要加强巡回，摸摸规律。”

“老病号”一举手：“我事先声明，发生问题，与本人一概无关。”

宋文海：“没和你有关的！”

田芳扫眼众人：“安在谁的织机上呢？”

嘉英沉思着。小陈把脸扭向一边。

宋文海对田芳打趣地：“你来吧？”

田芳：“我操作技术还不熟练，我有点怕。”

嘉英：“安在我织机上吧。”

五四

“我不同意！”

精织车间办公室里，老胡说完，大口地吸着烟斗。

玉林不安地坐在桌旁。

老胡："你们小组，不，算上咱们车间，就她一个达到了7000米无疵布。"

玉林："我知道。"

"知道就好！"老胡挺挺腰板，"你搞试验我就够揪心了，还想把老本全赔上？"

玉林："嘉英比较合适，她操作技术熟练。"

老胡："向万米无疵布冲击，她更合适！"

玉林："并不矛盾。"

老胡："一心不能二用，你搞你的灯泡，她挡她的车。"一顿，想想又接着说，"咱们也两条腿走路。"

玉林苦笑一下："那，什么时候走到一块儿呢？"

老胡一声不响地抚摸着下巴。

五五

精织车间。

田芳机台前，玉林把怀中抱着的光电探纬器落放在地上。

田芳不解地："干吗？"

玉林用手搔着脑袋，迟疑着。

"老病号"一本正经地："主任批准，装在你织机上试验。"

田芳泄气地："哎，越怕越躲不开。"

"老病号"凑近田芳神秘地："这是主任对咱们的信任……"

田芳恼怒地："去，去，你少咱们咱们的。"

嘉英、宋文海、小陈等人围拢过来。

田芳："哎，我找主任去！"

嘉英一把拉住田芳："别急，一块儿商量商量。"

她望着田芳诚恳地："咱俩换台吧，我来看试验车。"

田芳一惊："你？"

玉林担心地："胡师傅说你有7000米无疵布了，别为了我……"

嘉英：“不是为你，是为了咱们的革新。”

五六

胡家。

嘉奇衣着整洁地走出卧室。

他对着镜子，摆了几个姿势，自己欣赏着。忽然他睁大眼睛，从镜中发现窗台上那一朵鲜艳的月季花。

五七

林荫道上。

嘉奇和小红并肩而行。

老胡从后边大步而来。忽然看见他们的背影，他睁大眼睛，向前张望。

嘉奇和小红消失在街角。

老胡追到街角。眼前是川流不息的人群。

老胡茫然地思索着，寻觅着。

五八

胡家。

胡婶：“老眼昏花的别是看差了。”

老胡疑惑地：“不能呀。唉，该找对象的，不着急；不该找的，可倒挺忙乎，全倒个儿了。”

老胡满腹心事地拿起小喷壶向窗前走去。

花盆前，老胡惊奇地：“我的花儿呢？”

五九

一朵紫红色的月季花。

公园长椅上。

嘉奇把花递给小红，郑重地：“喏，给你。”

“哪儿学的这一套？”小红扫他一眼，又看看花，惋惜地，“真可惜，干吗要剪它。”

嘉奇不在乎地：“这有什么，我家里有的是！”一顿，又接着说，“让花来表达我对你的感谢吧！”

小红：“我并没有做什么。”

嘉奇：“你使我感觉到很多……很多……”

小红不解地：“感觉？”

嘉奇：“人的感觉是很厉害的。从你说第一句话起，我就感觉你是了解我的……”

小红：“还说不上了解……”

嘉奇：“那就一切从现在开始吧。”

远处传来一声吆喝：“同志，请自觉点！”嘉奇四下张望。

园林工人：“看什么，说你呢！”

小红用手捅嘉奇，又指指花坛。

一块木牌上写着：“请勿攀折花木。”

远处，园林工人朝这里走来。

嘉奇忙把花放进提包。

小红望着嘉奇那副窘态，哑然失笑：“了解就这样开始吧。”

六〇

毛纺织厂宿舍区。

大阮骑车飞驰而来，大声地：“嘉奇，等送完信我找你。”

嘉奇一扬手：“来吧，我等你。”

胡家。

嘉奇轻轻推门而入。见室内无人，他蹑手蹑脚地走到窗台花盆前，将月季花插在枝叶间。然后，他若无其事地走进自己的小屋。

老胡身着白围裙自厨房出，一抬头不禁呆住：一朵月季花！

嘉奇凑着门缝心神不安地观察着。见老胡转身，忙合严门。想想，忍不住又轻轻拉开一条门缝，刚一举目，愣住了——老胡满脸怒色立在门前。

嘉奇不安地："爸爸……"

老胡点着头一扬手中月季花："你干的？"

嘉奇尴尬地："嘿……嘿……"

老胡："别嬉皮笑脸！"

嘉奇："爸爸，您别生气……"他伸脖子向外屋扫一眼。

老胡："甭看，你妈没在家。"

嘉奇无奈地："爸爸，这不是给您送回来了。"

老胡哭笑不得地："噢，你还想来个好借好还，再借不难啊？"

"信——"楼下传来大阮的声音。

嘉奇忍不住探头扫一眼。

老胡厉声地："甭看，没你的。"

室外。邮递员大阮推开门，探进半张脸，刚要叫，见状急止。

嘉奇摆摆手示意他快离开。

老胡猛一回头，恍惚看见个人影。

老胡用手一指小室，命令地："进去！"

嘉奇赔着笑脸："爸爸，用不着这样。"

老胡一挺腰板："对你这样的，就得整顿整顿。"

室外。

大阮返身跑去，楼梯拐角处，正碰到胡婶挎着菜篮喘息着拾级而上。

大阮微笑地："你好，大妈。"

胡婶高兴地："哎，进屋坐会儿吧。"

大阮惊慌失措地："改日吧，改日吧。"迈开长腿，一跨4级，大步奔下楼去。

胡婶望着他的背影羡慕地："倒是腿长，上下楼都利索。"

胡婶推开家门。

老胡怒冲冲自小室出。

胡婶诧异地："又怎么啦？"

老胡抄起桌上的花，痛惜地："瞧瞧……"

胡婶莫名其妙，返身进入小室。

嘉奇痛楚地用手指着耳朵："您瞧这儿。"
胡婶瞪大眼睛凑近细看。
嘉奇伤心地："拧得比花儿都红啦。"

六一

精织车间办公室。
统计员："胡主任，田芳这些日子，产质量是呼呼地长。"
老胡急切地："小陈呢？"
统计员："5000米。"
老胡放下心。
他朝墙上望去。嘉英名下的红色箭头升到了8000米，田芳名下的箭头指在3000米处。
老胡自言自语地："这么说，光电探纬有点用？"
统计员夸张地："不是有一点用，是……是大大的有用！"
老胡不满地："怎么说上日本话了？"
统计员不好意思地："嘿……嘿，我现在正学日语呢。"
老胡："都想显点能耐……"
统计员瞠目结舌。

六二

精织车间。
嘉英正在4台织机间巡回，她不时用手抚摸布面。
田芳正在嘉英的织机操作，忽然她拉动刹把停住织机，俯下身。
嘉英用焦灼的目光望了一眼，随即赶过去。
此刻，老胡走到试验机旁停下步。
刚巧一根纬纱完了，机器飞着空梭，光电探纬器没有反应。
老胡一把刹住机车。
嘉英、田芳、玉林赶过来。
老胡冲田芳大声地："不好好看车，瞎串游。你看看……"他用手指着出现疵点的布面。

田芳欲言又止，低下头。
老胡："质量还要不要？"
嘉英挺身站在老胡面前："爸爸，您说我吧。"
老胡一愣："什么，什么？"
嘉英："这车是我开的。"
"你开的？"老胡猛醒，一顿脚，"唉，全完了！"
玉林："师傅，应该由我负责。"
"谁负责也晚了。"老胡一指光电探纬器，"这就叫光电探纬？"
玉林："嗯。"
老胡大声地："还不如眼睛！"
嘉英不满地："爸爸……"
老胡厉声地："这不是在家。"
"唉！"老胡看看玉林，又瞧瞧嘉英，没再说话，返身离去。

技革室前。
"老病号"斜靠在门框上，见老胡大步而来，急忙立正讨好地："胡主任，我可没胡来！"
老胡一皱眉头，厌恶地："可你是胡混。"

织机前。
玉林跪在地上往下拆光电探纬器。
嘉英把饭盒递给他："吃饭吧！"
玉林摇摇头。
嘉英："要是饿肚子能解决问题，咱们都甭吃。"
玉林接过饭盒。
嘉英："什么原因？"
玉林又摇摇头。
小陈："没把握的事，就别搞了！"
宋文海："你少说泄气话。"
小陈："我倒不想说……"

玉林低声地："把你的8000米无疵布弄没了。"

田芳叹口气内疚地："唉，当初真该我来开。"

嘉英："我从头开始。"

宋文海："你没见胡师傅那神情……"

嘉英："我和他说。"

玉林忽然变得坚决起来："不，我自己去。"

六三

胡家门前。

玉林腋下夹着个小包，几次欲举手敲门，却又止住。少顷，他后退两步，一挥臂猛地朝门前跨出……

室内。

老胡惊异地望着他。

嘉英会意地："玉林……"

胡婶喜悦地："快来。"

老胡目不旁观："来干吗？"

玉林喃喃地："师傅，您……不理发？"

老胡："头发不长。"

玉林嘘口气。

嘉英用眼示意。

胡婶："你自个瞧瞧，早到日子啦。"

老胡下意识地摸把脑袋。

老胡一屁股坐在椅子上。

嘉英朝玉林一努嘴。

玉林抖开小包袱皮，围在老胡胸前。

嘉英扯把胡婶："妈，您来看看我那件衣服。"

胡婶随嘉英走进卧室。

老胡合上眼，等待着。

玉林将老胡脑袋摆个微侧姿势，随手给了一推子，一缕头发扬在地上。

玉林真挚地："师傅您说头发干嘛要变白？"

老胡："操心的事多。"

玉林："今天的事，我知道您心里挺难受。"

老胡刚要挺直脖子，玉林又把他按回去。

老胡态度和缓地："唉，个人损失什么都是小事，可耽误了生产，谁也说不过去。"

玉林诚恳地："这事我要负责。"

老胡宽宏大量地："认识清了，就行啦！想想那几年吧，为了搞生产，给咱们扣了多少大帽子啊！"他又要挺脖子，玉林又赶忙按住。

玉林："您从没怕过。"

老胡："你也没含糊！人家都说咱们师徒是一条心。"

玉林："师傅，咱们的心不能分开。"

老胡高兴地："是这话。"

玉林："师傅，您该支持我。"

老胡大声地："还要怎么，人给了，钱批了，出了问题，没关系，我兜着，可干什么不能没个章法，由劲儿胡来。"

室内。

胡婶关切地："这是怎么啦？"

嘉英："没事，我爸爸说话嗓门大。"

室外。

玉林："……师傅，您该了解我……"

老胡猛地站起，扯下围巾："了解，不错，可那是过去。现在我看你是想出风头！"

玉林不知所措地："师傅，您冷静些。"

老胡大声地："我根本没热。"

玉林诚恳地："师傅，现在大家都为四个现代化拼命，您可别落在后头啊！"

老胡："合着把我当作落后分子啦？"

他把围巾扔在椅上。

玉林："师傅……"

老胡回手一指门："没说的，您走！"

玉林犹豫着。

老胡大声地："走！"

玉林进退两难地望望老胡，沉重地向门外走去。

嘉英和胡婶从卧室匆匆而出。

嘉英不满地："爸爸，您太……"

胡婶："有你这样的吗，还不快去追回来。"

老胡固执地："没工夫！"

老胡站在镜前，猛一掉头，忽然发现刚理了一半的脑袋，急忙大呼："快让他回来！"

"不管！"嘉英猛地冲出门。

老胡朝胡婶："快！"

胡婶狠瞪他一眼："早干嘛来着？你当我就那么好说话。"

老胡无可奈何地望着镜中……

六四

技革室。

玉林和嘉英正专注地用万能表检查光电探纬器电路。

一阵脚步声，玉林和嘉英扭头望去。

老齐一手拿包，一手拎饭盒同田芳、宋文海进来。

宋文海大声地："快来欢迎吧。"

嘉英："你一来就热闹。哟，齐书记！"

桌前，老齐打开纸包："都来，食堂信得过产品——油酥火烧，"又打开饭盒，"馄饨，又有干的又有稀的。"

嘉英："等会儿再吃。"

老齐："等什么？吃饱了，咱们好干！"

众笑。

（乐声起。）

在乐声中出现下列画面：

嘉英指导田芳在织机上练操作技术。

玉林走进纺织研究所。

一位工程师指点玉林专心致志地翻阅资料。

老齐和技术员正用电子计算机核对数据。

玉林和嘉英一起学习。

玉林和宋文海拆装光电探纬器。

（乐声止。）

技革室里。

玉林欣喜地："问题找到了，是干扰造成的误动作，产生原因有机械方面的，也有电路方面的，电路的，咱们自己可以解决。"

嘉英："机械方面的怎么办？"

宋文海："要是胡主任在，准会手到病除。"

嘉英："可我爸爸脑子还没转过来呢！"

宋文海："实现四化，口号谁都会喊，可一来真格的，就不是那么回事啦……"

嘉英："这就是阻力。"

老齐："不奇怪，走路还会产生摩擦力呢。"

六五

精织车间办公室。

老胡立在图表前琢磨着。嘉英名下的红色箭头指在500米无疵布处。小陈的红色箭标已跃到7000米。

统计员匆忙而进。

老胡不解地："慌什么？"

统计员："检验科退回一匹布，又是稀密档，经查对是……"

老胡："谁的？"

统计员放低了声音："小陈。"

"啊？"老胡一下怔住。

六六

精织车间。更衣室里。

小陈抹着眼泪。

田芳："得了，别没完没了啦。"

嘉英掏出手绢递给小陈。

小陈："检验科干吗跟我过不去？"

田芳："对别人也一样。"

小陈："算白费劲了。"

嘉英："别灰心，再争取嘛！"

小陈："说得容易，敢情你不心疼……"

嘉英沉默了。

田芳不平地："人家比你先到过8000米！哎，你呀，出了错都不谦虚！"

嘉英一推田芳："你先去吧！"

田芳揶揄地："有什么好谈的，人家比你强。"

小陈哇的一声大哭起来。

六七

精织车间办公室。

统计员用笔抹去小陈名下的箭标。

老胡："这倒好，谁也甭冒尖。"

统计员一耸肩膀，抹了最后一笔。

老胡："要说小陈的基本功够硬的！"

统计员："人的功夫再硬，也比不上自动化，老虎还有打盹的时候呢。"

老胡尴尬地干咳两声："你跟得倒挺快！"

六八

清晨。宿舍区大门口。

大阮焦躁不安地来回踱步。

住宅区内。嘉奇快步而来。

大阮迎上："嘉奇！"

嘉奇不解地："干吗愁眉苦脸的？"

大阮一挥手："咳，别提啦！她跟我火了。"

嘉奇："为什么？"

大阮："新买的裤子，没穿多少日子，就磨薄了……说我对她不负责，差点和我吹喽。"

嘉奇："有那么严重？"

大阮眉毛一动："你可不知道她那个脾气，打认识她，给我订了好多条条。"

嘉奇："真是新鲜事。"

大阮从车头邮包中取出个小本，转向嘉奇："你看，沙发、大立柜、录音机、照相机一样不许少，电视机不能小于12寸，高质量的衣服一年四季各一套。"

嘉奇："要那么多？"

大阮："她说东西是次要的，主要是考验……看我对她的爱情是不是够意思！"

嘉奇忍不住大笑起来。

大阮："别笑别笑，快走吧！"他掉转车头，嘉奇跃上后座。

嘉奇："大阮哪大阮，你也太软了，感情不是勉强的事。"

大阮："不，不勉强，她基本上还是肯定我的，说我个头不错，人才出众。"

嘉奇哈哈大笑，车子晃动，大阮未控制住，俩人随车翻倒在湖岸上……

六九

晚上。胡家。

胡婶打气地："嘉奇，说说。"

"嗯……嗯……"嘉奇未语先清清嗓子。

老胡厌恶地抬起头：“又憋着干嘛？”

胡婶：“甭怕。”

嘉奇：“爸爸，我……我要提意见。”

老胡：“这轮不到你。”

嘉奇有些退缩。

胡婶：“说。”

嘉奇：“你们对群众的利益……太不负责。”

老胡：“帽子不小，有什么根据？”

嘉奇：“根据，当然有，还有后果呢。人家问我什么厂出的料子好，我说，曙光厂。”

老胡：“又吹牛。”

嘉奇：“结果怎么样？次品，不经穿。您看多糟心。”

胡婶：“对象还差点吹喽。”

老胡：“什么乱七八糟的。”

嘉奇一屁股坐在椅子上：“妈，您别打岔，我从头说。”

老胡从口袋里掏出小本。

七〇

华灯初上。

玉林和嘉英穿过人流，进入百货大楼。毛料柜台前，青年邮递员大阮有如鹤立鸡群。

张岚捅他一下：“说呀。”

大阮手里抖着裤子，磨不开地：“同志，嘿……是这么回事。”

张岚从他手中夺下裤子扔在柜台上：“你看看，刚穿几次，这不就薄啦！”

嘉英和玉林站在他们身后静观着。

青年售货员仔细看着，然后对一位中年售货员：“您看，又来一条。”

中年售货员态度和蔼地：“同志，这样吧，您把裤子留在这儿，我们向有关部门反映一下。”

张岚：“这样的东西怎么能出厂？太不负责了，我非得给曙光厂写批评信不可。”

嘉英眼里充满焦虑，她分开围观的人，挤到柜台前。

大阮微笑着，不好意思地朝嘉英一点头。

张岚瞪他一眼，命令地：“走！”

嘉英拿起裤子察看。

七一

林荫道上。

嘉英感情激动地：“听到批评意见，心里可真不是滋味。”

玉林：“这也是一种锻炼。”

他们默默地走着。

路灯下。

嘉英：“要是能多长几只眼，多长两只手多好。”

玉林笑着说：“用电子可以代替手和眼睛，你却不会多长出来。”他停顿一下，深情地望着嘉英，“当然，如果你需要手，我的算一份。”

七二

精织车间办公室。

办公桌上放着一条成裤和一卷毛料。

老胡把手中的信扔在桌上，不安地踱起步来。

统计员：“您看怎么处理？”

老胡止住步，然后拿起一张白纸对统计员：“来，你就这么写……”

七三

精织车间。

一张白纸上写着几个大字“次品展览台”。小桌上，放着退回的成裤和料子。磨薄处和疵点都用粉笔画了个大白圈。嘉英、玉林等人观看着。

七四

傍晚。曙光厂前道。

老胡沉思着缓步而行。他突然看见车间修理室亮着灯。一种摆脱不掉的力量驱使他向修理室走去。

修理室内。

小陈："这些顾客也太挑剔了！又不是大破洞大挑花，不就是稀密档吗？有什么了不起。我看，该让他们到纺织厂来体验体验。"

宋文海一本正经地："我说，小陈同志，这种疵点要是轮到你身上，保证吵得更厉害！"

玉林翻开笔记本，认真地说："我计算了一下，要是全车间织布挡车工的次品都按百分之一来计算，那么一天就出1000米次布，能做500件衣裳，穿在那些顾客身上，就是百分之百……"

宋文海冲小陈："听见没有，这可是百分之百的大问题！"

嘉英："我觉得光电探纬，能解决稀密档问题，还得继续搞。"

小陈："我可以开试验车。"

嘉英高兴地一把搂住小陈。

玉林："有的是机会，今后还要搞电子护经、自动换梭、自动提花……"

宋文海："大显身手在后头呢！"

会场顿时活跃起来。

嘉英："田芳，你怎么一直不发言？"

田芳看眼大家，欲言又止。

窗外，老胡手持烟斗倾听着。

田芳："你没见这些日子，咱们胡主任的脸就跟阴天一样，连点笑模样都没有，怪怕人的。"

窗下，老胡下意识地摸把脸。

田芳："这次要查起责任来，还不知道谁挨撸呢！"

小陈急忙把头低下。

玉林诚恳地："田芳，我们要看到自己的不足和缺点。虽然胡师傅对搞电子还不理解，可抓质量抓得对。现在不是胡师傅要求我们太严格，问题在于我们过去太松了。"

窗外，老胡百感交集，激动地伫立着。

七五

晚上。胡家。

嘉奇从桌上抓起一块饼，塞进嘴里。

胡婶用手敲他一下："老跟猫叼食似的！"

嘉奇嘿嘿地乐着，绕着桌子转："就吃一小块！"说着又抄了一块饼。

"你呀，让你爸爸看见又得挨熊！"

正说着，一阵沉重的脚步声。

胡婶："这不，说来就来了。"

嘉奇把手中的饼扔回盘里，又将嘴里的饼使劲往下咽，噎得他直咧嘴。

跟着一声咳，老胡出现在面前。

"回来了。"胡婶亲热地招呼。

"……爸……爸。"嘉奇的嗓子像是堵上东西。

老胡一皱眉："怎么啦？"

嘉奇噎得说不出话来。

胡婶赶忙打掩护："练话剧练的。"

趁着老胡琢磨的工夫，嘉奇溜进卧室。

老胡看着他的背影："就是比他姐姐差远了。"

老胡心血来潮，走到镜子前端详着自己的面孔。忽然他转过身来叫着："嘉奇，嘉奇。"

嘉奇不安地立在门口。

老胡一反常态，极其和善地招呼着："来，过来呀。"

嘉奇蹭到老胡跟前。

老胡一指自己的脸问道："告诉我，这模样你害怕吗？"

嘉奇不自然地乐着，不知该怎么回答。

老胡："说实话。"

嘉奇："嘿……嘿……"

老胡："你嘿嘿什么？"

嘉奇："……怕。"

老胡失望地一挥手："去吧……"

七六

齐书记家。

老齐在灯下看书。敲门声响起。

"谁呀？"

"我……"老胡压低嗓音，生怕惊动别人。

"快进来。"老齐热情地招呼，"我知道你会来，不过没想到是半夜。"

老胡大口地吸着烟斗，极力掩饰自己的思绪。他望望桌上摊开的《晶体管原理及其应用》，好奇地："你在学？"

"怎么，不相信？"老齐凑近老胡，"这脑子该加点油啦。"一顿，又微笑着，"当然，这也包括你。"

"我？"老胡瞪大眼睛，"嘿，都老白毛了，别出洋相了……"

老齐抚摸着白发斑斑的鬓角风趣地："哎，你想打击我情绪？我还不服气呢！"

老胡不好意思地笑笑。

老齐用深邃的目光望着他，揣摩着他。

老胡低沉地："咱们在一起多年了，我想问一句，在生产上我惜过力吗？"

老齐："你有使不完的劲。"

老胡："偷过懒吗？"

老齐："从来抢在先，干在前。"

老胡痛苦地："可干来干去，我倒落后了？"

老齐笑了："是落后了，老伙计。我们不能满足于苦干所取得的成绩。搞四个现代化，要靠干劲加科学，而且主要是靠科学技术。光靠苦干就好比不用汽车用牛车，你使足了劲赶，时间再长，也永远不会有真正的高速度。"

老胡沉默了。

老齐从书架上拿起一盘跳棋，哗地倒在桌上。

老胡不解地望着他。

老齐："来，下一盘。"

老胡："没心思。"

老齐："哎，来，来。"

二人摆着棋子，对下起来，一边谈着。

老胡感叹地："说句心里话，跟这些老机器打了30年交道，知根知底的还真有感情，就是闭上眼睛听声音，我都知道它得了什么病……忽然听见说它们老了，不中用了，我这心里就不舒服。有时我也想，是不是我也真的老了……"

老齐："人会老的，可是思想不该变老。青春不一定属于黑发人，也未必会随着白发而消失。"

老胡一步一步地进着棋子。

老齐拿起一枚棋子，借着空当儿，向前跳着："瞧，我比你快多了。"

老胡不服气地："我都替你铺好道了。"

"哎！"老齐兴奋地放下棋子，"你这算说到点上了。先进技术设备就好比棋子，已经铺好了道，就看你跳不跳。"

老胡放上棋子："你可真有两下子！"

老齐："真有两下子的是玉林他们。"

老齐走到窗前，拉起窗帘。

夜幕中，厂区中几处灯光分外明亮。

老胡走到老齐身旁，激动地望着。

老齐充满感情地："你知道，他们度过了多少不眠的夜晚呀！"

七七

夜。精织车间。

田芳的织机旁，"老病号"坐在木箱上呼呼地打盹。玉林拆下一个沾满油污的机件从织机下爬出来。他想找棉丝，一看工具箱已经上锁，便毫不犹豫地掏出手帕擦拭。然后将手帕又塞回口袋。

老胡轻声走近机台询问："是玉林吗？"

"是我……师傅。"玉林有些意外地望着老胡。

老胡："有困难？"

玉林："梭子的飞行速度不稳。"

老胡："我来看看。"

玉林："您？"

老胡："机械上的事我还懂点。"

玉林感动得不知说什么好，他抄起一个暖瓶："我给您打点水去。"

机台前。

老胡拿起手灯钻进机下。

嘉英拿着包子，拎着饭盒从机巷深处走来。她朝打着呼噜的"老病号"喊道："喂，醒醒吧，吃夜点了。"

"老病号"闻声惊醒："啊……累坏了，我肚子都叫唤了。"拿起包子大口地吃起来。

嘉英："还有馄饨，哎，玉林呢？"

"老病号"用塞得满满的嘴朝机下一努："嗯。"

机下露着两条穿着工裤的腿。

嘉英走到织机前，俯身对机内："玉林，快吃夜点吧。"

老胡伸出手："扳子。"

嘉英听不出谁的声音，忙从机房工具箱中拿了个扳子递给老胡，接着坐在箱上，数落起来："我爸爸真够呛，他要是伸把手，问题不早就解决了，他这不是成心拿咱们一把嘛！哼！"

"老病号"边吃边说："说老实话，你爸爸这人有时候我也真烦他。"

机下，老胡屏息倾听。

"老病号"："他干嘛管那么严呢！"走近嘉英，表示关切地，"哎，你们俩的事准备什么时候办啊？"

嘉英心烦地："看这劲啊，我爸爸还不见得同意呢，我也懒得跟他提。"她站起身，向钳工车走过去。

"老顽固！""老病号"愤愤地骂了一句，然后蹲下身子，用大手拍着半截身子露在机外的老胡，"玉林，听我的，干脆把他甩开，你们直接给厂领导打个报告，这事，我帮你们办了。"

老胡凝神听着，那张汗水淋淋的脸上露出了笑意。

嘉英手拿一盒包子，扒开“老病号”，对机下叫着：“玉林，包子都凉了，你怎么还不出来！”

远处传来水壶晃荡的声响。

嘉英、“老病号”回头望去。

玉林正大步走来：“这水半天才开。”

嘉英、“老病号”几乎同时地：“玉林，你……？”

玉林朝机下亲切地叫道：“哎，师傅，出来喝水吧。”

嘉英和“老病号”紧张地：“啊？”把头向织机望去。

老胡满头大汗钻出织机，尴尬地向嘉英和“老病号”一乐，然后转向玉林：“修好了，试试吧。”

玉林看见老胡满头大汗，忙掏出手绢殷勤地递过去：“师傅，您擦擦。”

老胡接过手绢擦脸，额头和鼻上立刻被油污染黑。

玉林：“呦！”

嘉英、“老病号”抑制不住偷笑着。

老胡望着三人，不知所措地跟着嘿嘿笑起来。

七八

清晨。胡家。

老胡撕下张日历，露出红色字体——星期日。

他推开起居室门，照旧咳了声。

嘉英从屋内走出，含笑地：“爸爸……”

“嗯……”老胡欲言又止。

嘉英朝胡婶：“妈，中午饭别等我。”

胡婶不满地：“怎么，今天又有事？”

老胡一梗脖子：“就你啰唆。”他转向嘉英，“你等等。”说着走进厨房，拿出一个饭盒递给嘉英，“拿着。”

嘉英接过，打开，里面盛着饼和摊鸡蛋。

老胡：“都是你爱吃的。”

嘉英感动地：“您……”

老胡眼睛里闪烁着神秘的光彩。

胡婶："好啊，吃偏饭！"

老胡正色地："该吃还得吃！"

楼下传来一阵清脆的车铃声。

老胡眨眨眼睛："快去吧，等你呢。"

嘉英把饭盒放进书包跑去。

老胡安然踱到窗前，绿叶之间，一朵蓓蕾含苞待放。

七九

街心花园，太极拳辅导站。

一个辅导员正面对众人做着"野马分鬃式"的示范。

老胡颇有兴致地看着。少顷，凑到一老者身旁，目不斜视，生硬地模仿着辅导员的动作。他没有想到和别人的动作刚好相反。

老胡慢慢向右转动，正和向左转的老者碰个对脸。老者微微一乐，老胡不知何故，迅速回个笑脸，一面又慢慢转回原位。

辅导员发现这位不速之客，乐着走过来，热情地："同志，这样做。"

老胡遮掩地："我当和你是一式呢。"

辅导员背对老胡站好："来，跟着我做。"

老胡目不转睛地盯着辅导员，把手也举起。

八〇

街心花园。

统计员坐在长椅上，专心致志地学习。

老胡立在他身旁，轻咳一声。

统计员急忙欠身："主任，您早！"

老胡："你早！"他坐在椅上俯身看着统计员手中的书，"你可是大大的用功！"

统计员扑哧一乐："您也说上了。"

老胡："什么？"

统计员："日本话呗！"

老胡一挥手："都受你的影响。"

统计员幽默地："您接受得挺快嘛！"

老胡："甭拿我开心。"

统计员一扬手中书："我正翻译日本纺织材料。您如果感兴趣，我可以详加介绍。"

老胡："咱没那水平。"

统计员："看看图也有好处。"说完，一指封面上的英文JAPAN问道，"这个字您认识吗？"

老胡："NKF织机上就镶着这个字。日本，对不？"

统计员："没错，怎么念？"

老胡摇摇头。

统计员炫耀地："念'加喷'，J—A—P—A—N，'加喷'！"

老胡抬头用眼扫看，见无人注意，飞快地："加……加喷！"

八一

英文杂志封面。

胡家桌旁。老胡翻看着图片。

嘉奇好奇地走近。

老胡抬起头。嘉奇装作不介意的样子。

老胡："看什么，懂吗？"

嘉奇："凑合。"

老胡："我考考你这个高中生，"他用手一指J字，"这个念什么？"

嘉奇脱口而出："钩。"

老胡忍住气再一指A："念这个。"

嘉奇不假思索地："尖！"

老胡怒目而视："你和我玩牌呢？"

老胡又用手一指N："念这个。"

嘉奇咬着手指头苦思着："嗯……嗯……"

老胡误以为他在发音，态度缓和地："还认识一个，再念这个。"他用手一指P。

嘉奇搔着脑袋："嗯……"
老胡："甭'N'个没完，念这个。"
嘉奇用手比画几下，喃喃地："好像是刀把。"
老胡一挺腰板，怒斥地："放屁！"
嘉奇猛然忆起，兴奋地："对了，爸爸，是屁。"
老胡颓然靠在椅上。

八二

一只手在信封上歪扭地写着——寄本市新华书店林小红收。
嘉奇贴好邮票，郑重地把信塞进信箱，然后走出邮局。
大阮骑车而来，在嘉奇身旁刹住车，两只长腿架在地上。
大阮："嘉奇,《纺织战歌》什么时候演出？"
"明天。"
大阮把车一伸："没说的，来两张票吧。"
嘉奇耸耸肩膀把双手一摊："没办法。"
"一张怎么样？"大阮蘑菇着。
嘉奇从口袋里掏出一张票，大方地往大阮手中一拍："算你走运。"
"谢谢。"大阮把票放进口袋,"等演完戏，我请你喝酒。"
嘉奇："我不会喝呀。"
"意思意思嘛。"大阮一招手，敬个礼，然后兴奋地骑车飞驰而去。

八三

新华书店。
林小红正做着上班前的准备工作。
张岚手举着一封信跑进来："小红，你的信。"
林小红接信拆看。
张岚朝信瞟了一眼："谁来的？"
林小红脸色微红，坦率地："胡嘉奇。"
张岚："他给你来信？"
林小红把信递给张岚："你看看。"

张岚倒不好意思起来。

林小红："没关系，不保密。"

张岚看完信羡慕地："你太幸运了，送票上门请你看戏。可我倒好，朋友有一个，就是买邮票方便。"

八四

中午。胡家。

胡婶正在做活计。

嘉奇试探地："妈，今天晚上我们的话剧正式演出，您要看吗？"

"我懂啥，别把票糟蹋了。"

"妈，您一定要去。"

"真是的，演戏也离不开我。"

"不是……"嘉奇凑到胡婶跟前一本正经地："您今天去，有个重要任务……替我参谋参谋。"

"我不懂戏，参谋不出来。"

"您呀，去见见我的朋友。"

"男的，女的？"胡婶关注的神情。

"当然是女朋友。我敢打保票，您准喜欢她。"

"噢。"胡婶若有所思地，"这是得参谋参谋。"

嘉奇以为胡婶答应了，愉快地："妈，说定了，看完戏咱们一道回来。"

"再见！"他向胡婶做个戏剧动作，然后拉开门，飞跑出去。

胡婶恍然大悟地："还真有这么档子事……"

八五

新华书店。

小红正接电话："马上去取？"她看看手表，"没问题，我5点半下班就去，请你等我吧，再见。"

张岚好奇地："什么事这么急？"

林小红高兴地："那位老师傅要的书，轻工业学院书亭的同志给找到一本。”

张岚不以为然地：“为一本书跑那么远。”

林小红：“实现四个现代化，咱们都有责任。”

“那你不看戏啦？”张岚提醒她。

林小红犹豫了一下：“戏，只好不看了。”从口袋里掏出戏票给张岚，“给，你去吧。”

八六

胡家。

时钟打过6点。老胡满面春风地走进家门。

胡婶看看他身后：“嘉英呢？”

“团员、青年开会，不用等她。”老胡坐在桌前，发现戏票，拿起来看看，“老婆子，看戏去呀？”

“嘉奇临走留下的。”胡婶把饭端到桌上，想说什么，又咽了回去。

老胡抄起馒头吃了一口。

胡婶试探地：“待会儿你去看戏吧？”

“不去，没那福气。”老胡摇头，“他在家里这出戏还看不够呀。”

“是这么回事……”胡婶坐下，小心地说，“孩子交了个女朋友，今天也去看戏……”

“什么？什么？”老胡放下馒头，“看来我还没老花了眼，果不其然！行，我去。”

“那你也得吃饭呀！”

“饱了。”老胡站起来，整整衣服。

胡婶：“你也换件衣服，邋邋遢遢的，让人看见多不好！”

老胡一挺腰板：“又不是我相亲，还捯饬什么。”

“你多少也替嘉奇考虑考虑。”胡婶拿来件新汗衫，“再说，你又没见真切，到底啥人品，你清楚？”

老胡点点头：“嗯，有点道理。”他换上新汗衫向胡婶挤下眼睛，“咱们也得掌握第一手材料，再下结论。”

“就是嘛。”胡婶替他扣上领扣。

新衣服使老胡变得拘束死板了。他生硬地转了两圈，又试着走了几步。

胡婶笑呵呵地："行，人饰衣服马饰鞍。挺神气。"

老胡把腰板一挺，然后一伸手："票！"

八七

工人俱乐部。

检票员把撕去副券的票递给老胡，老胡一派严肃，挺胸进入剧场。

剧场休息厅。

老胡叼着烟斗兴致勃勃地环视大厅。忽然他的目光停留在小卖部旁。

张岚和大阮一边吃冰棍，一边叽叽喳喳地笑。

张岚："书店工作烦死了，一天到晚人不断，还净怄气。"

大阮嘻嘻地乐着。

张岚："笑什么？干脆你帮我调动工作吧。"

大阮："书店工作多好，我想干还去不了呢。"

张岚白了他一眼。

远处，老胡腻烦地把脸扭向一边。他琢磨着在哪里见过张岚，可怎么也想不起来，一种强烈的欲望促使他又转过头来。

张岚一脸苦相："哎呀，这冰棍苦死了。"

大阮不相信地："真的？"

张岚索性把冰棍塞进大阮嘴里："不信，你尝尝。"

"呸！"大阮直吐口水。

张岚哈哈大笑起来。

老胡在远处看见他俩的表情，打心眼里反感。他磕去烟灰，轻蔑地唾口痰，一转身向剧场走去。

铃声。观众纷纷走进场，落座。老胡端坐在椅上，旁边的位子还空着，他急切地等待着。灯光渐暗，张岚匆匆穿过别人的座位向这里挤来。她看看座号，一屁股坐在老胡旁边。

老胡目不旁视，心却怦怦地跳着。

幕灯亮。

报幕员走到台前。剧场顿时安静下来，随即响起热烈的掌声。

八八

热烈的掌声。

精织车间会议室里气氛热烈。

宋文海正在结束发言：“你们挡车工创万米无疵布，我们修理工也要学电子。现在是搞光电探纬，以后还有……还有叫不出名的玩意儿。将来还要引进外国的先进设备，到时候咱们总不能张飞拿耗子——大眼瞪小眼，干瞅着没辙吧？”

“说得对！”不知谁喊了一声。

嘉英：“别打断他！”

宋文海张张嘴：“完了。”

众笑。

八九

舞台侧幕里。

嘉奇手捧着4个大苹果透过幕隙向下张望。

舞台监督：“你都转悠了半小时，还没处理掉？”

嘉奇：“人没找着。”

舞台监督：“你快点吧。”

嘉奇慌慌张张离开侧幕，看见一件衣服搭在幕边椅上，他灵机一动，随手将苹果塞进两边口袋里。

舞台上。

老工人坐在桌旁正愤愤地抽烟。

其妻端上饭来：“你吃点饭，犯不上生那么大气！”

老工人：“吃饱了也待着——反正不让你干活，谁要一开机器，就是替错误路线卖命。可都不织布，穿什么，这叫什么理？”

侧幕里，嘉奇仍然向下寻觅着。忽然，他发现老胡端坐在椅子上，这意想不到的情况使他目瞪口呆。

舞台上。

老工人："再看看这帮年轻人，让他们带到哪儿了……真让人担心呀。"

台下。老胡赞同地点点头。

侧幕边。

舞台监督拉一把嘉奇："准备，该你了。"

嘉奇茫然不知所措地退了两步，刚巧站到了中年工人身后。

中年工人抄起椅上衣服，猛地朝肩头甩去，苹果重重地砸在嘉奇头上。

嘉奇晕眩地摇晃了一下。

台上。

中年工人气喘吁吁地："张师傅，您看看小牛吧，和那些英雄们喝酒喝得都没模样啦。"他一扭脸，"那不，来了。"

嘉奇昏头涨脑地晃着。

舞台监督推了他一把："快，上啊。"

嘉奇像踩着棉花一样，东倒西歪地走上舞台，他的舌头也短了一块："……这是哪儿？"

老工人："看看你什么样子？"说着举起胳膊要揍他，嘉奇竟像一堵墙似的朝他身上歪倒。

其妻拉着嘉奇："还不进屋去。"

台下乐池里。

导演满意地："这回感觉找对了，蛮有醉意。"

一演员："您示范做得好。"

导演得意地笑了笑。

大幕拉上，舞台下响起热烈的掌声。

剧场灯亮，休息。

老胡一扭头和张岚照个对脸。

张岚一拧眉毛，反感地："呵，又是你！"

老胡干咳一声，没言语，心可凉了半截。

大阮从前排站起朝后走来，张岚使劲招手。

张岚灵机一动，冲老胡："同志，劳驾，换个座位吧？前排的怎么样？”

老胡掏出票重重地拍在张岚手上：“甭换，白给！”

张岚望着老胡的背影，不解地：“这老头，真神！”

九〇

胡家。

一件新汗衫扔在椅子上，老胡闷闷不乐地扇着蒲扇。

胡婶关切地：“怎么样？”

“哼！”老胡愤愤地，“鱼找鱼，虾找虾，你儿子能寻摸什么好样儿的？”

“看真切了？”胡婶迟疑地问。

老胡：“全看清了！”叹口气，“唉，有一个还不够，再加一对，我的天！”

“那怎么和嘉奇说呢？”胡婶为难地。

“就和他直说。”老胡把蒲扇扔在桌上，走进卧室。

“那你不能发火。”

门开。嘉奇轻轻走进，看看胡婶，不满地：“哎呀，您真是，怎么让我爸爸去？”

胡婶赶忙一摆手：“轻点！”

“我去怎么了？”老胡从卧室里走出来，“你，你呀！”刚要发火，想想又忍住，竭力换一种温和的腔调，“别藏着掖着的，把话都说说。”

嘉奇摆出副准备挨整的架势：“您都看见了，还说什么？”

“要说的多啦！”老胡单刀直入，“交朋友啦？”

嘉奇知道瞒不过，干脆地：“嗯。”

老胡：“人怎么样呀？”

嘉奇：“挺好……”

“什么，还挺好？”老胡刚要瞪眼又忍住。

嘉奇：“反正比我强。”

老胡：“依我看，半斤八两。”

嘉奇：“妈，您看我爸爸这么主观……”

胡婶欲言又止。

老胡："主观什么？我有第一手材料！我问你，是不是新华书店的？"

嘉奇惊异地："……是啊！"

老胡得意地用一种教训的口吻说："交朋友也得讲个质量第一。"

嘉奇忍不住："爸爸……"

老胡一瞪眼："急什么？不中听啦，这叫对你负责。"

嘉奇一屁股坐在椅子上。

九一

晚霞映红了半边天际。

什刹海边，嘉奇和小红漫步。

嘉奇："小红，那天看戏你有没有……"他找不到适当的词来说明，只能做个莫名其妙的手势。

小红："噢，对了，那天我没去，实在对不起。"

"什么什么？"嘉奇瞪大眼睛，"你说清楚点！"

"我没去，你是不是生我的气啦？"

"真的没去？"

"真的。"小红不解地望着他，"张岚去了，我……"

"太好了！"

"太好了，为什么？"小红莫名其妙。

嘉奇："因为……因为你没去。"

小红："听张岚说，你演得好极了，成功地塑造了一个受'四人帮'毒害的青年形象。"

嘉奇意味深长地："生活里本来就在演着，不过是该结束的时候了……"

小红默默地望着他。

嘉奇坦率地："请你告诉张岚，我演出是失败的。如果说成功，那也是一种十分偶然的原因。"他下意识地摸摸脑袋。

小红闪射出喜悦的目光。

嘉奇："你想什么？"

小红："我对你有了新的了解。"
嘉奇："什么？"
小红："你不吹牛啦。"

九二

傍晚。胡家。
老胡在找东西。
胡婶："你翻腾什么？"
老胡："嘉奇的象棋哪儿去了？"
胡婶："你想干什么呀？"
老胡："下、下棋去……"

九三

玉林家。
门前，老胡夹着象棋盒，犹豫着，忽然下了决心，挺起腰板，轻轻地举手敲门。玉林开门："师傅，您……"
老胡尴尬地乐乐："嘿……找你。"
玉林："有事？"
老胡一扬棋盒："嘿……下棋。"
老胡把棋放在桌上，四下巡视。
玉林："您坐。"
老胡："你妈呢？"
玉林："串门去了。"
老胡："那好，那好……"
玉林诧异地望着老胡。
老胡把棋子倒在桌上。
玉林："师傅，我不会下。"
老胡："嘿，其实咱俩一样，我也不会。"
玉林望着老胡一个劲儿傻乐。
老胡坐到椅上："电子这玩意儿好学吗？"

玉林："要想学就不难。"

老胡用手搔着鼻梁："你再收个学生吧。"

玉林："谁呀？"

老胡："我。"

玉林："您？"

老胡："怎么？"

玉林为难地："您是我师傅。"

老胡诚恳地："现在我是你徒弟。这个徒弟，老点儿，笨点儿，不过我有思想准备，还记得我当初是怎么严格要求你的？"

玉林："记得。"

老胡："就照那样办。"

玉林激动地："师傅……"

老胡："想当年，党给我摘掉了文盲的帽子，现在咱们再摘科盲的帽子。"

玉林："师傅，您一定能学好。"

老胡："你这么想？"

玉林："就像相信我自己一样了。"

老胡："那就开始吧。"他从怀中掏出书来，又叮嘱地，"不过，先不用给我扯旗放炮的。"

玉林："我明白。"

又一阵敲门声。

老胡一指象棋："快，摆上。"

玉林开门。

嘉英走进，看见老胡意外地："爸……"

老胡："嗯。"

嘉英："您在这儿？"

老胡："下……下棋。"

嘉英走到桌边，哑然失笑。

老胡不满地瞪她一眼。

嘉英："爸，您看看老将上哪儿去了？都过河啦……"

玉林和嘉英对视，会心地笑了。

老胡一梗脖子：“笑什么，我就这么下。”

九四

某单位住宅区。楼房林立。

玉林夹着纸包和老胡寻看着，在一栋楼前他们停下。

老胡：“咱们是来征求意见，一定要注意态度。”

玉林一拍口袋：“我拿着笔记本呢。”

老胡喜爱地看着他：“走吧。”

一家门前，老胡掏出地址看着，又望望门牌，放心地：“就是这儿。”他整整衣服，一挺腰板，举手敲门。

“谁呀？”随着话音门拉开一条缝，张岚探出头来。

张岚一惊：“哟，又是你。”

老胡一下窘住了。

张岚：“你是不是到家来给我提意见呀，那好，请进吧。”

她拉开门往里让着。

老胡不自然地乐了一下，然后走进去。

房间里。

张岚：“别客气，提吧！这次我保证不和你吵。”

老胡向玉林递个眼色。

玉林掏出笔记本：“你是张岚同志吧？”

“没错。”张岚双手交叉胸前。

玉林：“是这么回事，你买过一条裤子吧？”

张岚慢条斯理地：“买过。和你们什么相干？”

老胡干咳一声。

玉林：“……你给厂里的批评信，我们收到了。”

张岚：“等等，你们是？”

老胡客气地点下头：“我们是曙光厂的。”

“哦……”张岚恍然大悟，忙倒了两杯水放在他们面前。

玉林：“希望你多给我们提出宝贵意见，帮助我们改进工作，提高质量。”

张岚：“我以为没音信了……谁想到你们真来了……同志，喝水呀！……”

老胡：“谢谢……”

玉林赶忙也说：“谢谢。”

老胡又向玉林递个眼色。

玉林把纸包递给张岚：“这是给你带来的。”

“给我？”张岚睁大眼睛。

老胡点下头：“没错。”

张岚打开纸包，一条崭新的裤子呈现在眼前。她吃惊地：“这是干什么？”

老胡：“我们应该给你退换。”

张岚热泪盈眶地：“我的服务态度不好，同志们批评我了，我还不服气，想想真差劲。今天你们来找我征求意见，可我觉得倒是我应该主动上门向您征求意见，我做得太不够了。”

老胡宽厚地：“我相信你会做好的。”

玉林拿着笔记本：“意见哪？”

张岚：“没有啦！谢谢你们教育了我，一句话，向你们学习！”

玉林：“向我们学习？”

老胡意味深长地：“小同志，我们虽然在不同的岗位，可全是为人民服务的。心里装着人民群众，工作就一定可以做好。”

老胡从口袋掏出一卷钞票递给张岚：“上次那位小同志送书到厂，我没见着，倒叫她垫钱，这个请交给她。就说一个老工人感谢她的帮助和支持。”

老胡和玉林站起身来。

走到门边，老胡犹豫了一下，问：“你认识胡嘉奇？”

张岚痛快地：“认识啊，怎么？”

“没什么……”老胡支吾着转身走向门边，“年轻人精力要放在工作上、学习上，你们俩以后要互相多帮助啊。”

“哎……”张岚频频点头，突然奇怪地抬起头，“嗯？”

九五

胡家。厨房内。

老胡站在水池边灌着水边说着："嘉奇搞的那个对象他要是实在不死心啊，也就凑合了。"

胡婶正在案板前擀着饺子皮："怎么？"

老胡端起案板上的一盘饺子："那孩子毛病是有，可年轻人嘛，愿意改也就行喽。"

胡婶怀疑地盯看老胡一眼："听嘉奇说，你弄差了。"

"没错没错，刚才我还见到她了。"老胡自信十足地挺挺胸，"我还说了她几句呢，我的话她还听……哎，你叫嘉奇把她叫来，你再看看，啊？"

胡婶："哎。"

九六

小红家门口。

嘉奇站在台阶上正等待着。

小红从楼门里走出来。

嘉奇急忙迎上。

小红抽出放在背后的手，将一沓信递给嘉奇："给，你的信，全退给你。"

嘉奇不解地："啊，你，你这是什么意思？"

小红微微一笑："你拿回去好好看看嘛。"

嘉奇心绪不宁地："我自己的信，又有什么好看的？"

小红："上边的错别字我都给你改了。"将信一把塞给嘉奇。

嘉奇不好意思地将信塞进裤兜里。

小红又从身后拿出一本绿皮的《新华字典》："给你这个。"

嘉奇接着。

"再见。"小红欲走。

"哎，等等。"嘉奇忽然想起什么，"对了，明天中午到我家去吃饭吧。"

小红轻声地："我不。"

嘉奇："我爸爸妈妈都想见见你呢。去吧，啊？"

小红略一思索："……那好吧。"

嘉奇喜形于色："你可一定来啊！"

九七

立交桥上。

嘉奇哼着小曲跳跳蹦蹦地沿栏杆由远处而来。

大阮骑车与向前跑着的嘉奇交错而过。

大阮忽然发现嘉奇，一捏闸，惊喜地大喊一声："嘉奇！"

嘉奇："大阮？怎么最近见不着你啊？"

大阮："嘿嘿，我现在忙着呢！"

嘉奇："张岚呢？"

大阮一本正经地："你不知道，她变了。"

"变心了？"嘉奇一惊。

"哎，什么变心啊。"大阮掏出一个小本递给嘉奇，"你看，这是我俩订的新条件。这回要比干劲，比贡献喽……"

九八

工厂大门口。新华书店流动售书摊前。

张岚手拿一本新书，正热情地向人们介绍着："这是新出的《半导体电路基础》……"

一青年工人："你给我来一本。"

"好。"张岚话出书到。

一中年工人："同志，要那个。"

张岚："来了……"

九九

菜摊旁，挤满了顾客。

统计员对身旁一手提着老母鸡、一手拎着网兜的老胡说道："哎，胡主任，您可得多买点啊。嘉英首创万米无疵布，玉林又评上了革新能手，您得好好犒劳犒劳啊，对不对？”

正在菜摊里买菜的老齐接过话茬：“还有喜事呢。”边说边从桌下取出个半导体递给老胡，“哎，把这个带给他们俩。哈哈……”

“噢！”老胡乐着接过半导体。

“噢！”统计员一下明白过来，一指老齐也哈哈乐了起来。

一〇〇

新华书店流动售书摊前。

“老病号”拿着几本新书转身离开书摊，看着书本喃喃地：“英语讲座……”

田芳和一位男青工迎面而来。

田芳：“‘老病号’。”

男青工：“我说‘老病号’，你想一口吃个胖子啊。”

“老病号”拉着长腔：“啊，搞四化嘛，胡混是不行喽。”

男青工：“哎，你们技革小组扩大，得把我吸收进去了吧。”

“老病号”摆了个领导的架势：“……研究研究吧。”

男青工、田芳笑着向书摊走去。

“等等。”“老病号”忽地回过头，向他们摆了摆手，炫耀地来了句，“古——德——拜！”扬长而去。

老胡走近书摊。

“胡师傅。”张岚亲切地招呼着，“我给您带来两本书，您看。”

老胡：“噢，好……你出来，我跟你说句话。”他把张岚引到一边，悄声问道：“嘉奇跟你说了没有？”

张岚摸不着头脑地：“说什么？”

老胡俯到张岚耳旁，低声地：“到我家去吃饭。”

张岚忙摆手：“哦，不。”

老胡：“哎，一定去！”

书摊另一侧。

老胡又走到小红身边：“小同志。”

小红：“哟，老师傅，是您啊！”

老胡："上次给我送书还没谢谢你呢。"
小红："您那么客气干嘛。"
老胡一招手："来，我跟你说句话。"他们走到悬挂的画前。
老胡："张岚中午到我家吃饭，你也陪着去吧。"
小红面有难色地："……我还有点事。"
老胡："不行，一定去。"
小红："不行，我已经答应人家啦。"
老胡："哎，一定去一定去。"
小红："不行，不行啊……"

一〇一

胡家。
阳台上，一盆盛开的月季花。
嘉奇端着花盆往室内小茶几走去，放下后又奔回餐桌，把篮子里的苹果一个个摆放盘中，然后也端到小茶几上。
一股香味飘来。
嘉奇夸张地做了个深呼吸："嗯……"
厨房里。
老胡、胡婶手忙脚乱地炒菜、做饭。
一阵敲门声传来。
3人同时惊喜地向门口方向望去。
嘉奇喜滋滋地打开门。
穿着新衣的玉林和嘉英出现在门口。
嘉奇："妈，是姐夫他们来了。"
老胡、胡婶迎出。
嘉英："妈，爸。"
玉林恭敬地向老人一鞠躬，欲言又止。
嘉英用手轻轻捅了捅玉林的后腰。
玉林不好意思地看看嘉英。
嘉奇从玉林身后探出脑袋，调皮地："叫妈。"

玉林鼓起勇气："妈……"

"哎。"胡婶乐得眉开眼笑。

老胡在一边也眯眼笑着。

玉林看一眼嘉英，把目光又移至老胡，清了清嗓子，却迟迟张不开口。

老胡一摆手："得了，得了，还叫师傅吧。"

胡婶："嘉英，快陪玉林先到屋里去歇一会儿。"

老胡："嘉英，老齐给你们的礼物搁桌上了。"

一〇二

半导体下压张红纸。

小室内。嘉英、玉林分别拿起半导体和红纸。

嘉英拨开半导体开关，动听的乐曲声从机中播出。

玉林展开红纸念道："这是我在电子扫盲班的作业，用这件小礼物祝贺你们生产和革新的成绩。祝你们新婚幸福。齐国梁。"

嘉英："噢……"笑着与玉林交流了一下。

又是一阵敲门声。

一〇三

门厅里。

老胡和嘉奇同时向门奔去。

嘉奇迅速地整了整装，猛地拉开屋门。

小红和张岚立在门口同声地："胡师傅。"

老胡热情地向张岚伸出手。嘉奇也作交叉状地向小红伸出手。

胡婶赶过去，照手背两巴掌："你们这是干什么，还不让人进来！"

老胡和嘉奇立刻分到两旁，小红和张岚从两人中间走进。

小红和张岚同声地："大妈。"

"哎。"胡婶喜滋滋地应着。

老胡偷着扯扯胡婶，朝她示意。胡婶凑到张岚跟前，眉开眼笑地端详着。张岚越不好意思地躲闪，胡婶越看个没够。

胡婶："多飒利的姑娘……"

嘉奇见胡婶张冠李戴："妈，这儿呢！"

胡婶惊奇地："啊？"

老胡忙一指小红："哦，对了，这是我经常跟你提的那姑娘，工作别提多负责了。"

小红腼腆地笑笑。

老胡冲嘉奇："看岁数你们差不多，论思想可把你比没了。"

嘉奇："爸爸……"

老胡："怎么，不爱听了，这儿没外人。"他看眼张岚，"嘿嘿，你以后多帮助他吧！"

张岚忍不住地："胡师傅，错了……"

老胡宽厚地："别提那事啦，改了就好。"

嘉奇一挥手："嗨，您都乱套了。"

老胡："乱不了，我心里有数。"

话音刚落，门被推开，大阮身着整齐的邮递员服装走进门。

张岚像来了救星，高兴地跑到门口，然后一扬手："再见！"

大阮礼貌十足地一点头："再见！"

二人亲热地离去。

老胡和胡婶目瞪口呆地立在原地。

嘉奇拉着小红走到老胡和胡婶面前，骄傲地："爸，妈，这是我的朋友。"

老胡脸上立刻又浮起笑容。

胡婶："这姑娘稳稳当当的，更好。"

老胡略一沉思，然后走到窗前，将月季花掐下来。

众人不解地看着他。

老胡走到小红身旁热诚地："喏，戴上，孩子。"

小红激动地接过花。

尾 声

那架移动式照相机。

那位饶有风趣的照相师正在神气活现地指挥着："啊，靠紧点，都看我这儿，对……就这么笑……太好了！"

镜头拉开。

天安门画像前。

老胡、胡婶坐在椅上。嘉奇和小红立在胡婶背后。玉林和嘉英立在老胡背后。3朵红花给众人增添了光彩，小红胸前的月季花鲜艳夺目。老胡乐得那么自然，亲切。

照相师满意地："好，别动，照啦。"

随着快门咔嚓一声。银幕上又出现一张"全家福"照片。

在这个衬底上叠印演职员表。

主创名单

编　　剧： 林　力

导　　演： 王好为

摄　　影： 李晨声

主要演员： 陈　强　黄　玲　张金玲　汪有桓　刘晓庆
董子武　陈佩斯　陈育德　方　舒

电影《瞧这一家子》海报

星星星

蔚蓝的夜空，星光灿烂。

在轻松、活泼的音乐声中，满天星斗闪耀着晶莹的光亮。

画外音：您看，蔚蓝的夜空，群星在闪烁，它多美啊，就像我们的生活—— 一个群星灿烂的时代。

忽然，星星飞旋起来，在一片奇异的光彩中推出片名。

星星星

在音乐声中，三个“星”字聚拢成品字形，变成了一枚三星的商标。

画外音：您大概以为我要讲的是星星的故事吧！不，那是天文学家和诗人的事情。我要说的是，我和爸爸共同工作的地方——群星皮鞋厂。它专门生产三星牌男女皮鞋，历史悠久，做工精细，质量没得挑。我爸爸脚上的那双三星牌皮鞋还是他结婚时买的，这双鞋比我还大一岁，至今依然健在。这，大概是使群星皮鞋厂永远引以为荣的事情。他们维护着这个名牌产品，直到今天，依然不允许它改变一丝模样，不信，您往我们脚底下瞧……

画面：一双穿在脚上的大圆头皮鞋特写，由于年头已久，鞋面布满皱纹。

另一双穿在脚上的较新的黑色大圆头皮鞋特写。

画外音：我和爸爸是父子俩，可穿的鞋却像一对双胞胎。亏了我还没成家，否则我要有个儿子再穿上这么一双鞋，那真成“三世同堂”了。所以，平时我绝不和爸爸同一天穿这双鞋，但是今天，情况特殊，爸爸要带我去完成一个任务……哦，是这样，二老双亲总说我老大不小，可个人问题毫无进展，怕我打一辈子光棍，所以为我采取了必要的措施，您看，我们家现在多热闹……

画面：老丁身着制服，端坐椅上，丁婶正使劲地替他擦着皮鞋，丁凯坐在床上，也哭笑不得地望着自己的脚。

妹妹晓芬正替他擦着皮鞋。她的脚上也穿着双女式大圆头皮鞋。

丁婶像质量检查员一样审视着丈夫和儿子。

画外音：噢，该出发了，不知怎么，我的心好像要从嗓子眼里蹦出来……

画面：老丁整装待发。

丁凯神态拘谨，表情生硬。

丁婶："绷什么劲，你这副呆头呆脑的模样还不把人家吓着！"

丁凯脸上的肌肉抽搐几下，似笑非笑地望着丁婶。

丁婶最后做了个满意的手势。

老丁和丁凯的身影逐渐变暗，银幕上显出一老一少，一胖一瘦，姿势相同的两个侧面身影。

在下列衬底上拉出演员表。

在节奏鲜明、轻快的乐声中，一胖一瘦两个剪影开始活动。

老丁昂首挺胸走下楼梯。

丁凯脸上挂着莫名其妙的笑容，紧紧尾随在老丁身后。

门旁。丁婶目送着父子俩走下楼梯。

晓芬从门缝里探出头来嗤嗤地笑着。

一双穿在脚上的新圆头黑皮鞋特写。

一双穿在脚上的旧圆头黑皮鞋特写。

老丁和丁凯的身影，在盘旋而下的楼梯间时隐时现。

林荫路。

老丁穿过行人身旁，目不斜视，大步而行。

丁凯紧赶几步，二人步伐一致，像一支巡逻队。

字幕完，乐声止。

丁凯的画外音：我爸爸就是这样一个人，他喜欢走路，不多坐车。他经常教育我们说这样既可节约，又可锻炼身体。哦，离目的地还得走会儿呢，今天是星期天，您不妨先到百货公司去看看。您如果也需要这么双万年牢的皮鞋，尽可以去挑选。好，回头见……

百货公司内的柜台。

特写——鞋帽部。

柜台里摆着样式单调的男女大圆头皮鞋。一个廿五六岁的女营业员正在顶班，她就是皮鞋组组长沙丽。

一对青年男女走近柜台，朝里边的大圆头皮鞋瞥了一眼。

沙丽热情地："看看吗？"

男青年："谢谢，不用了。"

女青年："没有别的？"

沙丽："就这一种。"

男青年瞪着沙丽："你们就不能进点新样子！"

沙丽歉意地一笑："不行啊，有规定，我们专门卖群星皮鞋厂的产品。"

男青年："这规矩非改不成！"

"我也这么想……"沙丽同情地望着男女青年，"你们再到别处转转，也许能碰上可心的。"

女青年："腿都遛断啦。"

男青年："唉，买双可心的鞋比搞对象还难！"

女青年难为情地一推男青年："跟人说那个干吗，干脆买了吧，省得明儿结婚脚底下没双新鞋。"

男青年一咬牙："听你的，买！"

一幢楼前。

老丁和丁凯止住步。

老丁回过头盯着丁凯，见他那件笔挺的制服的领扣和第一只纽扣都敞开着，急忙努嘴示意。

丁凯迫不得已地扣上纽扣和领扣，然后别扭地扭动下脖子，长长地吐了一口气。

一间收拾得干净利落的房间。

丁凯望着天花板，坐在角落里的一张椅子上。

老丁满面春风。

一个50多岁的妇女正眉开眼笑地说着：“老丁啊，不是我说，老实人就得找个靠得住的，我这外甥女别的不说，心眼特好。”

老丁乐呵呵地：“是，说的是……”

丁凯向对面偷偷一瞥，对面椅子正坐着位胖墩墩的姑娘，新烫的卷花头发包着一张快要绽出油来的胖脸。此刻，她也正歪过头想窥视丁凯。

丁凯见状急忙又扬起头，避开了那几乎碰到一起的目光，呆呆地朝天花板望着，那双穿着圆头皮鞋的脚，下意识地打着点抖动起来。

姑娘的眼光落在鞋上。

为了掩饰自己的不安，丁凯的脚抖动得更快了。

老丁忍不住暗示性地咳了一声。

抖动的脚像得到了命令，顿时停止。

姑娘的脸上掠过一丝窃笑，她架起二郎腿，得意地炫耀着自己脚上那双红色中跟新皮鞋。丁凯的目光被那双鞋吸引住了。

中年妇女向老丁一挤眼睛，故意大声地：“老丁啊，我又买了几盆月季，我带你到那屋看看去。”

老丁会意：“成，看看去。”

二人站起身。

丁凯不安地：“爸……”

老丁瞪了他一眼：“你们先聊聊嘛！”

月季花前。

中年妇女和老丁低声交谈着什么，老丁频频点头，脸上露出满意的神情。

房间里。

丁凯和胖姑娘默默地各自想着心事，丁凯始终目不转睛地盯住那双红皮鞋。

还是胖姑娘打破了沉寂的局面："你喝水呀！"

丁凯正在出神，姑娘用手轻轻地碰碰他，指指杯子："喝呀！"

丁凯像触电似的："不，不，谢谢，不渴。"

姑娘撇了撇嘴。

丁凯鼓足勇气，像是在夸奖："你身体不错。"

姑娘："我从未得过病。"

丁凯一本正经地："看得出来。"

姑娘笑眯眯地："你怎么知道？"

丁凯："你够足实的。"边说着眼睛又转向胖姑娘的红鞋上，正想提问，不料一抬头，只见胖姑娘恼怒地拧起双眉："啊……你……"

马路上。

老丁和丁凯边走边谈。

"怎么样，嗯？"老丁期待的神情。

丁凯："是挺漂亮。"

老丁得意地挺起胸："我的眼光还有错，你瞧瞧人家多富态，怎么看怎么顺眼……"

丁凯忽然想起什么："爸爸，您知道那是哪个厂出品的？"

"哪个厂出品？"老丁鼻子和眉毛凑到一堆，"你……你胡说什么呢？"

丁凯："说她那双鞋呀，样子蛮新呢。"

老丁："咳，谁问你这个，瞎打岔。"

丁凯转身欲走。

老丁："哎……还没说完哪，你干吗去？"

丁凯："有事。"

老丁朝丁凯背影大声喊："你就多想点这事吧？"

十字路口。

车辆、人群川流不息。

交错而过的行人的脚……

丁凯手里拿着小笔记本目不转睛地盯视着。

一双穿着圆头皮鞋的脚突然停在丁凯眼前。

丁凯抬眼一看，见是个两鬓斑白的中年人。

丁凯合上小本："于厂长。"

老于询问地："你在这儿干吗呢？"

丁凯不好意思地："嘿，搞点社会调查。"

老于不解地："就在这儿？"

"嗯，"丁凯点点头，"于厂长，我正要找您。"说着从小本里拿出一张叠好的纸来……

夕阳西下，长堤旁，老于和丁凯正在侃侃而谈……

车间里，喇叭里播放着运动员进行曲。

小费坐在马扎上，像和尚敲木鱼似的随着音乐的节奏心不在焉地钉着鞋跟。他面前堆放着的黑色大皮鞋比别人多了一倍。

一个女青年向他投来怀疑的目光："你都钉好了？"

小费一撇嘴："这话问的，你也不看看这活儿咱干了多少年，不是吹，闭着眼也钉不错地方。"

正说着，老丁悄悄地在小费身边停下来，怒声地："你在这儿打铁呢！"

小费抬起头："嘿嘿，我怕它不结实……"

老丁拿起一只鞋验看。

小费不安地观察着老丁的表情。

老丁："嘿，你倒没少干……"

小费："嘿嘿，为'四化'出力嘛。"

"别叫得那么好听！"老丁把鞋扔到小费怀里，"瞧，钉子都透了！"

小费："这……"

老丁："咳，没毛病人家还挑眼呢，再想马马虎虎……"一挺腰板，"咱们这是名牌，质量差一丁点儿也不行！"

丁家。

两个喇叭的收录两用机正播放着戏曲。

老丁闭着眼手摇蒲扇正听得津津有味，得意处还不时地用手击上几下板眼。

门一开，丁凯进来。他走到小柜台前，“啪”地关上录音机。

老丁猛地睁开眼睛：“干吗？”

丁凯：“爸爸，咱们说点事。”

老丁以为丁凯说胖姑娘的事，脸上立刻浮出笑容：“说吧。”

丁凯掏出小本。

老丁：“一句话的事儿，不用跟我念发言稿。”

丁凯：“这是我的调查报告。”

老丁：“嗨，用得着你跑嘛，我早就做过调查了，门当户对，知根知底……”

丁凯：“您想哪去了，我要跟您说鞋的事儿。”

老丁往椅上一靠，摇着大蒲扇：“简单点。”

丁凯：“刚才在大街上我数了1106人，您知道穿皮鞋的有多少？600多！”

老丁：“这有什么新鲜的，生活提高了，谁不想穿双皮鞋？”

丁凯不客气地：“您只看到问题的一个方面。”

老丁一震：“哦？”

丁凯：“这600多双皮鞋，黑色占了400多，那些最黑最蠢的就是咱们厂的三星牌。”

老丁拧起眉头怒视丁凯。

丁凯：“可您还叫我们挖潜，超产，拼着命地保持这种老样子。”

“老样子？哈，口气多大！”老丁坐直身子，“咱们这是地地道道名牌，质量、做工没得挑……”

丁凯：“爸爸……改变鞋型，增加花色品种，照样可以争名牌。”

老丁一梗脖子：“你以为是在家吃饭呢，今天不爱吃炒芹菜，明天换盘萝卜。计划不要了？指标不完成了？你别脑子热，想一出是一出。”

丁凯："这种鞋早晚有卖不出去的时候。"

老丁："你甭操那份心，鞋产多少，商业部门就包多少，就怕你不干！"

丁凯："您也不听群众对咱们是什么反映。"

"上嘴皮一碰下嘴皮还不容易，群众反映也要具体分析。"老丁举目环视四壁，那上面挂满各式各样的奖状，他脸上露出得意、自豪的神情。

"你瞧瞧，那可不是耍嘴皮耍来的，创下老名牌容易吗！"

丁凯："爸爸，过去您有成绩，完全可以自豪，可不能老躺在名牌上睡大觉。"

老丁腾身而起："哈，我睡大觉？说说，在车间哪天不是我头一个去末一个走，为了生产的事儿，我脑子闲过吗？我倒想睡大觉，行吗？"

丁凯："爸爸，关于增加花色品种、改产问题，我已经向于厂长打了报告。"

"什么，什么……"老丁腾身而起，想想，"那好，等研究时，我再谈意见……"

晓芬一拉丁凯："哥，进屋去。"

丁凯转身欲走。

老丁大喊一声："站住！还有事哪！"

丁凯止住步。

老丁："听着，脑子里别尽装些花里胡哨的鞋样。"向厨房里喊了声，"他妈……"

丁婶闻声边擦手边走进屋。

老丁："你妈也在这儿，别憋着啦，该表态啦。"

丁婶："你爸爸说，人家可没意见，明后天还来听回话呢！"

丁凯沉默不语。

丁婶："干脆点！"

丁凯："我不同意！"

丁婶一叉腰："好啊，让你自个儿找，你又找不着，好容易给你张罗上了嘛，可你又挑三拣四，人家哪点配不上你，啊……"

丁凯："我看她俗气，没有共同语言……"

老丁："废话，还没一块儿过，哪儿来的共同语言……"

晓芬："爸，我哥要是实在不同意您就别强迫了，留点精神，反正还有我呢。"

丁婶恼怒地："这是姑娘家说的话吗！"

晓芬："你们不是爱管闲事吗？"

"哼！"老丁的眉毛和鼻子差点皱到一堆。

丁婶："该管就得管！"

话音刚落，只听到窗外传来一阵清脆的六弦琴声。一个粗嗓门正在使劲地唱："……来吧，我的老同学来吧，来吧，我的老同学……"

丁婶双手一合："我的天，又嚎上了！"猛地关上窗子，一转身面对晓芬，"他老跑这儿来干吗？"

晓芬把小辫子一甩："我知道？"

老丁皱起眉头，冲丁婶一努嘴："打发打发！"

丁婶猛地推开窗子，怒吼一声："听着，你再跑到这儿，来啊去呀地勾搭晓芬，别说我拿水泼你！"

丁凯透过玻璃窗，向下望去。

二宝怀抱着六弦琴，坐在马路边上，正一边唱着一边眼巴巴地望着二楼窗口……

晓芬偷偷地溜出门外。

住宅区人行道上。

晓芬与二宝边走边谈。

晓芬："你老跑到我家楼下瞎唱什么，爸妈都烦了。"

二宝："谁让你老不理我！"

晓芬："你不转变人们对你的印象，我就不理。"

二宝："我这不是找你商量来了嘛！"

晓芬："跟我商量什么？"

二宝一挥手："唉，别提了，街道办事处通知让我到服务社工作。"

晓芬："你没去？"

"去？"二宝一耸肩膀，"成天和老大妈们混有啥意思，今后一培养接班人，再看上我，还拔得出来吗？”

晓芬：“反正比你瞎胡混强！”

二宝：“倒也是……”一扬头，“我要在街道真干上了，你不会看不起我吧？”

晓芬：“瞧你说的，我可不是那种人。”

二宝：“你同意我去？”

“碍我什么事？”晓芬一撇嘴，“你那么大个人自己还不会拿主意。”

二宝闭起眼睛把胸脯一拍：“得……我豁了……”

耳旁传来一串银铃似的笑声。

二宝睁眼一看。

晓芬早跑掉了……

百货公司鞋帽部。

沙丽、胖姑娘和另外几个营业员正站在柜台里。

沙丽望着熙熙攘攘的大厅感慨地说：“你瞧就咱们这儿清闲。”

胖姑娘一挑眉毛：“嘿，非围得个里三层外三层你才高兴？清闲还不好？我巴不得卖一辈子这种鞋呢？”

沙丽：“你怎么知道寻摸双漂亮鞋穿？”

胖姑娘：“穿衣戴帽各人所好，谁有能耐谁就买呗！”

沙丽：“顾客再有能耐，咱们没鞋卖不也白搭？”

胖姑娘：“这话你应该对鞋厂说去，反正它出什么鞋，咱卖什么鞋。”她像想起了什么，“哎，沙丽，你还是替我想想吧。”

沙丽：“替你想什么？”

胖姑娘：“人家说我足实，你说有什么办法减减肥？”

沙丽：“嗯？我倒想，群星皮鞋厂为什么不能想办法……”

胖姑娘失望地：“嗨，你一点都不想着我的事。”

电话铃声。

胖姑娘抄起电话：“喂……”把话筒递给沙丽，“你的。”

沙丽接过电话：“是我……嗯，好吧。”放下电话转对胖姑娘，“走，我教你个减肥的法子。”

胖姑娘笑容满面……

一双脚晃晃悠悠地挪动着。

镜头拉开。

百货公司库房里。

胖姑娘气喘吁吁地抱着一摞鞋匣正往库房深处走去。

库房一角，沙丽蹬着高凳正往上码放着鞋匣。

胖姑娘扭到沙丽跟前，把鞋匣朝地下一丢，一屁股跌坐在一只纸鞋箱上："哎哟……"

沙丽："怎么样？"

胖姑娘："你低头看看，我都成了水人啦。"

沙丽："快有效果了。"

"别拿我开心了。"胖姑娘狠狠一甩手，"这是哪个缺德的进这么些没人要的货，唉，把人快累死了……"

沙丽微微一笑："外头清闲，里头就得累，反正都是咱们的工作。"

胖姑娘："大概不会有好日子过了。"

沙丽："工作忙、活累点都不怕，但是要有价值。这些日子我一直在想，怎么才能改变现状……"

胖姑娘："这还不好办，跟领导说说干脆不再卖三星牌。"

沙丽："那卖什么鞋？"

胖姑娘站起身："这我倒没想过……你的意思……"

沙丽："要是生产鞋的和销售鞋的都为群众着想那就好了。"她若有所思地，"咱们不能老是处于被动局面，应该找群星皮鞋厂的人谈谈。"

"对，给他们施加点压力。"胖姑奶猛地坐回鞋箱上。纸箱承受不住重压发出"卡卡"声响。

沙丽："留神箱子！"

胖姑娘不好意思地一笑："哎，沙丽，我倒认识群星皮鞋厂的人。"

沙丽："那好，咱们去找他！"

胖姑娘想想又退缩了："别别，认识是认识，不过一共才说过三句话。"

沙丽故意地："干吗吞吞吐吐，说实话，你们到底是什么关系？"

一句话触动了胖姑娘的心事，她禁不住叹了口气："唉，我要是知道就好了……"

繁华的街道。下班的人群川流不息。

一辆自行车在人群中穿行着。

镜头拉开。

丁凯一边蹬着自行车，一边向人们的脚下望着。

无数双穿着各式各样皮鞋的脚划过镜头。

忽然，丁凯的眉毛挑动了一下，脸上露出欣喜的神情。

在一件飘摆而过的连衣裙下面，一双样式新颖的绛紫色女高跟皮鞋一闪而过。

丁凯急忙跳下自行车。

那双脚已经消失在人群里。

丁凯掉转车头，推着自行车，逆着人流追过去。

人们向他投来责备的目光。

连衣裙又闪现了一下。

丁凯急忙推车向前追去，人们躲避着丁凯。

飘摆着的连衣裙。

绛紫色的高跟皮鞋。

丁凯吐着长气，紧跨几步，闯到了沙丽前面，一不小心车轮碰到沙丽身上。

丁凯一点头："对不起……"

沙丽："有你这样逛马路的吗？"指着自己的裙子，"瞧，都弄脏了！"

"我给你擦……"丁凯急忙掏出手帕，一边向沙丽歉意地笑着，一边慌乱地蹲下替沙丽擦拭裙子。

沙丽难为情地一躲，不小心又碰到车上，裙子又弄脏了一大块。

丁凯愈加慌乱，扯着裙脚擦拭得更狼狈了。

沙丽几乎大叫起来："别擦了，你瞧……"

丁凯定睛细看，沙丽的浅色连衣裙下摆被抹得成了花道道。

沙丽生气地："这……这成了什么样了？"

丁凯讷讷地："我替你洗……"

沙丽眉毛一挑："我认识你是谁？"

丁凯："嘿嘿，我是群星皮鞋厂的……"

沙丽："哦？"

丁凯："我，我带着工作证呢。"说着正要掏。

沙丽："我不看。"她望着丁凯那副狼狈样子，揶揄地，"真有意思！"

丁凯："我可没这种感觉。"略一沉思，"我想和你聊聊。"

"聊，聊聊？"沙丽一惊，"和我？"

丁凯一本正经地："对。"

沙丽迟疑的神情："聊什么？"

丁凯："鞋。"

沙丽放下心："啊，这可以，省得我找你们去。"

丁凯一伸手："请吧。"

沙丽微微一笑。

丁凯刚想推车，一扭头，发现一位民警正用警惕的目光注视着他。他赶忙屏住呼吸，目不斜视，紧张地挪动脚步……

街心公园。

长椅上，丁凯和沙丽保持着一定的距离。

沙丽："警察大概把你当成是偷车的吧！"

丁凯："可不，我的心都快从嗓子眼里蹦出来了。"

沙丽："你的胆子真小。"

丁凯："我爸爸说胆子小好，不容易犯错误。"

沙丽忍不住笑了起来。

沙丽："……我们早就希望群星皮鞋厂能出新产品，意见反映了不少遍，可就是听不见回音，你们还是没完没了地照旧发货。你们那种老产品要是积压太多，我们可不准备进货了。"

丁凯一惊："真的？"

沙丽："我从不说假话。"她笑了笑，"咱们聊了一道，可互相连姓名都不知道。"

丁凯迅速地把手在裤子上蹭了蹭，然后毕恭毕敬地：“我叫丁凯。”

沙丽热情地伸出手：“沙丽，你还要了解什么情况尽管来找我。”

丁凯欣喜地：“一定。”

丁凯像想起什么似的从口袋里掏出小本：“你能让我画一幅吗？”

沙丽：“你会画画？”又不好意思地，“我有什么好画的！”

丁凯恳求地：“好不容易找到你这样的，就让我画吧！”

沙丽：“那就画吧。”她拢了拢长发，摆了摆姿势，俊秀的脸上露出了笑容。

丁凯做了一下手势：“你这脚的位置……”

沙丽会意地把一条腿搭在另一条腿上。

丁凯紧勾了几笔，合上小本：“好，完了。”

“完了？”沙丽惊奇地瞪大眼睛，“比……比我照相还快。”

丁凯：“嘿嘿，素描……”

沙丽：“让我看看行吗？”

丁凯：“嘿嘿，画得不好。”递过小本。

沙丽举目细看，不禁愕然。

画面上是一只皮鞋的素描。

一双双男式和女式皮鞋设计图。

丁凯正伏在大案子前聚精会神地修改着设计图。

突然，一个纸团由窗外飞落在桌上。

丁凯抬起头。

窗外，小费嘴里塞得鼓鼓的，他正举着饭碗示意。

丁凯“啊”了一声，飞快地站起身。

小费咽下饭，顺手从口袋里掏出两个大馒头：“喏，给你买了。”说着，把饭盒往桌上一摆，“吃吧，肉片炒豆角，我请客。”

丁凯：“谢谢。”

“甭谢。”小费一摆手，“过来，告诉你一个秘密，听说厂头们开了会，是贯彻什么……什么经济思想。”

丁凯：“这有什么，大惊小怪的……”

小费："哎，跟咱们改产有直接关系呢，听说今后没有销路的货，人家可以一律不收购。"

丁凯："哦！"

小费："你要是还往下超产呢……对不起，卖不出去，不仅赔本，奖金没了，工资没准还得倒扣。"

丁凯："真的？这下咱们改产该有门儿了。"

"这消息怎样？"小费得意地朝丁凯眨了眨眼，"让我参加你们试验小组的事儿。"

"这好说，"丁凯诚挚地，"不过，小费，好干是一天，赖干也是一天，我说你呀，年轻轻的，干吗不往好道上走，再这么混日子，谁能看得上你？"

小费一本正经地："得，只要不干那吃力不讨好的大圆头，一切都听你的！"

两人高兴地大口吃起来。

小费突然想起什么："喂，这个会连你爸爸也扩大进去了，我看他出来时，脸简直像茄子一样。"

丁凯："哦？"一紧张，被饭噎住。

小费猛拍丁凯后背："这干吗，一提你爸，就吓成这样。我说，改产的事，咱们可是寸步不能让。"

傍晚，大街上。

老丁绷着脸大步而行，丁凯忐忑地跟在后头。

少顷，老丁放慢脚步，有意让丁凯靠近自己。

丁凯双手插在口袋里，一步步地蹭着。

老丁干咳一声，头也不回地："听着！"

丁凯猛地抬头。

老丁边走边说："厂里让我通知你，报告批了，你搞新产品。"

丁凯喜形于色地："太好啦，哈……"

老丁回过头来狠狠地瞪了丁凯一眼。

丁凯立即收住笑脸，装出一副难过的表情。

老丁叹了口气："唉……"

丁凯悄悄地向旁边溜去，趁老丁不注意，一头钻进路旁的树丛跑了……

丁凯喜滋滋地闯进家门。

晓芬偷偷向丁凯眨下眼睛。

丁凯装出一本正经的样子，置之不理。

晓芬凑近丁凯耳语道："哥，别装傻了，你当人家不知道……"

丁凯："甭瞎猜。"凑近晓芬耳旁，"报告批了……"

晓芬欣喜地："哥，赶明儿我帮你想几个好样子。"

丁凯："成！"

丁婶："少磨牙，快吃饭。"

丁凯坐在桌前，用筷子夹起一大团菜，正想送进嘴里。

丁婶："悠着点，还有你爸爸的份儿呢。"

丁凯赶忙轻轻夹起一根青菜……

清脆的六弦琴声。

马路边上的灯影里，二宝抱着琴，独自弹唱着："来吧，哭的老同学……"

丁家。

丁婶走到窗前，扯着嗓门吆喝："你再嚎，我可不客气了。"

晓芬悄悄走到丁婶身后，飞快地朝窗下挥着手，示意二宝离开。

丁婶："好啊，跑这儿演皮影戏来了，等着……"说着返身向厨房冲去。

琴声更欢，歌声不绝。

丁凯："还不让二宝快走。"

晓芬正欲通知二宝，丁婶端着一盆凉水怒气冲冲地直奔窗前，还没等丁凯、晓芬醒悟过来，丁婶把一盆水飞泼出去，楼下传来"哎呀"一声怪叫。

琴声和歌声消失了。

晓芬气恼地："妈，您这是干什么！"

丁婶得意地："我让他清醒清醒……"话音未落，门被撞开。

众人扭头望去，不禁愕然。

老丁活像一只刚打捞上来的落汤鸡，被水淋透的衣服紧紧地贴在身上……

在《运动员进行曲》的伴奏下，车间里已经一分为二。

一半人员在丁凯的指导下，正在生产式样新颖的冷粘鞋。

一半人员仍在做大圆头皮鞋。

老丁绷着脸在他那一片天地里巡视着。

清晨宿舍区甬道上。

二宝连跑带蹿地追上丁凯。

丁凯腋下夹着一大包图纸飞快地走着。

二宝："丁凯哥。"

丁凯亲热地："上班啊！"

二宝："嗨，就算是上班吧！"

丁凯关切地："哎，干什么工作？"

二宝用眼睛朝四下一扫，然后俯到丁凯耳边低声地："修鞋……"

丁凯："这有什么不好意思？"

二宝："哪像你那儿都是新鞋，我这儿可好，哪双不带着味儿？"

丁凯："你想打退堂鼓？"

二宝把胸脯一挺："没那事，我这就办货去。"

丁凯："祝你顺利。"

五金商店。

晓芬熟练地把一包包皮钉、铁掌放在柜台上。

二宝眉开眼笑地望着晓芬。

晓芬俯到柜台上低声地："严肃点，少跟龇牙狗似的。"然后直起身大声地，“还要什么？”

二宝：“嘿嘿，齐了。”

晓芬拿起发票：“开什么户头？”

二宝不假思索地：“新开路15号，我爸爸叫张大年。”

晓芬狠狠瞪了他一眼，忍住笑：“你听明白，户头是单位名称，不是你们家户主！”

二宝尴尬地：“我说呢……”低声地，“开街道办事处吧……”话刚说完，晓芬的发票已开好撕下。

晓芬叮嘱地：“放好，别丢了！”

二宝：“哎。”返身欲走。

晓芬：“你等等……”

二宝：“什么事？”

晓芬：“今后你别在窗底下瞎唱了，让人讨厌。”

二宝：“嗯……”

晓芬：“你不是修鞋吗？上我家来吧，跟我学点真本事。”

二宝畏惧地：“你爸你妈还不把我轰出来。”

晓芬：“哎，你呀……我爸爸吃捧，过来，你……”

二宝俯首向前。

丁家。

老丁沉着脸闭着眼端坐椅上。

丁婶：“你这两天是怎么了？”

老丁：“没啥……”

晓芬把头一晃：“得了呗，谁不知道为了鞋的事您和我哥哥怄气呢！”

老丁朝晓芬瞪了一眼。

丁婶：“大人说话，你少搭茬儿。”

晓芬：“妈，您别老把我当成小孩子，在家里我也有发言权。那鞋就是不好看！”

丁婶：“你少说话。”

晓芬：“我坚决支持我哥哥……”话音未落，传来一阵敲门声。

丁婶拉开门，不禁愣住。

二宝背着个箱子，一边笑着一边往里挤。

丁婶：“哎，你要干吗？”

二宝：“嘿嘿，丁大妈，我有公事……”说着箱子拉到身前，趁丁婶避让之际，二宝一闪身进了屋。

老丁腻味地：“二宝？”

二宝：“丁大伯，您还没睡呀？”

老丁：“睡什么，刚8点。”

二宝尴尬地用手搔着脑袋。

老丁：“你来干吗？”

晓芬朝二宝打了个手势。

二宝：“丁大伯，我……我们街道修鞋小组派我向您拜师学艺来了。”

老丁：“跟我学什么？”

二宝：“大家一致公认您是做皮鞋的老行家。”

“别瞎捧！”老丁神色严肃，可心里美滋滋的。

二宝：“不是捧，您老的确是技术高超，远近闻名，如……如雷贯耳，胆大包天。”

“胡说。”老丁皱起眉，“我看你是杨家将了。”

丁婶气呼呼地翻眼望着二宝。

晓芬急得一个劲地朝二宝使眼色。

二宝醒悟：“说真的，您做的鞋论手艺数这个。”他把大拇指一伸，“我们一家子都喜欢穿三星牌皮鞋。”

老丁欣喜：“真的？”

二宝：“您瞧啊。”说着抬起脚，露出一只旧的大圆头皮鞋，“我爸传给我的。”

老丁欣喜地：“这么说，你是真想练两手啦？”

二宝：“没错！”

老丁向着丁婶得意地：“瞧，我说嘛，咱这老名牌还是有人喜欢的。”转对二宝，“那就……”没等老丁应诺，丁婶猛地咳了一声。

老丁把到了嘴边的话又收了回去：“就就……研究研究再说吧。”

晓芬："干脆点不就得了，研究什么。"向二宝偷偷地一摆手。

二宝跨前一步，毕恭毕敬地："师傅，我给您叩头了……"

说着要下跪。

老丁慌忙拉住："哎，什么毛病？"

二宝一哈腰，打开木箱从中掏出瓶酒，讨好地："给您买了一瓶大曲，您凑合喝吧……"

老丁皱起眉头："少来这套，学什么不好，单学走后门。"

晓芬一撇嘴："跟您学修理破鞋算哪门子后门，新鲜！"

丁婶手一叉腰："我可知道他要走什么后门，这小子一点都不傻！"

二宝："嘿嘿……"

老丁："你真想跟我学手艺？"

二宝起誓赌咒地："这么跟您说吧，我要说假话，嗨，我不是人……"

老丁止住二宝："行啦，行啦，我教你。"

晓芬和二宝得意地交换下眼色。

丁婶用手一捂脑门子："唉……"

车间里。

明亮的灯光下。

老于和青年们一起看着用冷粘方法做出的新样式的皮鞋。

丁凯："今儿就实验到这儿吧！"

小费伸了个懒腰："哎，过得真快。"

丁凯猛然记起："几点了？"

小费把手一伸："10点差一刻。"

"糟了……"丁凯二话没说，拔腿朝外跑去。

老于："怎么回事？"

小费："这还不明白，那边还有一处实验呢？"

街心公园，绿色长椅前。

沙丽焦急地来回踱着……

丁凯以百米冲刺速度冲出工厂大门……

他像旋风似的穿过街心花园，一对热恋中的情人被吓得惊跳起来……

丁凯在马路上飞奔……

街心公园。

明亮的路灯下，绿色长椅上静悄悄地没有人影。

丁凯垂着脑袋跌坐在椅子上……

一车堆满鞋匣子的小车，随着《运动员进行曲》的节奏，被推进车间办公室。

老丁惊愕地抬起眼皮。

推车的中年工人："主任，您自个儿送去吧。"

老丁："怎么？"

中年工人："库房不收货。"

库房里。

装满大圆头皮鞋的纸箱堆放得严严实实，一直顶到了房梁。

厂长老于、供销科长和库管员正用忧虑的目光望着。

老丁走进库房，大声地："怎么回事？"

老于对身边的中年男子说道："你这个供销科长把最新消息告诉老丁吧。"

供销科长："老丁，百货公司已经正式通知我们不再进货了。"

老丁不禁脱口而出："这么快！"

老于："不是人家快，而是我们慢了。我看，这一军将得好。"

库管员凑到老丁身旁牢骚地："谢天谢地，百货公司光是不再进货，要是把原来发的货也退回来，更糟了！"

他用手一拉老丁："您再到这儿瞧瞧……"

一间大库房里。

老老少少的职工家属们，正忙着擦大圆头皮鞋，绿色的粉末飞扬着……

老丁眨眨眼睛："擦什么？"

库管员没好气地："都发霉了，不擦？再过几天霉坏了，连本都收不回来啦！"

老丁："这……"

丁家。

老丁心情沉重呆坐椅子上。他手里拿着大圆头皮鞋，一会儿擦拭着，一会儿端详着，嘴里还不停地喃喃自语："……唉，人家都看不上你啦，老伙计！"

"谁？"丁婶从厨房里探出头来，诧异地，"你说谁？"

老丁瞟了一眼老伴，懊丧地闭上眼睛。

百货公司鞋帽部。

柜台上竖着个牌子，上写："三星牌新型冷粘男女皮鞋试销。"

柜台被围得里三层、外三层……

人们争先恐后地争购试销的三星牌新式皮鞋。沙丽和胖姑娘忙得满头大汗，一个忙着写发票，一个忙着搞包装。她们一边工作一边说着悄悄话。

胖姑娘："……刚认识几天就失约，这种人靠不住。"

沙丽："他倒不是那种人。"

胖姑娘："这么说，你对他还有点意思？"

沙丽点点头。

胖姑娘："哪个单位的？"

沙丽指指手里的皮鞋："群星皮鞋厂。"

胖姑娘眉毛一竖："嘿，你算找着了，群星皮鞋厂的人就和他们的大圆头皮鞋一个样，又硬又臭，狂透了。"

沙丽："你怎么知道？"

胖姑娘："我……我有切身体会。"

沙丽："那你说怎么办？"

胖姑娘："甭理他！"

这时，小费奋力拨开众人，一拧身挤到柜台前。

胖姑娘瞪起眼："嗨，瞎挤什么，你没看都排队呢！"

小费堆上笑脸，朝胖姑娘："请你过来！"

胖姑娘警惕地："干吗？"

小费悄声地："嘿，找个人，传个口信……"

胖姑娘："你是哪儿的？"

小费用手指指鞋："群星皮鞋厂的。"

胖姑娘皱起眉头，反感地："一边待着去！"

百货公司门口。

丁凯正东张西望地等候，小费跑了过来，做了个无可奈何的手势。并安慰丁凯道："没关系，等她下班。"

百货公司鞋帽部。

柜台上，立着一块牌子写着："三星牌新型皮鞋试销品全部售完！"

购买不着的顾客快快散去……

百货公司门口。

丁凯与小费几乎同时发现——

沙丽与胖姑娘一起挽着手走出大门，小费正欲前去，却被丁凯紧紧拉住，小费莫明其妙，眼巴巴地看着她们远去。

夜。

丁凯拖着沉重的脚步上楼梯。

丁家。

老丁闭着眼心事重重地听着一段悲切切的戏曲唱段。

晓芬不耐烦地："爸，录音机您别老把着，听听音乐怎么样。"

老丁一挥手："去去，这家里我还做得了主呢！"

“这卡得了谁，赶明儿攒钱我自个儿买台。”晓芬一副示威的神情。

老丁恼怒地：“好，好，你们都有能耐……”

丁婶：“行了，行了，为鞋也赌气，为录音机也吵，有完没完？”

老丁一瞪眼：“你懂什么。”

门一开，丁凯无精打采地走进来，老丁把头扭回一边，假装未见。

丁婶：“这是怎么啦？像霜打了似的。”

老丁朝丁凯瞥了一眼，朝丁婶努嘴示意。

丁婶走到丁凯身边关切地：“哪儿不好受啊？”

丁凯往床上一靠，遮掩地：“头疼。”

丁婶用手摸了一下丁凯的脑门：“可不，烧得还挺厉害，快吃药！”

丁凯心烦地：“不吃，那玩意不顶用！”

丁婶一瞪眼：“废话，不吃能好嘛！”刚要去开抽屉……

二宝背着鞋箱子，推门而进。

二宝点头哈腰地：“丁大伯，丁大婶，丁凯哥，晓芬……”

丁婶仰天长叹：“我的天，你倒一会儿都不拉空啊，都11点多了，你还跑这儿拜四方来啦。”

丁凯趁机向晓芬使个眼色，一齐溜进里屋。

丁婶瞪着二宝：“你打算跑这儿来学多久？”

二宝笑嘻嘻地：“嘿，早着呢……”说着打开箱子拿出工具，对老丁恭敬地，“丁大伯，您多指点。”

老丁端坐椅上……

里屋。

丁凯正在央求晓芬：“……帮帮忙，怎么样？”

晓芬：“不管，妈知道又该说我了。”

丁凯：“你别声张嘛！”

晓芬：“好吧！”调皮地，“你怎么谢我？”

丁凯：“我送你一双新产品。”

晓芬：“高跟的。”

丁凯：“可以。”

晓芬痛快地："好，一言为定！"

百货公司。

晓芬和二宝登上楼梯。

服装柜台前。

二宝拉住晓芬向玻璃柜橱里一努嘴："你看，多漂亮。"

晓芬举目望去，只见彩灯照耀下，一行美术字异常醒目——"服装展销"。那架女模特儿身披色彩鲜艳款式新颖的连衣裙，那架男模特儿换上了挺括的新样式青年装。

二宝讨好地："你要穿上那件连衣裙往那儿一站，保证看的人更多。"

"少废话，"晓芬瞪了二宝一眼，命令道，"你就站在这儿等我。"

二宝服从地："哎。"

鞋帽部。

橱柜里依然摆着男女式大圆头皮鞋和几双男女新式皮鞋展品。

一男青年："同志，给我来双鞋，要这双……"用手一指新式鞋。

胖姑娘："不卖，那是样品。"

男青年："这不是诚心吊人胃口嘛，没鞋卖干脆别摆。"

沙丽含笑地："同志，您别急，这个问题一定会解决。"男青年转身离去。

晓芬走近柜台，问道："请问谁叫沙丽？"

沙丽一扬头："我啊！有事儿吗？"

胖姑娘说了句："你有事，我先走了。"扭头拿起提包，边脱工作服边走出柜台。

晓芬友好地打量着沙丽。

沙丽："什么事？"

晓芬神秘地："有要事儿。"

二宝站在原地探头探脑地等着……

鞋帽部。

晓芬："我哥哥绝对不是有意失约的，他呀，一迷上新产品就什么都忘了。你不知道，那天晚上，他多难过，饭也没吃，一夜都没合眼哩！"

沙丽："哦？那么严重？"

晓芬："可不是，要不然他会向我坦白？还把我搬出来。"

沙丽感兴趣地："哦……"

晓芬："实话对你说，我哥的特点就是胆子小。"

沙丽："你真直率。"

晓芬把头一扬："这是我的特点。"

沙丽微微一笑："你好像不是一个人来的。"

晓芬惊奇地："你怎么知道？"

沙丽向服装柜台处一努嘴："那个人，脖子都快探长了。"

晓芬恼怒地转过身。

二宝立刻装出一副若无其事的样子，吹着口哨。

沙丽："告诉你哥哥，大后天我休息，让他到家找我吧。"在纸上写几个字，撕下，"这是地址。"

晓芬喜悦地："保证带到！"

二宝和晓芬走出百货公司门口。

二宝："……哎，为你哥哥的事，你是真上心，可咱俩……"

晓芬："你甭盯我那么紧。"

二宝："怎么了？"

晓芬："目前咱们只是好朋友的关系，懂吗？只讲友谊，友情为重！"

二宝："保持到什么时候？"

晓芬："也许两三年。"

二宝："太长了……"

晓芬："也许十年八年。"

二宝瞪大眼睛："十年？"

晓芬故作生气地："你不愿接受考验？"

二宝忙不迭地："嘿嘿，接受，当然接受……十年算得了什么。"

晓芬："往后我哥的事，你必须支持！"

二宝："让我支持？"

晓芬："啊！"

二宝哭笑不得地："谁工作不比我强，我这个修鞋的还能支持别人？"

晓芬："干吗老瞧不起自己？"

二宝："就是瞧得起，又怎么支持呢？"

晓芬："动动脑筋，不要老是拨拉一下动一下。"

二宝若有所悟，陷入沉思……

丁家。

晓芬穿着女式冷粘中跟新皮鞋，炫耀地来回扭着花步。

丁婶在旁欣赏着。

晓芬："妈，怎么样？我哥哥他们做的。"

丁婶点点头："啊，腰板多直溜，挺神气！"

晓芬转向老丁："爸爸，您说呢？"

老丁："光脚底下高管什么用？要思想高……"

晓芬："别老来这大套了，您以为一穿上高跟鞋，就是资产阶级小姐、太太，哼！我还说您穿那大圆头是老保守，老顽固呢！"

丁婶："为双鞋吵什么？"

老丁："你问问你妈，她这辈子穿过高跟鞋没有？"

丁婶："还说呢，跟你一辈子，守着个做鞋的，让我穿啥了？"

晓芬："妈，让哥哥给您买一双。"

丁婶："我能穿？"

晓芬："照样！"

老丁："得了吧，都老白毛了，别到处给我现眼！"

丁婶一叉腰："我穿定了！"突然门"嘭"的一声推开。

众人惊愕地望着门口。

只见二宝背着木箱，怀里抱着一堆男女皮鞋，肩头上还搭着五六双女式皮鞋，满头大汗地停立在门前。

二宝："这都是我修理的皮鞋，样子不错，嘿嘿，我拿来给丁凯哥哥作参考资料用。"说着，他把鞋往地上扔，"反正丁凯哥搞新产品，我坚决支持，该取的鞋，我都一律延长一个礼拜！"

老丁两道眉拧成一股花。

二宝仿佛完成了一件重大任务，神气十足地转过身："丁大伯，咱们是不是开始……"

老丁啪的一声打开录音机："到此为止，停课！"

"啊……"二宝愣住了。

傍晚，冷饮店。

胖姑娘大口地吃着冰砖。

沙丽："这回三星牌皮鞋算是又创出新牌子了。"

胖姑娘一撇嘴："他们更该犯狂了……"

沙丽："瞧你说的。"

胖姑娘："你还别不信……"想想，关切地，"你真想和他见面？"

沙丽："已经约好啦。"

胖姑娘："唉，太便宜他啦！"

小费家。

此刻，丁凯正在做着约会前的训练。

小费像个教官似的上下打量着丁凯，随着镜头的移动我们看到了一个油光锃亮的脑袋、格子衫、直裤和那双新圆头黑皮鞋，不自在地抖动着一条腿。

小费突然像有什么新发现："脱鞋！"

丁凯："干吗？"

小费："不配套。"

丁凯不耐烦地："算啦，算啦，瞎折腾，还不知道人家怎么想的呢！"

"哎，这叫关键时刻，可不能马马虎虎，"小费说着弯腰从床下拿出自己的新式皮鞋，"穿这双。"

丁凯穿上小费的鞋，皱起眉："小点。"

小费：“使劲啊，装进去就得。”

丁凯一咬牙，猛地把脚全塞进去。

小费：“站起来……挺胸……抬头……”

丁凯一一地按口令昂头挺立着，那样子活像个机器人。

小费：“好，记住，就保持这种姿势，一定要注意风度。”然后背着手，左右端详着丁凯的姿势，接着喊了一声，“齐步走！”

丁凯刚迈两步，就咧着嘴，扶着脚，一屁股跌在椅子上：“哎哟，我这儿受刑呢！”

小费：“为了爱情嘛，受点罪也应该。”

丁凯哭丧着脸：“有必要吗？”

小费：“绝对有必要，让她看看，咱不是什么土包子。”

一辆公共汽车驶入车站。

丁凯跟着小费踮着脚一跃而上。

街道修鞋小摊。

二宝边搔着脑袋边琢磨着。忽然，他发现老丁提着一网兜菜正在前面慢悠悠地踱着，他赶忙跑出来迎上去。

二宝殷勤地：“丁大伯我替您拿，您别累着。”

老丁不冷不热地：“我拿得动。”

二宝：“丁大伯，您什么时候还教我啊？”

老丁：“没空。”说着加快脚步。

二宝紧赶几步：“丁大伯，您听我说，我向您汇报一个重要情况。”

老丁：“你还有重要情况？哈……”

二宝凑近老丁神秘地：“丁凯哥去会朋友了。”

老丁：“少信口胡说。”

二宝：“真的，是百货公司卖鞋的。”

老丁似有所悟地：“哦……”

二宝见自己的话产生了作用，急忙趁热打铁：“丁大伯，您看我的事……”

老丁一拍二宝肩头："今晚来吧，咱们接着教！"

两双脚在楼梯口止住步。

丁凯望着小费欲言又止的神情。

小费："上楼啊！"

丁凯："你，你就别去了。"

"也是，我去算哪门子事，"小费一挥手，知趣地，"我这儿坐等，静听好消息。"

丁凯点点头。

小费提醒地："哎，注意。"

丁凯飞快挺胸，然后踮着脚，小心翼翼地走上楼梯……

一扇紧闭的门前。

丁凯做了个深呼吸，然后举手轻轻敲门。

随着门的启动，露出来沙丽惊讶的脸孔，她眨着眼睛，仿佛看错了人，当她确定面前站着的就是丁凯时，猛地闭上了眼睛。

丁凯喃喃地："你，你好……嘿嘿，我来了。"

沙丽把脸往旁边一扭，看也不敢看地："请进！"

丁凯一哈腰，猛然想起小费的要求，赶忙挺胸抬头，刚一迈步，脚丫子一阵疼痛，他未敢再动。

沙丽飞速瞥了一眼丁凯："走啊！"

丁凯礼貌地一伸手："你先走，嘿嘿……"

沙丽扭身便走。

丁凯急忙踮起脚尖跟在沙丽身后，那神情像是在走钉板……

丁家。

老丁正向丁婶说着："……你儿子对上象啦。"

丁婶："谁啊？"

老丁自作聪明地："就是那个挺富态的姑娘。"

丁婶喜悦地："真的？"

老丁得意地："那还有假，你别看他表面上不同意，实际上早就暗中串联了，百货公司他没少去。”

丁婶恍然大悟：“我说怎么回来老晚呢？你去找丁凯谈开算啦！”

老丁：“不行，我们俩现在是对头，以后你多上点心就是了……”

丁婶答应一声：“哎……”又夸奖地，“你脑袋瓜还真不笨。”

老丁酸溜溜地：“人家可嫌咱不灵呢。”说着，“啪”的一声打开录音机，喇叭里传出《音乐之声》插曲的旋律。老丁反感地皱起眉头。

活泼、富有节奏感的旋律在室内回响。

丁凯和沙丽端坐在椅子上，各自揣摩着对方。

少顷，丁凯向对面偷偷一瞥，见沙丽正窥视着自己，急忙又扬起头，避开了那几乎碰到一起的目光。

沙丽的脸上掠过一丝窃笑，她架起二郎腿有意地炫耀着那双新出品的三星牌冷粘中跟鞋。

丁凯的目光一下子落在那双熟悉的鞋上。他又慢慢抬起头。

沙丽深情地凝视着他。

丁凯：“你……你喜欢吗？”

沙丽低声说：“喜欢。”

仿佛一股暖流涌进丁凯心头，他激动地捏着手。

沙丽：“我给你倒杯水。”站起向餐柜走去。突然，她脚一歪，中跟鞋被重力一压，鞋底开了胶。沙丽看看自己脚下，又扭头不安地看看丁凯，她唯恐脚下的坏鞋伤害了丁凯的自尊心，因此站立未动，只是远远地递过茶杯含笑地，“喝水吧。”

丁凯客气地一点头：“不，我不喝，嘿嘿……”

沙丽放下茶杯，转身朝前刚一迈步，脚下发出“吧嗒”一声。

丁凯的目光刹那间集中到沙丽脚下。

沙丽立刻站着不动。

丁凯请求地：“你，请你走过来。”

沙丽仍旧不动。

丁凯：“请你走一步。”他的神情很严肃。

沙丽不愿意地扭过头，刚一抬脚，鞋底和鞋帮断裂开来。

丁凯瞪大双眼脱口喊出："怎么会？"接着像一只泄了气的皮球，呆立在原地。

沙丽走到他身旁，装出若无其事的样子："没事儿！大概就这么一双，让我赶上了，你用不着紧张。"

丁凯心慌意乱地："但愿如此……"

沙丽期待着："你没有别的话要说吗？"

丁凯："我保证赔你双鞋。"

沙丽失望地："唉，你呀……"

丁凯心情沉重地步下楼梯。

小费从台阶上跃起，急切地问道："怎么样，顺利不？"

丁凯："断胶了。"

"啊，断交？"小费大惊，又埋怨地，"白替你忙乎了……"

丁凯："咳，想哪儿去了，是鞋帮和鞋跟断开了。"

小费不以为然地："那算什么，大惊小怪！"

丁凯："是咱们做的鞋。"

小费："那就麻烦了，唉，怎么单在这个节骨眼儿上！"

丁凯心事满腹地一挥手："走吧。"

小费："你们俩的事说了没有？"

丁凯恍然醒悟："哎哟，还没来得及呢……"

小费哭笑不得地望着丁凯："丁凯啊丁凯，你这不是找吹嘛！"

丁凯用手一拍脑袋："我真该打自己……"

小费："哎，留着劲想办法赶快弥补吧！"

深夜，丁家。

丁凯靠在床栏上，思绪翻腾……

少顷，丁凯一伸手拉亮了电灯，从枕旁拿起纸和笔……

里屋。

丁婶一捅老丁。

老丁睡眼惺忪地："嗯？干吗？"

丁婶悄声地："瞧，这小子还没睡，又开灯了。"

老丁："那份得意劲儿，能睡着吗！"

小室。

丁凯正在本上起着信稿，忽然，他又一把撕下信纸，把它塞在枕下，随手拉熄电灯。

银幕上一片黑暗。

画外音："人们在生活中要经受多少考验啊，这些考验有些你可能预知，有些你却无法料到……"

清晨。

丁凯正下楼梯。

"哥哥……"晓芬从后面叫住他。

丁凯停步。

"你看！"晓芬抬起脚。

丁凯举目望去，只见鞋尖处帮底脱裂，连小脚指头都露了出来。

晓芬："怎么回事？"

丁凯神情焦虑："开胶。"

晓芬："才穿一个礼拜。"

丁凯担心地："你没和爸爸说？"

晓芬："谁敢啊！"

丁凯："你快去换鞋，这双我带走。"

丁家。

丁婶正在给丁凯收拾床铺，一团纸掉在地上，她俯身拾起正欲看时，晓芬由外面进来。

丁婶急忙把纸团塞进兜里……

丁婶："又回来干吗？"

晓芬："换鞋！"

楼门口，丁凯匆匆而去。

晓芬正要推车，突然，二宝从外面钻了过来。

晓芬："瞧你，吓了我一跳。"

二宝："嘿嘿……"

晓芬："有话快说，上班都要晚了。"

二宝："小鞋铺后天开业，我们想热闹热闹，可……"

晓芬："明白了，放心！保证不让你失望。"

百货公司鞋帽部。

一男青年正在退鞋："像话吗？样子虽好看，10多块钱的东西，没穿几天就张嘴？"

胖姑娘："你走路老实吗？"

青年："这叫什么话？"

胖姑娘："没乱踢？"

青年："我没毛病！"

胖姑娘正欲追问，一女青年把鞋匣子扔在柜台上："我这儿还有一双呢！"

胖姑娘"啊？"

沙丽："全收下吧。"

男青年："退钱是换鞋？"

沙丽客气地："让群星皮鞋厂鉴定一下，再答复你们，可以吗？"

女青年："好吧！"

望着男女青年的背影，胖姑娘："唉，卖老名牌没省心，卖这种鞋也照样！"

沙丽神情焦虑……

一辆汽车驶进群星皮鞋厂。

收发员老张；"你们哪儿的？"

司机探出脑袋："百货公司！"

老张："提货啊？"

司机歉意地一笑："不，是退货！"

车间。

退回的冷粘鞋堆满一地。

丁凯呆呆地望着鞋堆……

工厂甬路上。

老丁板着脸，背着双手，正向办公室走去……

小费急忙迎上老丁，抽出根香烟，恭恭敬敬递过讨好地：“丁主任，您抽根烟。”

“不抽！”老丁用手挡开小费拿烟的手。

小费依旧赔着笑脸：“您来检查工作啊！”

老丁：“没工夫！”

小费：“您别动气嘛，这不，我们正准备到兄弟厂取经，认真总结经验教训。”

老丁：“你倒是真积极。”

小费：“为‘四化’嘛。”

老丁和颜悦色地：“好，我派你个新工作，你当组长。”

小费受宠若惊：“哟，丁主任，嘿嘿，我可不够格。”

老丁：“没问题。”

小费美滋滋地：“那就听您的吧，什么组？”

老丁一板脸：“破鞋修理组。”

小费愕然……

夜，丁家。

老丁躺在椅子上摇着蒲扇，驱赶蚊虫。

隔壁人家传来一阵阵戏曲声。

老丁下意识地伸手朝小柜上按去，但放收录两用机的地方已经空了。

老丁腾身而起，大声地：“我的录音机呢？啊？录音机呢？”

丁婶闻声而来：“叫什么？”

老丁：“录音机哪儿去了？”

丁婶："中午还在这儿……"

晓芬假装看报，眼睛却在窥视着老丁。

老丁一步冲到晓芬眼前，把报纸一掀："准是你干的好事！"

晓芬一甩刷子："急什么，又丢不了。"

老丁："到底给我弄哪儿去啦？"

收录两用机的喇叭里传出节奏强烈的乐声。

镜头拉开：这是一间守着街角的铺子，一块醒目的招牌"某某街道修制鞋服务社"。

此刻，二宝置身小小的柜台后面，一边向迎面而来的顾客们露出亲切的笑容，一边大声地吆喊着："最新样式皮鞋，价钱公道，随意挑选……"

突然，二宝的神情急骤地变化着。

老丁倒背双手正朝着他走来。

二宝赶忙挤出个笑脸："丁大伯……您多指导。"

老丁绷着面孔，步步走近。

二宝把手中鞋一举："您看，样式新颖，美观大方，丁凯哥设计，我做的，怎么样？"

老丁撇撇嘴故意提高嗓门："留神掉跟！"

二宝："瞧您说的，您教的手艺还有错？"

老丁皱起眉头："拿来。"

二宝递过鞋。

"谁看这个，"老丁一伸手，"录音机！"

二宝："唉，刚开张，您就来搅和！"

街心花园。

丁凯仰靠在绿色长椅上，深长地吐了口气。

"干吗唉声叹气？"忽然身边飘来一个清脆的声音。

沙丽突然出现在他后面。

丁凯侧过头，默默地望着沙丽。

沙丽："用不着难过……"

丁凯歉疚地："我们出了次品，让你们也跟着挨骂。"

沙丽莞尔一笑："没关系，习惯了。"说着从书包里拿出两本书，"喏，给你！"

丁凯："什么？"

沙丽："我去过皮鞋研究所了。"

丁凯："哦……"

沙丽："据他们说问题可能出在粘胶的配方上，另外冲压机的压力也可能是原因。临走，他们还借给我两本资料，我想这大概对你有点帮助吧。"

"你……你太好了。"丁凯激动地不知该说什么，"我……"

沙丽："别激动，慢点说嘛……"

丁凯猛地一站："我向你保证……"

沙丽轻声地，"用不着宣誓。"

丁凯："不把新产品搞好，我绝不见你。"

沙丽失望地："咳，又来了……"

丁凯："你不高兴？"

"高兴，"沙丽意味深长地，"但愿你早日成功。"

丁家。

丁凯匆匆地打着行李。

老丁抬起眼皮瞥了一眼丁凯，又向丁婶努嘴示意。

丁婶："这么晚上哪儿？"

丁凯："厂里。"

老丁咳了一声，然后才说："没有金刚钻就别揽那份瓷器活儿，屁股还没擦净，你还掂着搞？"

丁凯："我不怕。"

老丁："我怕！"

丁凯："我不能半途而废。"

老丁："我也不能让全车间的人都替你修破鞋。"

丁凯："爸爸我真不明白，您对我们做的干嘛那么反感！"

老丁："制鞋凭的是手艺，你们那算什么？'样子货'！老三星你看不上眼，可拿过名牌，你呢？"

丁凯："爸爸，老三星牌优点是不少，做工细，结实，质量好，当年曾经被人们所喜欢，这没人否认。您爱它也可以理解，因为是您亲手创下的名牌……"

老丁："呵，你居然还知道它的优点，我真感恩不尽了。"

丁凯："……可它现在，堆积如山，卖不出去您怎么不动心思想想原因呢？"

老丁："我想不出来。"

丁凯："过去有商业部门兜着，有包购包销这把保护伞，根本用不着您去想；现在是您根本不敢想，因为这触及您的自尊心。甭管怎么想，这种样式的鞋终究要被淘汰掉的。"丁凯走近老丁，诚恳地，"爸爸，记得过去您没少给我们忆苦。"

老丁："我是怕你忘本。"

丁凯："可您自己却忘了好好对照对照！"

老丁："什么意思？"

丁凯："解放前，您累死累活要手艺，调着样地做，有过怨言吗？"

老丁："废话，不那样子有饭吃吗？"

丁凯："可是现在您有吃有喝，有了铁饭碗，就只想保荣誉，您为什么就不去想想群众的需要？您倒说说，搞生产究竟是为了什么？"

老丁恼怒地："用不着你来教训我，我钉鞋的钉子就能拉一车皮，你小子才做了几双鞋就……"

丁凯："您就发火吧，可我今天非把话说清楚不可。"

老丁惊愕地望着丁凯。

丁凯："您，都僵化了。"

老丁怒视丁凯："什么，什么……我僵化……"

丁凯："生活要是有一点改变，稍稍离开您的轨道，就这儿也看不惯，那儿也不舒服，这……这不行！"

老丁："……"

丁凯："爸爸，现在都什么时代了，您还总是抱着旧框框不放，您可以喜欢那些大圆头，但您没权力非要别人也统统跟着您穿呀！爸爸！我们的担子已经够重了，您还要死穿着老鞋走老路，我真担心您今后怎么向‘四化’迈步！”

老丁脸上现出了复杂的表情……

丁凯毅然地扬起头，第一次以一副胜利者的姿态向门口走去……

深夜。

丁凯心潮起伏地夹着铺盖在寂静的马路上阔步而行。

丁凯走进皮鞋厂大门。

丁凯在厂区甬路上快步走着。

忽然，丁凯放慢了脚步，他举目望去，试产室灯火通明。

丁凯迷惑不解地朝试产室走去，他轻轻地推开门，刹那间，眼前的一切像一股暖流涌进他的心头。

室内。

老于带着十几名干部正聚精会神地修理着被退回的冷粘鞋。

老于擦去头上的汗水，一抬头发现丁凯，欣喜地：“丁凯！”

丁凯扑到老于跟前，一把握住那只厚实有力的大手：“厂长！”

老于：“这些活儿我们干得了，你的任务是休息！”

丁凯再也控制不住自己的感情，两行热泪夺眶而出。

老于：“哎，别这样！你看，他们也来了……”

丁凯回头望去。

小费和试制组的青年正簇拥而来……

乐声起。

乐声中出现下列画面：

试产室里，人们紧张地修理着冷粘鞋。

丁凯走进皮鞋研究所大门。

灯下，丁凯伏案研读资料。

机器前，丁凯、小费和青年们正热烈地讨论着……

厂长办公室，老于和老丁促膝而谈。

林荫路上，老于和老丁并肩从远处走来。

老于扶着老丁的肩膀："……老伙计，不按经济规律办事行吗？不行！眼下我们厂就是要尽快转型，增加花色品种，只有打开销路，才有出路……这点，丁凯他们想得比我们周到嘛……"

老丁欲反驳。

老于用手拍拍老丁："形势发展那么快，不动脑是不行喽。"

老丁："我脑子根本就没闲着。"

老于："哦？"

老丁感慨地："我算琢磨出来了，现在儿女跟爹妈都俩心眼，根本拧不到一块儿！"

老于直爽地："问题还在你呀。"

老丁一耸肩膀："我有什么责任？"

老于紧接着说："你不要处处给他出难题，真正关心他、支持他呀！"

老丁沉默不语。

两个背影远离而去。

丁家。

老丁坐在床上，沉思不语，大口地抽着烟。

丁婶："你这是怎么啦？"

老丁磕掉烟灰严肃地："我问你句话。"

丁婶："那也用不着绷着脸啊。"

老丁干咳一声："咱们饿着丁凯没有？"

丁婶："没有。"

老丁："少他穿了？"

丁婶："也没有。"

老丁："那为什么说咱们没有真正关心他！"

丁婶："真正关心？"忽然记起，"哎，你念念这个吧！"她掏出信纸递给老丁。

老丁戴上花镜展开信纸："亲……亲爱的，下面是点点……"一扬头，“什么乱七八糟，让人耳根子发烧。”

丁婶：“你儿子写的！”从兜里又掏几团纸，“给。”

老丁一惊：“啊！给谁的？”

丁婶：“八成是给那姑娘。”

老丁皱起眉：“真没想到，他也会酸溜溜的这一套。”

丁婶：“这不比咱们那会儿了。”

老丁：“信怎么到了你手？”

丁婶：“我收拾床的时候，掉地上了，后来从纸篓里又找着点儿。信写了，他可没寄，我看是不是又犹豫了？”

老丁点点头：“嗯……”

丁婶：“你说怎么办？”

老丁闷着头不搭腔。

丁婶：“一码归一码，别老把鞋和什么事都纠到一块，到底怎么着？你倒是开口呀！”

老丁：“那……那就关心他吧。”

还是那间收拾得干净利落的房间。

中年妇女和胖姑娘正在交谈。

中年妇女：“……丁凯那孩子，别看他不多说话，可心里有数，他一直想着你。”

胖姑娘瞪大眼睛：“想着我？不可能！”

“瞧瞧，那还有假，”中年妇女掏出信，“这是他爸爸送来的。”

胖姑娘惴惴不安地接过信，刚一展开，又猛地合上信纸尖叫起来：“噢……”

中年妇女：“别怕，念念，让姨替你分析分析。”

胖姑娘：“您可别笑……亲爱的，自从见了你，我好像觉得自己变了，你的音容笑貌已深深地刻在我的心上。一想到你的支持，我就有用不完的劲儿，我不知道用什么词汇来表达我的全部感情，噢，让那千言万语汇成一句心声——我爱你！”

中年妇女：“嚯。”

胖姑娘把信纸捂在胸前，激动地："噢，您听，他爱我！我该怎么办？姨！"

中年妇女："立刻回信！"

群星皮鞋厂车间里。

丁凯和几个青年正在休息。

小费走进室内，把一封信递给丁凯神秘地："喏，你的。"

丁凯翻看着信皮："这字不熟。谁给我来的？"

小费："别装傻了。"

丁凯："你看嘛，保证没有秘密。"说着撕开信皮抽出信纸，大方地朝小费手里一塞，"不信，你就念……"

小费展开信纸，大声地："亲……亲爱的丁凯……"

"啊……"丁凯一把夺下信纸，尴尬地向大家咧着嘴……

冷饮店里。

丁凯："……就是这么回事。"

小费感叹地说："哎，你看着傻乎乎，可尽交好运，我怎么一回也碰不上呢！"

丁凯："先说说明天怎么办吧，她还约我见面呢。"

小费一拍胸脯："你就放心地突破生产难关吧！这事包在我身上！"

丁凯："你可千万……千万注意……"他做了一个表示恰到好处的手势。

小费："明白！"

公园甬路上。

胖姑娘身着黑白两色的竖条衬衫，银灰色的西服裙，足蹬鲜红色高跟鞋，兴冲冲地朝绿色长椅前走来。

夜色中，一个黑影端坐在椅子上。

胖姑娘走到椅旁，亲热地："你来得真早！"

"我都等烦了。"

胖姑娘紧扭两步，一屁股坐在小费身旁，然后含羞地扭过脑袋正欲说话，不禁柳眉倒竖。

小费正严肃地望着她。

胖姑娘急速把身子往旁边一挪："是你？"

小费礼貌地一点头："是我。"

胖姑娘："这到底是怎么回事？"

小费："我是丁凯同志的全权代表！"

胖姑娘恼怒地："啊？"

小费掏出信："这封信请收回，你误会了，他爱的不是你，是沙丽。"

胖姑娘用手捂住脸："缺了德的，拿我开心！"

小费："谁？"

胖姑娘："他爸爸。"

小费用手搔着鼻梁："错误犯得不轻呢！哎，剃头挑子，光一头热可不行。"他站起身，"好，再见！"

胖姑娘号啕大哭。

小费的心一热，禁不住止步，他想了想然后掏出手帕看也不看地朝胖姑娘一递："擦擦……"

胖姑娘顺从地接过手帕，可哭得更欢了。

小费："别哭了，这种情况，我……我也碰见过。"

胖姑娘偷偷地瞥了小费一眼。

小费坦率地："说句实话，人家看不上，我毫无怨言。丁凯哥批评得对，谁让我过去不争气，好干是一天，赖干也是一天，年轻轻的，干吗不往好道走？……你说，谁愿意找个混日子的！"

胖姑娘被小费出自肺腑的话所打动，她抬起头注意倾听。

小费诚恳地："这些话如果你听得进去，咱俩就交个朋友吧……"

胖姑娘害羞地低下头。

小费："你不同意？"

胖姑娘猛地扬起头："试试看吧！"

修制鞋服务站。

某某街道修制鞋服务站，门口挂着大招牌：欢迎定做，保修一年。

门庭若市，热闹非常。

一个大个子正在定做鞋子，二宝正忙着量尺寸。一群女青年在购买新式女高跟鞋，一双挑完又一双，二宝热情接待，百挑不厌，百问不烦。女青年每人买了一双满意地走了。

这时，早就悄悄站在旁边察看的晓芬走到二宝面前："二老板，可真忙哟！"

正在埋头数钱的二宝猛地一抬头，高兴地："正想你呢！"

晓芬瞪了他一眼："喂，说正经的，我想给我哥打打气，什么时候有空，去慰问他们？"

二宝："哎呀，你爸爸也找我呢！"

晓芬："什么事？"

二宝："老头一点儿没露。"

晓芬："那你明天再和他去，今晚先到我哥那儿！"

二宝："得。"

群星皮鞋厂，新型冷粘鞋试产室。

丁凯拿着冷粘鞋欣喜地："这回再也开不了胶了。"

小费把一只鞋腾空扔起欢呼起来："成功喽！"

青年们欢笑着。

忽然，试产室的门被"嘭"地推开，二宝怀里抱着一大包苹果、梨，和晓芬兴冲冲地走进来。

丁凯："二宝，晓芬……"

二宝走到丁凯面前："丁凯哥，我来慰问你。"

丁凯："花钱干吗！"

二宝神气地："小意思，这里边也有你一份……"

晓芬插嘴道："人家鞋样时髦，卖得多，奖金高！"

丁凯："谢谢你，二宝。"

二宝："甭谢，一家人还有什么客气的。"

晓芬狠狠瞪了他一眼："少套近乎！"

丁凯一挥手："好，祝贺成功，来，一人一个。"

"给我留一个！"

随着话音，众人回头望去，老于笑眯眯地停立在门前……

老于："……商业局和皮革公司决定星期六召开现场订货会议，通知要求各厂展出自己的产品，由商业部门自选订货，这消息怎样？"

丁凯："太好了！"

老丁："领导准备让你去参加会。"

丁凯："不，还是让我爸爸去吧！"

老于风趣地一眨眼："嗯……让你爸爸受受教育也好……他还是有点儿不服气啊。"一顿，又接着说，"你通知他吧。"

丁凯："哎。"

老于叮嘱地："掌握点儿火候啊……"

丁凯会意地："明白。"

人行道。

一只大纸鞋箱的特写。

三星牌商标的特写。

二宝肩上扛着沉甸甸的纸箱子，跟在老丁身后精神抖擞地走着。

晓芬骑车迎面而来。

二宝大声招呼："晓芬！"

晓芬跳下车："爸爸，你们干吗去？"

没等老丁说话，二宝以受到信任的那种自豪感抢先回答："你爸派我跟他推销皮鞋去！"

"这算什么事，"晓芬又气又好笑地望着二宝，"累了就歇会儿，别用傻劲儿！"

二宝振振肩膀更摆出一副气壮如牛的架势："就这么点儿玩意儿，不累，你爸爸说一会儿就完事。"

晓芬骑车离去。

二宝想目送晓芬，一扭头错了方向，腮帮子碰到大纸箱上……

百货公司橱窗。

一双双式样新颖、颜色鲜艳的男女式皮鞋陈列在架上，光彩夺目，招人喜爱。

橱窗一角，摆放着大圆头皮鞋，旁边一块小木牌上写着几个大字——“削价处理”。

两者形成鲜明的对照。

顾客围在橱窗前议论着，比画着……

字标——红卫鞋店。

老丁和扛着箱子满头大汗的二宝走进大门。

办公室里。

一个中年人把鞋放回鞋箱，遗憾地：“虽说皮鞋是缺货，但这种样子的怕不行，现在都搞经济核算，一积压就麻烦了……”

二宝眼巴巴地望着老丁。

老丁：“走吧。”

二宝：“得，走！”扛起鞋箱……

百货公司鞋帽部。

胖姑娘把绑好的鞋匣递给丁凯。

丁凯礼貌地：“谢谢。”说完又挤出个表示友好的笑容。

胖姑娘却一本正经地：“甭谢，我们该做的。”

丁凯：“请问，沙丽呢？”

胖姑娘不冷不热地：“休息。”

丁凯怏怏而去……

字标——新升鞋店。

老丁无精打采地走出店门，身后，二宝扛着鞋箱呼哧呼哧地喘着气。

街心公园。

二宝把箱子放在长椅上，掏出手帕擦汗。

正坐在那里养神的一位老者指指鞋箱："卖的？"

老丁："卖的。"

老者："看看怎么样？"

二宝："您敞开挑。"迅速打开箱盖，把大圆头皮鞋递给老者。

老者夸奖地："这鞋地道。"

老丁酸溜溜地："还是您老识货。"

老者："我穿过嘛。"

二宝："那您再买双吧。"

老者把鞋退给二宝："我家那双还没坏呢……"

老丁神情尴尬……

一双脚在林荫路上蹒跚而行。

二宝扛着大箱子仍旧不屈不挠地跟在老丁身后。

老丁放慢脚步，回过身："给我吧。"

二宝逞能地："不，不用。我奉陪到底了。"

丁家。

门被"嘭"地推开。

老丁闪开身，二宝扛着鞋箱直愣愣地冲进室内，连箱带人扑倒在床上。

丁婶："哎，你要干吗，刚洗的床单……"

老丁："让他躺会儿，躺会儿……"

晓芬从里屋冲出来，心疼地望着二宝，又用手推了推沉重的大纸箱，气恼地："爸爸，您怎么拿二宝当牛使，再有劲儿也不能为您那个大头鞋卖命啊！"

老丁负疚地用手搔着鼻梁。

夜。

老丁思绪不宁地抽着烟。

丁凯走到老丁身旁，拿出一双新式的三星牌男鞋递给老丁："爸爸，我给您买了一双。”

“不要，”老丁一扭脸，“我没那脚福。”

丁凯：“这也是咱们三星牌的哟，您就不想……”

丁婶一摆手：“给他拿到屋里去。”

丁凯转身进屋。

丁婶：“还挺难侍候，人家可是好心……”

丁凯回到屋里，一边望着老丁，一边措着词。

丁凯：“爸爸，厂里通知您明天到局里开订货展销会。”

老丁：“我没空！”

丁凯：“于厂长可说了……把老名牌和新样式都带去，让商店部门自选……”

“嗯？”老丁抬起头，神情若有所思……

老丁卧室。

银色的月光洒进屋里。

新式男皮鞋摆在床前的木椅子上，清晰可见。

老丁从床上翻了个身，一眼看见那双皮鞋，似闪电一样急忙又翻转回去。

丁婶被搅醒：“你瞎折腾什么？”

少顷，老丁偷偷欠身朝床里瞥了一眼，见丁婶正打着鼾，于是赶忙蹑手蹑脚地溜下床，拿起那双新皮鞋对着月光仔细地验看，又拿起大圆头鞋和新鞋比较着，然后穿上，轻轻地朝穿衣镜走去。

穿衣镜前，他掉转身子，前后左右地照着那双鞋，随后踮着脚在房间里轻轻地来回踱步，还不时低头端详着脚上的鞋，脸上露出满意的神色。

没过一会儿，脸上的神情突然收敛，他像意识到什么似的匆忙把鞋子脱下。

新式皮鞋重又摆在椅子上。

他坐在床上沉思了一阵，那强烈的自尊心使他做出了不能公开服输的决定，他终于拿起了鞋，踮着足尖走到门旁，轻轻地推开门，把一只鞋歪放着，一只鞋倒扣着，制造一个鞋被人扔出门外的现场……

清晨。

丁凯推开小室门走出，一眼发现老丁卧室门外的皮鞋，他耸耸肩，弯腰把鞋规规矩矩摆整齐……

马路上。

一双旧圆头皮鞋的特写。

镜头拉开，老丁衣着整齐，目不斜视，正在马路上大步而行。

街道修制鞋服务社，一青年顾客正拿着鞋子验看着。

二宝："嗨，满意吗？"

青年连声称赞："满意，满意……"

二宝："以后有活儿就拿来，没得说！"

青年感激地："谢谢你。"

二宝："甭谢，这是咱的工作。"说着朝青年一勾手指头，"你过来。"

青年俯身向前。

二宝："我向你介绍一种皮鞋。"一挑大拇指，学着广播员的调门，"三星牌新型冷粘皮鞋，美观大方，经济耐穿……"他搔着脑袋，"叫什么全球……"

青年："誉满全球。"

二宝："你也懂啊！"

二宝突然发现老丁的身影划过眼前，他欣喜地呼叫着："丁大伯，丁大伯……"

老丁转身走来。

二宝掸了掸小凳，讨好地："丁大伯，您坐会儿。"

老丁看看手表："改日吧，今儿我还得开会去呢。"刚一举步。

二宝："您等等。"他用一副职业性的目光盯着老丁的皮鞋，"您还非坐下不可，这鞋跟都歪到姥姥家去了。"说着拿起一只大铁掌，"来吧，包您满意。"

老丁哭笑不得地："这……这哪儿成啊。"

二宝火气地："您瞧不起我是不是？我的手艺可是您亲手教出来的！"

老丁无可奈何地朝凳上一坐，顺手脱下皮鞋："得，交给你了。"

商业局大楼。

参加会议的人们，说笑着走进大门。

老于刚踏上台阶，一个中年人就追上他："哟，于厂长亲自出马啊？"

老于："来受受教育。"

中年人："瞧您说的，带来什么硬货？"

老于微微一笑："多少有点儿。你一个人来的？"

中年人一摆头："不，还有我们的皮鞋组组长，"沙丽刚好过来，"她叫沙丽！"

老于扭过头，会心地："哦。"

沙丽微笑地："您好！"

中年人："你们认识？"

老于风趣地朝沙丽一眨眼睛："听说过。"

林荫路。

老丁在光滑的柏油马路上，小心翼翼地迈着步……

商业局会议室。

长条会议桌两侧坐满了人，顶头上，戴了副深度花镜的季副局长正振臂而讲："……过去我们吃惯了大锅饭，企业的一切全由国家兜着，可工作就是不按经济规律办事，只讲指标不问实际需要，不管我们生产什么鞋，商业部门就得包购什么鞋，而群众就只好买这种鞋。独此一家，别无分号，产品不求改进，墨守成规，30年一贯制，而我们却心安理得地喊着为人民服务，为'四化'出力……'四化'可不是句空话，干'四化'的最终目的还不是为了更大限度地满足人民需要！……这种产销脱节的状况非改不可，怎么改？"他用手一拍脑门，"首先得从这儿改起……"

会议室的门吱的一声被推开。

季副局长朝门口瞥了一眼。

老丁抱歉地一笑。

季副局长："这次订货会，咱们采取的就是新方法，俗话说，是骡子是马拉出来遛遛……"话音未落，安静的会议室里，突然响起一阵"呱达、呱达"的声音。

老丁一步一响地正在地板上打着点儿。

"嗯？"季副局长猛地扬起头，透过老花镜片搜寻着奇怪的"马蹄声"。

老丁赶忙停下脚步，脸上挤出个笑容。

季副局长收回眼光，又接着讲："你们各个厂，把拿手的产品都亮出来嘛……"

老丁小心翼翼地挪动脚步，脚底的铁掌好像故意跟他过不去似的，"呱达"声又响了起来。

"嗯？"季副局长又一次抬起头。

老丁迅速地改变了姿势，他像跳芭蕾舞似的踮起脚尖，一边尴尬地咧着嘴，一边就近朝一处稍空的位置挤去，两边的人都为他挪了挪地方。

老丁感激地："谢谢……"侧脸一看。

沙丽正反感地看着他。

老丁干咳了几声。

会议室传来季副局长一声高喝："八仙过海，各显其能，我看，可以来个竞争嘛！"

掌声……

商业局展览室。

一只只明亮的玻璃柜里，陈列着各厂的皮鞋样品。

参加会议的人们，有的在评头品足，有的在窃窃私语，有的在大声交谈，有的迫不及待地签订合同。

群星皮鞋厂的展品玻璃柜。老丁心事重重地端坐柜旁的角落里。柜前，人们羡慕地望着下层那一双双式样新颖、造型美观、颜色漂亮的各式冷粘男女皮鞋。上层摆的三星牌圆头皮鞋却无人去看。

一个胖同志正向老丁蘑菇着。

胖同志："……这回说什么也得满足我们，每种冷粘皮鞋订20000双。"

老丁把手中一厚叠订单一扬，为难地："您看看，心有余而力不足啊。"

胖同志把手捂在胸口上："不行，您一定得理解我，不，理解顾客的心情。"

老于："理解，非常理解……"

胖同志失望地："唉，您看着办吧！"

老于："这样吧，给你们20000双老名牌吧！"

胖同志连忙摆手："得了吧，我们仓库里还有，这种鞋样子太老，早就不受欢迎了。"

沙丽走到老于身边："于厂长，我们的订货？"

老于痛快地："说吧，优先满足。"

沙丽大声地："除了大圆头皮鞋，别的都要。"

"干吗那么大声？"老于用忧虑的目光向对面望去。

沙丽赶忙用手捂着嘴。柜橱旁的小桌前，老丁默默地坐着，"除了大圆头皮鞋，别的都要"的声音在他的耳边回荡着。从他那道紧锁的眉上，可以看出他此时的心情是多么的不平静……

繁华的街道，灯火通明。

街道修制鞋服务社柜台里。

二宝拿着一双皮鞋招徕着顾客。

一中年人接过鞋，翻看着，不放心地："结实吗？"

二宝："我们虽然是集体企业，可绝不骗人。"

"让我看看……"随着声音，一只手从中年人手里接过鞋子。

二宝惊喜地："丁大伯……"

老丁仔细看着皮鞋："可以做得更好些。"

中年人："我再到旁处看看。"说着离去。

二宝不满地："您这一句话，就把买卖搅吹啦？"

老丁："质量第一。别忘了，你是我的徒弟。"

二宝："嘿嘿……"

老丁："今晚，你带服务社的人都到我家来。"

二宝："干吗？"

老丁："我把手艺全都教给你们！"

二宝欣喜地："哎！"

老丁把一只大匣子往桌上一放："往后别偷偷摸摸啦。"

二宝打开一看，是收录两用机。

老丁："热闹点……"说着又递上一个大包，"这是我多年来保留的一套工具，送给你吧！"

二宝激动地："丁大伯……我，我保证做您的接班人。"

老丁："我也有毛病，挑好的学吧！"

喇叭里响着轻快的"制鞋工人之歌"。

车间里洋溢着紧张而又欢快的气氛，下料机把整张皮革轧成一块儿一块儿的鞋料面，绷楦机迅速又有序地把鞋料绷成"凸"字鞋面。

扣鞋底的工人正在飞快地粘着鞋底。

一双双皮鞋在传送带上运送着。

移动的传送带化作转动着的汽车轮。

满载鞋匣的大卡车奔驰在宽阔的马路上……

醒目的美术字体——群星皮鞋厂新产品展销。镜头拉开，百货公司大玻璃橱窗里，陈列着一双双造型美观、样式新颖、颜色鲜艳的男女皮鞋。

鞋帽部柜台前。

人们争先恐后地选购着新样式皮鞋。

沙丽、胖姑娘和其他营业员正热情地接待顾客。

一个女青年大声地："同志，是上海新产品吗？"

沙丽骄傲地："不，是本市群星皮鞋厂的。"

一男青年："耐穿吗？"

胖姑娘："有劲你就踢吧。"

老丁朝柜台走来。

沙丽："他来了。"

胖姑娘："谁？"

沙丽："老保守呗！"

胖姑娘悄声地："你小点声，他是丁凯的爸爸。"

"啊……"沙丽急忙用手捂住嘴巴。

老丁走近柜台。

胖姑娘："丁大伯。"

老丁："哎。"

胖姑娘："买双鞋吗？"

老丁："买双。"

胖姑娘用手朝沙丽背后一捅。

沙丽赶忙挤出个笑脸："嘿嘿，您说我给您拿。"

老丁："还有老三星皮鞋吗？"

"有……"沙丽关切地："是您自个儿要？"

老丁依恋地："留个纪念。"

沙丽不解地："纪念？"

"转产了……这是最后一批。"老丁的声音有些哽咽。他的表情仿佛在依依惜别一位最亲密的朋友。

沙丽和胖姑娘同情地望着眼前这位老人。

沙丽："我给您好好包上。"

老丁提着鞋盒走了两步，又转过身："我照样也做新款式的冷粘鞋，信不信？绝不比他们次！"

沙丽和胖姑娘几乎异口同声地："信！"

夜幕下的繁华街道。

玻璃橱窗里，五光十色、琳琅满目的货品吸引着无数的行人。

霓虹灯在闪烁，彩色的光芒照耀在那一张张充满生气和活力的面庞上。

老丁、丁凯和老于漫步其中。

老于："看，生活变化多快！"

老丁不无感慨地："是啊……过去我总以为我这小学徒出身的车间主任最懂得生产、最了解群众需要，处处以内行自居。现在我才悟出一点儿道理，如果不适应形势的发展，一味照葫芦画瓢，内行照样可以变外行。"

丁凯充满感情地说："爸爸，1958年您参加了制鞋行业的第一次革命，将手工业变成了半机械化，现在第二次革命正等着您呢！"

老丁不解地："第二次革命？"

丁凯："如果能实现部件标准化，咱们制鞋行业就可以飞跃发展，人民群众的需要就能充分得到满足。爸爸，咱们干吧！"

老丁："我能成？"

老于："哎，老丁，这不像你说的话，拿出当年的那股子劲头嘛！"

丁凯恳切地："爸爸，我们都在等待着您呢……您一定还会成为我们的模范。"

老于一搂老丁："你的经验，"又用手搂住丁凯，"加上他们的新技术和干劲，我相信一定可以达到质量高超、式样美观、经济实惠的要求，让三星牌皮鞋永远是群众喜爱的商品。"

老丁："我……没说的，干，干，干定了……"他脸上第一次露出诚挚的笑容，但抑制不住的热泪却夺眶而出……

丁凯和老于都会心地笑了。

一张张陌生的但充满了幸福的笑脸充满银幕。

百货公司前的栏杆旁。

小费手持鲜花在等待着。他一扭头发现了老丁、丁凯和老于走来，急忙把鲜花藏在身后。

老丁和老于迅速地交换了眼色。

小费："厂长、主任、丁凯，嘿嘿……"

老丁："藏什么，拿出来，别再把花碰坏了。"

小费把花慢慢拿到身前，更加局促不安。

老于笑眯眯地："站在这儿干吗，啊？"

小费："嘿嘿，等，等个人......"

老丁故意一绷脸："噢，这会儿磨不开了，说声对象多干脆，甭打马虎眼！”

小费：“八字还没一撇……”

老丁：“那就再添一撇……”

小费感激地：“丁主任，您真好。”

老丁：“你也不赖嘛。”

老丁、老于和小费会心地笑了起来，唯有丁凯眼巴巴地望着百货公司二楼。

小费俯在老丁和老于耳旁悄悄说着什么。

老于走近丁凯，拍拍他的肩头：“丁凯啊，让我批评你一句吧，在工作上你很有勇气，遗憾的是在爱情上太缺少魄力了。”

老丁把腰板一挺：“老于，你放心，这事儿我包了！”

丁家。

一双手在猛擦着一只新型男青年皮鞋。

一双锃亮的三节头式皮鞋特写。

镜头拉开，老丁身着制服，端坐椅上，丁婶正起劲地替他擦着鞋。

旁边，晓芬正帮丁凯在擦着新鞋。

丁婶像质量检查员一样审视着丈夫和儿子。

丁凯脸上挂着幸福的笑意。

老丁来回走了几步，表情拘谨，动作生硬。

丁婶：“绷什么劲，你这副模样还不把亲家给吓着。”

老丁脸上的肌肉抽搐几下，似笑非笑地望着丁婶。

丁婶做了个最后满意的手势。

老丁和丁凯走出家门。

老丁示意丁凯走在前面。

丁婶目送着父子俩，走下楼梯。

晓芬探出头来看见老丁那副不自然的走路姿势，嗤嗤地笑了起来。

丁婶一巴掌把晓芬打了回去。

丁凯在前，老丁在后的“队列”在行进着。

丁凯和老丁的身影逐渐变暗，银幕上现出一少一老、一瘦一胖姿势相同的两幅剪影。

夜幕降临。

蔚蓝的夜空，星光灿烂。

画外音："啊！蔚蓝的夜空，群星依旧在闪烁，可是，你知道，最美最亮的星星在哪里吗？它不在天上，而是在我们的生活里——一个群星灿烂的时代，是已经到来了吗？"

音乐大作。

主创名单

编　　剧：	林　力	导　　演：	罗　真
摄　　影：	赵泽林	美　　工：	黄伯豪
作　　曲：	吕　远	录　　音：	刘一慎
独　　唱：	王洁实　谢莉斯	歌　　词：	林　力　白云海
演　　奏：	中国广播交响乐团	指　　挥：	袁　方
主要演员：	白　穆　叶琳琅　刘仲元　寇振海　张小明　钟浩舒		

该片以轻工业战线上的“三十年一贯制”为题材，围绕着群星皮鞋厂“三星牌”名牌皮鞋要不要改进、革新的问题展开矛盾冲突。这一场革新与守旧的斗争放在生产鞋、设计鞋、卖鞋、买鞋、修鞋等各种人物中间去进行，别具一格，妙趣横生，充满浓郁而清新的生活气息。喜剧色彩鲜明。该片社会效应和经济效应双赢。影片公映后，观众口碑不凡，电影局还传来中央领导同志对影片表扬的喜讯。

电影《星星星》海报

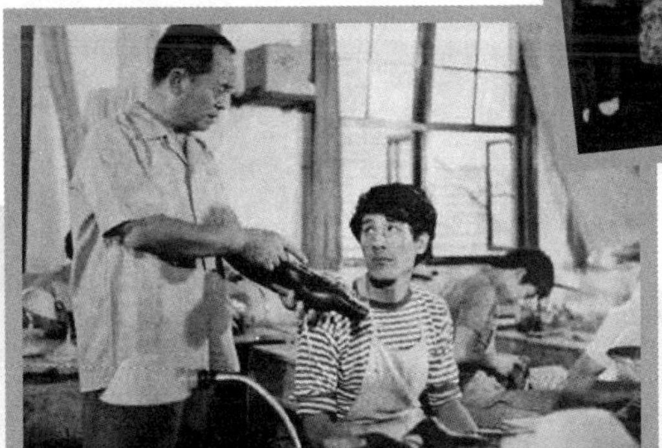

电影《星星星》剧照

☆ **故事片《星星星》主题歌**

在生活的路上

林力　白云海　词

在那生活的道路上，
迈动着千万双脚步，
脚步啊脚步，可不要落伍，
脚步啊脚步，要加快速度，
为了开创光辉的明天，
我们要绘制最美的蓝图，
为了让祖国早日四化，
我们要迈开雄健大步。
啦啦啦啦啦啦，啦啦啦啦啦啦，
啦啦啦啦啦啦，啦啦啦啦啦啦！
在那生活的道路上，
鼓满了阵阵长风，
长风啊长风，催人出征，
长风啊长风，激荡心灵。
眼前朝霞身后浪峰，
幸福由我们亲手播种，
美化生活装扮明天，
靠我们大家辛勤劳动。
啦啦啦啦啦啦，啦啦啦啦啦啦，
啦啦啦啦啦啦，啦啦啦啦啦啦！

金色的梦

故事梗概：十年动乱使舞蹈演员陆丹过早地结束了舞台生涯，现在改行成了农业银行的会计。丈夫华达是位作曲家，在事业上颇有点成就，他们有一个可爱的小女儿佳佳，一家三口日子过得非常美满。但是陆丹并没有沉湎于幸福的小家庭生活，她强烈地追求舞蹈事业，希望重返舞台。她向爱人透露了自己的想法，而华达却认为妻子为了丈夫的事业应该做出牺牲，便以种种理由反对陆丹的复出。陆丹不顾丈夫反对毅然报考歌舞团，但由于歌舞团个别决策者的冷眼，她未被录取。幸遇艺术指导热心帮助，她才在歌舞团找了一份勤杂工作。她利用一切机会偷学舞蹈，艺术指导被她勤奋好学的精神感动，经常利用业余时间对她精心指教。一次，歌舞团主要演员美玲因故误场，艺术指导派陆丹顶上去，她和晓风合演《霸王别姬》获得成功，从而成了一名正式的舞蹈演员。华达对这一事实不能理解和接受，他以离家出走相威胁，夫妻终于分居了。美玲出于嫉妒心，经常借故辱骂陆丹。陆丹为了舞蹈事业默默忍受着。她在艺术指导、晓风等人的帮助下，编出一个又一个具有民族特色的舞蹈。她想用自己的行动来感化丈夫和美玲，她给华达送去一身他所喜欢的银灰色西装和一封情真意切的信，华达读过信后很受感动，在朋友张威的劝说下决定回家。当他推开家门时，却见一个陌生男人——大鹏抱着女儿佳佳，躺在沙发上酣然大睡。他没问缘由，留下一张短笺又转身离去。陆丹回到家中，得知华达误解了，忙追出屋去，街头空荡荡的，只有秋风瑟瑟，细雨绵绵。陆丹没有因为生活中的挫折而影响事业，她自编自演的《哭坟》得到一致好评。晓风了解到陆丹内心的痛苦，向她讲述了自己的经历，同时也流露出对她的爱慕之情。陆丹感谢晓风对她的真心诚意，但她告诉晓风，她爱自己的丈夫，她的生活中不能没有华达。陆丹还用自己的行动教育了美玲，使两人终于言归于好。大鹏不仅在生活上给予陆丹很大帮助，而且积极设法使陆丹与华达早日破镜重圆。这天，陆丹与华达又相会在咖啡厅，两对泪水蒙蒙的眼睛对视着，彼此倾诉着心声……

主创名单

艺术指导： 谢　添
编　　剧： 赵　青　林　力　艾　玲
导　　演： 林　力
摄　　影： 刘惠中
作　　曲： 叶小钢
主要演员： 赵　青　李如平　王运庭　王　堃　乌云斯琴
友情出演： 里　坡

电影《金色的梦》海报

电影《金色的梦》外景工作照

王堃（左）、导演林力（中）、舞蹈家赵青（右）合影

执手当年

人物

大苇，男，28岁，裱糊工。
韩江，男，28岁，街道清洁工。
丁雯，女，26岁，医院护士。
铁明，男，28岁，小吃店炸油饼工。
小魏，男，25岁，出租汽车司机。
小侯，男，24岁，外号“猩猩”，个体户。

五彩缤纷的光环在银幕上跳动。
强烈、节奏鲜明的迪斯科乐声震撼着人们。
手，在电吉他上熟练地弹拨。
手，在电子琴键盘上轻快地滑动。
一位身材魁伟的歌手满怀深情地唱着《友谊之歌》：

紧紧拉起手，
人生的色调不协和。
什么也别说，
唱一支深情的歌。
永久的默契把温暖留在心底，
赶走了人生的寂寞。

鼓槌在架子鼓上敲击出一个“串子”，歌声被推向高潮。

不管世界怎么样，
我们永远快乐。

镜头渐渐推进歌手那双饱含着热泪的眼睛，迅速推出片名：

执手当年

节奏强烈的音乐声中，拉出演职员表。

“快，再快点！”

“要罚钱的！”

“没警察。”

一辆红色的日本尼桑出租轿车从镜头前飞驶而过，穿过一条小胡同，驶上了繁华的马路。

司机小魏目不转睛地盯着前方，坐在他身边的大苇焦灼地看着手表。

铁明从前座探过身：“你告诉她等了？”

大苇：“嗯。”

猩猩四仰八叉地靠在后座上：“唉，咱们全为她一个人奔忙。”

大苇扭头瞪了他一眼。

猩猩假装瞌睡地半眯起眼睛。

小轿车在一家医院前戛然而止。

大苇跳下车，奔上台阶。

更衣室里。

丁雯正在对着镜子打扮。

大苇：“行了，行了。”

丁雯白了他一眼：“催什么……乐器借着了？”

大苇：“跑了好几天，总算解决了。我怕夜长梦多……快点！”

丁雯站起身：“跟你在一块儿，真紧张。”一股脑把美容商品塞进小提包，一扬头，“怎么去？”

小轿车里。

小魏、钱明、猩猩懒洋洋地靠在坐椅上。

小魏："就会催我，他倒慢上了……"

猩猩的目光射向窗外："喏，来了。"

大苇几乎是拽着丁雯从医院里冲出来。

丁雯使劲推开他的手："别那么粗鲁。"

大苇赶前几步，拉开车前门，待丁雯坐进车里，自己一头钻进后车座。

猩猩痛苦地尖叫："抬身！"

大苇欠起身。

猩猩从大苇身下抽出压青了的手，皱巴着脸："还好……没断。"

大苇一拍小魏："走。"

汽车发动，车后卷起一股尘土。

大苇、铁明、小魏、猩猩一阵风似的冲上楼梯，丁雯不慌不忙地走在后面。她很注意自己的仪态、风度。

一扇门前。

大苇举手按铃。即刻，里面响起一支悦耳的乐声。这唤人的门铃声如同一首完整的乐曲，在没完没了地响着。

几个人肃然敬听。

猩猩皱皱鼻子："这儿可以卖票！"

大苇："少废话。"

电子门铃的乐曲终于结束，当最后一个音节消失时，那扇门突然拉开一条缝，露出一张圆圆的胖脸。

大苇："您是……"

于主任把门大开："进来说。"

镜头从墙上挂着的工会积极分子奖状上拉出来。

于主任打量着眼前的年轻人。

几个人一字排开，毕恭毕敬地站着。

大苇指指丁雯："她的嗓子好极了，就是没有机会显露。所以，我们想为她助威。"

丁雯甜甜地一笑。

于主任："明白，明白……"

铁明向大苇递个眼色。

大苇："您看乐器的事……"

于主任为难地："哎呀，天不早了，路又远，我看……"

小魏："管接管送，绝不让您累着。"

于主任用狡黠的目光扫视众人："……"

随着开锁声，一扇门被无声地推开。一股霉味不禁使丁雯皱起鼻子，伸手掏出小手帕。

于主任拉开电灯，昏黄的灯光照向一堆堆的旧报纸、杂志，其间夹杂着显然已弃置很久的几件乐器。

于主任："挑吧。"

丁雯不屑地撇了撇嘴。

猩猩从报纸堆上拿下一把吉他。

铁明把一架歪倒的架子鼓扶正。

大苇用手小心翼翼地掀起一块落满尘土的黑布，露出一架手风琴。

大苇欣喜地："我试试。"他套上背带，坐在椅上，得意地掀动风箱，手指在键盘上奏出一排音阶。正当他把风箱推回去的时候，随着风琴漏气的"噗噗"声，一股尘土飞扬起来，直喷到大苇脸上，他的表情顿时定住，黑乎乎的脸上，只有一排牙齿闪着白光。

笑声飞扬。

后车厢掀开的车盖下面，露出架子鼓、吉他和破旧的手风琴。

飞驶的小轿车里。

猩猩咯咯乐个不停。

大苇闷声闷气地："小心下巴。"他向司机座上方的车后镜瞥了一眼，镜中现出丁雯令人捉摸不透的神情。

铁明："乐器放在哪儿？"

猩猩："放我家吧，我爸爸妈妈夜班。"

汽车在一栋楼前停住。
大苇、猩猩跳下车，往楼里搬送乐器。
铁明和丁雯靠着车等着他们。
铁明望着大苇的背影对丁雯轻声地："他对你真是尽心尽力。"
丁雯："我对他不好？"
小魏从车窗探出头："什么时候吃你们的喜糖？"
丁雯："等着吧，我会通知你们。"
大苇、猩猩回到车旁。
大苇拍拍车门："早点回去交班吧。"
小魏："不，我准备今晚再加个班。"
铁明从口袋里掏出5块钱递给小魏："车钱我付，你家人口多。"
一只大手握住铁明那只手。
大苇："你工资不高，我给。"他把钱塞进车窗。
丁雯飞速地朝大苇瞥了一眼。

幽静的林荫路。
丁雯："……以后少充大方，有钱留着自己花不好吗？"
大苇："那就该让别人吃亏？"
丁雯："我不过说说，你愿意花就花。"
大苇岔开话题："走……韩江还等着咱们呢。"
丁雯："你自己去吧，我有事……"
大苇皱起眉头："怎么？"
丁雯："我爸爸和外商谈判，今天请客，让我作陪。"
大苇揶揄地："你爸爸真会抓机会培养你。"
丁雯不以为然地："多见识见识有什么不好，人总要往高处走。"
大苇沉默不语。
丁雯挽紧大苇："要不，我和爸爸说，让你也去。"
大苇："不。"

丁雯莞尔一笑："随你。"

夜幕中一条深长的胡同里。

一个瘦弱的身影握着一柄扫帚一瘸一拐地慢慢向前移动。他叫韩江。

从一扇门洞里钻出几个七八岁的男孩子，看见渐渐走近的韩江，便一齐喊了起来："瘸子，瘸子……"

韩江愤怒地抡起扫帚。

几个孩子嬉笑着四散逃去："你来追啊！"

韩江放下扫帚，又慢慢向前移动。

一只大手从韩江身后握住扫帚把。

韩江回头。

大苇："给我。"

韩江向大苇身后瞥了一眼："丁雯呢？"

大苇："她……有事，过几天她再来看你。"

韩江："我知道……现在大家都挺忙。"

大苇："你先回去吧。我来扫。"

韩江一瘸一拐地向远处走去。

大苇奋力挥动扫帚……

宾馆豪华的宴会厅。

摆满了西式菜肴的一张桌前，坐着六十开外、头顶微秃的丁父和装扮文雅的丁雯。对面是一位穿着随便的中年外商和一位三十左右、文质彬彬的中国雇员。

丁父向丁雯伸出手："这是我的女儿……医务工作者，她正在学英语。"

丁雯含笑微微颔首。

外商讲着一口不熟练的中国话："啊……要是在我们国家，我会把你误认为是电影明星。"

丁父连连摆手："她不够格，她不够格。"

丁雯迅速地向丁父投去不满的一瞥。

外商向身边雇员指指："这是我的驻中国办事处主任，张文强先生。"

张文强礼貌地向丁父、丁雯点点头。

他深深地看了丁雯一眼。

外商："请……"

一只手握着粘满油彩的画笔在画布上涂抹着。

镜头拉开。

在这间名副其实的"斗室"中，韩江正聚精会神地画着。大苇背靠着床坐在一只小板凳上，默默地望着挂在四壁的印象派油画。

韩江："我知道她爱吃奶油瓜子……你自己拿吧。"

大苇："嗯。"他没动。

韩江："我真为她高兴，她一直想当一名歌唱演员。"

大苇："可她不知道，我到处为她求爷爷告奶奶。"

韩江："你为什么不愿告诉她？"

大苇默默不语。

韩江抬起头，会心地望着大苇。

宾馆铺着猩红地毯的走廊。

丁雯挎着外商和丁父、张文强缓缓走来。

外商："冒昧问一句，丁小姐结婚了吗？"

丁雯微笑着摇了摇头。

张文强眼睛一亮。

丁雯似乎察觉了他的微妙变化："不过……我已有个非常非常好的朋友。"

张文强眼里的光似乎又变暗了。

丁父不满地瞥了丁雯一眼。

张文强："他是哪个大学毕业的？"

丁雯略一迟疑："社会……社会大学。"

张文强百思不得其解地："社会？"

幽暗的斗室里。

大苇坐在小凳上替韩江绑扎着扫帚。

韩江坐在他的对面，默默地望着他。

大苇："……明天我们就要开始排练，我……不能天天来了。"

韩江："你忙吧。"

大苇："你自己多注意身体。"

韩江："嗯。"

大苇："有什么重活给我留着。"

韩江低下头，声音喑哑："这么些年了，你一直在照顾我、帮助我，你到底图什么？"

大苇使劲地向扫帚上绕着铁丝。

韩江："是看我无依无靠、扫大街，安慰我？"

大苇："……"

韩江："你说呀？是不是看我腿腐，可怜我？"

大苇："韩江！"

韩江一把夺下大苇手中的扫帚："你……你到底为什么？"

大苇诚挚地："咱们是……同学。"

韩江的眼睛含满激动的泪花。

大苇握住韩江的肩膀："别这样！"

镜头推近韩江，一颗泪珠顺着他的脸颊滚落下来。

《爱的眼睛》旋律起。

镜头从架子鼓上拉出来，现出猩猩家那间窄小的房间，现在这里是"排练场"。

铁明手持鼓槌在架子鼓上敲击。

小魏熟练地拉着手风琴。

大苇和猩猩挎着吉他分站在丁雯的两边。

丁雯用甜润的歌喉轻轻地唱着：

他们说你"不是男子汉"，

我不能和他们争辩。
当飘飘落叶把小路覆盖，
人们才知道你深深的眷恋。
流在心里的血，
凝成我的顾盼。
映出大地天空，
写满美丽心愿。
步履是这样艰难，
道路还那么遥远。
只要你的身影在我心中闪现，
我就会不知疲倦地向前。

丁雯向着门深深地鞠了一躬。

大苇、铁明、小魏和猩猩装腔作势地鼓起了掌。

铁明：“遗憾的是少个男歌手。”

猩猩：“大苇说话声挺不错。”

大苇：“两码事。”

小魏：“试试怕什么。”

大苇望望丁雯。

丁雯：“看我干什么？”

大苇心一横：“好，试试就试试。”

乐队重又奏起。

大苇紧张地舔着嘴唇。

丁雯：“唱啊！”

大苇猛地吐出音，像一声怪吼，歌声未落，门声大作。

乐声顿时止住。

猩猩：“请进。”

门被推开。

街道主任赵大妈肃然而立：“这可不行，你们比高音喇叭，还要高音喇叭！”

猩猩讷讷地："赵大妈，我们练练。"

赵大妈："要练上单位。"转身离去。

大苇摘下吉他，"啪"地扔在床上。

赵大妈刚步下楼梯，身后传来了大苇又一声吼叫，把她吓了一跳。她气哼哼地返身上楼……

夜，林荫路。

大苇、丁雯的身影划过镜头。

丁雯感慨地："我越来越觉得没劲，干什么都不能顺心。"

大苇："说好了，下礼拜去丽都歌厅。"

丁雯："你说真话，我唱得怎么样？"

大苇："好极了。"

丁雯突然地："咱们去考音乐学院好不好？"

大苇："……如果再倒退10年我会考虑。"

丁雯："咳……"

夜市饭摊。

大苇止住步："饿吗？我请你。"

丁雯望着那刚刚出锅的水煎包忙不迭地："不，不饿。"她拉着大苇离开饭摊。

丁雯紧挽着大苇："你别生气……每次你请我吃那些锅贴、面条，我都胃疼。"

大苇："你应该告诉我。"

丁雯："我不愿伤你的情绪。"

大苇歉意地："我不太会照顾人。"

丁雯笑笑："没关系。"像突然想到什么，"大苇，你能……多读点书吗？"

大苇："嗯？"

丁雯不无遗憾地："你好像从来没摸过书本？"

大苇默默地注视着丁雯……

身着红色T恤和劳动布紧身裤的大苇斜挎着工具袋，手拿着白灰桶，迈着矫健的步伐大步而行。

小吃店。

铁明正在炸油饼，他不时挥动着两根长筷，在桌边、锅沿上敲打着练习鼓点。

正排队等着买早点的剧场王经理莫明其妙地盯着他。

大苇穿过排得长长的队伍走到铁明身边。

铁明："什么时候啦？"

大苇："来电话了，歌厅原来安排的乐队有人病了，让咱们顶一顶。"

铁明紧张地："这么急？"

大苇拍拍铁明："不怕。"

铁明："瞧这油饼。"捞出一个油饼递给大苇，"给你。"

王经理："排队。"

铁明："嚷什么！有的是。"

靠马路边的个体服装摊。

猩猩脖子上挂着书包，正在招揽顾客。

红色的尼桑出租车在路边戛然而止。

猩猩的视线射向路边。

大苇和丁雯从车里跳下来。

小魏从车窗探出头："晚上见。"驶去。

猩猩："我以为来什么大人物了呢。"

大苇走到摊前，翻看着衣服，从中拣出一件款式新奇的港式衣裙，递给丁雯："喜欢吗？"

丁雯拿起衣服比量着。

猩猩试探地："是借，是买？"

大苇："按内部价算吧。"

猩猩咬咬牙："行。"

大苇又拿起一件白色的T恤。

猩猩皱起眉："还要？"

大苇："一块儿算。"
丁雯把衣服塞到大苇手里："我打个电话去。"
大苇："给谁？"
丁雯："我……爸爸。"
大苇："快点，韩江等咱们呢。"

白色的T恤从头顶套下。
韩江在大苇的强迫下，正在换穿新衣。
韩江不自在的神情："我能穿吗？是不是……太过分了？"
丁雯："这回才像个西方的现代派艺术家。"
韩江："别这么说，我穿就是了。"
大苇打量着韩江："啊，精神极了！"
韩江摸摸下巴："刮刮脸吗……"

丽都歌厅，灯光幽暗。
一张张铺着奶油色台布的小桌旁，坐满了饮茶听歌的客人。
韩江端坐在第一排的小桌旁，激动地望着前面小小的呈半圆的舞台。
丁雯手持麦克风，在大苇等人的伴奏下唱着一曲动听的歌《我和你》：

相聚时，
我们那么欢喜。
彼此却用目光，
探询心中秘密。
怕不能明了内心衷曲，
又怕一句话失去甜蜜。

分别时，
秋送来一片枫叶。
告诉我，告诉你，
生命之树常绿。

既然心中有真诚追求，
又何必相对千言万语。

韩江激动地倾听，他看见丁雯似乎向他露出甜蜜的笑容。他也用笑做了回应。

歌厅听众席里响起掌声。

韩江情不自禁地使劲鼓起掌，突然他听到他的身边有一个人在更热烈地鼓着掌，他好奇地回过头。

张文强正奋力地鼓着掌。

韩江下意识地向舞台望去，他突然发现丁雯的目光连同微笑是对着张文强的。

韩江心头一沉，慢慢收起笑容。

台上，大苇正激情满怀地拨动着吉他。

韩江低下头。

强烈的旋律伴随歌声回响着……

一股白色的泡沫喷射而出。

歌厅餐厅里。

大苇手举着瓶啤酒，依次向大家斟酒。

众人举杯。

大苇："为咱们第一次演出干杯！"

铁明："祝贺丁雯出色的演唱。"

丁雯："我真激动了。"

猩猩："听众反映强烈，中间一个穿西服的人鼓掌最凶了。"

丁雯微笑地："是吗？我怎么没看见？"

大苇："大概自我陶醉得什么都顾不上了。"

丁雯不置可否地一笑。

韩江抿紧嘴唇，垂眼望着桌上慢慢流散的酒沫。

大苇："韩江，你怎么不说话？"

韩江支吾地："我……不舒服。"

“你身体不好，早点回去。”丁雯望大苇，“你送送韩江吧。”

大苇用夸赞又似揶揄的口吻说：“你这句话还有点儿人味。”

丁雯笑笑：“你终于理解了，我以为你是木头。”她偷偷向桌下的手腕上瞄了一眼手表……

深长的胡同。

大苇和韩江的身影划过镜头前。

大苇：“你怎么啦？”

“没……没什么。”韩江欲言又止。

大苇：“你呀，就是爱多愁善感……”亲切地搂住韩江，“好好睡上一觉，我保你一切忧虑烟消云散。”

韩江苦笑。

大苇像想起什么：“哎，什么时候把你的画打出去？”

韩江：“等我自己满意了。”他在四合院门前停下步，“进去坐吗？”

大苇：“太晚了。今晚你也别画了。”

韩江：“嗯。”

大苇：“再见。”离去。

韩江久久地目送着大苇远去的背影……

汽车喇叭声：嘀、嘀——

活泼、节奏欢快的歌声《我们长大了》骤起，丁雯幸福的笑脸。

走过绿色梦幻，
走过风雨喧嚣。
我们也曾迷路，
我们也曾跌倒。
泥泞坎坷是我们的课堂，
奋斗人生是多么的美好。
我们长大了。
……

歌声中：

小吃店里，铁明颇有节奏地炸捞着油饼。

红色尼桑从川流不息的车流中钻出来。一个客人在路边举手示意。

小魏驾车驶到路边。

街头，猩猩脖子上挂着书包，大声吆喝着。

镜头从一幢还未拆去脚手架的高楼摇过，推上一扇窗口：大苇站在梯上正粉刷着墙壁。

以上4个画面之间，穿插着乐队的表演。

大苇拖着疲惫的双腿走进修缮队。

一个干部模样的人："大苇，你的电话。"神秘地，"女的……"

办公室。

大苇跨坐在桌沿上，大手紧握话筒，像生怕它跑掉似的："……喂，什么事？"

电话亭。

透过一个男人的背影，现出丁雯半个脸。

丁雯："重要事，我必须和你商量。"她扬起脸，透过玻璃向看不见脸的那个人露出一个甜甜的笑。

夕阳照射在湖面上，微风吹过，波光粼粼。

大苇伏在铁栅上，亲切地望着丁雯。

丁雯："……我想和你商量个事。"

大苇："说吧。"

丁雯探询的目光："我想出国……自费留学。"

大苇不以为然地笑了起来："别开玩笑，这可不像你能登台唱歌。"

丁雯认真地："我说的是真话。"

大苇慢慢收起笑容，盯视着丁雯。

丁雯："手续都办好了……就等着签证。"

大苇控制着自己的感情："我怎么一点儿都不知道。"

丁雯："……我也没想到这么快就办下来了。现在对你说，也不迟。"

大苇咬着嘴唇，垂下头。

丁雯用手抚摸着大苇蓬乱的头发："你，就是心胸狭窄。"

大苇扬起头："我……还能替你做什么？"

丁雯亲热地搂住大苇的脖子："上不了真正的舞台，唱得再好，也不过是个搞业余的……会对我留学有影响。"

大苇："我大概无能为力。"

丁雯松开手："随你的便。"

镜头推近大苇，他神情惶惑，不知所措……

"大苇！"

随着画外的呼叫声，水花飞溅，只见大苇起身跳入湖水中，他划动臂膀，像疯了似的向湖中游去。

湖边。

铁明、小魏、猩猩拼命地叫着。

"大苇！"

"回来呀！"

湖中。

湖水飞溅。

大苇瞪着眼发疯似的游着，游着……

突然，他把头深深扎进水里，让泪水流进了清澈的湖水。

街头饭摊。

大苇闷头不语地喝着酒。

铁明、小魏、猩猩不安地望着他。

铁明似乎下了决心："有句话，我本来不想说……我总觉得她……会耍你。"

大苇勉强装出笑容："她对我很好。"

猩猩："你呀，干什么非要哑巴吃黄连？吹了算了，省得把咱们都当猴儿。"

小魏向猩猩不满地瞪了一眼："你当是卖衣服呢，一天换一件摆。感情！懂不懂？"

大苇烦躁地一挥手："别说了！"

三个人默默不语。

大苇深沉地："我……喜欢她！"

铁明会意地用手拍拍大苇。

大苇："就算我求你们帮忙吧，谁不愿意，我不强迫。"

铁明、小魏和猩猩三人相互对视。

铁明自告奋勇地："我去吧……"

大苇感激地望了一眼铁明。

小魏："让猩猩陪你去吧，他好请假，自己说了算。"

"我去？"猩猩不满意地，"你知道耽误一天少收入多少，时间就是金钱！"

铁明："你呀，真是钱串子脑袋！"

猩猩："好吧，下不为例。"

灯光幽暗的小室里。

韩江正在作画。

大苇替韩江绑扎着扫帚。

韩江不敢看大苇："大苇，我能为你做点什么？"

大苇："不，不用，一切都会好的。"

韩江："可我却画坏了。"他用刮刀小心地刮去画错的油彩，意味深长地，"修改一幅画比画一幅更难，唉……"

大苇："韩江，你还等着什么，为什么不打出去。"

韩江："过两天吧，我……去试试，也希望丁雯能登上舞台。"

大苇的目光下意识地射向窗外……

烈日似火。

猩猩头顶一块遮阳的手帕和铁明步上剧场台阶。

剧场办公室门口。

钱明停下步："拿下来。"

猩猩："什么？"

铁明朝他头顶一指："像什么样子！"

猩猩："哟，我差点忘了！"

敲门声。

王经理伏身办公桌上，连头都没抬："进来。"

门启动，铁明和猩猩轻手轻脚地走进来。猩猩向门旁堆满的汽水瞥了一眼。

铁明低声地："王经理，您好！"

猩猩也礼貌地："您好！"

王经理连身都未动，从桌后平伸出胳膊，"啊，好、好……"那姿势很难分清是想让人吻还是要握手。

钱明和猩猩赶上前与王经理握手。

王经理定睛细看铁明："哈，是你……"用手比画炸油饼的动作，"急什么，有的是！"

铁明尴尬地笑着。

王经理："二位有何贵干？"

铁明已被奚落得不知所措，猩猩用胳膊肘顶了他一下。

铁明："我们想来联系演出。"

王经理："谁啊？"

猩猩自豪地："我们。"

王经理向二人一瞥，禁不住大笑起来："别逗了，你们……炸油饼大筷子乐队！"

铁明使劲地咬着嘴唇。

王经理突然收住笑："我……心脏不好。"

铁明用手向自己肝脾左右一指："是这边还是那边儿？"

王经理用手一指右边肝的部位："这边。"

铁明轻蔑地一笑："没事，死不了。"一揪猩猩，"走。"

随着关门声，王经理猛然醒悟，用手捂住胸口："胡说，心在这儿。"

黄昏，街心花园。

大苇默默地望着垂头丧气的铁明和猩猩。

小魏："干脆给他送点礼。"

猩猩警惕地："是不是又惦着我的衣服呢？"

小魏："你就是太抠。"

猩猩："你大方个看看？大苇，我对你的事可从来没含糊过，人家大经理根本看不起咱们。"

铁明感叹地："是啊。"

大苇安慰地："没关系……咱们再想办法，又不是只有一个剧场。"

铁明："她会不会挤兑你？"

大苇："……不会。"

猩猩的目光射向对面。"喏，瞧我寻件衣服多漂亮。"

林荫路上，人群熙攘。

丁雯打着一把小花伞，颇有风采地走着，横穿过马路……

街心花园。

铁明知趣地："大苇，我先走了？"

猩猩和小魏也忙不迭地："我们也走了。"

大苇："一块儿聊聊嘛。"

猩猩："走了吧。"

三个人跳过栅栏，跑去。

街心花园绿色长椅上，大苇和丁雯的背影。

丁雯："……你根本就没把我的事放在心上。"

"你说什么？"大苇被激怒了，呼地立起身。

丁雯："急什么，有话不会好好说！"

大苇颓然坐下。

丁雯往大苇身边挪近："你太没修养，也难怪，你是个工人……"

大苇低下头，他不愿意让她看到他那双似乎要冒火的眼睛。

丁雯："说吧，我时间不多。"

繁华的马路，无数车流从大苇和丁雯背后闪过。

大苇："……你这么早就回去？"

丁雯略一迟疑："我……爸爸病了。"

大苇："我去看看吧？"

丁雯："别、别，你知道他的脾气。"

大苇欲言又止："我觉得……"

丁雯："别吞吞吐吐。"

大苇似乎下了决心："我觉得你的背后似乎有一个影子。"

丁雯恼怒了："跟你说话真费劲。我再明确说一次。我爸爸病了！"

大苇默默地盯视着丁雯……

幽怨的吉他旋律在夜空中飘荡。

大苇仰坐在窗台上，望着茫茫的夜色，拨动着琴弦……

琴声中：大苇挥动着宽厚的臂膀，在清扫街道。

韩江一瘸一拐地推着辆小推车，把尘土装进车斗里。

琴声中：四合院的小耳房窗帘上映出韩江不知疲倦、毅然作画的身影。

清晨，修缮队。

大苇面带倦容走进办公室。

一干部模样的中年人递过张单子："刷房，按工时算，你去吧！"

大苇从桌上端起一杯浓茶，一饮而尽。

中年干部："嗨，留一口。"

一幢高层建筑出现在银幕上。

大苇斜挎着工具袋，手拎着刷桶进电梯。

电梯楼层显示器亮起绿色的“8”字。

大苇大模大样地敲着一扇门，随着门的启动，露出王经理那张富于表情的脸。

王经理：“啊，我盼星星盼月亮总算把你们盼来了。”

大苇：“活太多！”

王经理把门大开：“请进。”

大苇环顾室内。

王经理试探地：“怎么算价钱？”

大苇：“按工时算。”

王经理不无担心地：“大概……要几天？”

大苇不耐烦地：“慢不了！”

王经理怕得罪大苇，忙不迭地沏茶，倒水，拿烟，献殷勤。

大苇的目光突然停在一张背景是剧场的合影上，中间笑容可掬的正是王经理。

大苇冷不丁地：“你在哪儿工作？”

王经理：“剧场。”

大苇：“当什么官？”

王经理谦虚地：“不大，经理。”

大苇霍地站起来：“你打算花多少钱。”

王经理咬咬牙：“别超过50元钱。”

大苇：“我一分钱不要——白干。”

王经理一愣：“什么？”

“你等着。”大苇冲出门……

歌声起：

紧紧拉起手，
人生的色调不谐和。
什么也别说，

唱一首深情的歌。
永久的默契把温暖留在心里，
赶走了人生的寂寞。
不管世界怎么样，
我们永远快乐。
我们永远快乐……

歌声中：铁明、猩猩、小魏在王经理的指挥下，搬挪着家具。
大苇搅拌着白色的灰浆。

歌声中：韩江夹着三张画走进美术馆大门。
一工作人员望着摊在地上的画，不屑地撇撇嘴。
韩江卷起画……

歌声中：大苇攀上梯子，向墙壁上刷着粉浆。
铁明站在地上也刷着墙。
小魏和猩猩打着下手。
王经理满意的目光……

歌声中：韩江一瘸一拐地走进画店。
画店里挂满了中国字画。
画店职工抱歉的笑容。
韩江失望地走出画店门。

歌声中：房间已经粉刷完毕，衣物归位，大苇、铁明、猩猩、小魏正在帮助王经理清扫房间，他们像老朋友一样拍拍打打。

韩江一瘸一拐地拖着疲惫的身体走进美术学院，被值班人员挡住。

歌声中：大苇走出电话亭，踏着音乐节奏，迈着轻快矫健的步伐，穿过人流，挤上公共汽车，汽车启动。随着远逝的车影，歌声渐渐消失。

美术学院办公室。

一位年过半百的教授正在辅导一位女青年。

教授："……嗯，很有意境。"

女青年："您能推荐我的画参加业余美展吗？"

教授："当然可以。"

韩江坐在角落里，似乎已经被人遗忘。他默默地耐心等待着。

一辆上海牌轿车停在美院办公楼前。

一个20多岁的男青年拎着画夹跳下车。

美术学院办公室。

女青年："我等您的通知。"

教授："好，就这样。"

女青年迈着轻盈的步子向外走去。

韩江抬起头等待着。

突然，刚下车的男青年连门都没敲，径直而入："张伯伯。"

教授欣喜地："啊，我正在等你。"

韩江垂下头，使劲地咬着嘴唇。他的自尊心被重重地伤害。

男青年："您接到我爸爸的电话了？"

教授："嗯……"他突然想起什么，"你等一下……"扭头向角落里望去。沙发空空，不见人影。韩江不知何时已悄然离去。

大苇走过深长的胡同。

大苇在四合院耳房前站住，猛地推开门，想给韩江一个意外的惊喜，不料自己却突然被眼前的景象惊呆了。

一张撕碎的油画从韩江手中散落，他又拿起一张。

"韩江！"大苇一个箭步冲进去，夺下画，"你这是干什么？"

韩江低头不语。

大苇摇晃着韩江："到底怎么了，说啊？"

韩江猛地抓住大苇宽厚的肩头，未语泪先流。

急速转动的三轮平板车轮。

一双奋力蹬车的脚。

大苇，紧抿嘴唇，仿佛上战场的战士一样庄严。

韩江坐在车上，扶着一幅油画，忐忑不安地望着大苇：“别去了，啊？别去了……”

没有回答，只有平板车轴有节奏的“吱吜”声顽强地和都市的人声车声抗衡。

车轮滚动，小胡同里高低不一的门阶一掠而过。

车轮滚动，人行道上穿各样鞋子的脚一掠而过。

车轮滚动，马路上各种型号的汽车轮一掠而过。

车轮停止了转动。

富丽堂皇的美术馆门前的空场上，大苇、韩江和他们的平板车像小小的玩具。

吉他奏出深沉的旋律。

一幅幅油画挂在墙上，摆在墙角处……

韩江站在角落里，眼里交织着腼腆和希望。

大苇抱着吉他，站在马路边，旁若无人地弹奏着，弹奏着……

两个朋友谁也没有看谁，一个出神地看着自己的画，一个深情地弹着自己的曲。

色彩，旋律，融为一体。

一双脚停住了，紧接着又一双，又一双……

韩江慢慢抬起头。

画前已围满了人。

张教授站在人丛里，被画深深吸引。他用目光寻找着画的作者，忽然认出了韩江。教授的眼眶慢慢地湿润了。

琴声在深情地诉说着，诉说着……

大苇的脸，坚毅、自信。

“韩江！”

“韩江！”

一声声热情的呼唤，一只只手叠摞在一起。

街头饭摊圆桌旁，大苇、小魏、铁明、猩猩围在韩江四周。

小魏：“我们马上要上剧场演出。”

猩猩：“来吧。”

铁明：“韩江，你也参加我们乐队吧？”

韩江：“我什么都不会。”

大苇斩钉截铁地：“你会。我们正需要个美术设计。施展吧，朋友！”

韩江激动无语。

铁明：“要演出了……可咱们那架破琴……”

小魏：“大家凑钱买架小电子琴，好不好？”

猩猩：“有钱出钱，有力出力吧！”

小魏瞪猩猩一眼。

猩猩：“我没说不掏钱啊！”

大苇：“就这么办！”

猩猩：“我说，您那位……是不是也算一份儿？”

大苇：“算！”

一只手把一沓人民币拍在桌上。

镜头拉开，这是一间冷饮店。

大苇：“我的。”

铁明从口袋里掏出钱，放在桌上。

小魏从钱包里掏出钱，放进钱堆。他向门外望去：“猩猩大概又犯抠了。”

话音未落，只见猩猩满头大汗匆匆跑进来，他瞧也不瞧众人，从脖子上摘下书包，手一抖，一堆零钱夹杂着钢镚儿散满一桌。

小魏感动地拍拍猩猩。

猩猩郑重地：“我是爱钱，可我也恨它！像我们这号人，好，好不到哪儿去；坏，又不甘堕落……我跟你们干！”

大苇亲切地给猩猩肩头一拳。

猩猩笑了，笑得那么舒展，那么自豪。

韩江从口袋中掏出20元钱。

大苇一把握住他的手：“不要你的。”

韩江诚恳地：“我是美工。”

大苇会意地笑了。

众人的目光射向一直冷眼旁观的丁雯。

丁雯歉意地笑着：“真对不起，这月我只剩这点儿了。”说着把10多块钱摆在钱堆上。

铁明、猩猩、小魏垂眼望着桌面。

韩江不安地望眼大苇。

大苇默默从口袋里又掏出10多块钱加在丁雯拿出的钱上。

丁雯用半是爱怜、半是委屈的目光望着大苇。

手在电子琴键上轻快地跳动着。

后台休息室。

小魏欣喜地弹奏着。

猩猩伏在旁边，目不转睛地盯着：“真够味！”

剧场办公室。

大苇随便地跨坐在办公桌上，喝着汽水。

王经理仰靠在办公椅里：“……伙计，告诉你们一个不太好的消息，票卖不动。现在，观众花钱也要掂量掂量。”

大苇把汽水瓶重重地放在桌上。

王经理手捂胸口：“轻点，我……心脏不好。”

大苇：“您说怎么办？”

王经理耸耸肩：“你们总不能叫我的票务走街串巷搞推销吧？”

大苇茅塞顿开，猛击桌子：“就这么办！”

王经理痛苦得几乎背过气去：“我的心……”

墨迹未干的广告，出现在银幕上。

繁华的街头，一间商店门口的角落里，神情严肃的大苇和丁雯坐在一张小桌后，正在卖票。

丁雯掏出钱："我买两张。"

大苇："给谁？"

丁雯："我……爸爸。"

街头科学画廊前。

钱明和小魏坐在桌后。

小魏："你吆喝两声。"

铁明略有些胆怯地："我怕不行。"

小魏："没关系。"

铁明振作精神："买啊，买啊，一两一个……"

小魏揪他一把："错了，错了。"

铁明："啊？噢！买啊，买啊，精彩节目。"

人们围拢过来。

火车站广场。

猩猩高举着票："谁要票，谁要票？"

一群人蜂拥而上，把韩江挤到一边，将猩猩团团围住。

猩猩兴奋的笑脸。

"有去上海的票吗？"

"是去哈尔滨的票吗？"

猩猩头上渗出汗珠："我……我卖节目票！"

一个彪形大汉："你拿我们开心是不是？"他慢慢向猩猩走过去。

猩猩害怕地："别误会，别误会。"

一个民警向这边走来。

韩江一瘸一拐地向民警奔去……

猩猩瘫仰在剧场办公室的沙发里，右眼上敷着块毛巾。

韩江：“还疼吗？”

“疼！”猩猩龇牙咧嘴地，“还好……没瞎。”

王经理：“您这副尊容，大概让人误会了。”

猩猩不满地：“您还拿我开心！”

王经理：“你们确确实实感动了我的心。”他的手习惯地刚要放到肝部，又急忙挪到胸口，“我预祝你们成功。”

天幕上现出一幅放大了的现代派图案，给人一种简练、明快、充满意境的感觉。

一束光柱投射在丁雯的身上，她手持麦克风，风度翩翩。

歌声《我们长大了》：

（汽车喇叭声：嘀，嘀，嘀）
走过绿色梦幻，
走过风雨喧嚣。
我们也曾迷路，
我们也曾跌倒。
泥泞坎坷是我们的课堂，
奋斗人生是多么的美好。
我们长大了。

大苇的手在琴弦上拨动着。

铁明熟练地击打着架子鼓。

小魏弹着电子琴。

大苇向侧幕里眨下眼睛。

韩江躲在幕后，激动地倾听着。

王经理双手放在胸前，满意地用脚打着拍子。

观众席里。

黑暗中现出外商和张文强的脸，他们在低语……

架子鼓打击一个“串子”，把歌声推向高潮。

男声有力的伴唱：

“我们——长大了！”

在乐声消失的一刹那，掌声雷动。

丁雯频频谢幕，她的目光在搜寻着。她笑了，笑得那么甜。

后台化妆室。

大苇、猩猩、小魏、铁明，边笑着，边在卸妆。

王经理和韩江抬着一箱汽水走进来。

王经理：“喝，汽水。”

猩猩：“一人几瓶？”

王经理：“管够。”

韩江打开一瓶放在大苇桌上。

大苇向镜子里注视着，他的神情突然起了变化，他猛地回过头：“丁雯呢？”

几个人对视，谁也没有说话。

大苇猛地站起身，胳膊碰翻了汽水瓶，它滚落到地上，发出“啪”的碎裂声。

韩江俯下身欲拾。

大苇喑哑地：“别捡了……碎了。”

马路上。

韩江、猩猩、钱明和小魏簇拥着大苇。

铁明不安地：“大苇，你……”

大苇笑笑：“我……累了，真的累了。”

小魏：“我截辆车，把大家都送回去。”

大苇：“你们走吧，我想自己遛遛……”

韩江深深地望着大苇……

一幢楼前。

大苇靠在电线杆上，呆呆地望着3层还亮着灯的窗口，他大口地吸着烟，一闪一闪的光亮中，可以看到他痛苦不堪的面容。

一辆豪华皇冠牌轿车风驰电掣地由远处驶来，在远离楼门的地方戛然而止。

丁雯轻盈地从车里跳出来，向车里挥挥手。

小轿车驶去。

丁雯用手撩起飘落在额前的秀发，走过电线杆——那里已经空无一人。她抬头向3楼望去，灯光依然亮着，丁雯向楼门走去。突然，一个黑影从黑黝黝的门洞里迎了上来。

丁雯低头正欲和来人擦肩而过。

“站住！”

丁雯惊骇地抬眼望去。

大苇肃然挺立。

丁雯不自然地笑着。

大苇：“我……一直在等你。”

丁雯温柔中透着冷漠：“有什么事吗？”

大苇向前迈了一步：“你上哪儿去了？”

丁雯：“你没必要问。”

大苇：“而你必须回答。”

丁雯：“每个人心底都有一块神秘的角落。”

大苇猛地扯开衣服，“我可以把心掏出来！”

丁雯：“你呀，脑子浅得像盘子底。我……讨厌你这样！”

大苇震怒了，他用那双有力的大手抓住丁雯的双肩。

丁雯惧怕地：“你……要干什么？”

大苇逼视着丁雯。

丁雯挣扎着：“松手。”

大苇慢慢松开手：“我瞎了眼……”

丁雯变软了：“你听我说……”

大苇推开丁雯大步而去。

丁雯突然意识到要失去什么，情急地："大苇，大苇……"

呼声在夜空中回荡。

夜深人静。

大苇僵坐在绿色长椅上，双手紧紧抱着头。

一只手搭在他的肩头上。

大苇回过头，韩江正用忧虑的目光望着他："我找了你好久。"

大苇紧紧地握住韩江的手。

韩江："我知道……你爱她。"

大苇低下了头。

韩江："可我们长大了……不光是懂得了爱情……"

大苇慢慢抬起头："我过去总认为自己是你的保护者，其实……你才是强者……"

音乐渐起。

夜色中，两个黑影向远处走去——

夏去秋来。

满山的枫叶似一片火海。

丁家厅房。

丁雯坐在沙发上翻看外国画报。

丁父走进："你怎么还不去？"

丁雯："去哪儿？"

丁父："文强没对你讲？他办好了出国手续，今天和施密特先生一道出境。"

丁雯刷地站起身："什么？"

一辆出租车飞驶而来，在机场前刹住车。丁雯跳下车，向台阶上跑去。

广播员甜润的嗓音："开往旧金山的国际航班现在开始检票……"

丁雯穿过人群，挤向检票口，突然她止住步。

外商和张文强走向检票口，一个年轻的姑娘紧挽着张文强。

丁雯像被霜打了一样瘫软了……

浑身粉迹的大苇走进修缮队办公室。

中年人："你的电话……"神秘地，"女的！"

大苇："就说……我不在。"

中年人不解地看看大苇，拿起话筒："他说……不在。"

丁雯苦笑着将一把钢镚儿一股脑塞进投币口，然后无精打采地走出电话亭……

街头，堆满各式衣服的小摊前。

丁雯："猩猩！"

猩猩："什么事？"

丁雯："你们还……演出吗？"

猩猩："演。"

丁雯："大苇呢？"

猩猩："对不起，没替你看着。"

丁雯赔着笑脸："我知道你们生我的气……他现在好吗？"

猩猩："当然，像大苇这样的小伙儿，剩不下。"

丁雯讪讪而去。

冷饮店。

猩猩正向大苇汇报。

猩猩："我没给她好脸。"

大苇："其实……用不着那样。"

猩猩："瞧，你又心软了。"

大苇："绝不会。"

四合院小耳房里。

丁雯忐忑不安地站在门前。

韩江："进来坐吧。"

丁雯走到窗前。

韩江："找我有事？"

丁雯愧疚地："我以为你会把我轰出去呢。"

韩江："我的小屋永远是敞开的。"

丁雯难过地："韩江，我……"

韩江："不，不要再说，你看……"他向墙上的画一指，"生活也是一幅画，有各种色彩，可它献给人们的，永远是最美的。"

丁雯的眼里闪动着泪花。

小耳房外。

大苇止住步，他略一犹豫，又转身离去……

小耳房里。

韩江："明天，大家要去看红叶，你也去吧？"

丁雯苦笑："他们不会欢迎我的。"

韩江："我正式邀请你。"

丁雯感激的目光。

《爱的眼睛》歌声起：

他们说你不是男子汉，
我不能和他们争辩。
当飘飘落叶把小路覆盖，
人们才知道你深深的眷恋。
流在心里的血，
已凝成我的顾盼。
映出大地天空，
写满美丽心愿。

步履是这样艰难，
道路还那么遥远。
只要你的身影在心中闪现，
我就会不知疲倦地向前。

歌声中出现下列画面：
停在路边的面包车里。
小魏神气十足地坐在驾驶座上。
大苇看看手表。

胡同拐角处。
丁雯靠在墙上，看看手表，又看看面包车，欲向前，又止步。

猩猩拎着一网兜罐头、水果，嬉笑着钻进车。

胡同拐角处。
丁雯欲喊又止，痛苦地望着面包车。

面包车里。
大苇示意小魏开车，韩江止住他，焦急地探身出窗外张望。

胡同拐角处。
丁雯热泪横流，狠狠地咬着小手臂。

面包车窗口。
大苇在韩江身旁探出头来，含着期望的目光。

胡同拐角处。
丁雯背靠墙，几乎痛哭失声。又强忍住，悄悄透过泪眼向面包车望去。

大苇和韩江的身影在窗口一闪，面包车开动，在一股薄薄的尘土中，渐渐远去。

歌声渐弱，止。

猩猩弹着吉他。

大苇、小魏、铁明、韩江正挽着胳膊顺着路轨，雄赳赳地走着。

铁轨伸向远方。

脚在枕木上迈着。

韩江笑笑："我不连累你们，你们冲吧。"

大苇："我们比赛谁先冲上那座山冈，你来当裁判！"

韩江："行！"他把手一挥，"开始！"

大苇、猩猩、小魏、铁明像脱缰的野马越过一道沟，飞身向山冈冲去。

韩江一瘸一拐，一边笑着，一边慢慢地尾随他们向山上走去。

远处传来火车的笛声，他下意识地朝铁路上看了一眼，突然惊呆了。一个七八岁的小孩把鞋别进了轨道缝里，正在使劲往外拔着。

汽笛声化作车轮的隆隆声。

韩江来不及多想，猛地掉转身，几乎是一瘸一拐地向铁轨奔去。

山冈传来欢叫声。

车轮的隆隆声越来越近。

韩江被铁轨一绊跌倒，他向前爬了几步，接近小孩，帮他往外挪脚。

铁轨在颤动，隆隆声在迫近。

韩江的额头渗出汗珠，他用力将布鞋撕破，小孩拔出脚，韩江一掌将小孩推出路轨。

车轮飞转，庞然大物直驶而来。

韩江一面奋力向铁轨外爬，一面向山冈上呼叫："大苇……"

山冈上。

大苇惊骇的面孔。

几个人呆住。

大苇飞身跳下山岗："韩江——"

韩江向山冈投去绝望的一瞥："大苇——"

列车巨大的隆隆声，斩断了韩江的声音，车轮呼啸而过，像是压过人们的心。

大苇疯狂地呼喊着："韩江——"一头扑进泥草里。

令人窒息的车轮隆隆声，淹没了一切……

死一般的寂静。

小耳房里。

大苇坐在那张小凳上，默默地望着挂在四壁的油画。

他仿佛又听到了那熟悉的扫帚的沙沙声。

大苇望着。

眼睛里流露出崇敬、思念和悲痛……

剧场里，一片肃静。

大苇把着吉他走到麦克风前："朋友们……我从来不是歌手，可是今天我……要唱！"他的声音哽咽，"我们……失去了一个最好的……朋友，不，失去了一颗星，他……用自己的鲜血画出了一幅——毕生的作品，一幅最美的画，我希望这支歌，他能听到……"

音乐起。

大苇眼里含着泪水，激情地唱起了《友谊之歌》：

紧紧拉起手，
人生的色调不谐和。
什么也别说，
唱一支深情的歌。
永久的默契把温暖留在心里，

赶走了人生的寂寞。
不管世界怎么样，
我们永远快乐。

挥动的鼓槌。

在琴键上跳动的手。

手在吉他上飞快地拨动。

镜头推近大苇那双饱含热泪的眼睛……

歌声中：

大苇走进小耳房，他拿起一封塞在门缝里的美术学院迟来的信件，他苦笑着随手将信扔进垃圾堆。

一对年轻夫妇走进小屋。

大苇抱着画走出。

男青年："这间房……分配给我们了。"

大苇一语不发，他抱着画走向门外的平板三轮。放好画，他推起车正欲拐弯，一抬头，不禁怔住。

对面树下。

丁雯停立着，她愧疚地默默望着大苇。

四目相视，大苇的心头似乎在颤动。

丁雯慢慢向他走来。

大苇低下头，推起车，抬腿上车。

丁雯走到车后，伸开双臂。

大苇没有回头，但他感到了那双手在向三轮车推来，他毅然地抬起头。

乐声起。

乐声中：大苇骑在车上，丁雯推着车，向远处行去，行去……

1985年7月26日凌晨2点

主创名单

编　　剧： 林　力
导　　演： 金　立
执行导演： 翌　翔
摄　　影： 李康生
作　　曲： 左春龙
主要演员： 夏　望　张颖冰　王维申　刘雪涛
孟　浩　叶福生
友情出演： 冯国庆

电影《执手当年》海报

电影《执手当年》开机仪式

电影《执手当年》剧照

电影《执手当年》剧照

电影《执手当年》工作照

左起：导演林力、摄影师李康生、

执行导演翌翔

电影《执手当年》工作照

暮雪人归

经济法庭。

审判员李艺正在宣读判决书："……栗园公社加工厂追究银星电视机厂违反合同一案，因调解无效，法院经过调查审理，现作如下判决……"

镜头从原告、被告席上摇过去。

刘静（女，48岁）沉稳地用手轻轻掠起额前的头发。

徐丽梅（女，32岁）目不转睛地盯着审判员。

罗子其（男，49岁）表情严肃，不时地擦着眼镜片。

方金海（男，36岁）耷拉着脑袋，一副无精打采的神情。

审判员李艺的声音："……因银星电视机厂单方面中止合同，给栗园加工厂带来的经济损失，应由银星电视机厂予以赔偿。该判决即日起生效。被告不服，可在一周内向高级人民法院上诉……"

人们的目光一起聚向罗子其。

罗子其绷紧面孔，沉默不语。

法院门口。（白天）

刘静和罗子其缓缓步下台阶。他们对视了一眼，又慌忙避开。然后向相反的方向走去……

马路上。

落光了树叶的钻天杨高大挺拔，分列马路两旁延伸下去，一眼望不到头。

刘静缓缓地走着，走着……

画外音：我们一起生活了20多年，人们都羡慕我们有一个美满和谐的家庭。是啊，就是在那十年动乱最不幸的时刻，我们的感情也从来没有动摇过，经受住了考验。我常为此感到幸福，感到骄傲。可现在，一件意外的事却打破了往日的安宁，仿佛向平静的水面投下了一块石子。生活之课又开始了新的一页……

音乐声起：

推出片头字幕《暮雪人归》。

在下列衬景上推出演职员表。

刘静走进办公室。

刘静翻阅着卷宗。

刘静合上卷宗，放进柜里。然后拿起笔在标有1981年1月5日的台历上写下了两个字——结案。

刘静站在窗前，深长地舒了口气。

刘静用手擦去窗上的冰花向远处凝望。

积雪覆盖的马路上。

一个围得严严实实的女人踏着积雪，深一脚浅一脚地正向这边走来……

洁净的甬道。

徐丽梅正东张西望地寻找着什么。

刘静走近她："你找谁？"

徐丽梅："这可说不上来……反正是律师就行。"

刘静："什么事？"

徐丽梅："打官司。"

刘静："哦，跟我来吧。"

徐丽梅："您是……"

刘静微微一笑："我是律师。"伸手拉开一扇门，"请进。"

法律顾问接待室。

刘静："解开围巾吧，这里热。"

徐丽梅摘下围巾捏在手里，神情显得有些拘谨。

刘静审视了她一阵才说道："事情一定很急吧？"

徐丽梅："可不，3个月的工资都发不出来了。"

刘静："你是……"
徐丽梅："我是栗园公社加工厂的。"
刘静："职务？"
徐丽梅不好意思地一笑："厂长。"
刘静关切地："哦，跑的道不近啊。"
徐丽梅："可不是，早上5点出的门，这会儿都下午5点了，刚到。"
刘静取过纸和笔："你说吧……"

刘静家客厅。
录音机正放送着恰恰舞曲。
刘琦（32岁）和她女儿单单边听着音乐边吃饼干。
刘琦："一会儿等你大姨回来，你要好好告你爸爸一状！"
单单天真地："说他什么坏话啊？"
刘琦："就是刚才我教给你的那些。"
"我要是忘了呢？"单单扬起小脸。
刘琦："单单，听妈妈的话，你是个聪明的孩子，不会忘的。"
门外传来钥匙插进锁孔的声音。
刘琦关掉录音机："快，你大姨回来了。"
单单跑到门旁。
随着门的启动，罗子其出现在门口。
单单："姨……"发现不对，急忙改口，"大姨夫。"
"哎。"罗子其顿去脚上的积雪，走进门，弯下腰在单单的小脸蛋上亲吻了一下，"啊，稀客，真乖……"
单单躲避着："凉，太凉了……"
罗子其边笑边脱下大衣："什么时候来的？"
单单："半天了。"
"哦，还等什么？"罗子其搓着手向厨房里叫了一声，"刘静，开饭吧。"
刘琦："姐夫，别叫了，姐姐还没回来。"
罗子其："你怎么进来的？"

刘琦："你家梅梅考上大学，姐姐把她那把钥匙交我了。"

"对对，你看我脑子多坏。"罗子其习惯地搓着双手，"这么说今天吃饭要晚了……真是不巧，你姐姐生活一向是很有规律，每天我只要是一踏进家门，那些可口的饭菜早就准备好了。"他往沙发里一坐，不无得意地，"这些年来，亏得有你姐姐照顾，有时我都感到在她身上像欠了一笔债——当一个人对你特别好的时候，那种感觉也不是轻松的……"

刘琦低头擦拭眼泪。

罗子其将话顿住："哎……哎，这是怎么了，哭什么呀？"

刘琦："为了他哭不值得！我早就说过，如果不是为了拍电影的需要，我才不哭呢，我得为这个着想。"她用手拍拍脸蛋，"我可不想过早地扮演老太婆。"

罗子其耸耸肩："又和艾欣吵翻了？"

刘琦没有答话。她向一旁的单单看去……

单单像背书似的："我爸爸太坏了，昨天一早就扔下我们，走……走了。到晚上还不回来。不要我们了。"

罗子其："这么严重？"

刘琦："我实在忍受不了他的冷漠和精神上的折磨。想想真可笑，当初我拒绝了那么多学者名流的追求，为的就是来受他的气吗？我真佩服姐姐，她算有眼力挑上了你这位电视机厂的大厂长。"

罗子其："得……得了。当初她挑中的只是一名普普通通的技术员。"

"这才叫眼力！"刘琦愈加感慨地，"我那位倒好，顶名是个诗人，可现在连一句也写不出来！"

罗子其："冷静，冷静一点。艾欣身为主编，有责任发现和培养人才。他的担子可不轻呢！"

"瞎扯，发现得再多，稿费也归不了他。"刘琦怨气十足地说，"他对我可一点都不上心，我可跟他怄不了闲气。唉，姐夫，为了他我们已经两天没有吃什么东西了。"

单单："光吃饼干。"

刘琦狠狠地瞪了一眼单单。

单单："就我自己吃……我妈妈饿着呢……"

罗子其："是啊，是啊，我也琢磨着该吃点什么了。"

单单："你还会做饭？"

罗子其："会，会……嘿嘿。"挽起袖子，"看大姨夫给你露一手！"

刘琦举腕看表："姐姐也该回来了。"

积雪覆盖的马路上。（夜晚）

红色、绿色和黄色的交通灯在夜幕中闪现着。公共汽车站挤满了等候乘车的人群。几辆小汽车奔驰而过，车轮卷起的积雪在尾灯的照射下飞舞着。

刘静踏着积雪，沿着长长的街道慢慢地走着、沉思着……

徐丽梅的画外音："银星电视机厂不按合同办事，对已加工完成的电视机后盖拒绝收购，使加工厂白白浪费了人力和物力，3个月工资都没法发，眼下又快春节了……"

刘静的画外音："谁代表电视机厂签的合同？"

徐丽梅的画外音："业务员方金海，他是我爱人……"

刘静的画外音："找过电视机厂领导吗？"

徐丽梅的画外音："找过，可他们厂长架子太大，根本不把我们公社加工厂放在眼里，连面都没见着。所以我们才到法院告的。"

刘静的画外音："法院的意见？"

徐丽梅的画外音："拖了一个多月，连点信儿都没有，是别人告诉我请个律师，所以就来了。"

刘静下意识地裹紧大衣，加快了脚步……

刘静家客厅。（夜晚）

刘静走进家门，脱下大衣挂在衣架上。

单单扑过来："大姨！"

刘静惊喜地："哎，单单和谁来的？"

单单："我妈。"

刘琦："姐姐。"

刘静朝客厅里瞥了一眼："怎么，就你们两个了？"

刘琦叹了口气："唉，别提了……"

单单："我爸爸可坏了……"

刘琦一挥手，不耐烦地打断单单的话："行了，别啰唆了。"

单单鼓起小嘴："我没忘。"

"单单乖，"刘静打开电视，"来，单单看电视。"刘静把刘琦拉到一旁，关切地，"又吵了？"

刘琦点点头。

刘静："你们的事没必要跟孩子讲。"

刘琦："你没处在我的位置……把人都快气死了。姐姐，你可不能袖手旁观！"

刘静："在没有弄清事实之前，我不能为你辩解。"

厨房里传来罗子其的叫声："拿碗，吃饭！"

客厅。

罗子其把一大碗菜端了上来。

刘琦皱起眉头："这是什么？姐夫。"

罗子其搓着双手，得意地："茄子，菜花熬菠菜。"

刘琦："嗬，到底是搞技术的善于发明。"

刘静："对他来说，这已经不易了。"

罗子其："听见没有……"

"姐姐最向着你了。"刘琦望了一眼罗子其。

罗子其："那还用说，老夫老妻啰。"

刘琦："姐夫，今年春节我们可要在这儿过了。"

罗子其："哪年请都请不来，啊，太幸运了。"

刘琦："还不是那些个迎春晚会闹的。"

罗子其："晚会的兴衰与有无明星参加大有关系，现在是星的天下……"他揶揄地数落着，"电影新星、歌唱新星、体育新星、杂技新星……"

刘静："还应该加上银星电视机厂。"

罗子其："什么意思？"

刘静："你们也快出名了。"

罗子其扶正眼镜凝视着刘静……

寝室。

罗子其："你今天好像有什么心事……是不是又接了什么挠头的案子？"

刘静："是这样。"

罗子其："哎，我看你比当事人还操心费力。"

刘静："这是我的职责。"

罗子其脱下外套，玩笑地："你要能到我们厂当质量检查员，我举双手欢迎。"从口袋里掏出一叠钱，"一切缴获要归公，这30元分文未动。"

刘静："什么钱？"

罗子其："节约奖。"

刘静关注地："节约了什么？"

罗子其："原来加工电视机后盖要20元。现在采用新型塑料后盖，加工一个才7元，光这一笔就节约十几万元……"

刘静："因此你们就中止了合同？"

罗子其一愣："你怎么知道的？"

刘静淡淡地："听说的。"

罗子其："是啊，为这个事公社加工厂告了我们，可经济法庭到现在都没理那个茬儿！"

刘静："不可能吧……怎么会……"

罗子其颇为神秘地："审判员李艺前几天到我们厂修电视，我派了一个技术最好的替他修，没用半小时，手到病除，他能不给点面子？"

刘静："你什么时候也学会这一套了？"

罗子其："放心，我并没有向他提什么额外的要求。不过，我想他会理解的，现在人的智力都发达了。"

刘静："这不正常。"

罗子其不以为然地："反正是公对公，又不是为我自己打官司。"说着把钱递给刘静，"快过节了，也该置办点东西了，拿着啊。"

刘静："我不能收！"

罗子其:“为什么?”

刘静:“官司还没了。”

罗子其一耸肩膀把钱放在桌上……

新华浴池前的马路上。(夜晚)

徐丽梅和方金海正遛着。

方金海:“听说你来了，我到处找你，怎么也不先告诉我一声?”

徐丽梅:“我是来打官司，又不是来探亲!”

方金海:“我说你呀，不是成心给我戴眼罩吗?就这么点事，打上官司没完了，让领导怎么看我?”

徐丽梅:“你让加工厂的人怎么看我?眼看快过节了，可连工资都开不出来，这是一点儿事吗?”

方金海:“那泡在这儿也没用啊，我看你趁早回家，这月我的工资全给你，多买点肉，咱们热热闹闹地过个年……”

徐丽梅恼怒地:“亏你说得出口，这么过年我怕卡嗓子眼。你走!”返身向浴池跑去。

方金海急迫地:“丽梅、丽梅……”他突然刹住脚步。

一块大牌子:女浴池住宿部。

一服务员警惕地望着方金海。

方金海尴尬地挤出个笑容……

银星电视机厂厂长办公室。(白天)

方金海愁眉苦脸地望着坐在办公桌后面的罗子其:“厂长，我们那……那口子又来了。”

罗子其一愣，然后似有所悟地:“怪不得呢!”

方金海:“都怪我……厂长，这事我没办好，您狠狠批评我吧!”说着掏出一叠钱,“这是奖金，我退回。”

罗子其:“收起来，收起来，谁找你要了!”

方金海赶紧把钱又装进口袋。

罗子其:“方金海啊，方金海!你这个业务员那么些主意跑哪儿去了？”一板脸，严肃地，“领导还是相信你的，原则性加灵活性，多动动脑子啊！”

方金海把胸一挺：“厂长请放心，打这会儿起我和我那口子就是工作关系。”

罗子其：“准确地说，是被告和原告的关系。”

方金海：“明白……”

经济法庭审判员办公室。（白天）

“我还不太明白。”刘静把一叠材料推到审判员李艺面前，“作为栗园公社加工厂的合法代理人，我希望了解全部细节情况。”

李艺耸耸肩膀：“那好……栗园公社加工厂自诉银星电视机厂欠付加工费2万余元，还有10个月的利息以及差旅费1000多元，还要追究违约责任，他们这些要求，一时难以解决。”

刘静：“您以为……”

李艺：“我以为当初签订合同对栗园公社加工厂是给予了照顾，现在银星电视机厂情况有了变化，他们应当谅解，我们的原则是尽量调解。”

刘静：“调解不等于无限期拖延。”

李艺：“那好，过几天开一次庭吧。”

马路上。

一辆深蓝色的达特桑客货两用小汽车急驶而来。

坐在后座上的罗子其用眼扫视着车窗外，忽然，他用手一拍司机肩头：“停一下，停一下。”

司机把车停在马路边。

罗子其推开车门，探出脑袋向后望着。

人行道上，一个人高竖起大衣领，急速地走着。

罗子其一扬手：“艾欣，艾欣！”

艾欣抬头寻看。

罗子其：“过来啊。”

艾欣快步来到车前：“啊，老罗。”他望了一眼汽车笑笑，“专车，倒是厂长神气。”

罗子其：“谈不上！客货两用。你上哪儿？”

艾欣：“刚从印刷厂出来，回编辑部。”

罗子其：“上车，我送你。”

艾欣：“不用不用，走路也是个锻炼。”

罗子其：“我找你还有事呢！”

急驰的汽车里。

罗子其：“想一跑了事？”

艾欣苦笑了一下：“感情不和确有其事，可我没有跑，我到单位住是为赶发稿件。人总得工作啊……”

罗子其：“可刘琦说你……”

艾欣：“惯用手法，无理搅三分，恶人先告状。”

罗子其：“何必让生活里老充满火药味？”

艾欣：“别开玩笑了，我可没你老兄的运气好，姐儿两个，你把好的先挑走了。”

罗子其：“这话说的，刘琦人家可是明星。”

艾欣赶紧按住太阳穴：“别提这个，我头疼。”

罗子其会心地一乐。

艾欣：“老兄，你太幸福了，有个美满和谐的家庭。”

罗子其得意地挺起胸……

法律顾问处大门口。（傍晚）

刘静步下台阶。

刘琦迎上刘静：“姐姐。”

刘静：“等我？”

刘琦点点头：“姐姐，我决定和艾欣正式分手。”

刘静：“这不是开玩笑的事。”

刘琦：“深思熟虑，我想过，拖下去对我们俩都没有好处。”

刘静：“什么理由？”

刘琦："缺少共同语言。"

刘静："真遗憾，你们当初的共同语言储存得这么少。"

刘琦："姐姐，必要的时候，你得帮我一把，你总不至于胳膊肘往外拐吧？"

刘静："一切凭事实说话。"

刘琦讽刺地："嗬！姐姐，你可真有点职业化了，三句话不离本行。我真不明白，当你对姐夫体贴入微的时候，是怎么忘掉你的律师身份的。"

刘静："并不矛盾，既要会工作也要会生活。"

刘琦："我可做不到，人是有感情的，要不就像火一样热，要不就像冰一样冷，我最怕温吞吞的。"

刘静停下步："好了，回家再听你的高论吧，现在我需要去办点事。"

刘琦："不回家？"

刘静点点头："做饭的事请你代劳一次吧。"

刘琦："我最怕干这个，消磨精力。"

刘静："记住，在家里你不是明星。"

刘琦恼火地："你也这么说？"

刘静和缓地："好了、好了，快点回去吧，要不然你姐夫又该给你们做菠菜、茄子热菜花了。"

"恐怕我比他的手艺强不了多少，"刘琦不无妒意地，"唉，你太疼他了，男人不能惯！"

电话亭。

透过明亮的大玻璃，可以看见刘静正在打电话。

一架红色的电话。

铃声不停。

一只手拿起话筒又放下。

电话亭。

刘静："喂、喂……见鬼！"她重新拨号。

铃声又起。
那只手慢慢伸向电话。然后拍了一下。
镜头拉开。
办公桌的后面，艾欣专注地审阅着稿件。

电话亭。
刘静气恼地挂上电话，摸出一角钱塞进木箱，然后转身冲出电话亭……

刘静家厨房。（夜晚）
刘琦正在摘洗菠菜，她简直分不清哪些部分是可用的，把菠菜摘得只剩下了光杆。

刘静家客厅。（夜晚）
录音机播放着舒缓的乐曲。
罗子其仰靠在沙发上正闭目倾听。
单单轻轻走到罗子其身边坐下，用小手揪揪罗子其："大姨夫。"
罗子其睁开眼睛："嗯？"
单单："你低下头，我告诉你一句话。"
罗子其低下头。
单单趴在罗子其耳旁，悄声地："我爸爸不坏，我想他……"
罗子其被单单的稚气感动了，他一把搂住单单："单单，你真是个好孩子！让大姨夫亲你一下。"
单单用小手摸摸罗子其的面颊："凉吗？"
"不，热的。"罗子其亲昵地吻着单单的小脸蛋……

《诗友》编辑部主编室。
艾欣仍在聚精会神地批阅着稿件。
刘静悄然不语地立在艾欣身后，等待着。

一个女编辑走进来："老艾，何云的《召唤》准备刊用吗？"

艾欣抬起头来："对他的诗，我真不敢恭维，读了三遍还让人不解其意。想必他又多喝了点，朦朦胧胧地就落了笔……退稿吧。"

女编辑为难地："人家说这是一种流派……嗯，作者又有一定影响，您看……"

艾欣："放这儿吧，我来写退稿信。"

女编辑："您不怕……"

艾欣："是啊，有人已经在封我为双枪李向阳了，可因为有了这种雅号，我就因此可以退避三舍，任其自流吗？不，一个诗人不但要对得起人民，也要对得起自己。"他微微一笑，"如果他要到法院告我，我会出庭的，而且绝不要律师……"

刘静忍不住扑哧一声乐了出来："好大的口气！"

艾欣急忙扭过头，吃惊地："啊，是你，大姐……"转身对女编辑，"下期的稿件我签发了，就这样。"

女编辑离去。

刘静踱到桌前，径自坐下："你可真忙！"

艾欣："我们的工作就是这样，要想发现一篇好的作品，就如同大海捞针一样难。"

刘静："过得不错？"

艾欣不置可否地耸耸肩："是她请你来当说客？"

刘静："不，是我自己决定要来的。"

艾欣凝视着刘静，略一沉吟："那我可以接待，请提问吧……"

话音未落，又是一阵电话铃声。

艾欣又要用手去拍电话。

刘静一伸手替他拿起话筒："还是接吧。刚才我花了一毛，你得赔我。"

艾欣歉意地一乐，接过话筒："喂，是我……什么？给我出诗集？"他突然变得恼火起来，"不成！这几年我被生活淹没了，没写出一点像样的可称作是诗的东西……坚决反对出诗集！今后？今后是另一个问题，如果我还能写出新的诗集来……好……再见！"

刘静赞赏地望着艾欣。

艾欣摊开双手："总是这么忙，没办法，言归正传吧！"

刘静："到外面遛遛吧，要不忙了一天，头会发昏的。"

寂静的铺满了白雪的小路。（夜晚）

刘静："说说你们的情况。"

艾欣沉思着："怎么和你说呢？几年前，刘琦是那么单纯，热爱生活，对事业充满了理想。我爱她胜过爱我自己……"他停顿了一下，嘴角露出一丝苦笑，"时过境迁，原来那些美好的东西像被风吹得无影无踪，留下的只是虚荣、自私……"

刘静："她变了是吗？"

"可以这样说。"艾欣有些激动，"在电影上她是取得了一些成绩——仅仅是微小的，可她却当成了资本！这和我们的风气有关，你只要在银幕上露一次面，就不怕导演们不来找上门。如果脸蛋再漂亮点，也不愁没有杂志做你的广告，再冠上一个'星'字，更是身价百倍。有些人善于把一切搞得庸俗、肤浅……"

刘静："很有见解。"

"你感兴趣，我继续发挥……"艾欣用手一指远处的灯光处，"请到那去看看。"

繁华的马路。（夜晚）

"瞧。"艾欣向对面照相馆的玻璃橱窗一努嘴。

灯光映照下，现出一张刘琦彩色大特写照片。

艾欣："看，她多得意，可她忘了还有别人存在。我沉浸在她的裙边，淹没在庸俗的圈子里，就像一只受伤的海鸥被大海抛到沙滩上，可它本来应当高飞……我差点毁了。"

刘静："你是个很有才华的诗人。"

艾欣："过去也许是过。现在我可怕听这句话。唯一欣慰的是希望之火还没有完全熄灭，我好像又听到了时代的最强音，心底又有了一股创作的激情。"

刘静："这很令人感动。"

艾欣苦笑了一下："过奖了。"

刘静："朝那边走吧。这里太乱。"

立交桥前的便道。（夜晚）

艾欣："说来很可笑，一个作家他可以去挖掘别人心灵里最美好的东西，可他自己却往往生活在痛苦之中……我无法改变刘琦的信条，所以只能采取眼下这种办法，现在请你来裁判吧！"他停住了，望着如同一串项链般的路灯点缀着的蜿蜒公路。

刘静："我应该向你道歉，在民事诉讼中，双方当事人的地位相等。你们都是我的亲人，我不想偏袒任何一方，但我希望你们能重新找到共同的语言。"

艾欣："谈何容易。"

刘静："单单你不爱吗？"

"爱……"艾欣的声音低微，却充满感情。

刘静："这种爱应当包含责任感，你们冷静地想过吗？这种争吵、离异将给那颗幼小纯真的心灵留下些什么？……老艾，别怪我言重，你是作家，体会得一定比我更深刻。"

艾欣："让我再想想……"

刘静家。（夜晚）

刘静走进客厅。一盏小壁灯发出幽暗的绿光，她走到一间屋前，轻轻地推开门。

刘琦正在熟睡，单单的一只小手紧紧地搂住刘琦的脖子。

刘静掩上门，关闭壁灯，转身向卧室走去……

卧室。（夜晚）

床头柜上亮着台灯。

罗子其面朝墙壁，屈身而眠，一只被角掀了开来。

刘静伸手替他掖好被角。罗子其突然开了腔："谢谢，我醒着呢。"

刘静："死鬼，吓人一跳。"

罗子其转过身："需要我向你报时吗？现在是23点过2分。"

刘静微微一笑："我知道。"

罗子其翻身坐起："这么晚，上哪儿去了？"

"到艾欣那儿去了。"刘静坐到床沿上。

罗子其："清官难断家务事。你最好别往里掺和。"

刘静："我不能袖手旁观。"

罗子其："力学中有一种曲线运动，有高峰也有低谷。令妹大概也属于这种周期性的折腾，演员通病！"

刘静："你这是偏见。为刘琦我不想和你争辩，她毛病是不少……"

罗子其："艾欣的态度？"

刘静："我和他进行了一次坦率的谈话，连我自己都感到很受启发。"一顿，又语重心长地说，"一个人是不能光凭感情来办事的……"

罗子其从枕边摸起眼镜戴上，凝视着刘静，敏感地："这边鼓是敲给我听的？"

刘静："我不应该再瞒你，经过领导同意，我接受了栗园公社加工厂的委托，是他们权益的合法代理人。"

"好极了，"罗子其用一种嘲弄的口吻说道，"这么说，正式向我宣战了？"

刘静嗔怪地："子其，你胡说什么。"

罗子其一摆手："别客气。你应该叫我一声'被告罗子其'，那样更带劲儿！"

刘静赌气一扭脸。

罗子其腾身下床，迅速穿戴整齐，摆出副无所畏惧的架势："什么时候开庭？"

刘静忍不住乐了："现在是半夜……到时候会通知你的，忙什么！"

"噢！"罗子其一捂脑门，和衣倒在床上……

银星电视机厂厂长办公室。

方金海哭丧着脸把一张传票放在罗子其的面前："厂长，传票来了。"

罗子其抬起头，面无表情："早知道了。"

方金海："告电视机厂，干吗传票上要写我的名字……"

罗子其："让他写嘛。这有什么了不起。"

方金海："别说了，连您的大名都挂上了，还是头牌呢！"

"啊！"罗子其愕然。

法院大门口。

达特桑客货两用轿车驶到法院门口停下。

方金海从车里跳出来，跑到汽车另一侧，把车门大拉开，那副神情像是在护卫一位总统。罗子其派头十足地夹着公文包钻出车厢。

经济法庭。

调解正在进行。

审判员李艺："现在由被告宣读答辩书。"

徐丽梅直视被告席。

方金海避开徐丽梅的目光，慌忙低下头。

罗子其不屑地瞥了眼徐丽梅，然后神气十足地慢慢立起身。

法庭上顿时寂静无声。

罗子其："我，首先声明，由于厂任务繁重，以后我不能出庭，一切事情由我方代表方金海全权代理。"

刘静不满地皱起眉头。

罗子其："不错，我们双方是签订过合同。但是由于科学技术的进步，我厂试验成功了新的塑料后盖工艺。而栗园公社加工厂不具备加工这种产品的能力，停止合同是理所当然的。为了'四化'，加工厂不应该斤斤计较，更不应提出那些无理的要求。"说毕，傲然坐下。

刘静感情复杂地盯视着罗子其。

徐丽梅眉头紧皱。

李艺："请原告代理人发表代理意见。"

刘静迟疑地立起身，镇定了一下，坚定地说道："开庭调解是必要的。让有关负责人参加是为了便利审理此案，银星电视机厂厂长不应以任何借口拒绝出庭。”

罗子其正想腾身而起，被身旁的方金海一把拉住。刘静注意到了，稍停顿了一下，才继续讲下去。

刘静：“第二，此合同有合法手续，它是合法的，有效的。为了维护法律的严肃性，对于任何违约行为都不能姑息……”

罗子其绷紧面孔呆坐着。

方金海不自然地扭动着身子。

刘静：“第三，信守合同是社会主义企业应有的风格，中止合同要予以赔偿，以维护合同双方的合法权益。”

刘静坐下了。

徐丽梅眉头舒展，露出笑容，用敬佩的目光望着刘静……

法院门口。

罗子其满脸怒气地钻进达特桑车厢。方金海手扶车门不安地向旁边望着……

走廊上，徐丽梅和刘静快乐地说着话走过来，刘静做了个手势向大门跑去。在门前，她看见达特桑飞驶而去。

刘静家厨房。（夜晚）

刘静正在烧鱼。

单单骑在门旁：“姨，真香！今天是过节吗？”

刘静：“不是。”

单单：“那干吗要弄好多的菜？”

刘静：“大家吃呗。”

单单：“有我爸爸的份儿吗？”

刘静略一沉吟：“有。不过他今晚开会，不来了，他说了让单单多吃点吧。”

单单：“真的？”

刘静：“真的。”

单单："那我给他留着……"话音刚落，刘琦兴冲冲地冲进厨房。

单单赶忙用小手掩着嘴巴。

刘琦吸了口气："嗬，姐姐请客？"

刘静："自己吃。"

刘琦："那你准是遇上什么高兴事了。"

刘静莞尔一笑。

刘琦脱下大衣："我在街上看见姐夫了。"

刘静："你怎么不等他一起回来？"

刘琦："对不起，我可不愿意奉陪老夫子，一分钟走不了三步，现在是快节奏的时代。"她走到客厅，把一盘磁带装进录音机。屋里立刻响起了节奏强劲的迪斯科乐曲。

刘静从厨房走出来，"啪"地关掉录音机。

刘琦："听听嘛，姐姐。"

刘静："我真不理解，你居然跟没事一样。"

刘琦："干吗非要我装出一副悲天悯人的样子，过去的事我一分钟都不想多想，何必自寻烦恼。"

刘静："生活不是儿戏。"

刘琦不在乎地："都一样，有时你很难分辨真假，生活本来就是在演戏。"

刘静："可怕的思想。"

刘琦："小题大做，姐姐，法律也要跟上时代的潮流，不能墨守成规。就拿离婚来说，人们总不齿于谈论它，这不过是封建意识在作怪，难道还让女人嫁鸡随鸡，嫁狗随狗吗？"

刘静："你的学问越来越丰富多彩了！"

刘琦："姐姐，你也该扩大自己的视野……算了，我不和你辩了，你听，姐夫回来了。"

门外传来沉重的脚步声。

刘静："不过，我一定还要和你辩！"

刘琦："姐姐，今天这顿丰富的晚餐就算为我办的吧！"

刘静不解地："为什么？"

刘琦："一会儿我就宣布。"她卖了个关子。

客厅。（夜晚）

餐桌上摆着香喷喷的红烧鱼和几盘炒菜。

单单欣喜地向桌上望着。

罗子其神态冷淡。

刘静打开一瓶酒："子其，你看我给你买了瓶莲花白，舒筋活血。"

罗子其："我血流得不慢。"

刘琦："姐夫，别不知足，看姐姐为你做了多少好菜！"

罗子其："胡萝卜加大棒。多谢！"

刘琦扫了一眼刘静。

刘静宽厚地笑笑……

刘琦拿过酒瓶给自己杯子里斟了一小半，举起杯："来，替我祝贺吧！"

罗子其、刘静和单单不约而同地一齐望着刘琦。

刘琦眉飞色舞地："我就要上戏了，一部新影片由我担任主角。"

罗子其揶揄地："您的星光将更加灿烂夺目。冒昧问一句，导演眼睛正常吗？"

刘琦拧起眉头："什么意思？"

罗子其："嗐，没什么，随便问问。你知道生产上最注意的问题是什么？——质量！"

刘琦恼怒地望着罗子其。

罗子其举起酒杯："干！"一饮而尽。

刘静："就点菜，别这么……"

罗子其站起身："谢谢，早就饱了。"

卧室。（夜晚）

刘静："子其你怎么了？"

罗子其："何必明知故问！"

刘静："难道我做得不对？"

“对。对极了！”罗子其撇了撇嘴，“立场坚定，不徇私情，标准模范律师。”

刘静：“做什么事都应该公正。”

罗子其：“难道我们技术革新革错了？”

刘静：“我没说革新错，不过对原来的签约应该妥善解决，不能想怎么样就怎么样。”

罗子其嘲讽地：“瞧瞧，代理人多负责，咱们快成了对头了。”

刘静：“那你让我怎么做？”

罗子其冷冷地：“这用不着教，悉听尊便！”

刘静再也忍耐不住，眼圈一红，泪水盈眶。

“姐姐，你来……”室外传来刘琦的叫声。

刘静站起……

客厅。（夜晚）

刘琦：“怎么回事，姐姐？”

刘静：“没什么。”

“不对劲。”刘琦察言观色地，“我姐夫没这些毛病，哪儿来得这么大火气？”

刘静：“厂里工作有些不顺心。”

刘琦：“那也不能拿别人扎撒气伐子啊，哼！连我都饶上了，男人都是一丘之貉！”

刘静：“换个话题吧！”

刘琦：“姐姐，我准备把单单也带去拍电影！”

刘静：“行吗？”

刘琦：“行，戏里缺个小女孩演我的女儿，我和导演说，他同意让单单演。”

刘静：“那样也好……剧本怎么样？”

刘琦：“写得相当精彩，是说一个男工程师和一个女演员由相爱到破裂的故事。”

刘静：“那你用不着再体验生活了。”

刘琦："是啊！"猛然品过味来，"啊？"

牛奶店。（白天）

"我不爱喝。"徐丽梅把杯子推到方金海面前，"唉，大伙还等我解决完了早回去呢，没想到这么慢。"

方金海："谁让你们告状的？其实我们厂长可好了，冲我的面子三番五次给你们加工厂活儿，加工厂没少捞油水，你们可好，翻脸不认人！"

徐丽梅盯着方金海："那可怎么办才好？"

方金海："常言道，大事化小，小事化了。"

徐丽梅："这么说，你是想叫我们把状子撤回？"

方金海按捺不住高兴，脱口而出："对、对，最好不过。"

徐丽梅一板脸："没门儿，你小子可真油，我们律师说了，这事儿她一管到底！"

方金海："姑奶奶，您就别提了，你知道她是谁吗？"

徐丽梅："律师。"

方金海："哎哟，得了！她是我们厂长的爱人！"

徐丽梅一时呆住了："你……你怎么不早说！"

方金海："你容我说话吗？现在告诉你也不晚……你啊，赶明儿心里多思量思量，调子别那么高，要求别那么多，见好就收吧！"

徐丽梅："我真不长眼……"

法律顾问处接待室。（白天）

徐丽梅正措着词："我们想求别人为我们……"

刘静微微一怔。

徐丽梅："您别多心，听说您很忙……"

刘静："为什么提出更换代理人？"

徐丽梅："没别的意思。"

刘静："你们不相信我？"

徐丽梅摇摇头，欲言又止。

刘静："我有什么做得不对？"

徐丽梅又摇摇头。

刘静："告诉我。"

徐丽梅讷讷地："我不想破坏你们夫妻关系。"

"啊，是这样……"刘静意味深长地点点头，"是方金海告诉你的？"

徐丽梅不好意思地："嗯。"

刘静："他还说些什么？"

徐丽梅："没有。"

刘静站起身："放心吧，感情和法律是不能画等号的……相信我。"

徐丽梅感动地："是啊，本来不想来，可心里老是有点不舒坦，您……您只当我什么也没说吧！"

刘静微笑地看着这位朴实的厂长。

马路上。（傍晚）

迎着落日的余晖。

刘静亲切地挽着徐丽梅走着。

一个把大衣领竖得老高的人影掠过她们身旁。

刘静急呼："艾欣！"

艾欣转过身，歉意地："啊，对不起，没看见。"他用手一指大衣领，"我好像戴了一副眼罩。"

徐丽梅："驴推磨就这样，只往前走，看不见别处。"

艾欣禁不住乐了："哈，形象的比喻，很有生活。"

刘静："你匆匆忙忙上哪儿？"

艾欣："找你。"

徐丽梅："我先走了，刘律师。"离去。

艾欣："这是谁？"

刘静："我的委托人，一个能干的农村妇女。"

艾欣赞同地点点头："是啊，看得出来。"

刘静："有事？"

艾欣："找个地方谈吧。"

音乐茶座。(夜晚)

室内温暖如春，环境幽雅。

音箱里放着幽雅的乐曲。

艾欣皱着眉头从圆桌后站起身：“大姐，咱们调换一下。”

刘静坐到艾欣原来的位置上，刚一举目，便看到墙壁上挂着一张刘琦的彩色日历照。

刘静：“你很反感？”

“是的，”艾欣直爽地，“这充其量是一种廉价的吹捧，人们好像只去注意演员，而对那些编电影的、导电影的和各个部门协助拍电影的却往往置诸脑后。这，不公平！这种无谓的吹捧对那些根基不足的演员更是有百害而无一利的。”

刘静：“你不怕人家说你小题大做？”

艾欣：“人们说诗人本来就是神经质，再说我已经是这种明星的受害者了。”

刘静含笑地：“你说话太尖刻。”

艾欣：“那是因为那些优美动听的词汇都为刘琦用尽了，现在我在兜售剩余部分。”从口袋里掏出一封信，“喏，看看这个吧！”

刘静接过信展看。

艾欣：“要求我马上表态，从速解决离婚。”

刘静放下信纸：“你同意了？”

艾欣：“借用一句你们的术语吧——不予受理，可能令妹现在会骂上我一句死皮赖脸。”

刘静：“我想……我想你做得很对。”

“别夸我。”艾欣一挥手，“她变成目前这样，我也有责任。我们已经不是感情冲动的年龄了，你的话我仔细地考虑过，我应该感谢你。我准备主动找她和解。”

刘静诚恳地：“好！我支持。不过她不会有你明白，慢慢说，别急！”

艾欣：“这些我都做得到，但是决不会再说讨好奉承话！走吧。大姐……”

刘静：“不，我还有点事。”

电话亭。（夜晚）

刘静在打电话："喂，刘琦啊，你姐夫在吗？"

刘静家客厅。（夜晚）

刘琦手握话筒："还没回来……什么？……不等你们了，好吧……"

银星电视机厂厂长办公室。（夜晚）

电话铃声。

罗子其烦躁地抄起电话："喂，谁？"他皱起眉头。

电话亭。（夜晚）

刘静："怎么还不下班……我等你一起去吃饭……不，一定要来！"

青云饭店。（夜晚）

楼上角落里一张餐桌上，摆着未动过的饭菜。

刘静和罗子其相对而坐。刘静用手帕擦一下筷子递给罗子其，罗子其接过筷子，看着刘静。

刘静低头擦着自己的筷子，好像不在意地问道："徐丽梅提出要更换代理人，这是你的主意吧！"

罗子其："这叫什么话？"

刘静尽量保持平心静气地："你心里很清楚。"

罗子其："说话注意点分寸，这是在饭店……"

刘静："正是为你考虑，我才叫你到饭店来说，如果是在法庭，我就不能这样说了。"

罗子其："我倒想知道在法庭上你如何讲！"

刘静严肃地："违法乱纪！"

罗子其被激怒："好，好，我违法乱纪。放心，我……我不会连累你的。这个家我没法回了……"腾身立起，欲走。

刘静冷静地："把饭吃完再走，这是钱买的！"

罗子其颓然坐下。

马路上。（夜晚）

罗子其面无表情，旁若无人地大步走着。

刘静连追几步，一把拉住罗子其："子其，你冷静点，听我说嘛……"

罗子其："还有什么好说？我走也是你逼的。"

刘静紧紧地挽住罗子其的胳膊："子其，反正我不让你离开我。"

罗子其朝刘静偷偷瞟了一眼，摆出一副不妥协的架势："不，我的决心下定了！"

刘静："你，你不怕别人笑话？"

罗子其："你不给我留面子，我还顾及什么！"

刘静："你有意见可以提嘛！我好好听着呢。"

罗子其："不走也成，你得做到一点。"

刘静："只要可能，我绝不让你失望。"

"不是可能，而是必须！"罗子其挺起胸，"你不许再当他们的律师……让我们直接和加工厂打官司。"

刘静从罗子其肘弯里抽回手："你……你怎么可以拿我对你的感情做交易！"

罗子其："不，是为了维护感情，我的要求并不高。就听你一句话了。"

"你走吧。"刘静再也控制不住自己的感情。

罗子其不知所措地木然立在原地。

刘静返身迈着坚定的步子走去……

罗子其抬起手想叫，可是强烈的自尊心迫使他忍住了，他挺起胸，却打了个冷战，于是裹紧大衣向相反的方向疾步而去……

刘静家卧室。（夜晚）

刘静穿着大衣，靠在窗上，向外看着，眼里含着泪水。

刘琦悄然走近："姐夫呢？"

刘静声音低微："走了。"

“走了？”刘琦吃惊地，“不回来了？”

刘静点点头。

刘琦：“姐姐，我说什么来着，对男人不能惯，这不是也拿走降人吗？他们都会这一手。”

刘静：“不，是我逼他走的！”

刘琦不解地：“真想不到，你也有这种威力。姐姐，我真服你了。”

刘静：“可是我已经后悔了……”

刘琦：“这也太快了……”

刘静：“嗐，我真欠考虑，这么冷又这么晚，让他上哪儿去？”

刘琦：“甭替他操心，保准饿不死，冻不坏，他们招儿多着呢。”

《诗友》编辑部。（夜晚）

艾欣正埋头于稿件之中。

敲门声。

艾欣：“请进。”

门一开，罗子其走进来。

艾欣惊喜地：“什么风把你吹来了？老罗！”

罗子其无言窘笑了一下。

艾欣不解地望着罗子其。

罗子其用不容推辞的语气：“把房子借给我住一段时间。”

艾欣：“为什么……”

罗子其从大衣里掏出瓶酒往桌上一放，又从皮包里掏出一大包熟肉：“来，喝着说……”

刘静家卧室。（夜晚）

刘静双手枕在脑后，眼望着天花板，靠在床上，思考着什么……

《诗友》编辑部主编室。（夜晚）

室内烟雾腾腾，桌上烟缸里堆满了烟头。

罗子其脱得只剩下一件白衬衫，面红耳赤地大口喝着酒。

艾欣有节制地又喝了一口："……你们俩原来那么和睦，美好。哎，真不可思议……"

罗子其有了点醉意："我说你……你呀，才有福不会享呢……多，多干点活算什么，只要不……不公开受老婆气！"又拿起酒瓶。

艾欣夺过酒瓶："少喝点吧。"

罗子其："没关系，谁让咱俩同病相怜……"

艾欣："你说错了，我准备和刘琦和好！"

罗子其怔怔地瞪着艾欣："要妥协？"

艾欣："如果算作是妥协……我接受了刘静的批评。"

罗子其："那……房子不借我了？"

艾欣有些为难地："我可不想在你们中间推波助澜，我尊敬刘静，她是个通情达理的人，绝不像刘琦……"

罗子其："哼！……"想说什么，又咽了回去，一伸手，"给我钥匙。"

艾欣："我家连暖气都没有……"

罗子其："有张床就行。"

艾欣无可奈何地："那好，走吧！"

艾欣家。

一只手"啪"地打开电灯开关。

灯光照亮了一间凌乱不堪的起居室。

"哎，瞧瞧吧，现在后悔还来得及。"由于太冷，艾欣嘴边出现了一团团的哈气。

罗子其下意识地裹紧大衣，禁不住打了个寒战。

艾欣："我看回家去吧，别自找罪受。"

罗子其一挺胸："既来之，则安之！"

银星电视机厂厂区林荫道。

罗子其无精打采地走着。

方金海从后面追上罗子其："厂长……"

罗子其不满地："这两天你到哪儿去了？"

方金海："我跑呢。"

罗子其："有结果没有？"

方金海神情难过地："嗐，我连嘴皮子都磨烂了，我们那口子就是不肯回心转意！"

罗子其："胜败没分呢，你怎么老愁眉苦脸的！再动动脑子嘛！"

"哎。"方金海顿时又来了精神，把脑袋一晃，"放心，厂长，这回我也要采取点措施啦！"

罗子其叮嘱地："别再让人抓住什么，留神！"

"明白——"方金海心领神会地说。

罗子其一瞪眼："我看你比谁都糊涂！"

一间小酒馆里。

方金海和司机小杨围坐在一张小桌旁。

方金海举起酒瓶，要给小杨杯里斟酒："喝啊，小杨。"

小杨推开酒杯："谢谢您，方师傅，待会儿还有趟活儿呢。"

"对、对，酒后不许开车，好样儿的！"方金海赶忙掏出香烟，抽出一支，递给小杨，"这个不犯禁吧？"

小杨憨厚地笑，接过香烟，方金海擦着火柴替他点燃。

小杨："方师傅，有事？"

方金海："嘿，嘿，小事……"

小杨："您说。"

"唉！"方金海先叹口气，现出一副痛苦的神情，"你嫂子这些日子搅和得我六神不安，眼下年底，任务又那么忙，我真没工夫陪她……"

小杨："听说嫂子是来打官司的。"

"妇道人家，又没见过世面，瞎折腾！"方金海睃一眼小杨，"我想了，明天你用车带她逛逛，让她开开眼，然后送她回家去。"

小杨为难地："用车的事，我可做不了主。"

方金海："这事罗厂长同意，我让他批个条子给你。"

小杨："那好吧！"

浴池门口。

方金海满脸堆笑地打开车门，让徐丽梅上达特桑车。

小杨客气地向徐丽梅点头。

徐丽梅迟疑着……

方金海轻轻地推了一下徐丽梅，徐丽梅坐进了车里。方金海向小杨递了个眼色，小杨将车发动，方金海“砰”地一声关严车门，然后俯近车窗。

方金海：“丽梅，我还有事，小杨陪你……”

徐丽梅推门欲下。

达特桑已启动，急驶而去。

望着达特桑车后冒出的一股黑烟，方金海长长地舒了一口气。

繁华的马路上。

达特桑行驶着。

徐丽梅透过车窗向外张望着。

商店大玻璃橱窗里陈列着各式各样的食品和货物，人们喜气洋洋地观看着、选购着。

汽车渐渐驶出繁荣区……

徐丽梅见是在通往远郊区的公路上，顿时意识到什么，她用手使劲地拍打着司机座椅：“停下，停下！”

小杨一踩刹车，达特桑戛然而止。

徐丽梅怒火中烧：“你们搞什么鬼？”

“您别生气，方师傅说……”小杨的鼻头沁出了汗珠。

徐丽梅严肃地盯视着小杨……

街道路灯下。（夜晚）

刘静失望地收回目光，然后转身离去……

楼梯。（夜晚）

一双脚步上楼梯。

镜头拉开。

艾欣怀里抱着一个大纸包正缓缓地拾级而上。

刘静家门前。艾欣停下步子，鼓了鼓勇气，然后举手叩门。

门慢慢地开动。

艾欣等待着，突然，随着他目光下移，他愣住了。

门缝的下面，露出的是单单在观望。她的小脸蛋上现出惊异的神情。

父亲和女儿对视着，沉默着……

刹那间，单单像从梦中醒过来，用小手猛地把门推到一边，高声呼叫着“爸爸”，飞身向艾欣扑来。

一股热流涌上艾欣心头，他的眼圈湿润了。他弯下身子张开双臂，迎上去。纸包“哗”地掉在地上，从碰破的纸包里露出一个漂亮的布娃娃……

十字路口。（夜晚）

红、黄、绿交通灯交替显示。

车辆按着信号交错而行。

自行车像潮水般涌过路口。一个交通民警在礼貌地纠正一个违章者。

刘静站在街角，久久地凝望着眼前的一切。

画外音：“生活，是啊，生活不能没有秩序，我没有错！”

刘静家客厅。（夜晚）

单单抱着布娃娃偎在艾欣的怀里。

“想我吗？”艾欣轻轻地问着。

单单：“想。”

艾欣感激地亲着单单的小脸蛋。

单单：“爸爸，你是来接我们回家的吗？”

艾欣点点头。

单单从艾欣膝头跳下地：“走吧。”

艾欣：“还有你妈妈。”

单单迫不及待地：“咱们去找她！”话音未落，屋门被推开，刘琦走了进来，她看见艾欣正从沙发上站起来，便冷冷地瞥了他一眼。

艾欣："你回来了。"

刘琦："你来干什么？"

艾欣："看看单单，也看看你。"

刘琦："用不着，我们过得挺好！"

两人对视着，空气顿时变得紧张起来，单单抱着布娃娃站在沙发后不安地望着爸爸和妈妈。

艾欣低声地："在孩子面前我们都该冷静些。"

刘琦傲然不逊地："你根本就不该来！"

艾欣："我们应该心平气和地谈一谈。"

"没工夫，我要看剧本，背台词。"刘琦把提包扔在沙发上。

"你……"艾欣有些激动，但望见单单那可怜的目光，把到了嘴边的话强忍下去，"那好，再找个时间吧。"

刘琦不以为然地耸耸肩。

艾欣凄然一笑："那，我……我走了。"

刘琦："请便。"

单单从沙发后追过来："爸爸……"

刘琦瞪了单单一眼，单单惧怕地停住步。

艾欣转过身怜爱地望着单单，单单紧紧地搂住布娃娃。

艾欣极力地控制着自己的感情，只向单单露出一个深情的微笑，然后转过身从袋里掏出一本书，随手放在茶几上。

刘琦朝书皮望了一眼。

艾欣："这是你曾经喜爱的诗，读读吧，或许它能唤起点美好的回忆……"

刘琦撇了撇嘴。

一声门响，艾欣离去了。

单单向门边追去……

楼梯。（夜晚）

艾欣的身影在盘旋而下的楼梯间时隐时现。

“爸爸……”单单哭喊的声音从上面传来。

艾欣猛地收住脚步，他迟疑地抬起头来听着，考虑着……

“我要爸爸，爸爸……”

艾欣不再犹豫，他转身跨上楼梯，向上奔去。在拐过楼梯角的一刹那，上面传来“砰”的一声关门声，单单的声音消失了，周围立刻变得异常寂静，艾欣的心头像猛然被压上一块石头，心情沉重地斜靠在楼梯栏杆上……

“老艾。”他身后传来一声亲切的呼唤。

艾欣转过身，刘静正立在他的面前。

“怎么不进屋去？”刘静询问的目光。

艾欣苦笑了一下：“刚出来。”

刘静：“你脸色不好，这么说……”

“出师不利，碰壁而归。”艾欣掩饰住自己的感情，尽量装得平静，“不过大姐，我还会来的，绝不食言……”

刘静默默地望着艾欣，那目光是同情、信任和充满友爱的。

艾欣露出感激的微笑，他迈步走下楼梯，像是想起什么，又停下步，抬起头：“大姐，老罗住在我家。”

“噢……”刘静舒了口气，“谢谢你……”

艾欣一挥手：“用不着谢。”然后自语着一边走一边说，“这大概算不上出卖！”

刘静目送着艾欣的身影消失在楼梯间……

刘静家客厅。（夜晚）

刘琦正在看剧本，刘静走到她的跟前。

刘静：“是你把他撵走的？”

刘琦：“我只表示不欢迎。”

刘静：“你太不懂事，艾欣是诚心诚意地来找你……”

刘琦“啪”地合上剧本，不高兴地：“姐姐，我要是你，处在这种时候，绝没有闲心去管别人的事。”

刘静感到脑子一阵发懵。

刘琦："姐姐，我们现在处境一样……"

"可能是这样……但是有一点绝不相同，"刘静凝视着刘琦，"我理解你姐夫，可你理解艾欣吗？"

刘琦不解地望着刘静。

"你根本不理解。"刘静神情显得有些激动，"他不善虚伪，是个正直有事业心的人，这点你恰恰没有看到。"

刘琦不服气地："可我嫁给了他。"

"那仅仅是因为他有名气，"刘静不停气地说，"一个初露头角、仪表不凡的诗人。"

刘琦耸耸肩："那又怎么样？不对？"

刘静神情严肃："这要由你自己回答！人们对生活都有所追求，而目的却往往不一样。现在你看到艾欣不写诗，没有达到你预想的结果，因此就冷漠相待，看不起他，可你想过他为什么会这样吗？"

刘琦不满地一撇嘴："才气不足，用不着怨天尤人。"

"不，是你造成的。"刘静的声音是那样的严肃，"你那些无谓的要求把他的精力全耗尽了。"

刘琦："他要一辈子写不出诗，难道还要让我替他受过一辈子？"

刘静："是的，如果你不改变。"

刘琦："我是要彻底改变——还他自由，立刻分手。"

刘静："那你就能得到幸福？"

刘琦不置可否地耸耸肩。短时间的沉默后，刘静尽量使自己的语调变得和缓："你已经是个妈妈了，我不想再来教训你，我只希望你能重新认识艾欣！"

刘琦低头不语，她的手不知不觉地伸向那本扔在一旁的诗集……

卧室内。（夜晚）

单单脸上挂着泪珠，紧紧地抱着布娃娃睡熟了。

一直靠在窗前的刘琦心头突地涌上一阵怜意，她慢慢地走到床前，用手替单单擦去泪珠，然后像请求赎罪似的伏下身轻轻跪在单单面前。少顷，她靠着床栏，翻开了诗集的扉页，上面是一行漂亮的字体："献给对生活充满热爱的琦……”

刘琦的声音：“这诗是为我写的？”

艾欣的声音：“应该说包括你，我要把它献给那些用自己的双手创造生活的人。”

刘琦的声音：“你希望我给你些什么？”

艾欣的声音：“爱，真诚的全部的爱！”

刘琦慢慢地将诗集合上。她拉熄了灯，透过窗口望着那湛蓝湛蓝的夜空……

一扇窗口还亮着灯，在寂静的冬夜里分外明亮。

卧室里，刘静坐在桌前正在写着信。稍停，她放下笔，举目向墙上望去：

一张罗子其和刘静的合影照片充满银幕。

银星电视机厂大门口。（夜晚）

罗子其正飞步出大门，往日的帅劲不见了。此刻他的全身被不知从哪里搞来的大皮帽、军棉大衣和大拉毛围巾包得严严实实。

小杨从收发室里冲出来：“厂长，我用车送送你。”

“不用。”罗子其不自在地摆摆手。

望着罗子其的背影，小杨喊着：“就这身打扮，您挤不上去！”

公共汽车站。

人们拼命往车门里挤。

罗子其被狠狠地挤到一边。

公共汽车缓缓地启动。

罗子其望了一眼依旧不见少的乘客，转身离去。

艾欣家。（夜晚）

罗子其刚一推开门，不禁愣住，室内温暖如春，焕然一新，一切都被码放得整整齐齐；炉火正旺，水壶里发出“噗噗”声。一只大铝盆摆在桌上。他飞快地摘下帽子、围巾，又把大衣扔到床上，然后快步走到桌前，将饭盒打开，香喷喷的饭菜还散着热气。他端起饭盒，忽然发现饭盒底下压着一张信纸，罗子其拿起信纸看着……

刘静的画外音："我会天天给你送饭，需要什么请留条……可别误会，我绝不是央求你，下次开庭，你必须来……"

罗子其气恼地一把将信纸揉成一团扔到地上，又像示威似的把饭盒推到一边，饭菜香味却依旧向鼻子里飘送着。

罗子其朝饭盒瞥了一眼，不禁咽了下口水，他干咳了几声，像是在给自己鼓气，然后迅速地拉过饭盒大口吃起来……

一只手把一双筷子放在桌上。刘静从餐桌旁立起身。

刘琦："就吃这么点？"

刘静淡淡一笑："这几天胃口不好。"

刘琦："这可犯不上。身体累垮了自己倒霉！"

单单也放下筷子："大姨不吃，我也不吃。"

刘静亲昵地拍拍单单："乖，好好吃。"

刘琦扬起脸："你们又接火了？"

刘静："没有……后天……"

经济法庭。（白天）

方金海朝原告席上瞥了一眼，见那里没有人影，他的嘴角露出一丝得意的笑容。

突然，屋门"砰"的一声推开，刘静伴着徐丽梅步入法庭。

方金海被这突如其来的情况弄得不知所措，张大嘴巴，露出一副可怜巴巴的样子。

审判员李艺："今天是第二次调解，着重调解协议内容，请双方当事人和代理人充分发表意见。"

徐丽梅缓缓地立起来。

方金海屏住呼吸倾听。

徐丽梅语调坚定："我们的要求不变。"说完又坐下。

方金海使劲地绞着自己的手指。

刘静立起身："请审判员同志注意，银星电视机厂厂长罗子其缺席。"

未等李艺询问，方金海忙不迭地回答道："我们厂长有事……"

银星电视机厂产品展览室。

一架电视摄像机左右前后地活动着。

罗子其神气十足地正向一位戴鸭舌帽的电视广告导演交代着什么。

一位打扮得十分漂亮的女青年，在陈列着银星牌电视机的台子前，摆了个优美的姿势。

戴鸭舌帽的导演眯着眼睛看了看："再笑一点，笑一点，笑……"然后举起手，"开灯！"

小型弧光灯刹那间发出耀眼的光芒。女青年笑指电视机："银星电视机厂出品的银星牌电视机……"

经济法庭。（白天）

刘静正在结束发言："……银星电视机厂不能仗着自己是国营企业就财大气粗，权大轻法，无视我们的合理要求。追究违约责任、赔偿必要的损失、严肃法制是非常必要的，请审判员注意我们的观点。"

李艺点点头……

法院大楼甬道里。

徐丽梅和刘静边走边说。

徐丽梅充满歉意地："听说您和罗厂长都闹翻了，真过意不去。"

刘静愣了一下而后还是淡淡地一笑："别为我担心，也许还是件好事，能互相加深了解呢。"

徐丽梅："甭管怎么说，罗厂长还有派，您看我们那口子，赖皮一样，软磨硬泡！"

刘静禁不住乐了："他倒是一心为厂。"

徐丽梅："您还夸他呢，我都恨透了……"

刘静："我还有点事，你先走吧。"

法院外面的马路上。

徐丽梅独自走着。

“丽梅，丽梅……”方金海呼叫着从后面追上来。

徐丽梅很勉强地停住步。

方金海气喘吁吁地：“嘿嘿，丽梅，聊聊嘛……千万别误会……”

徐丽梅一挤眉：“想得倒美，等打完官司咱们再打离婚！”

“啊！”方金海吓了一跳。

法院门口。

刘静和李艺步下台阶，边交谈边向远处走去。

方金海望着他们的背影失望地“唉”了一声，现在就剩下他一个人，他感到一阵孤单。

突然传来一声汽车的鸣笛声，方金海向后望去，只见达特桑汽车正缓缓地向他驶来，停在他的身边。

小杨推开车门：“方师傅，厂长让我拉完货来接您。”

方金海瞪了小杨一眼，绷着脸钻进车厢。

汽车重又启动，小杨从反射镜里忐忑不安地观察着方金海。

方金海使劲地顿着烟卷：“你小子干得真好啊，把我给要了！”

小杨憨厚地：“嘿嘿，方师傅您别那么大火气，昧良心的事咱不能干，哎，这么跟您说吧，反正得讲公道！”

方金海愤愤地：“我算认识你了，你小子一点都不傻！”

小杨：“这年头谁傻啊，再聪明也不能来邪的歪的，您说是不？”

方金海颓然靠在座椅上。

刘静家客厅。（夜晚）

寒风吹打着玻璃窗。刘静穿着大衣、裹着围巾开门进来，快步走到窗前，扯上窗帘，返身走到桌前，一张纸条压在桌上，刘静拿起来看。

刘琦的画外音：“姐姐，我带单单去试镜头，饭菜都做好了，不要等我们。”

刘静一看沙发上扔着单单的小棉猴，一把抓起来，就往外走。

电影厂高大的摄影棚。（夜晚）

天桥下悬挂着的灯板上，几个照明员正布置着灯光。

一间用景片搭成的客厅里，单单打扮得像个洋娃娃，独自坐在一张椅子上，惧怕地望着四周。

刘琦站在景片外不停地轻声安慰着："别怕，单单。一会儿好好演，妈喜欢你。"

一位中年男导演看了看表，然后举起手："好，试一遍，开始——"

客厅门被啪地推开，一个男演员冲进来，他激动地张开双臂："啊，小梅……"没等他把台词念完，单单跳下椅子一猫腰藏到了椅子背后。

男演员干笑了一下，摇摇头又退了回去。

导演跑到客厅里，把单单重又抱到椅子上，叮嘱地："叫一声爸爸，就这样扑过去！"做了个示范，"懂了吗？"

单单闭着嘴巴，闪动着大眼。

导演耸耸肩，一挥手："再来一次，好，准备，开始……"

男演员又一次冲进客厅，他张开双手："啊……小梅……"

单单不但没有按照导演的要求扑过来，反倒"哇"的一声哭了。

刘琦急忙跑过去把单单搂在怀里："哭什么？叔叔和你演戏嘛，不怕！"

单单抽泣着："他不是爸爸，不是爸爸……"

男演员摊开双手，向导演做了个不怪我的表示。

导演哭笑不得地望一眼单单，然后用手拍拍刘琦让她把单单抱下去。

刘琦抱着单单走下景台，把单单放在椅子上。

导演："刘琦你来吧。"

刘琦默默地走进景片搭成的房间里，她镇定了一下情绪。

导演："好，试一遍。"

单单用小手捂着脸，透过指缝窥视着。

男演员推门走进房间。

刘琦冷冷地："你回来干什么？"

男演员："这是我的家。"
刘琦："我不愿意再看见你。"
男演员呆立在门前，痛苦地低垂着头。
刘琦发怒地："我不能再和你在一起生活，你走！"
听见吆喝声，单单惧怕地跳下椅子，趁大人不注意，她溜到摄影棚门旁，吃力地拉开了那扇小门，迈开小腿跑了出去。
寒风呼号。
颤抖着的路灯照射着电影厂甬道。
单单歪歪扭扭地跑着……

电影厂大门。（夜晚）
明亮的门灯映照在单单那张冻得苍白的小脸上，她迷茫地望着四周。
对面黑暗里有两个人影向单单跑来。
"单单，单单……"黑夜里传来艾欣的呼唤声。
单单张开小手："爸爸……"她叫着扑进了艾欣的怀里。
刘静赶忙替单单披上了棉服。
单单："爸爸，冷，我冷。"
刘静用手摸着单单的额头："烧得很。"
艾欣紧紧地把单单搂在怀里……

刘静家。（夜晚）
刘琦从屋外冲进来，满脸焦急之色："姐姐，单单，单单找不见了……"
刘静用责备的目光盯视着刘琦："是你把她带走的。"
"我带她去试镜头，可一转眼……"刘琦想哭。
"你呀，简直是拿孩子当玩意儿。"刘静叹了口气，"单单病了。"
"她在哪儿？"
"医院急诊室。"刘静有意加重了语气，"艾欣把她送去的！"
刘琦感到耳根子一阵发烧，她沉默了。
刘静："艾欣说，为了不影响你拍电影，他照顾单单，让你不用惦念，他会尽责的……”

刘琦顾不得再说什么，返身又冲了出去……

医院走廊。（夜晚）

刘琦匆匆地走着，寻找着……

输液管里的药液有节奏地滴着。

病床上，单单正在输液，由于药物的作用，她沉睡了，小脸红扑扑的，额头沁出汗珠。艾欣用手帕轻轻为单单拭去汗珠，然后握住单单的小手，疲惫地靠在床沿上……

此刻，刘琦倚在急诊室窗外，迷惘地望着艾欣和单单，她嘴角微微颤动着，神色变得不安而带几分内疚。她慢慢踱到急诊室门前，迟疑片刻，然后紧咬嘴唇，猛地转过身，她退缩了……

马路上。（白天）

上班的人群川流不息。

刘静和刘琦并肩走着。

刘静看着刘琦那张因为几天没有睡好觉而显得苍白的面颊：“不舒服？”

“没什么……就是老做梦……”刘琦深沉地一笑。

刘静玩笑地：“我想梦得一定挺有意思。”

刘琦不置可否地笑笑。

刘静像想起什么：“唉，对了，今天单单出院，本来我也应该去，可有些事不能不办……”她把话顿住，等待着刘琦的反应。

刘琦沉思不语……

达特桑客货两用汽车在马路上急驰。

坐在后排座上的罗子其用手拍拍前边的椅背：“唉，你不是说有急事要我办吗？你把我拉哪儿去啊？”

小杨向反射镜里狡黠地眨眨眼：“厂长，您沉住气，我可没求过您什么事……”

罗子其："厂里的事一大堆哪，我可没那么多的时间。"

"知道了……"小杨熟练地操着驾驶盘，汽车穿过繁华的马路，在一处十字路口拐了弯，然后减速，慢慢驶向街道边上，在一家商店前停住。小杨推开车门，朝商店里招了招手。

商店门被推开，刘静走了出来。

透过车窗玻璃现出罗子其一副尴尬的表情。

刘静钻进车厢，大大方方地坐在了小杨身边。

罗子其："你……你又要干什么？"

"别紧张，咱们去探亲。"刘静意味深长地笑笑。

"我没有什么亲可探，乱弹琴，让我下车……"还没等他推开车门，达特桑已经迅速启动，风驰电掣而去。

刘静："安心吧。"

罗子其颓然仰靠在座椅上……

达特桑奔驰在郊区公路上。

达特桑在坎坷不平的乡间土路上行驶。

通过挡风玻璃可以望见远处积雪覆盖的山峦。

达特桑驶向村口，减低速度。一群孩子叫着紧紧尾随在车后。达特桑终于停在了挂着"栗园公社加工厂"牌子的一扇大门前。

刘静打开后车门："下车吧！"声音很低，却带着一种威严。罗子其顺从地钻出车厢。

一个打扮朴实的中年人迎上来，热情地向刘静打着招呼："大老远的，您又来了……"

刘静不露声色地："没什么。"她用手一指罗子其，"我还带来一位客人参观参观……"

中年人面有难色地："参观个啥？没活干，工又开不出来，人都闲着去了。唉，银星电视机厂算损透了……"

刘静朝罗子其瞥了一眼。

罗子其身子不自在地扭动了一下。

刘静又加了一句："应该把银星电视机厂厂长请来，让他自个儿看看。"

"可不是。他真想来，我们宁可八抬大轿去抬他，唉……"中年人又叹口气，“话又说回来，人家是国营大买卖，哪看得上咱这小菜。”转对罗子其，“您说是不是？”

罗子其支支吾吾地：“嘿嘿……”

刘静脸上掠过一丝窃笑，她向罗子其一伸手：“请吧……”

简易的厂房里，显得很冷清。

罗子其默默地跟在刘静和中年人身后巡看着，随着他的目光可以看见已经加工好的电视机后盖被码放得整整齐齐。迎面墙上贴着一张标语，上面写着：精工细作，保证质量。罗子其的嘴角牵动了一下……忽然一阵脚步声和轻轻的呼吸声传进他的耳里，他转过身举目望去，只见厂房的门口和窗前挤满了男男女女，人们正用探索的、期待的目光向他注视着……

医院大门口。（夜晚）

刘琦站在柱旁，默默地等待着。

从通向医院的两扇关闭的门里，传来阵阵脚步声。

艾欣腋下夹着棉衣，一手领着单单穿过走廊正向大门口走来。

艾欣替单单穿上棉衣，又解下围巾，围在单单的脖子上。

刘琦感到鼻子一酸。

艾欣对单单微笑着：“走吧。”

单单扬起小脸：“是回咱们家吗？”

“嗯。”艾欣低下头看着单单那张天真的小脸，“爸爸要先到单位去一会儿，就一小会儿，然后就回。”

单单：“妈妈不要你了，是吗？”

艾欣强笑了一下：“不，妈妈拍电影太忙……”

刘琦感到一股热流通过心底。

单单：“那妈妈也回去？”

“回去，她会回去的。”艾欣紧紧握住单单的小手，好像生怕她丢掉似的……

柱旁空空，刘琦不知何时已悄然离去……

刘静家。（夜晚）

刘琦穿着大衣挎着鼓鼓的背包，正欲出门，刘静走了进来。

刘静："你没去？"

刘琦："姐姐，你别问了……"她拉开门，又停住，回过头，"姐姐，我烙了几张糖饼，糖用得多了点。"

刘静含笑地："多点更甜！"

刘琦走出门。

刘静忽然想起什么，飞快地拉开门探身向下叫着："你在哪儿拿的糖？"

"厨房……"刘琦的声音。

刘静返身冲进厨房，一眼望见那只被拧开盖子的大口玻璃瓶，不禁双手合十地叫道："天啊！那是盐……"

《诗友》编辑部主编室。

灯下，艾欣正伏在办公室桌前审阅最后一批稿件。少顷，他抬起头，举目向对面的长沙发望去：单单盖着厚厚的棉衣，睡得正香。他亲昵地笑笑。突然"吱"的一声，办公室的门被推开了。

艾欣怔怔地望着门口，脸上的表情说不出是忧是喜。

刘琦出现在门口。

短暂的沉默。

刘琦摘下围巾："我以为你就让我站在那儿呢！"

艾欣："对不起，我没有想到……"

此刻，单单醒了。她听见了妈妈熟悉的声音，但她没有作声，用手遮住眼睛，透过指缝偷偷地望着。

刘琦走到桌旁，从背包里掏出毛巾包着的塑料袋。

艾欣不解地盯着刘琦。

刘琦从塑料袋里拿出散着热气的糖饼。

艾欣的眼睛闪动了一下。

刘琦轻声地："吃吧……我烙的！"

艾欣一阵激动，拿起"糖饼"猛地咬了一口，随着嚼动，他的面孔难受地皱起来……

刘琦："甜吗？"

"甜……甜极了！"看见刘琦高兴的样子，艾欣更加大口地吃了起来。

刘琦脸上绽出笑容。

单单腾地从沙发上跃起："妈妈……"她欢叫着向刘琦扑去……

寂静的林荫路上。

单单伸手拉住艾欣："爸爸领着，"又把另一只手递给刘琦，"妈妈也领着。"

刘琦紧紧地握住单单的小手。

在乐声中，从远处走近的刘静目送着三个人的身影逐渐消失在街道尽头……

音乐茶座。（夜晚）

艾欣和罗子其正在进行着一场谈话。

艾欣显得很兴奋："……就这样，重打鼓，另开张，我们就要开始新的生活了。"

罗子其怏怏不乐地："是啊，祝贺你获得了伟大的胜利。"

艾欣："可我不善于也不想以胜利者的身份自居，现在需要的是谅解。"

罗子其："是啊，是啊……好像我又该挪窝了！"

动物园。（白天）

伸向湖面的半岛上，几只仙鹤迈着长腿，姿态高雅地散着步，湖中雪白的天鹅正自由自在地游动着……

高坡上，刘静、刘琦、艾欣正领着单单观看。

单单一边向前跑着一边兴奋地朝着仙鹤和天鹅挥手叫着、笑着。刘琦不放心地紧紧跟随在单单身后。

刘静和艾欣相对一视，会心地笑了。

艾欣望着刘静，迟疑地："大姐，有句话我不知该说不该说……"

刘静微微一笑："那就说吧。"

艾欣："老罗处境也够难的，他现在是个弱者，我看给他留个台阶吧。"

刘静："你不管对什么弱者都充满了同情心？"

艾欣不好意思地："这是我第一次替人来求情。"

"希望也是最后一次。"刘静语重心长地，"我理解你的心情，人都是有感情的，我也是很重感情的，但是难道没有别的可以比感情更值得珍视吗？"

艾欣："你指什么？"

"人格。"刘静深沉地，"为了感情难道可以放弃我的职责？我是个律师啊！"

艾欣沉默不语，思忖着。

刘静不无感触地："有些人对法律太陌生了，论起水平大概只够得上小学一年级，我们每个人都应该补课，也许这对某些人来说是痛苦的事，没有办法……这里没有情面。"她停顿了一下，然后果断地，"我愿意为此付出代价。"

艾欣忧虑地："老罗……"

刘静："他会清醒的。"

银星电视机厂厂长办公室。（白天）

方金海正向罗子其汇报着："……审判员李艺的态度要变，他说，法院领导已经批评他了，案子不能再拖。"

罗子其忧虑地："就这么完了？"

方金海："我看，八成……"

罗子其："你倒是再想想办法！"

"啊呀！"方金海搔着脑袋，装出一副苦思冥想的架势，忽然眼珠一转，"您，您住院吧？"

罗子其："我没病。"

方金海："您不会来个胃溃疡待查？"

罗子其："这合适？"

方金海："您就别顾那么些了，拖过春节，谁也甭着急。"

罗子其不置可否地："再考虑考虑……"

职工医院病房。（夜晚）

洁净的小单间里，罗子其穿着住院服正躺在床上望着天花板出神。

一阵脚步声伴随着开门的声音。

罗子其闭上眼睛，忙用手按住肚子，现出痛苦的表情。

一只手握住罗子其的胳膊把它拉向上方的胃部。

罗子其睁开眼。

方金海立在床前，悄声地提醒着："厂长您别往肚子上捂，胃在这儿呢。"

罗子其不自然地笑笑，然后板起脸："这儿怎么不给饭吃？"

"哎，胃溃疡要进流食。"方金海讪笑着。

"我都，快饿死了。"罗子其朝方金海的书包瞄了一眼，"带吃的来没有？"

方金海忙不迭地："带了，带了！"从书包里掏出点心、肉肠，罗子其狼吞虎咽地大口吃起来。

方金海："您安心待着吧，法院我已经打过招呼了，说您因病住院，无法出庭。"他一挺胸，"放心，谁也不会来打扰您！"

法院大门。（白天）

刘静步下台阶。

李艺站在门口，热情地向刘静挥手。

病房值班室。（夜晚）

刘静和大夫交谈着。

刘静翻着病历……

病房。（夜晚）

罗子其半靠在床上直勾勾地望着天花板。

脚步声，伴随着开门声。

罗子其从沉思中惊醒，他迅速钻进被窝，闭上了双眼，手捂着胃部哼哼起来。刘静穿着白大褂走近床边，她的脸上掠过一丝窃笑，伸出手悬在罗子其肚子上空问道："这儿疼吗？"

"疼啊……"罗子其下意识地脱口而出。

一巴掌打在罗子其大腿上。

"哎哟！"罗子其像触了电似的惊跳坐起。

刘静不动声色地盯着罗子其。

罗子其既吃惊又尴尬地望着刘静。

法院大门口。（白天）

刘静和罗子其互不搭理，各自步下台阶，然后向相反的方向走去……

审判员李艺的画外音："银星电视机厂应承担全部违约责任，并负责向栗园公社加工厂赔偿由于违约所造成的经济损失……"

马路上。（白天）

落光了树叶的钻天杨高大挺拔，向马路两旁延伸下去，一眼望不到头。

罗子其缓缓地走着。此刻，他感到孤单、沉重，他的身影变得越来越小……

厂长办公室。（夜晚）

罗子其扭开电视机开关，屏幕上现出我们见过的那个女青年甜美的笑容。

电视里传来女青年的声音："银星电视机厂出品的银星牌电视机采用最新技术，质量高超，外形美观。欢迎您选购银星牌电视机……"

罗子其烦躁地将电视"啪"地关闭，他站起身走到窗口，猛地推开窗子，深长地吸了口气。

夜幕下，一片灯火辉煌的景象，整个城市沐浴在节日前的欢快气氛中。

罗子其眺望着……

一只手搭在罗子其的肩上，他猛地回过头，艾欣正对他亲切地微笑着。

罗子其难过地："老艾……"

艾欣："别这样！说句公道话，你不对！"

罗子其还想反驳。

艾欣："别不服气。你听着！你以为你做得对？我问你，国营企业是应该支援、支持社队企业呢，还是把它们压倒、挤垮？你往深处想过这些问题吗？刘静是维护你呢，还是伤害你呢？"

罗子其在沉思……

艾欣："爱，并不只是通过柔情来表达的！"从口袋里掏出一张票，"老罗，不怕你见笑，我写了首新诗，明天迎春晚会上由刘琦朗诵。"

罗子其："我还有心思去欣赏您的大作？"

艾欣："一定要去！刘静也去。不要错过这个机会！"

罗子其不置可否地看着票……

雪花飘舞，马路上一片银白景色。（下午）

罗子其双手揣在大衣口袋里，漫无目的地走着，现在他失去了往日的仪态，无精打采，胡子拉碴，显得很憔悴。

从四周不时传来孩子们欢快的笑声和震耳的爆竹声。

马路上，方金海肩上扛着大提包，徐丽梅拎着一个小提包在走着。

突然，徐丽梅扯了一把方金海："你看罗厂长。快和他告个别！"话音未落方金海一把揪住，"别，别……"

徐丽梅甩开方金海的手，大声地呼唤着："罗厂长！"罗子其停下脚步，眯着眼睛望着。

徐丽梅跑近罗子其，一把扯住他的手亲切地："罗厂长，提前给您拜年吧。"

罗子其感动地："谢……谢谢。"

徐丽梅："赶明儿欢迎您来做客啊！"

罗子其毅然地："去、去，一定去！我还会把最好的技术人员给你们带去。"

徐丽梅："真的？"

"怎么，不相信？"罗子其用手扶正眼镜，认真地说道，"咱们可以订份新合同嘛！"

方金海凑到罗子其跟前，怯怯地："厂长，您千万别计较我的错误。"

罗子其："错误是在我身上，你用不着赔礼道歉。"

徐丽梅诚恳地："罗厂长，您回家吧，我要是您，决不会离开刘律师，她是个让人信得过的人！"

罗子其的嘴角牵动了一下。

徐丽梅："再见，罗厂长。"

罗子其目送着他们的背影消失在街角……

繁华的马路。（夜晚）

彩灯齐明，用串灯组成的"春节"两个大字耀眼夺目。

一家商店的大喇叭正转播着迎春晚会的实况。

女报幕员的声音："下面一个节目是配乐诗朗诵《希望在明天》，作者艾欣，由刘琦朗诵。"

掌声。

罗子其在商店门口停住了脚步。

伴随着舒缓的乐曲，传来了刘琦清脆的充满激情的声音……

罗子其从口袋里掏出票，迟疑着……

住宅区前的甬道上，罗子其茫然地望着自己家的窗口，那里一片黑暗，空无人影。

罗子其缓缓走上楼梯。

罗子其忐忑不安地站在门前。

罗子其打开门，用颤抖的手打开了电灯，顿时室内通明。坐在沙发上的刘静从沉思中惊醒，她慢慢地立起身。

罗子其不知所措，神情急剧地起着变化。

刘静缓缓向罗子其走过来，目光中流露着深情。

罗子其讷讷地："你，你没去？"

刘静："我在等你。"

罗子其百感交集，万种情思一齐涌上心头，他再也无法控制自己，张开双臂紧紧地搂住了刘静，眼泪顺着他的面颊滚落在刘静的肩上。

音乐声起……

林力　晴朗

早安，北京

初夏，凌晨。

十里长街宽阔的马路上，两辆洒水车在冲洗着马路。雾状的水球在灯光的照射下，熠熠闪光。

玉兰状的街灯熄灭了。顺着长安街向东望去，一轮红日冉冉升起。

耀眼的光辉。

晨雾消散。

整个城市沐浴在霞光中。

推出片头字幕。

响起轻松、活泼、悦耳的主题歌：

啊，北京，早安。
啊，北京，早安。
你多么古老，又多么年轻。
朝霞托出你沸腾的早晨，
晨风送来你青春的笑声。
绿树伴红墙，湖光摇墙影，
大厦平地起，鲜花吐深情。
北京啊，北京，
你多么古老，又多么年轻……

在下列衬底上拉出演职员表。

红绿交通灯交替闪现。

一辆北京130货车沿着沙滩大街向西驶去。驾车的一位是鼻梁上架着墨镜的年轻司机，抿着嘴角，一副严肃的神情。另一位身材矮小的青年笑眯眯地坐在他的身旁，一副俯首帖耳的表情，他叫小范。此外，他边吹口哨边向窗外望着那一掠而过的景致。

绿荫覆盖的景山。

金碧辉煌的角楼。

坚实的故宫城墙。

高大雄伟的端门。

白塔屹立的琼岛。

130货车驶过团城，冲上北海大桥，继而又行驶在繁华的西四大街。

立交桥上，车辆人群川流不息。

130货车拐下坡道，从桥下穿过，前行，最后拐向十里长街，沿着笔直的水泥路向西直驶而去。

歌声止。

字幕完。

四季青公社果园。

一棵棵果树，

一张张笑脸。

人们正兴高采烈地摘着“五月鲜”蜜桃。

果园旁的空地上，停放着十几辆各式各样的汽车，人们正把盛满桃子的大筐向车上扛搬着。

大梁斜靠在驾驶室的门上，叼着香烟，懒洋洋地望着。

130货车的后车厢里堆满了大筐，小范站在槽帮上满头大汗地用绳子捆绑着。

一个30多岁的小商贩悄悄走到大梁身边，满脸堆笑地：“师傅，这车是您开的？”

大梁爱答不理地：“是啊。”

小商贩凑到大梁面前：“帮我拉四筐怎样？”

大梁沉思不语。

“捎带脚的事嘛，再说，也不能白麻烦您……”小商贩神秘地竖起两个手指，“两张大团结。”

小范站在车槽帮上感兴趣地瞥了眼小商贩，又向大梁眨眨眼睛。

大梁装作没看见。

小商贩："怎么样，您说句话……"

大梁冷冷地："不行。"他拉开车门，跳进驾驶室。

小商贩讪讪而去。

大梁在驾驶室里喊了声："小范，完事没有？"

"再等等，我去拿货票。"小范从车帮上跳下……

130货车飞驶在郊区公路上。

大梁一只胳膊横架在窗框上，一只手熟练地操着方向盘。

小范脱下工装抹去脸上的汗水，羡慕地望着大梁："哎，头儿……"

大梁："嗯。"

小范用手轻轻地摸下方向盘："我什么时候能握上这玩意儿？"

大梁："这事儿你得问队长。"

"队长？哈……"小范愤愤不平地，"刚来时跟我说得好，先跟车再培养学司机，一晃都两年了，合着净拿我当装卸工使唤了。"

大梁揶揄地："你也就配干这个。"

小范委屈地："你也踩乎我啊……"

130货车拐过一外弯路。

小范不安地向反光镜里瞥了一眼，镜里显出后车厢载满桃子的筐。他眼珠一转："头儿，停下，停下。"

大梁脚踩刹车，130货车戛然而止。

小范推开车门跳下地，像个猴子似的攀上槽帮，向车顶飞快地扫了一眼，然后把手伸进大筐摸着……

飞驶的130货车驾驶室里。

小范边大口地啃着桃子，边把一个桃子递给大梁："嘿嘿，不尝白不尝，头儿，这桃又脆又甜。"

大梁接过大桃咬了一口："嗯，够味儿。"

小范讨好地："头儿，有件事我说了你别生气。"他从口袋里摸出20元钱，"我……"

130货车后车厢。

小商贩正得意扬扬地坐在筐顶上。

驾驶室里。

大梁把吃剩的桃核扔到车外，瞥眼小范："把钱给我。"

小范商量地："二一添作五吧。"

大梁不动声色地："都拿来。"

小范不情愿地递过钱，大梁一把塞进口袋，他抿紧嘴唇，向油门重重地踩了一脚，马达高吼，130货车直冲过一片水洼，车轮驶过，顿时泥水飞溅。

车厢顶上的小商贩被颠得东倒西歪。

130货车停在公路边。

大梁从驾驶室跳下来，向车顶叫了声："下来！把你的筐搬下来！"又向小范一摇头，"你去帮他。"

小商贩哆哆嗦嗦地爬下车，和小范一道把4只筐卸下。

小商贩："还……还没到地方。"

大梁把20元钱扔到筐上："就到这儿。"

小商贩："这前不着村，后不着店的，让我怎么办？"

大梁龇牙一笑："你们有的是办法。"

驾驶室里，小范哭丧着脸："头儿，你觉悟够高的。"

"得了呗，我只不过恨他们，挣老百姓的钱不眨眼。"大梁皱起眉头，"上次我妈到自由市场买桃，一斤比商店贵两角不说，还缺斤少两，差二两半。"

车身上下溅满泥迹的130空货车驶进运输队停车场。

大梁和小范从驾驶室里跳下来。

一位50多岁的老师傅心疼地望着汽车："开哪儿去了？这么糟蹋车！"

大梁摘下墨镜，一副傲然不逊的神情："道不好走，没法子。"

张师傅板起脸："把车冲干净。"

“哟，现在可没工夫……”大梁装模作样地看看表，“下星期一再说吧。”

张师傅：“你怎么不一礼拜洗一回脸？”

小范见张师傅发火，赶忙从兜里掏出两只大桃子，笑眯眯地递过去：“老张头，您吃，又脆又甜。”

张师傅一把推开小范：“我八辈子饿死，也不会偷嘴吃。”

小范嬉皮笑脸地：“您何必呢，干一行吃一行嘛。”

“呸！”张师傅狠狠地唾了一口，“学点好！”

“得，那我们自个儿吃。”小范把桃子扔给大梁一个，“接着，头儿。”

二人边啃桃子边使劲儿地咂吧着嘴向旁走去。

张师傅走进办公室把一位40多岁的中年人拉出来，指着大梁和小范的背影：“马队长，你瞧这对活宝，干吗非把他们放在一堆儿？”

马队长双手一摊：“你让我怎么办？小范派给谁谁不要，也就是大梁镇得住他。”

“还镇呢？”张师傅赌气地，“歪梁斜范都配套了。”

马队长：“嗨，年轻人嘛，谁没点儿毛病？我看能多拉快跑完成任务，就烧香念佛吧。”

“烧香念佛，烧香念佛！再惯着，宠着，可就毁了。”

“您放心吧。”马队长拍拍张师傅，“我这队长也不是吃素的。现在是80年代，教育青年也要讲究学问，心理学，您懂吗？”

“哼！”张师傅摇摇头，双手一背，大步离去。

停车场。

张师傅愤愤地拧开水龙头，地上的皮管一阵抖动。张师傅正欲走过去拿皮管子，只见一个身穿工装的女青年飞跑过来，手疾眼快一把握住水管。

水哗地从管口喷流而出，直射向挂满泥浆的车身。

张师傅：“小姚，还没走？”

“不忙。”姚芳笑笑。她是从汽车技术学校刚分来不久的毕业生。人长得并不出众，看上一眼也绝留不下什么更多的印象。但是，当你对她熟悉时，就会感到那张大方、朴实、爽气的脸庞自有一股英气。此刻，她熟练地冲洗着汽车。水花在车身上飞溅着。

张师傅叮嘱地：“小心，别溅一身！”

“没什么。”姚芳满不在乎地继续冲着……

无数股雨状水珠从喷头洒下。

淋浴室里，大梁和小范正在喷头下吱哇乱叫地洗着。

镜子里现出两个油光锃亮的脑袋。

镜头拉开。

大梁已换上了一条笔挺的西裤和一件尼龙短袖衫，浑身上下透着一股帅劲儿。一旁，小范还在不停地往头上抹油。

大梁夺下油瓶：“行了，多了沾土。”一摆头，“走吧。”

小范顺从地：“得。”

大梁和小范神气十足地穿过停车场。

小范向车场瞥了一眼，见张师傅和姚芳正冲洗着汽车，便阴阳怪气地扯了一嗓子：“辛苦啦，同志们！”

张师傅厌恶地皱起眉：“呸！”

大梁和小范嘻嘻笑起来。

姚芳直起身，向笑声望去。她的目光与大梁和小范的目光碰在一起。

大梁压低声音：“这是谁？”

小范抽抽鼻子：“猪八戒二姨，瞧那份儿德行。”

大梁忍俊不禁，笑得弯下了腰。

小范得意地：“头儿，咱这评价准确吧？”

二人勾搭着肩膀向大门走去。

姚芳眨着眼，莫明其妙地目送着他们的背影。

华灯初上。

车辆川流不息的马路上，大梁和小范骑着自行车并排而行。

大梁：“说说她的情况。”

小范：“姓白，名姗姗，职业护士，现年24岁，是我小学同学。模样没得挑，追她的人一串一串的。”

大梁：“你告诉她我是司机啦？”

小范：“说了。”

大梁：“我家里情况呢？”

小范吞吞吐吐地：“没细说……不过，我做了必要的暗示，只声明你是独生子。她很感兴趣。”

大梁沉思不语。

小范胸有成竹地一眨眼睛：“就凭你这帅劲儿，不是说，头儿，板上钉钉了。”

大梁：“在哪儿见面？”

“老莫！”小范下意识地舔了舔嘴唇，“西餐。”

大梁皱起眉头：“西餐？太贵……”

小范：“小吃店便宜，一碗老豆腐，俩糖耳朵就能打发人。可那是见面的地方吗？咱不能丢份儿！”

大梁瞪了眼小范：“我看八成是你又馋了。”

小范：“嘿嘿……”

花环状的大灯在奶油色的天花板上发出柔和的光芒。

环境幽雅的大厅里，座无虚席，靠角落里的一张餐桌前坐着大梁、小范和一位打扮入时的女青年。

小范满脸堆笑：“一回生二回熟，我替你们介绍一下。”用手一指女青年，“她叫白姗姗。”

白姗姗友好地微笑。

小范又一指大梁：“陈大梁。”

大梁盯着白姗姗秀发遮盖的耳垂上闪闪发光的假钻石耳环，嘴角咧动了一下。

白姗姗把头稍稍一侧，大方地问：“好看吗？”

大梁：“好，好看。你不疼？”

白姗姗不置可否地笑笑。

大梁莫明其妙地耸耸肩。

小范搓搓双手：“要菜吧？”

大梁：“好。”

小范叫过服务员，边看菜谱边点菜：“红菜汤三个，拼盘一个，沙拉要火腿的一个，炸鸡腿一个，咖喱牛肉一个……”

大梁偷偷向小范使个眼色，示意他少要。小范佯装不知，继续往下点：“奶油炸鱼，铁扒杂拌……”

大梁从桌下朝小范腿上狠踢一脚。

“哎哟……”小范疼得失声大叫。

白姗姗莫明其妙地看着大梁和小范。

大梁若无其事地笑笑。

小范也赶忙向白姗姗挤出了笑容：“够了吗？”

白姗姗矜持地：“点那么多干什么？”

小范向大梁递个眼色，大梁从口袋里掏出两张10元的钞票也不看地拍在桌上。

白姗姗满意地瞥了一眼大梁。

大梁挺起胸……

桌上的菜肴剩下了一大半。

白姗姗有分寸地用手帕抹抹嘴。

大梁也赶忙放下了刀叉。

小范依旧一口啤酒一口菜地吃着。他的胃好像失去了控制，毫无饱意。

大梁皱起眉头：“小范，你看……”

“嗯，嗯……”小范使劲咽下面包，“你们先走，你们先走。”

大梁和白姗姗站起身向外走去。

望着两人的背影，小范迅速地从兜里掏出一只塑料袋，又忙不迭地端起菜盘……

幽静的紫竹院公园。

大梁和白姗姗沿着甬路漫步。

夜色朦胧，湖水、凉亭、树木，一切都涂上了一层神秘的色彩。

两人的身影消失在夜幕中……

电报大楼的大钟指着 10 点。

那使人感觉亲切、悦耳的乐声在北京夜空回响。

大钟化作闹钟。

这是四合院里一间窄小的东厢房。此刻，陈母正坐在小板凳上绑扎扫帚，听见远处飘来的报时乐声，她抬起脸望望摆在桌上的闹钟。

院子里传来脚步声和搬动自行车的声音。

陈母放下手中的扫帚，站起身用手拍打着衣服。

大梁满面春风地冲进屋："妈。"

陈母嗔怪地："回来这么晚？"

"有事……"大梁支吾了一句。

陈母："饭菜热着呢，快吃吧。"

大梁："我，我吃了。"

陈母不满地："又乱花钱！"

大梁没搭腔，他脱下衬衫和西裤小心翼翼地搭在一根横贯全屋的铁丝上。

陈母默默地望着大梁，重又坐到小凳上拿起扫帚。

大梁转过身："妈，我绑，您歇着。"从陈母手中夺下扫帚，动作麻利地绑起来。

陈母："你今天有什么高兴事儿？和谁在一块儿？"

大梁："朋友。"

"男的女的？"陈母关切地问道。

大梁："……女的。"

"哦……"陈母眼中流露出喜悦之色，"人好吗？"

大梁："特漂亮。"

陈母："我问她人好吗？"

大梁："妈，您放心，保您满意。"

夜深人静。

大梁发出轻轻的鼾声。他睡着了，脸上挂着幸福的笑意。

陈母轻轻替大梁掖好被角……

晨光微启。

清静的胡同里，陈母正在清扫街道。她慢慢地移动着脚步，不放过任何一处角落。

一个赶早班的小伙子边吃油饼边匆匆地走过，他随手把包油饼的纸扔在地上。

陈母弯腰把纸拾起，扔进簸箕里。

小伙子发现，急忙停步，歉意地：“对不起，大妈！”

陈母：“没关系，下次注意。”

“哎。”小伙子答应着离去。

一阵自行车铃声传来。

陈母抬起头。

大梁骑车来到跟前：“妈，我走了。”说完脚下一用力，自行车向胡同口冲去。

陈母大声地：“看准道，慢点骑！”

自行车轮化作飞转的汽车轮。

130驾驶室里，小范笑嘻嘻地望着大梁：“头儿，满意吗？”

大梁：“最满意的就是你。”

“我？”小范不解地盯着大梁。

大梁揶揄地：“我真怕你撑着。”

“嘻嘻，不会，西餐不腻人。”小范炫耀地，“这又不是头一回，我经常吃。”

大梁：“大概全靠介绍对象……”

“瞧你说的，助人为乐嘛。”小范掏出小本得意地一翻，“还有7个存货，3男4女，抽空还得安排安排。”

大梁嘲笑地："你归谁安排呀？"

"您瞧我这副尊容，外加搬运工，唉……"小范叹口气，"头儿，我可真羡慕你。"

华灯初上。

繁华的王府井大街，人群熙攘。大梁站在一家服装商店橱窗前，观赏着服装展品。玻璃上映出白姗姗轻盈的身影。大梁转过身。

白姗姗来到面前："你真准时。"

"不，是标准。"大梁矜持地一伸手，"走吧。"

白姗姗调皮地扬起头："上哪儿？"

大梁："遛遛吧……"

陶然亭公园。

大梁和白姗姗走过湖边甬路，步上通向湖心小岛的白石桥。

夕阳西下，一抹霞光散射在湖面上，波光粼粼，耀眼夺目。

白姗姗情不自禁地："瞧，多美。"

大梁赞同地："嗯。"

白姗姗："你好像不大爱说话……爱想事？"

"我脑子很空。"大梁坦率地，"可我有时免不了要想想。你说，咱们这一代生活得幸福吗？"

"怎么说呢？"白姗姗像在思索，"一个人生活得总要有些乐趣。我喜欢热闹，最怕冷清。欢乐可以使我忘掉一切，要不我会感到空虚的。"她向大梁瞟了一眼，"你有这种感觉吗？"

大梁认真地："有。"

白姗姗："是吗？"

大梁："一天不摸汽车，我就想得难受。"

白姗姗撇撇嘴："职业病。"

大梁："这……"

"没关系，我理解。"白姗姗莞尔一笑，"每个人都有各自的生活信念，不过，它会改变的……"意味深长地一笑，"我们会找到共同语言的。"

大梁："你这样想？"

白姗姗妩媚地笑笑："靠共同的努力嘛！"她的目光射向对面的湖中小岛，"喏，听说那儿新开了一家西餐……"声音银铃般动听。

"那……"大梁显得有点为难。

"走嘛！"白姗姗笑了，她笑得那么甜，那么美，具有一种不容抗拒的魅力。

大梁把手伸进口袋捏了捏："好吧……"

陶然亭西餐厅。

靠近挂着纱帘的大玻璃窗前的餐桌上，摆满了菜肴，大梁和白姗姗相对而坐。

大梁举着冒着泡沫的啤酒杯，透过酒杯笑望着对面的白姗姗。

白姗姗："笑什么？"

大梁："小范居然成了咱俩的媒人，多有意思。"

白姗姗："这有什么，他了解双方，不过为我们搭了一座桥。"

大梁耸耸肩，一口将啤酒喝完。

白姗姗："我真羡慕你们，一开上车自由自在。我们可好，一天到晚忙得脚丫子朝天。"

大梁："你穿上白大褂一定挺精神。"

"别看大褂白，实际上医院工作最脏。"白姗姗怒气十足，"一天我得洗手无数遍。"

大梁笑笑："怪不得你手那么白。"

"得了吧，都洗糙了。"白姗姗故意把手放在桌面上，慢慢地向大梁伸过去……

一只手把单子放在桌上。

镜头拉开。

运输队办公室。马队长正向大梁派任务："今儿给你派两趟近活儿……"他向大梁眨眨眼睛，"我知道你现在需要时间……这会儿大概是节骨眼上吧？"

大梁把工作服甩上肩头，用手抹抹鼻子："嘿嘿，八字没一撇儿呢。"

马队长："少跟我打马虎眼，你那副相全带出来了。哎，全经历过这段哟。"

大梁用手搔着鼻梁："嘿嘿……"

马队长板起脸："说点正经的，大梁，往后别老七个不服八个不信的，干吗老让人捅你脊梁，要不是我净给你兜着——小子，够你喝一壶的。"

大梁感激地："我保证听您的，队长……"

马队长满意地点点头："别这么说，谁对听谁的嘛。"

大梁抄起工作单欲走。

"等等……"马队长叫住大梁，神情欲言又止。

大梁："什么事儿？队长？"

马队长："小事儿，能办就办……我买了点木方子，抽空你给捎回顺义我家去……"

大梁痛快地："这好说，今儿就办到。"

130 货车在通往顺义县城的公路上奔驰，继而又越上一条坎坷不平的乡间土路。透过挡风玻璃可以望见远处起伏的山峦。130 货车驶向村口，减低速度，一群孩子叫着跳着，紧紧尾随在车后。

汽车终于停在一处新翻盖的院落前。

大梁朝小范一摆头，命令地："活动活动吧。"

小范嘟哝地："真拿我当搬运工使啊。"

"别废话，快点！"大梁点燃过滤嘴香烟，朝小范喷了一口。

小范慢腾腾地蹭下车。

大梁举腕看表，脸上显出焦虑的神色。

小范扛着一捆木方子，龇牙咧嘴地向院里走去……

130 货车飞驶在路上。

大梁抿紧嘴唇，双手握牢方向盘，130 货车像一匹脱缰的野马，从一排排的树木前掠过。

小范害怕地："头儿，留神。"

大梁："待着你的，少废话！"他的眼睛向手腕上的表瞄了一眼……

钟的时针指着5 点。

医院注射室。

白姗姗的目光从钟上移到门口等待打针的一小队病人。她皱起眉头，换上一只针头，不耐烦地朝外叫了一嗓子："下一个！"

一个中年男病人胆怯地趴在床上。

白姗姗："别绷着，放松！"举起针管向外打出几滴药水。

中年病人畏惧地闭上眼睛，白姗姗手捏针管，向病人屁股扎去。

"哎哟！"中年男病人大叫一声，"您慢点儿推啊……"

"你倒早说啊！"白姗姗早已拔出针。

"哎哟……"中年男病人皱巴着脸，慢慢爬下床，"护士啊……"

白姗姗一拧眉："护士是你叫的？"

中年男病人急忙改口："我说大……大夫，打靶还得瞄瞄准呢，您这针打得也太快了。"

"你再给我一份工资，一针我给你打一天。"

中年男病人恼怒地："什么话！"

"有意见你到外面去写，有的是纸。"白姗姗满不在乎地说，"下一个……"她愣住了。

等待打针的病人们已踪迹全无……

公路上。

一辆载满了货物的大解放占据了整个快车道，吃力地行驶着。130 货车像阵风似的追了上来，却被大解放挡住了去路，大梁拼命地按着喇叭。

小范："头儿，超它！"

大梁没搭腔，只用手抹下鼻子，然后一拨方向盘，从大解放后面钻了上来。

"小心！"突然，小范大叫一声。

大梁举目望去，另一辆大解放正迎面急驶而来。大梁赶紧打方向盘，说时迟那时快，130 货车擦着两辆解放从夹缝中穿了出去。

小范吓得瘫靠在座椅上，用手抹去额头的冷汗。

130 货车冲向十字路口。

岗亭里，一个民警探出身子大声叫着：“站住，站住！”

大梁没有理会警察的命令，他当机立断，车驶到十字路口，来了个漂亮的右急转弯……

岗亭里，民警抄起电话……

130驾驶室里。

“头儿，真悬。”小范心有余悸，“急什么？”

大梁：“那边还不见不散呢……”话音未落，大梁猛地一刹车，130货车戛然止住。大梁不知所措地望着前面。

马路中央，一位民警正叉开双腿，肃然挺立……

电话铃声。

运输队传达室里，张师傅拿起电话：“喂……什么……噢，等一下。”他推开门，向院子里喊道，“老马，电话！”

马队长匆匆跑来：“哪儿的？”

张师傅：“交警中队。”

马队长迅速拿起电话：“对，是我，嗯，我就去。”

张师傅：“准没好事，老马，这回你得好好整整他们！”

马队长严肃地戴上帽子。

交警中队办公室。

一条长板凳上，大梁和小范垂头丧气地坐着，对面一位20岁出头的小民警正向他们训着话：“……交通规则学过没有？啊？……”他将帽子扶正，“你们险些造成重大交通事故，啊？这个问题很严重，啊……”

门被嘭地推开。

交警中队长陪着马队长走进办公室。

大梁和小范忐忑不安地立起身……

130货车驾驶室里。

马队长神情严肃地驾着汽车。

大梁和小范挤在一旁，窥视着马队长的神色。

大梁低声地："马队长，木方子送过去了。"

"嗯。"马队长从鼻孔里哼了一声。

大梁："您打算怎么处理我们？"

马队长："写检查，扣奖金。"

小范忙不迭地央求着："队长，您要骂就骂，想打就打我几下儿，您千万别动真格的，扣奖金可顶不住。"

马队长："明天再说。"

大梁如释重负一般呼了口气。

白皙的手腕上现出块漂亮的小坤表。

北京饭店前的杨树旁，白姗姗烦躁地顾盼着。

大梁满头大汗地越过人群，从西边跑来。

白姗姗有些不高兴："都几点了？不讲信用！"

大梁："我不是那种人，如果没有刚才的特殊情况……"他把下半截话咽了回去。

白姗姗关切地："到底怎么了？"

大梁："为了这次约会，超车抢时间险些出事……"

白姗姗转怒为喜："我真高兴。"

"还高兴？"大梁不满地望着白姗姗。

白姗姗："这说明你心里有我，是为了我……"说着用手挽住大梁。这突然的举动，使得大梁顿时屏住了呼吸。

"紧张什么……"白姗姗嗔怪地瞥眼大梁，"走，今天我请你……"

夜，四合院东厢房窗帘上映出大梁的身影。

灯光下，大梁咬着笔杆正伏在桌前冥思苦想。

陈母关切地："睡吧，不早了。"

“哎。”大梁往纸上写了几个字。

“真是，见天回来那么晚，有多少话不能说，还非得写？”陈母端着茶杯向大梁走过来。

大梁急忙用手捂住纸。

陈母：“甭神神道道的，我不看。”放下茶杯，转身离去。

大梁慢慢挪开手，信纸上露出一行核桃大小、歪七扭八的字：深刻检查书。

镜头从“深刻检查书”上拉出来。

马队长正一字一顿地念着：“……违章超车，差一丁点儿造成重大交通事故，我心疼难受，深刻检查……”

大梁：“行吗？队长……”

马队长：“说行就行，说不行就不行，灵活掌握。”

大梁：“那……”

马队长把检查书丢在桌上：“明天到交警中队报到去。”

“干吗？”大梁紧张地问道。

马队长：“甭害怕！交警中队办了一个学习班，给你们上点安全教育课。”

大梁：“队长，多拉几趟我都认了，您可千万别把我送去上课……”

“让你去你就去，听队长的没错。”小范献媚地向队长笑笑，“您看我怎么安排？”

马队长一绷脸：“你也去！”

“啊？”小范愕然。

交警中队会议室。

还是那个年轻的民警。此刻他正结束讲话：“……交通安全人人有责，希望大家……”用手把帽檐扶正，“希望大家今后不但要切实遵守交通规则，啊，而且要做好宣传工作……”

众人等待着。

民警：“完了。”

小范俯到大梁耳边："真可惜，就这么两天……"

大梁："你还没够？"

小范不无遗憾地："这比扛活轻松多了，唉，真懒得走。"

马路上。

小范刚要迈腿上车，大梁一把揪住他："嗨，手头富裕吗？借我俩钱儿。"

小范慢腾腾地掏出钱包："哟，多了可没有，就10元。"

"都给我！"大梁不客气地拿过钱，飞身蹿上自行车。

小范冲大梁背影大声喊着："想着，发薪还账！"

清晨。

大梁和小范骑车冲进运输队的大门。

张师傅迎上他们："回来了？"

大梁没好气地："托您的福。"

张师傅："这话说的……"

大梁凑到张师傅耳根："您大概惦着我们一辈子不回来才塌心。"

张师傅恼怒地："脏心烂肺……咱是大老粗，有嘛说嘛！"

小范一撇嘴："有能耐，您多给我们捅点！"

张师傅："那是为你们好！"

"多谢了。"大梁冷冷一笑，和小范离去。

运输队办公室。

马队长和颜悦色地向大梁和小范说着："……大伙对你们的意见可一本一本的，往后多长几个心眼！"

大梁和小范忙不迭地点着头。

马队长像想起什么："哦，对了，跟你们说，打今儿起，修理工定人定车实行岗位责任制，往后汽车检修，专人负责。"他透过窗玻璃向车场瞄了一眼，"大概保养得差不离了，看看去吧！"

停车场。

130货车底盘下，一个穿工装裤的人正露着两条腿在那里拔千斤顶。

大梁把衣服搭在肩头，吹着口哨走近车旁。小范紧紧地跟在大梁身后，大梁手往帮上一搭，弯起一只腿抖动着："嗨！伙计，这车修得怎么样了？"

车下的人没搭腔。

大梁不耐烦地用脚朝穿工装裤人的腿捅了捅："聋子？出来吧！抽根烟……"话音未落，一把扳子砸在他的脚指上。"哎哟！"大梁二目圆睁疼得几乎背过气，一弯腰双手迅速捏住自己被砸的脚尖单腿蹦跳着。

小范正欲上前搀扶。大梁却一屁股跌坐在地上，龇牙咧嘴地哼着。

穿工装的人从车下钻出来。

大梁气急败坏地："好，你，你……"

"少动手动脚！"穿工装的人猛地扯下工帽，一缕黑油油的秀发飘落耳际。

大梁和小范尴尬地咧着嘴。

"哼！"姚芳轻蔑地撇撇嘴，一扬头，傲然地向工具室走去……

小范对大梁悄声地："头儿，你倒是看准点啊！"

"你给我闭嘴！"大梁把一腔怒火向小范发泄着。

"得……"小范胆怯地躲到一边。

大梁揉着火辣辣的脚丫子，体验着有生以来的第一次忍气吞声。他咬着嘴唇，怀着气恼和佩服的复杂感情，长久地凝视着姚芳的背影……

掌声。

会议室里，一个二十六七岁、戴眼镜的男青年潇洒地一挥手："好，选举结束。下边请咱们的新任团支部书记姚芳同志讲几句……"姚芳谦虚地笑笑，她正想说话，突然，窗外掠过大梁和小范的身影。

小范凑近玻璃，用手遮着眼眉向里面飞快地一扫，拖着怪腔："噢，团干部开会！同志们！好——"

姚芳扭过脸，皱起眉头，目光直视小范。

小范惧怕地缩回脑袋，一猫腰往回跑去。

大梁骑车已经驶出大门。

小范大叫："头儿，等等啊……"

马路上。

大梁皱着眉头，飞快地蹬着车。

小范满头大汗追赶着……

会议室。

姚芳正在讲话："……团员们，尤其是咱们团干部，对后进青年绝不能置之不理。"

一男团员："是他们不理我们。"

姚芳："那咱们更应该主动亲近他们。"

一女团员张小梅腻歪地撇撇嘴："一个比一个嘎，都没治了。"

"都是青年，总会找到共同语言的。"姚芳自信地望着大家，"我了解了一下，有下面几个人需要帮助。来，咱们研究一下分工。"她掏出笔记本，念了一个名字，"魏东，谁来帮助？"

一男团员举起手："我。"

"好。"姚芳满意地笑笑，"李晓梅呢？"

"我来试试。"张小梅自告奋勇，"不行的话，再换别人。"

姚芳在笔记本上记了几个字："陈大梁……"

一男团员："应该再加上小范，他们形影不离，分开了更麻烦。"

张小梅："行了吧，他们都多大了，二十七八的人了，还用咱们共青团员？"

一个女团员附和着："就是。"

一男团员："那他们归谁管？"

一女团员："行政。"

张小梅："还有党支部。"

一男团员："那咱们共青团不是党的助手嘛。"

姚芳兴奋地："对，咱们共青团是党的助手。团中央号召我们要团结一切青年，在四化建设中发挥突击手的作用。我看，咱们团组织就把这两个人包了吧？怎么样？大家有意见吗？谁来？”

众人沉默。

姚芳皱起眉头：“你们怎么了？怎么不说话？”

一男团员：“我帕斯。”

“又不是打扑克，帕斯什么。”姚芳盯着另一个文绉绉的男团员，“你愿意吗？”

“我……我愿意……”男团员皱巴着脸，挥了挥自己的胳膊，“可我没劲，顶不住……”

姚芳：“又没让你打架去。”

男团员：“帮助他们，起码得有点权威的。”

姚芳：“谁啊？”

男团员：“你是团支部书记，大小是个领导，最合适。”

“我……”姚芳瞪大了眼睛。

张小梅：“我特别佩服你的勇气，居然教训了他，他都没敢还手……”

“我已经后悔了。”姚芳不安地玩弄着笔，“我不冷静，做错了，这不值得赞扬。”她傲然地抬起脸，“我会主动向他道歉的……”

130货车从立交桥下驶出，一排排新盖的高楼从车旁闪过。

大梁手握方向盘，面无表情。

“这主儿够厉害的。”小范瞥眼大梁，“头儿，就这么栽了？”

大梁一声不吭。

小范：“一个黄毛丫头有什么了不起，咱不是吹，嗨，她要敢碰我一指头，我叫她吃不了兜着走！”见大梁正把车滑向路边，询问地，“怎么了，头儿？”

“熄火了……”大梁瞪了小范一眼，“都是你吹牛吹的。”

一辆卸去了座椅的130货车的驾驶室里。

姚芳正探身检修着化油器。张师傅站在车门下边，给她递着工具，边说着话：“……小姚啊，你们团员要管管歪梁斜范，我一百个赞成。可这俩小子，一肚子坏水，不好对付不说，得小心点。接上火了吗？”

姚芳："我……我昨天砸了他一扳子。"

"那更得留神。"张师傅不无担心地，"去年有个女青年给他们提意见，他们把一只大癞蛤蟆偷偷塞进人家书包，损透了。"

"哦……"姚芳嘴角牵动，心底浮起一股又害怕又恶心的感觉。

张师傅："怕了？姑娘。"

姚芳："我……我才不怕呢。"

"对劲。"张师傅俯下身，伸手替姚芳把一根铜油管掰直，语意深长地，"俗话说，邪不压正。是歪梁就给他弄直，是斜范就给他掰正。"

马路边上。

小范满头大汗地托着摇把，发动汽车。

大梁皱着眉头，一次又一次地打着火。

小范直起腰长呼一口气，大梁从驾驶室里探出头："摇啊！"

小范筋疲力尽地："我连吃奶的劲都用了。"

大梁瞪起眼："你摇不摇？"

"摇……嘿嘿……摇……"小范双手握住摇柄，"我豁了……"只摇了两圈，便一头栽倒在地上。

大梁跳下车，向一家小商店走去。

公用电话牌特写……

一辆三轮摩托车飞驰而来。

透过挡风玻璃，可以看见停在路边的130货车。人行道一棵树下，大梁和小范靠着树干席地而坐。摩托车驶近130货车，戛然而止，姚芳从车上跳下来。

大梁和小范慢腾腾地从地上站起来，冷冷地望着姚芳。

"哎，什么毛病？"姚芳大声地问道。

"知道还请你？"小范一撇嘴。

姚芳转身拉开130货车驾驶室车门，坐了进去，边发动马达，边侧耳倾听。

大梁和小范交臂而立，对视了一眼。

姚芳跳出驾驶室，掀开座椅，探身检查。少顷，她向后一伸手：“扳子！”

大梁朝小范努努嘴，小范不情愿从摩托车上拿过扳子放在姚芳手上。

姚芳熟练地拧动几颗螺丝，然后直起腰，重把座椅放好，一扭头：“试试吧。”

大梁不信任地瞥了眼姚芳。

“我没工夫陪你，快点！”姚芳说着向摩托车走去。她一眼望见了自己挂在钩上的书包，愣了一下，突然想起了癞蛤蟆。她迅速摘下书包，如临大敌般地检查着，见无异物才长呼了口气。

130货车马达轰鸣，大梁欣喜地从车窗探出脑袋，正想向姚芳说几句客气话，却见摩托车喷着烟已远远地驶去。

小范酸溜溜地：“唉，看不出这主儿还真有两下子。咱们跟头栽定了。”

大梁狠狠地瞪了他一眼。

北海公园。

白姗姗亲热地挽着大梁越过九龙壁走上小土山。

白姗姗：“你好像不高兴？”

大梁：“别提了……”

白姗姗：“说说嘛……”

掀起汽车前座的驾驶室里。

在工具灯的照射下，姚芳正在修着活塞。

张师傅走近车旁，关切地：“姑娘，明儿再说吧，回家吧。”

姚芳倔强地一甩头：“不忙，我非找到毛病不可！”

张师傅用手拍拍姚芳：“来，让我看看。”

自来水龙头下，姚芳和张师傅洗着手。

姚芳：“张师傅，您技术真好。”

“俗话说‘久病成医’，开了一辈子车，再没点道道，那不白混了。”

张师傅谦虚地笑笑，“这车和人一样，也有犯病的时候，经验多了，听听声音也知道八九不离十。”

姚芳：“您干吗不带几个徒弟？”

“领导照顾！”张师傅话里带着怨气，“说是照顾，其实，我心里跟明镜似的，还不是嫌我爱提意见，发配看车场！”

姚芳：“那您就认了？”

“认了？没门！”张师傅一梗脖子，“就是罚我扫厕所，该说的我也得说，要不憋得慌。”

姚芳钦佩地望着张师傅：“您能收下我这个徒弟吗？”

张师傅满脸喜悦：“你是科班，上过技校，拜师不敢当，只要你看得起我，想学啥我教啥，绝不保留！”想想又感慨地，“唉，歪梁斜范有你一半就好了……”

北海公园湖边。

白姗姗啃了一口雪糕：“理她干吗！假模假样，我最烦这号人。”

大梁：“话说回来，人家也真有两下子。”

“那有什么了不起，你不会也给她露两手？”白姗姗替大梁鼓气。

大梁不吭不哈地用手搔鼻梁。

白姗姗像想起什么：“哎，大梁，你怎么不请我去你家玩？”

大梁显得有些慌乱：“以后吧……”

“什么以后，你还不相信我？”白姗姗撒娇地说。

大梁：“那……”

“就星期天，我替你决定了……”白姗姗以不容置疑的语气说。

大梁无可奈何地：“好吧……”

办公室里正在发薪水。

小范一边捻着钞票一边走下台阶，大梁从后边追上他。

小范喜滋滋地：“嗨，马头儿够意思，奖金没扣。”

大梁：“他也没少托咱们办事，这叫互相帮助……”

姚芳恰巧走来，听见两人的对话，不禁皱起眉头。

小范眼尖，一揪大梁："走，有耳朵……"

姚芳："等等。"

大梁："干什么？"

姚芳："我想和你们谈谈。"

大梁耸耸肩："没工夫。"

小范举起手装模作样地："拜拜！"

公共汽车站。

姚芳和张小梅正在等车。

张小梅："你和那俩谈了吗？"

姚芳："不理我。"

张小梅："不理拉倒！好像别人多爱搭理他们似的。"说完，从书包里掏出块鲜艳的衣料，"我想做件衣服，这不过分吧？"

姚芳："瞧你说的，团员就不兴穿漂亮的衣服？"

张小梅喜悦地："陪我做衣服去吧。"

姚芳："行。"

四合院里静悄悄的。

大梁抱着两个大纸包走进屋，手一扬丢在床上，然后从口袋里掏出一沓钞票："妈，给您工资。"

陈母接过略一清点："扣钱了？"

"没有。"大梁解开纸包，从中拿出条崭新的床单抖落开，"妈，我买了两条床单……"

陈母怪他："咱家的床单虽说旧点，可没坏，瞎花哪门子钱？"

大梁："妈，星期天要来个朋友……"

"哦……"陈母会心地点点头，"是她？"

"嗯。"大梁按住陈母，"妈，她特别想见您。"

"妈有啥见头。"陈母笑笑，"只要能对你好，妈也就心满意足了。"

大梁："赶明儿等我结了婚，两人赚钱，您就享享清福吧。"

陈母："让我吃闲饭？不干……"

“那……那您就给我们看小孩。”大梁一本正经地说道。

陈母：“不害臊！就好像真成了家似的。”

大梁：“嘿嘿……”

曙光初霞。

大梁穿着背心蹲在院子里水池边洗着一团抹布。

中年邻居边漱口边和他聊着：“……大梁，一大早就开忙啊？”

大梁：“嘿嘿，今儿不是星期天嘛！”

中年邻居：“是该多干点，瞧你妈多不容易！都扫到这会儿啦，还没回来。”

大梁：“屋里收拾净，我就去换她。”

中年邻居吐掉口中水：“快忙吧。”

东厢房里。

大梁蹲在地上用那团抹布擦着地面，砖地上露出水渍渍的亮光，他不时用手背抹去额角沁出的汗珠。

一双穿着高跟皮鞋的脚在马路上走着。

打扮标致的白姗姗拎着一网兜水果，拐进胡同，走近正在清扫街道的陈母身边。

白姗姗：“劳驾，15号在哪儿？”

陈母打量着白姗姗：“哦……往前走，顶到东口左手第8个门。”

白姗姗客气地一点头：“谢谢。”

陈母：“啊，没……没什么。”

白姗姗边走边寻看门牌。一座磨码对缝的门楼，两扇新油漆的朱红大门紧闭着。白姗姗用期待的目光向门上望去。

门牌特写——19号。

白姗姗失望的表情。她走过一座新翻盖的门楼，走近15号门前。她神色黯然地瞧着那两扇破旧的小门。

远处传来陈母的声音：“姑娘，进去吧，就是那儿。”

白姗姗一低头闯进门里。

中年邻居正要出门："您找谁？"

"陈大梁。"白姗姗的声音很低，好像生怕别人听见。

"哦……"中年邻居好奇地打量着白姗姗，然后转身来了一嗓子，"大梁，来客人了。"

话音未落，大梁边系着衬衫纽扣，边从屋里跳了出来，忙不迭地："你来了，啊……请进。"

白姗姗勉强笑了笑，跨进门槛，立在屋中央，环视四周。随着她的目光，我们可以看到小屋已焕然一新——新铺上的床单平平整整，一张崭新的塑料花布铺在小方桌上。几束鲜花插在一只酒瓶里。

大梁惶惑不安地搓着手："坐，坐啊……"

白姗姗的目光停在玻璃窗前，陈母正把扫帚倒立在窗台下，她把身上的土拍打干净，拉门走进屋。

白姗姗尴尬地望着陈母。

大梁："这是我妈……"

白姗姗脸上浮起笑容："大妈。"

陈母高兴地端详着白姗姗："坐啊，姑娘。"

白姗姗一转身坐到新床单上。

"姑娘，喝水！"陈母端过杯热茶，她的大拇指扣着杯沿。

"谢谢。"白姗姗接过杯子，飞快地用手绢抹了下杯沿，轻轻地抿了一口。

大梁不满地朝陈母瞥了一眼。

陈母像做错了事似的："姑娘，我再给你换一杯……"

白姗姗客气地："不用了，大妈。"

陈母："听说你今儿来，我们大梁为你买了好些菜……"

"不用忙了……"白姗姗站起身，"我是顺便来看看，待会儿还有事呢。"

大梁："咱们不是都定好了吗？"

"我真的有事……"白姗姗把水果递给陈母，"您留下吧。"

陈母挡住白姗姗："坐会儿，再坐会儿嘛！"

大梁咬着嘴唇，凝视着白姗姗。

白姗姗莞尔一笑："今晚我等你，老地方。"

北京饭店前的林荫道上。

大梁焦灼不安地等待着。

一只手拍在他的肩头。大梁转脸一看，白姗姗微笑而立。

大梁高兴地："来了……"

白姗姗歉意地："让你久等了。"

大梁："走吧。"

白姗姗："不，就在这儿说吧，我没有多少时间。"

大梁忐忑不安地望着白姗姗。

白姗姗甜蜜地一笑："我说句话你别不高兴，我觉着我们俩不太合适……"

"为什么？"大梁一愣。

白姗姗目送着几对外国人走入灯火辉煌的北京饭店。

大梁："说啊。"

白姗姗："我最恨人家骗我，哼，臭小范跟我说得好听，你妈在卫生部工作。其实不过……"

"不过什么？"大梁逼问着，他有些激动。

白姗姗："不过是扫大街的。"

大梁的嘴唇哆嗦着："那……那又怎么样？"

白姗姗："用不着再问了吧……祝你幸福。"转身欲走。

大梁怒火升腾，一把揪住白姗姗："站住！"

白姗姗惧怕地："你……你要干什么？"

大梁的面颊抽动了一下，他极力克制着自己的感情，慢慢松开那只手，掏出手帕使劲地擦着，然后傲然地把手帕甩到白姗姗的脚下……

大梁匆匆穿过熙攘的人群，脸色悲怆，街市的喧嚣声在他耳边变得越来越响。

大梁在寂静的胡同里奔跑，喧嚣声变作白姗姗的声音："你妈是个扫大街的。你妈是个扫大街的……"

大梁冲进厢房，把头抵在门框上喘息着……

坐在小凳上绑扎扫帚的陈母，用忧虑和不安的目光望着大梁。

大梁的一股怒气突然爆发，他发疯似的冲到陈母跟前，劈手夺下扫帚，放在脚下狠命踩去，扫帚杆断裂。

陈母怔怔地望着断成两截的扫帚，泪水在她的眼眶里打转。

大梁扑跪在陈母面前，痛苦地哀求着："妈，您别再扫了，别再扫了！我养活您，我把钱全交给您，我宁可吃咸菜喝凉水，您别再扫了，您看……"他从口袋里掏出盒烟卷一把捏得粉碎，"我一辈子不抽了……妈，您答应我吧……"他像个孩子似的把头埋在陈母怀中，失声痛哭。

"不，妈不寒碜。"陈母用手抚摸着大梁的头，缓缓地说，"这是妈的工作啊……每天那么些人走过这条胡同，只要听他们说上一句这胡同真干净，妈心里舒服啊。没人愿意走脏地，谁不想挑一条洁净的道走哇……"

大梁抬起脸，收住泪水。

陈母："挺起腰板，孩子……谁瞧不起咱们就是瞧不起她自己。她要吹就让她去吧，听妈一句话，不许找寻人家，人活得要有志气。"

夜。

大梁用手抱着头，曲着身子沉沉入睡了。

幽暗的灯光下，陈母坐在小凳上，吃力地用铁丝绑扎着被踩断的扫帚把……

闹钟指着12点，夜空中响起清脆的钟声。

大梁翻了个身，睡眼惺忪地："妈，睡吧……"

室内一片寂静。

大梁翻身坐起……

深长寂静的胡同里，传来一阵阵"唰唰"的扫地声。一条身影慢慢移动着。

暗黄的灯光照射在陈母那张布满皱纹、慈祥的脸上。

"妈……"传来大梁歉疚的呼唤。

陈母停下脚步，扭过头，目光中流露出不安。

大梁从陈母手中拿过扫帚："妈，让我扫……"他坚毅地扬起头。

陈母望着大梁坚毅的步子、宽厚的臂膀，宽慰地笑了……

夕阳西下，什刹海边。

小范显出异常难过的表情："这么说，吹了？唉，真想不到！"

大梁咬着嘴唇，使劲把一块石子扔进湖中，溅起一柱水花。

小范安慰地："头儿，甭往心里去，我再给你介绍一个……"说着，掏出小本，"你自己挑……"

大梁抬手一掌把小本打落湖中。

"哎……哎……"小范望着那漂在水面的小本，急赤白脸地叫着。他刚想翻过栏杆去捞，一块石头把小本砸沉湖底。

小范哭丧着脸："头儿，这是干吗呀？"

大梁："你那本子里没好货！"

小范神情尴尬……

笛声长鸣。130货车冲进停车场。

姚芳敏捷地闪到一边。

130货车缓缓地倒着车，小范不等车停稳，拉开车门跳下来，向大梁一扬手："对不起，我有急事，先走一步。"说完一溜烟地跑掉了。

大梁把车刹在停车位置上，他摘下墨镜，推开车门正欲下车，见姚芳正立在车下，大梁一抬手把墨镜又架在鼻子上。

姚芳："哎，车有毛病吗？"

大梁爱答不理地跳下车，没有回答。

姚芳："说啊，哑巴了？"

大梁拔腿就走。

姚芳紧跟着他："你不说甭想走。"

大梁咬着牙："好！好使极了。"

姚芳颇为自豪地："我想你也挑不出毛病。"一扬头，"我修的……"

大梁不服气地哼了一声。

姚芳："哎，这几天你老板着脸，有什么不顺心？"

大梁冷冷地："碍你什么事？"

姚芳："关心，懂不懂？咱们还没谈呢。"

大梁腻歪地："你……你老缠着我干吗。"拔脚向浴室跑去。

姚芳的嘴角掠过一丝调皮的、难以觉察的微笑……

浴室的门被轻轻推开。

大梁探出头，左右飞快地扫视一眼。见四处无人，才走出浴室。

大梁骑着自行车冲出大门，蹬车的脚突然停住。

大门外，姚芳正叉开双腿伫立在道中央。大梁跳下车，哭笑不得地眨着眼："你……你到底要干什么？"

姚芳诚挚地："我要向你道歉，那天……"

大梁一挥手："最好别提，我认了。"

姚芳："那咱们谈谈。"

大梁："要是想发展我入团，你别抱希望，本人今年26岁——超龄。"

姚芳："可你还是青年，团组织有责任关心你。"

大梁："得了，用不着给我上政治课，我就怕听这些。"

姚芳微微一笑："你开个单子，我专挑你爱听的说。"

大梁无可奈何地耸耸肩："这么说，我摆脱不掉你了。带任务来的？"

姚芳傲然地扬起头："对。"

林荫路上。

大梁推着车，满脸不耐烦。

姚芳正说着："……群众反映你自由散漫，从来不接受批评意见，架子大，脾气暴，人家都怕你哪。"

"非得这样……"大梁生硬地咧开嘴装出一副难看的笑容，"见人三分笑才好？"

"那倒用不着。"姚芳忍住笑，"其实你的优点不少，对汽车还蛮有感情，看见你开车那种得意的样子，我真羡慕呢。"

"哈，第一次听见人家捧我。"大梁心里酸溜溜地，"我可是落后分子，等外品。"

“那是你自个儿划的类。为什么不能自信地估量自己的价值？”姚芳用一种不容置辩的口吻说，“你应该是个好样的。”

大梁长久凝视着姚芳。

“别用这副眼神看我，怪吓人的。”姚芳把头一扬，“往后共青团组织的活动，欢迎你参加。”

大梁不屑地撇撇嘴揶揄地：“这是你给我下的第一道命令？”

姚芳：“不，是邀请。”

大梁高傲地挺了挺胸脯……

汽车场布告栏前围着一群人。

远处，大梁和小范好奇地交换下眼色。

小范：“我去看看。”说着向人堆里挤去。

一个男青年：“嗨，挤什么……”回头瞥见小范，笑嘻嘻地，“噢，小范啊，就等你念呢。”

小范撇撇嘴：“你当是我不识字？”叉开双腿像个圆规似的立在布告栏前，一字一顿地拖着长腔，“通——知，为了美化环境，星期天组织团员参加义务劳动，欢迎青年自愿参加，团支部。”

男青年：“怎么样，小范，来吧？”

“对不起您哪。”小范用手指点着通知的下边，“自愿……瞧见没有？”他瞥眼大梁，好像是大梁的首席发言人，“我们——我们是团外民主人士。”

一女青年挖苦地：“正经活儿还偷懒耍滑呢，义务劳动会有人家的份儿？”

大梁皱起眉头……

马路上。

小范蹬着车，显得很兴奋：“怎么样，头儿，咱把他们噎得够呛吧？”

大梁没吭声。

小范：“干义务劳动想起咱们了，涨工资的时候怎么不自愿给我们调一级？”

“刚才你多余废话。”大梁瞪着小范，“卖点力气算什么，不能让人瞧不起。”

“合着我又错了……”小范皱巴着面孔，叹口气，“唉，一会儿阴一会儿晴的，我都快摸不透您的精神啦！”

朝霞初露。

运输队的院子里，传来阵阵欢声笑语，团员和青年们热火朝天地干着：有的在打扫卫生，有的在挖土，女青年在搬运花草，男青年在搬砖准备砌花坛……

姚芳和两个男青年正在和泥，她熟练地搅拌着和了水的泥土。

姚芳向四周扫了一眼：“来的人真不少。”

一男团干部：“百分之九十八的团员、青年都积极响应，就歪梁斜范没来。”

姚芳皱起眉头。

突然，像谁下了道命令，笑声和话语声一下子都停止了，四周变得那么安静。

姚芳抬起头，目光射向大门口。

大梁抿着嘴唇朝这边走来，小范头上扣着的大草帽像顶帐篷遮住了那张小脸，他紧紧地尾随在大梁身后。

姚芳脸上掠过一丝难以察觉的微笑，她把铁锹往地上一插，扬手招呼：“大梁，小范，欢迎你们！”

人们用不同的目光向大梁和小范望着。

大梁走到姚芳跟前，看也不看地：“干点什么？”

姚芳：“活都分配好了，干脆，你们搬花秧去吧。”

小范飞快地瞥眼那些搬花秧的女青年，喜悦地搓着手：“行，行，嘿嘿，没意见。”用手一拉大梁，示意他离去。

大梁却从泥堆上抄起铁锹：“我和小范包了。”

小范失望地：“唉，想累死还得找个垫背的。”

姚芳高兴地：“好的，我们运泥。”向两个男青年一挥手：“走，找桶去。”

大梁举起铁锹，用力翻动泥浆，见小范还在愣神，低声地：“快干！”

“得……”小范无可奈何地拿起铁锹，笨拙地朝泥浆挥去，“啪”的一声，泥水四溅，小范的脸上、草帽上溅满了黑黑的泥点……

姚芳和两个男青年拎着铁桶从远处走来。

一个男团员：“你面子真大，连他们都来了。”

姚芳：“你不欢迎？”

男青年：“谁知道是真干还是假干……”

姚芳：“别说他们还动手干，就是今天能到这儿转上一圈，我看都是一个进步，别老用有色眼镜看人嘛！”

男团员耸耸肩：“但愿如此。”

从挖好的花坛旁传来叫声：“哎，上泥啊……”

一铲泥丢进铁桶里。

镜头拉开。

小范正替姚芳装泥，一铲，二铲……满满的一桶，姚芳刚要弯腰去提，小范用铁锹挡住了她的手。

小范嬉笑着：“先等等，还没装完呢！”说着又狠狠地拍上去一大铲泥。

大梁向小范投去不满的一瞥。

男团员：“你想把谁累坏是不？”

小范：“这话说的，为‘四化’多出把力，团支部书记带头嘛。”

人们的目光一齐射向姚芳。

姚芳微微一笑，用手掠去飘浮在额前的短发，双手握住铁桶提手，一用力将桶拎了起来，她叉开双腿，左右晃着，吃力地朝前迈着步。

一男青年走过来：“姚芳，给我。”

“不！”姚芳倔强地一摆头依旧前行，汗珠顺着她的两颊滚落下来。

大梁不声不响地望着姚芳的背影，心底升起一丝敬佩的感觉。

姚芳终于走到了花坛前，一个砌砖的男青年赶忙拎起泥桶倒在地上，关切地：“歇会儿吧，用不着跟他们斗气。”

姚芳定了定神，深深地喘口气，拎起空桶，重又走回泥堆前，把桶往小范脚旁一放：“该你了。”

“哦？”小范畏缩的目光。

“别客气，锻炼一下嘛。”姚芳抄起铁锹向桶里盛放泥浆，一边模仿着小范的口吻，“为‘四化’出把力，为‘四化’出把力……”

小范向大梁投去求援的目光，大梁耸耸肩。

姚芳把最后一铲泥拍进桶里，一扬脸：“走吧。”

“这有什么……”小范装出一副无所畏惧的样子，振振膀子，做了个深呼吸，然后弯下腰双手用力将那只盛满泥浆的铁桶提离地面。可他却迈不出步，脸憋得通红，在那里龇牙咧嘴地运气。

众人笑了起来。

大梁低声地：“走哇！”

小范憋足了吃奶的劲，再次用力提起铁桶，两只脚互相踢拌着，悠晃地朝前挪动着。突然，他像一只泄了气的皮球，连桶带人坐在地上。

一个男青年揶揄地：“男子汉大丈夫，一桶泥算什么，起来啊。”

哄笑声四起。

大梁霍地拎起身旁的另一只盛满泥的桶，三步并作两步来到小范跟前，又拎起小范那只泥桶，因为用力，他浑身的肌肉都紧紧地绷了起来。

人们沉默了，不安地望着大梁。

大梁傲然地挺起胸腰，大步前行——他在示威。

姚芳的大眼睛闪动了一下，她强烈地感到了大梁那好胜的性格和讲哥们义气的意识。

大梁把两只空桶扔回泥浆堆旁。

姚芳冷冷地：“用不着显能耐，我知道你有力气。”

大梁得意地咧了下嘴。

姚芳一针见血地：“可惜，你在精神上是个弱者……”

“我是弱者？”大梁又绷足了劲，好像自己能一下提起四只桶来。

“对，四肢发达，可头脑呢？简单。”姚芳凑到大梁眼前，“把你这身劲儿留着用到正经地方，收起你那套哥们义气的玩意吧！”

大梁像个突然被人拆穿小把戏的孩子，他尴尬地眨着眼。

姚芳转过身动手铲泥。

一男青年：“姚芳，等干完了活，咱们到水里去泡泡吧！”

姚芳："没问题，我同意！"

河湾里欢声四起，青年们正在游泳。

大梁和小范远离人群，斜躺在山坡草地上酸溜溜地观望着。

小范怂恿地："头儿，给他们露一手！"

大梁没好气地："去去去，还露呢？"

"瞧！"小范捅捅大梁。大梁举目向河湾望去，只见姚芳正步上一棵斜在河面上的大树干，她向上舒展两臂，双脚往起一跃，纵身跳入河中，青年们一片喝彩。

姚芳从水中钻出，用手抹去脸上的水珠，向岸上招手："胆小鬼，来啊……"

小范："这不是挤兑咱们吗？"

"笑话……"大梁腾身跳起，脱下衬衫、长裤，"走！"

"对，让他们瞧瞧。"小范两脚左右一甩将鞋脱掉……

大梁纵身跳上树干，往起一跃，来了个漂亮的入水式。

众人又是一片叫好声。

大梁浮出水面，把头一甩，露出得意的神情。

大家的目光移向岸上，小范穿着条不合身的大裤衩，也学着大梁的样子雄赳赳地登上树干，然后不管不顾地一头向河里扎去，水花飞溅，小范投入水中。

众人的目光一齐投向水面，只见一串串气泡翻了上来。

姚芳焦灼的目光："快……"游向小范入水的地方。

大梁挥动手臂飞速游过来。一个男青年也飞速游过来。他们同时钻入水底。刹那间，水花翻动，大梁和男青年夹着小范浮出水面。

小范呆笑着，脸上糊满了黑泥，只有两排牙齿闪着白光。

姚芳正欲游过来。

小范突然声嘶力竭地喊了一嗓子："别过来！"转对大梁低声地，"裤衩没了。"

夕阳西下。

青年们围坐在绿茵茵的草地上说着笑着。

“安静！”姚芳跳上一块大青石，“咱们来推选一名跳水冠军。”她扬起手中一只苹果，“这是奖品。”

青年们大声叫着：“大梁！大梁！”

姚芳：“我也同意。”转向大梁的方向，“现在请跳水冠军大梁同志接受奖品。”

大梁迟疑着，小范用手一推他：“去呀，不要白不要！”

青年们有节奏地鼓着掌，有几个人用口哨吹起了《运动员进行曲》。

大梁慢慢地向姚芳走去。

“请接受吧。我代表团支部把奖品授予你。”姚芳把苹果放在大梁手上，然后压低声音，“嗨，以后拉货时别再偷嘴，想吃自己买。”

大梁羞恼地瞪着姚芳，姚芳却没有再看他。

她把头发一撩，愉快地：“来，大家唱个歌。”

苹果放在倒扣着的茶杯底上。

大梁趴在桌上，直眉瞪眼地向苹果瞧着。

陈母：“它还能变个啥样？你老盯着它。”陈母离去。

大梁一把抓起苹果，扬起胳膊欲摔，想想，叹口气，又把苹果放回原处……

连绵起伏的西山，山顶上的翠绿树叶变得一丛浅黄，一丛暗红，一派秋天的景色。

130货车满载着一筐筐的苹果在公路上奔驰。

小范俯近大梁耳旁：“头儿……嘿嘿……”用手指了指车后的苹果筐。

大梁冷冷地：“不许下车！”

小范狡黠地一笑，把手伸进怀里，像变戏法似的往外掏苹果，1个、2个、3个……一共7个。他捡出一只最大的递给大梁：“喏，吃吧。”

大梁：“放那儿，别动！”

“怕什么……”小范独自咬口苹果，美滋滋地嚼起来。

大梁嘴角牵动了一下。

小范又拿起一个苹果。

大梁漫不经心地："吃几个了？"

"3个。真香。"小范吧嗒吧嗒嘴。

大梁一踩刹车，车猛地停住。他似笑非笑地盯着小范："够了吗？"

小范一拍肚子："嘿嘿，都撑得慌了。"

大梁："接着吃，我请客。"

小范皱巴着脸："别介，头儿，饱了。"

"吃啊！"大梁瞪起眼，"今天让你吃个够，剩一口都不成。"

"啊……"小范颓然靠在座椅上。

运输队停车场。

大梁跳下车，绷着脸大步向修理室走去。姚芳从屋里迎了出来。

大梁把两块钱塞在姚芳手里："替我补交苹果钱。"

姚芳不解地："哎，怎么回事？"

大梁向130车一摆头："自个儿瞧去。"转身离去。

姚芳跑到130车前，一拉车门，一堆苹果核滚落出来，她皱着眉头抬眼望去，只见撑得半死不活的小范正捂着肚子，紧闭双眼瘫靠在座上……

后海的银锭桥上，大梁正伏在栏上眺望着波光粼粼的湖水。

小范凑近大梁，讨好地："头儿，我算服你了。"

"用不着……"大梁若有所思地，"和人家比，我总觉得咱们是缺点儿嘛，你说是什么？"

"钱！"小范脱口而出。

"去你的！"大梁一挥手，"钱是你祖宗？"

小范眨着眼睛："那是什么？"

"我也说不清楚……"大梁沉思着，"都是一鼻子俩眼，咱们怎么就该比别人差？"

"那主儿给上政治课了吧？头儿。"小范狡黠地眨眨眼。

"没的事……"自尊心十足的大梁傲然地挺起胸，向一旁湖边走去，又猛地回过身盯着小范，"记住，往后你要是再叫我头儿，我把你脖子拧下来！”

“听见了……”小范规规矩矩地一哈腰，下意识地，“头儿……”

运输队停车场。

姚芳正把一只千斤顶推向摩托车下。

大梁踱到车前，漫不经心地：“干什么？”

姚芳：“车链掉了。”

“这还用得着千斤顶！”大梁轻蔑地一笑。

姚芳：“我得钻进去呀。”

大梁转过身用后腰抵住后帮，两只手扳住车厢底梁，猛地一提，两只车轮悬了空。

姚芳：“得了，别逞能了。”

大梁故意装出轻松的样子：“钻吧，伙计。”

姚芳瞥眼大梁，一猫脚钻进车底。

大梁没敢动，因为用力，浑身肌肉绷得紧紧的，那姿势像尊塑像。

小范钦佩地望着大梁。

张师傅惊愕地睁大眼睛。

汗水从大梁额头滴落下来，他咬着牙，坚持着。

姚芳正从车下往外倒爬着。

大梁的手突然哆嗦起来。

张师傅见状，不由分说，一个箭步跃到车前，伸出粗壮的手臂，稳稳地抓住了车帮底部。

大梁的脸上掠过一丝感激的神情。

姚芳从车下退着钻出来。

大梁和张师傅松开车，摩托车在原地跑动了几下，便不动了，大梁拖着疲惫的双腿向水龙头走去。

望着大梁的背影，小范向姚芳吹嘘地：“瞧见没有，多棒！”

“还棒？”张师傅狠狠地瞪了眼小范，“没出事还不便宜。”

姚芳：“他倒是好心。”

张师傅：“逞能哪。”

打开的水龙头下，大梁弯下腰正想对嘴喝水，一只手按住节门，大梁仰起脸，只见张师傅端着杯茶水在他面前。

张师傅：“喝这个，甜的，我给你加了点糖……”

一阵热流通过大梁心头，他喃喃地：“您自个儿喝，张师傅……”

张师傅板起脸：“让你喝就喝，用不着假。”

大梁感激地接过茶杯。

姚芳对大梁和小范：“你们有事吗？”

小范忙不迭地：“我妈病了，我妈病了。”匆匆离去。

姚芳盯着大梁：“你妈呢？”

傍晚，林荫路。

大梁推着车和姚芳边走边谈。

姚芳：“……你们对张师傅太不尊重了。”

大梁：“他太爱唠叨，这也不顺眼，那也不称心，净找碴儿！”

姚芳：“那也不能张嘴老张头，闭嘴老帮子，他还不是为你们好！”

大梁：“可多少也得给咱留点面子啊！”

“面子？”姚芳用眼盯着大梁，“什么样的面子，老得捧着你才高兴？”

大梁一时语塞，遮掩地用手搔着鼻梁。

“脚印是自己走的，能怪别人吗？”姚芳脸上露出钦佩的神情，“你还不了解张师傅，他心眼正，不会搞斜的歪的……”

大梁注意地倾听着。

姚芳：“你才闻了几天汽油味？张师傅的工龄比你年龄还大，人家什么技术不会？真可惜，咱们队竟然不发挥他的作用。”她朝大梁瞥了一眼，“有人甚至把他当成了看车场没能耐的老事儿妈。”

大梁沉默不语。

姚芳：“哎，你怎么又哑巴了？”

大梁：“往后，小毛病我绝不麻烦你。”

“怎么……”姚芳不解地望着他。

“自个儿修！”大梁傲然地扬起头，“起码不比你差。”

姚芳兴奋地一举拳：“好，那咱们比试比试吧！”

“再见……”大梁把脚放在车蹬上。

“再见……”姚芳转身欲走。

大梁像想起什么：“哎，你怎么不骑自行车？坐公共汽车多挤！”

“不会。”姚芳不好意思地笑笑，“我爸妈怕我出车祸，不让练。”

“可你都会开汽车……”大梁好奇地问。

“工作需要……”姚芳调皮地一笑，“我瞒着他们呢！”

“那就再瞒一回吧。”大梁拍拍车座，“想练吗？”

“当然！”姚芳跃跃欲试。

大梁一伸手：“我给你拿书包。”

姚芳下意识地捂住书包，嘴角不自然地动了一下：“不，不用了。”

路灯照射下。

姚芳手扶车把，喜滋滋地蹬着车。

车后，大梁满头大汗地用双手撑着车架，像个保镖似地跑着。

姚芳欢叫着：“快点，再快点！”

大梁上气不接下气地：“油……油门……到头了……”

“松手。”姚芳叫了一声，大梁把车一推，站在原地大口地喘着气，姚芳姿势僵硬地向前骑去。

“慢……慢点骑。”大梁担心地冲着姚芳背影叫着。

“放心……”姚芳得意地扭头回答，没等她说完，车把一歪，自行车蹿上马路牙子，直向一棵槐树撞去，夜幕中传来“哎哟”一声尖叫。

大梁一捂脑门：“唉，玩完了。”

寂静的马路上。

大梁肩扛着前轮被撞变了形的自行车，搀扶着一瘸一拐的姚芳，她额头上用白手帕绑扎着，那模样儿像个伤兵。

大梁压着火气：“让你慢点慢点，偏显能耐，瞧瞧……”他心疼地瞥眼摔坏的车。

姚芳偷偷抬眼望着大梁：“谁让你叫我……要不骑得挺好。”

“挺好？我真怕你摔断气儿！”大梁梗梗脖子。

姚芳：“我既然想练就不怕摔跟头。”

大梁瞪着姚芳：“你……你简直像个假小子，比我还愣。”

“别搀我！”姚芳推开大梁，用一副挑战的目光盯着大梁，“你倒是真小子，你都会干什么？啊？”

大梁语塞：“我……”

姚芳撇撇嘴：“还觉得自己怪不错的！”

“你可真厉害。”大梁用手抹抹鼻子，讪笑着，“得，我送你回去。”

“您自己请吧。”姚芳站着不动，“修车钱归我。”

“不用。”大梁挺挺胸脯，“这个我会修。”

姚芳揶揄地：“那还用说，自行车是自己的嘛。”

大梁翻愣着白眼，欲言不能。

姚芳：“走吧。”

大梁无可奈何地扛着车讪讪而去，望着大梁远去的背影，姚芳皱眉忍痛地迈动脚步。

旋转的自行车轮。

大梁把拿了笼的自行车从地上拎起，架好，然后从铁丝上揪下毛巾擦拭手脸。

陈母夺下毛巾：“脏不脏？水管子洗去！”

大梁：“嘿嘿，还没完事呢。”

陈母：“还折腾，都10点多了。”

大梁：“妈，您知道我那本《汽车修理》放哪儿了？”

“不是让我卖废品了吗？”陈母板着脸。

大梁抓耳挠腮：“唉，真糟！”

“要听你的就坏了。”陈母向床下一努嘴，“大纸匣子里呢！”

大梁欣喜地：“妈，您，您真有远见！”

“什么远见？我是怕你哪会儿又心血来潮，再白费一笔钱！”陈母数落着。

“这回再不犯冷热病。”大梁说着一头钻进床底下，床下响起瓶子碰倒声。

陈母：“留神点东西！”话声未落，床沿下露出大梁沾满尘土的脸，他把书一扬，高兴地：“找着了！”

什刹海岸边。

大梁斜靠着铁栏，小范坐在栏上，一只手搭在大梁肩头。

小范：“你真想学？”

大梁果断地：“嗯。”

小范不以为然地耸耸肩：“带字的跟我可没缘。”用手拍拍大梁，“我就不奉陪了，看您的了。”

大梁直视小范：“你也得去。”

小范哭丧着脸：“这又不是上班跟车，还强迫？”

大梁：“我这叫拉你一把，你还惦着开车不？”

小范：“做梦都想。”

大梁：“那更得学了。”

“头儿，你变得太快了。”小范用狡黠的目光望着大梁，“都有点邪门儿了。”

“脚印是自个儿走的。”大梁一本正经地挺挺胸，又发挥地，“咱们原来那样是八字脚，脚印歪着呢，打今儿起脚尖朝前迈。”

小范下意识地朝脚尖瞥了一眼。

镜头从行走着的脚上拉起。

一条窄小的胡同里，大梁和小范左顾右盼地寻摸着。

小范用手一指：“是那个门。”

大梁叮嘱地：“注意礼貌，得透着咱们诚心实意。”

小范顺从地：“得。”

大杂院里布满了自盖的小屋棚，大梁和小范沿着窄小的甬路走到北屋前。大梁向小范努努嘴，小范举手敲门，随着门的启动，露出张师傅惊异的面孔：“啊？……是你们？”

大梁和小范不自然地笑着。

张师傅把门大开："别站这儿鬼头鬼脑的，进屋。"

小范尾随着大梁，点头哈腰地走进房间。

张师傅一摆手："坐吧。"

小范满脸堆笑："您老先坐。"

"嗬，今儿日头打西边出来了，我也'您老'上了。"张师傅爽快地一笑，"得，听你的。"

大梁尴尬地咧着嘴，小范的眼光早已溜向桌上的一盘蜜饯。

张师傅："有话就说，别愣着啊！"

大梁："张师傅，我……我们想拜您为师。"

"跟我？"张师傅不置可否地笑笑，"不嫌我老事儿妈？"

大梁忙不迭地："不嫌，不嫌。"

小范："嘿嘿，我们这会儿特别喜欢您唠叨，打是疼，骂是爱嘛。"又溜了一眼蜜饯。

张师傅又逼问了一句："真心的？"

大梁抿着嘴唇："真的。"从口袋里掏出那本汽车修理书，郑重地放在桌上。

张师傅喜悦地："好，就这么定了。"又意味深长地，"人各有志，争的就是一口气啊，你们愿意走正道，我甘愿替你们拉车。"

大梁毕恭毕敬地："师傅。"

小范双手垂立，点头哈腰："师爷。"

张师傅皱起眉头："别这么叫。"

"嘿嘿，白叫不了……"小范伸手抄起一块蜜饯塞进嘴里。

张师傅："嘎小子。"

清晨，运输队大院里一片静悄悄。从停车场一角传来哗哗的水声。张师傅顺声音走去。他绕过几辆车，举目望去，只见大梁和小范只穿件背心，卷着裤腿，光脚丫子，正在刷洗着汽车。

张师傅亲热地："早啊！"

大梁礼貌地："您早，张师傅。"

张师傅点点头："干得真欢呐。"

"这没说的，"小范挺挺瘦小的身子，"您那盘蜜饯能白吃吗？"

"你准是属猪的……"张师傅笑笑，一摆手，"歇会儿吧，待会儿该出车啦。"

"这就完……"大梁抱着水管转过身，突然愣住了。张师傅已经离去，姚芳正在不远的地方默默地注视着他，眼里露出赞许的神色。

大梁心一惊，水管斜着向小范喷去。

"嗨，想什么呐！"小范急忙闪到一旁，用手抹去脸上的水珠，望着远处的姚芳，悄声地："土丫头干吗老盯着咱们。"

大梁："她想夸你呢。"

小范："得了，我都怵她了……"

各式载货汽车一辆接一辆地驶出大门。

大梁的目光从玻璃窗移向办公桌后面的马队长。

马队长笑眯眯地把派车单放在桌上："大梁，今儿就派你一趟近活儿……"

大梁略一迟疑："队长，您，您别照顾我了。"

"哟，今儿怎么啦？"马队长打着哈哈，"人家想照顾还轮不上号呢！"

大梁低头拿着派车单。

马队长："顺义，怎么样？"

大梁："好吧。"转身欲走。

"哎，哎……"马队长伸手拦住大梁，"忙什么，还没交代完呢。"

大梁："您说。"

马队长压低声音："老地方，1000块砖。"

大梁沉默不语。

"这是提砖地点。"马队长把一张纸条塞给大梁，"嘿嘿，不瞒你说，大儿子要娶媳妇，盖房使……"亲昵地拍拍大梁，"晚上回来到我那儿去，给你开瓶五粮液，再尝尝我的手艺，啊？就这么定了！"

大梁微微一笑，返身走出办公室。

姚芳迎上大梁，揶揄地："又要互相帮助？"

大梁没搭腔，一低头大步向130货车走去。

奔驰中的130货车驾驶室里。

小范看着手里的提砖地址，哭丧着脸："嗬，1000块？想把我累死！"

大梁沉默不语。

小范："你得找马队长要点犒赏，没钱，给花生、瓜子、香油也成，这回反正不能白干。"

大梁恼怒地："闭嘴，再废话我把你扔下去。"

小范胆怯地："得，得，不说，嘿嘿，不说了……"

汽车驶上一条土路，拐过一道坡，在一座砖窑前刹住车。

有几个人从一排房里走出来，为首的一个大声地问着："是老马的车吗？"

"对。"大梁从驾驶室里跳下车，摘下墨镜，面对来人，"谁是负责的？"

一个中年人："我。"

大梁："就找你……"

方桌上摆着几盘炒好的菜肴。一瓶五粮液放在当中。

马队长仰靠在竹椅上，闭着眼边听着收音机里播放的戏曲选段，边有滋有味地击着板眼。

敲门声。

马队长腾身站起："是大梁吧？"

大梁推门而进。

马队长一挑大拇指："好，讲信用，坐下！"用手朝桌上一点，"万事俱备，就差你这东风啦！"

大梁站着没动："马队长，我想向您汇报一下……"

"甭打官腔，到哪说哪，现在咱们是朋友。"马队长不容大梁说完话，揪去瓶盖，满满地替大梁斟上一杯，又用舌头舔舔瓶口，"别站着了，坐下啊！"

大梁鼓足勇气："队长，砖没拉。"

马队长抬起头："嗯？怎么回事？"

大梁直率地："队长，这种假公济私的事儿我不能再干了，我，我不能让人看不起我。"

"哦，"马队长勉强地点点头，"哎，没拉就没拉。"

大梁："我怕您不高兴。"

"没的事儿，"马队长哈哈一笑，热情十足地，"大梁，咱们可什么都甭说了，喝酒，来！"

大梁："不，我妈还等我吃饭呢，明儿见。"转身离去。

望着大梁的身影消失在门外，马队长笑容顿消。

大梁骑车到胡同口，正欲拐弯，突然愣住了。

一棵槐树下，姚芳正默默地站在那里。

大梁惊异地："是你？"

"小范告诉我，你到马队长这儿来了……"姚芳关切的目光，"真怕你犯脾气。"

大梁："我是准备来挨一顿骂的，可人家马队长特明白。"

姚芳："走吧。"

傍晚，景山前的林荫路上。

大梁和姚芳边走边谈。

姚芳诚挚地："今天你做得对。"

大梁耸耸肩："感谢你的栽培。"

姚芳："干吗老端着个架子？"

"就这么长的……"大梁傲然地挺起胸。突然，他的脸色急剧地起了变化。

不远处，白姗姗轻盈的身影随着高跟鞋清脆的响声渐渐走近。

姚芳不解地望着大梁。

大梁压低声音，用命令的口吻："挎着我！"

"我？挎你？"姚芳一惊。

大梁："痛快点。"

姚芳机械地用手挎住大梁的胳膊。

大梁："向我笑，笑啊！"

姚芳咧着嘴不自然地笑着。大梁紧靠着姚芳，姚芳想闪躲开，又被大梁扯了回来。

大梁："亲热点！"

姚芳："谁会呀！"

大梁："说话，别忘了笑！"说着挤出一个笑容。

白姗姗酸溜溜地和大梁、姚芳擦肩而过。她停步，用嫉妒、轻蔑的眼神望着两人亲密无间远去的背影。

大梁和姚芳挽着臂拐进景山西街。

短暂的沉默。

"还要挎多久？"姚芳的声音很低。

"噢……"大梁从沉思中惊醒，他松开姚芳那只手，"到此为止，谢谢你。"

姚芳拧起眉毛："你到底捣什么鬼？"

大梁欲言又止。

姚芳："说啊！"

幽静的路上。

大梁用脚向一块石子踢去："……就这些。"

姚芳揶揄地："明白了，这不过是你自编自导的一出好戏，我荣幸地充当了一个痴情的女主角，哈，真有意思。"

大梁歉疚地："对不起，我只想让她看看，我不是没有人爱！"

姚芳："就用这种方法，蠢货！"

"那怎么办？"大梁耸耸肩。

姚芳："干出个样儿来给她瞧瞧，还怕没人爱你？"

大梁感激地："谢谢！"友好地望着姚芳，"这回是真心的。"

姚芳："我接受。"

大梁的目光射向前面的北海大桥。

一个老者蹬着辆盛满货物的平板三轮，正费力地爬着坡。因为要用力，他欠起身，弓着背左右摇晃着，卷起的半截裤脚下面，露出一双绷满青筋的小腿。

大梁的眼前，突地闪现出母亲那双布满青筋的双手。他感到心底一阵发热，没顾得上和姚芳打声招呼，便径直向前追去。来到车后，他伸开两条铁一样的臂膀，猛力地推着。

老者回过头，感激地："劳您驾了，大兄弟。"

"大伯，没什么。"大梁显出轻松的样子，他低下头，忽然发现另一双纤细的手抵在货物上，他侧过脸，姚芳却像没看见他这个人似的推着。

大梁闷声闷气地："你靠边，我一个人足够！"

姚芳："又逞能？"

三轮平板车爬上了桥顶，老者擦了把汗水向大梁、姚芳招了招手："多谢了。"他那被晒成褐色布满皱纹的脸上，露出了感人的笑容。

大梁目送着平板车向坡下滑去。

姚芳："走吧，还要我推你吗？"

大梁像想起什么："呦，我还有事呢。"

姚芳："可咱们还没谈完呢。"

大梁："改日吧，再见！"他扬起大手，然后一拧身，迈着大步离去。

姚芳的脸上掠过一丝调皮的笑意。她久久地用沉思的目光凝视着大梁远去的背影。

张师傅家。

大梁和小范正欲落座。

张师傅摆摆手："今儿上课改个地方。"

大梁和小范面面相觑。

"愣着干什么！"张师傅站起身，"走哇！"

运输队会议室。

静悄悄的大会议室亮着灯。

张师傅端坐桌旁，一言不发。

大梁和小范莫名其妙地东张西望着。

小范央求地："张师傅，您老别绷着，开讲吧。"

张师傅："讲什么？今天我也是学生……"话音未落，姚芳腋下夹着一册书走进来。

大梁和小范惊愕的面孔。

"我可不听她白话。"小范刚欠起身，被大梁一把揪回原位。

姚芳装作什么也没看见，昂首走到黑板前，她显得有些紧张。

张师傅信任地向她眨眨眼睛。

姚芳的嗓音有些哆嗦："今天讲第一课，发动机原理。"

黑板上画着发动机的平面简图。

姚芳用手指点着："燃料和空气混合进入气缸，因燃烧膨胀而产生很高的压力，推动活塞下行，使发动机运转。我们用的发动机大多是往复式内燃机……"

大梁专心地往本上记着。

张师傅也戴着老花镜一笔一画地在本上写着。

小范坐在桌旁，昏昏欲睡。

一只大手"啪"地拍在小范后脖颈上。

姚芳手中的书掉在地上。

小范疼得惊醒："哎哟。"

张师傅："想什么呢，啊？"

小范："没想什么，嘿嘿。"

"我知道——蜜饯。"大梁俯近小范耳根，"你再走神，我替张师傅拍你。"他举起大手晃晃。

小范惧怕地："别介，别介，嘿嘿……"

大梁、姚芳、小范和张师傅从运输队大门走出来。

张师傅像突然想起什么："噢，对了，差点忘了。"他从口袋里掏出一纸包递给小范，"给，蜜饯。"

小范喜笑颜开："呦，张师傅，您真够意思。"往嘴里塞了一块，一边咂吧着嘴一边说，"咱们是不是后天还来？"

“别一劲提醒，蜜饯，你都造了我2斤多了。”张师傅故意板起脸，“连学带吃你一样不落，成不了材，我把蜜饯全从你狗肚子里掘出来。”

小范：“嘿嘿。”

张师傅：“小姚，赶明儿你给我画张发动机的图。”

“哎。”姚芳痛快地应着，又转身对大梁，“你们要是不懂，也可以单独找我。”

不等大梁表态，小范忙不迭地：“懂，懂，全懂。”

寂静的马路上。

大梁和小范边骑车边谈。

小范：“哎。”

大梁：“嗯？”

小范神秘地一笑：“我看那主儿对你有点意思呢！”

大梁：“别胡说八道！”

小范狡黠地眨眨眼：“咱眼里不揉沙子！”

大梁：“我可没感觉呀！”

“那最好，”小范撇撇嘴，“你瞧她那副又丑又土的样儿，家里不定干什么的呢！”

大梁：“她人不错，比你小本上的货色强多了。”

“得了！”小范挥着一只手，“冲她那个厉害劲，浑身绑满钞票我也不要，多活几天！”

大梁恼怒地：“闭嘴！”

“我又怎么啦？”小范喃喃地说。

大梁咬着牙，一字一字地说：“我再听你说她一句坏话，就把你嘴堵上！……用袜子！”

“啊！”小范愕然地张大了嘴。

运输队办公室。

马队长笑容可掬地望着大梁：“先到黄村提趟活，再奔延庆。”

大梁皱起眉头：“队长，延庆一个来回就200多里地，再跑黄村……”

马队长："辛苦了点，是不是？可你是好样的，你不干，谁干？小伙子，争学模范嘛！"

"好！"大梁咬了咬牙，抿紧嘴唇，转身离去。

马队长用手指弹着桌面，看着大梁的背影，自言自语地："我好好照顾照顾你……"

130货车驾驶室里。

大梁脸色阴沉。

小范疲惫地靠在座椅上朝大梁瞥了一眼："唉，我早说过，得罪谁也不能得罪队长。不听，这不！累活脏活全是咱们的，累趴下算！"

大梁："怕什么！"

石灰飞扬。

身脸沾满白灰的小范正扬锹装车，他的胳膊显得越来越无力。大梁走近，从小范手中拿过铁锹，小范感激的目光。

一只水管下，大梁用冷水洗头，然后用手抹去脸上的水珠，跳上汽车……

夕阳西下。

130货车满载货物奔驰在崎岖的山路上。

大梁疲惫地握着方向盘。

小范瘫靠在车座上，哭丧着脸："唉，自认倒霉吧！这回你比出来了吧，咱才是忠心耿耿，比那些耍嘴皮子的强多了。"他瞥眼大梁，"咱们这会儿受苦受累，说不定人家早都钻了热被窝了。"

大梁使劲咬着嘴唇。

130货车穿过漆黑的街道。

大梁用劲按动喇叭。

张师傅拉开了铁栅栏门。

130货车驶进运输队，拐向停车场。

突然，大梁发现前面有一排黑乎乎的影子，他急忙减速，扭亮了大灯。刹那间，他愣住了。

明亮的灯光中，现出姚芳、张小梅和另外几个男女团员的身影。

“大梁！”

“小范！”

亲切的呼叫声中，姚芳等人追着汽车跑过来……

在众人的簇拥下，大梁搀扶着软绵绵的小范走进收发室。小范哼哼唧唧地一屁股坐在椅子上。

大梁用手抹抹额头的汗水。突然，一条毛巾递到他手上。大梁回过头——

姚芳指指打好的洗脸水：“洗洗脸。”

大梁嘴角牵动了一下，为了掩饰自己的感情，他一头扎进脸盆。

一丝难以察觉的微笑从姚芳嘴角掠过。张小梅向她努嘴示意，姚芳转身向墙角挂着的书包走去。

大梁直起身来擦脸。

一男团员把毛巾递给小范。

小范靠在椅上，大声地哎哟着。

大梁：“少哼哼唧唧的，挺着点！”

小范睁开眼，满脸痛苦相：“哎哟，敢情你块儿足，我算落毛病了，哎哟……”

张师傅转过身，关切地：“那可得早治，让我瞧瞧，哪个肩膀？”

“右肩。”小范站起身，斜楞着右膀子，“您瞧，都压得歪成什么样儿啦！”

张师傅：“我教你个秘方，你可得给我保密。”

小范忙不迭地：“行，行啊。”

张师傅一勾手指头：“过来！”

小范俯身向前。

张师傅凑近小范耳根，悄声细语地：“记住，下次再扛货，用左肩膀！”

“啊？”小范愕然，又颓然坐在椅上，气恼地闭上了双眼。

“喝啊，大梁。”张师傅端上两杯新沏的热茶。

小范偷偷睁开一只眼，只见张师傅正往一只杯里放糖，他又闭上眼，伸手向另一只杯子点了点。

张师傅：“就怕落空，甭点我！”

姚芳端着盛满香喷喷包子的饭盒走近大梁：“吃吧，三鲜馅儿……”

大梁避开那几乎碰到一起的目光，他拿起一个包子，迟疑地：“你们吃了？”

张小梅：“都吃过了，这是姚芳单为你俩买的。”

大梁把一个包子塞进嘴里。

小范猛地睁开眼：“给咱留点啊！”

“你啊，临死大概也忘不了吃。”张师傅把茶杯推到小范跟前，“喝吧，两大勺糖，不甜管换。”

小范咬口包子，喝口茶水，啧啧嘴：“张师傅……”

“嗯？”张师傅用眼瞧着小范。

小范感激涕零地：“您，您比我亲爸爸还亲！”

张小梅揶揄地：“糖喝多了是不是？”

张师傅：“你要是我亲儿子就好了。”

“怎么？”小范眨巴着眼。

张师傅：“我先狠狠揍你一顿，把你揍出个模样儿来！”

小范委屈地：“张师傅，甭管什么活儿，这几天咱可没含糊！”

“知道，要不会给你糖水喝？”张师傅亲昵地朝小范后脖颈拍了一巴掌。

小范：“嘿嘿……”

幽静的林荫道。

乳黄色的街灯发出柔和的光芒，大梁和姚芳缓缓地走着。

姚芳关切地：“你显得太疲乏，多注意啊。”

“累点苦点都吓不倒我。”大梁用手擂着胸膛，“可我憋气啊！这到底算怎么回事呢。我对了，还是我又错了？”他望着姚芳，仿佛要从那双深邃的眼睛里找到答案。

姚芳："你应该理直气壮地回答自己，难道没有信心了吗？"

大梁："我要你的答复。"

"对。"姚芳毫不犹豫地回答，"大家认为你进步了，都为你高兴！坚持下去，大梁！"

"谢谢。"大梁诚挚地说。

姚芳："真高兴。"

大梁："什么？"

姚芳："第一次听见你说谢谢这么诚心实意。"

大梁："因为你们对我是诚心实意的，"他又露出了"英雄本色"，"我陈大梁……"

姚芳故作严肃地："得，又来了，收起你那套吧！"

大梁不好意思地用手搔着鼻梁。

姚芳："明天又哪儿去？"

大梁："延庆。"

"路不好走，小心点。"姚芳抬腕看表，"早点回去休息吧。"

大梁感激的目光。

深夜。

四周一片寂静，只有"唰唰"的扫地声在深长的胡同里响着。

灯光照射着大梁魁梧的身影，他用力挥动着扫帚，坚毅的脸上充满自信。

陈母："睡去吧，让妈来扫。"

大梁："您歇着吧，我会把这条路扫干净的！"

挥舞的扫帚化作奔驰的汽车轮。

秋风阵阵，山崖上布满了火红的枫树。蜿蜒曲折的山间公路像条玉带缠绕在群山腰间，透过车窗，俯瞰大地，阳光普照，一幅漫天的红纱轻柔地笼罩着一切。130货车缓缓地行驶着。小范的头歪在椅背上睡着了，大梁用疲惫的目光观察着路面。

一块木牌映入眼帘——下坡弯道，慢行！

大梁握紧方向盘向下驶去。突然，一辆坐满人的大轿车从拐弯处钻了出来，司机由于用力过猛，大轿车逆行着直奔130货车而来。大梁紧张地弓起腰，用胳膊肘碰碰小范：“小心。”

小范猛地惊醒，举眼望去，大惊失色：“哎哟！”

大轿车沿着路边驶来，路基下是深深的悬崖。

大轿车司机惊慌失措的脸。

大梁绷紧面孔，汗珠从额头滚落。

渐渐逼近的大轿车。

在即将相撞的一刹那间，大梁急中生智，把心一横，猛打方向盘，130货车沉重的车身径直向一边山崖撞去……传来玻璃的破裂声。

血顺着大梁额头流下，他直愣愣地望着安全无恙的大轿车，长吁了一口气，无力地把头趴在方向盘上。

大轿车刹住车，姚母捂着胸口下车，激动地向130货车走来……

头上缠着绷带的大梁，低垂着头坐在屋子角落里。

马队长声嘶力竭地叫着：“这下你踏实了？啊？国家的财产就这么毁？知道你就得捅大娄子……”

大梁抬起头：“队长，我……”

马队长目光咄咄逼人：“还你呢？听我的早好了。”

办公室玻璃上现出一个模模糊糊被压扁了的鼻子，小范正焦灼不安地向里望着。

马队长冲到窗前：“去，去！别在这儿添乱！”

大梁腾身站起：“您冲我来吧，车是我开的。”

“出了这么大的事，还硬充好汉，”马队长手一叉腰，“不让你进公安局就算便宜，严肃处理！”

东厢房里，幽暗的灯光下，大梁抱着头呆呆地趴在桌上。

陈母焦虑地：“到底出啥事了？”

“没有，妈妈。”大梁咬着嘴唇。

陈母：“唉，没有，没有，看看你脑门子。”

“您别再问了。”大梁眼睛一酸，把头紧紧地埋在臂弯中。

陈母忧郁地望着大梁。

姚家小客厅。

姚芳思绪不平地望着窗外，远处一片灯火。

屋门被刷地推开，姚母冲了进来。

姚芳转过身，惊异地望着姚母：“您刚回来？”

姚母心有余悸地用手捂着胸口：“悬啊，妈今天差一点见不到你啦，真可怕！”

姚芳不解地：“怎么回事？”

姚母：“今天我陪外宾去八达岭，险些出事，要不是那个开货车的好小伙子，后果真不堪设想。”

姚芳腾身站起，拿出小本：“您说详细点。”

交通队办公室。

姚芳正向那位年轻的民警讲着：“……同志，情况就这样，陈大梁同志没有责任。”

年轻民警沉默不语。

姚芳：“您倒是表个态啊？”

年轻民警和蔼地一笑：“情况我们都了解了，可能比你知道的还详细。”他卖了一个关子才接着说，“外贸局的表扬信已转到车队去了。”用手扶正制帽。

姚芳：“有底稿吗？”

民警摇摇头：“没有。”

姚芳失望地叹了口气。

民警一顶制帽：“这事与你有什么关系吗？”

姚芳一扬头：“有，我代表团组织。”

民警露出孩子般会心的笑容：“明白了，我也是团员。”郑重其事地，“噢，是这样，表扬信我还记得起来，大概是这样写的……”

姚芳拿起小本……

一只手握着记事本。

镜头拉开。

马队长面对会议室里坐满的职工，正严肃地讲话："……陈大梁同志一贯无视交通规则，没一点组织纪律性，想干什么，就干什么，领导多次帮助，他都视而不见，听而不闻……"

"呸！"张师傅愤愤地朝脚下唾了一口。

"五讲四美，请注意！"马队长指了一下张师傅，然后更加慷慨激昂地，"对任何错误，我们都不姑息，必须坚决斗争，严肃处理。为此，我们做出如下决定：第一，陈大梁即日停职检查，收回驾驶执照；第二，赔偿百分之五的修理费用；第三，扣发半年奖金。"他的目光转向大梁，"陈大梁有意见没有？"

大梁闷头不语。

马队长扫视众人："大伙发表意见。"

会议室里一片寂静。

"我说！"姚芳霍地站起，撩开额前的头发，镇定了下情绪。

马队长颇为得意地："好，团组织带头发言。"

大梁霍地抬起头。

姚芳："我想提个问题。"

马队长："可以。"

姚芳："请问您收到一封表扬信吗？"

"信？"马队长双手一摊，"莫名其妙！"

姚芳逼视着马队长："真的没有？"

"这话问的，"马队长不屑地撇撇嘴，摆出一副若无其事的样子，"你们哪位看见信了？啊？"

"我！"张师傅挺身而出，"下午4点来的信，我收的，又送到你手里，刚多会儿的事，忘了？"

人们交头接耳，窃窃私语。

马队长把脸一板："说话要有根据，车队信一天接得多了，你知道都写的啥？”

“我知道！”姚芳向马队长投去轻蔑的目光，然后从口袋里掏出小本，“要念念吗？”

未等马队长答话，大家发出一片喊声：“快念！”

马队长颓然坐在椅上。

众人的目光一起投向姚芳，姚芳毅然地扬起头……

人们兴高采烈地走出运输队大门。

大梁推着车和姚芳并肩走过收发室。玻璃窗里露出张师傅欣喜的笑脸。

“嗨，等等！”小范飞跑着从院里跟出来。张师傅推开门，一把揪住小范。

“干吗？”小范问。

张师傅：“你就别老掺和了。”

“合着把我甩了。”小范酸溜溜地望着两人的背影，自语地，“你们都有主儿了，让我跟谁呀？”

张师傅一拍胸脯：“跟我！”

小范畏惧地：“啊？”

月光如洗，林荫路上，大梁和姚芳在漫步。

大梁愤愤地：“想不到马队长是这样的人。”

姚芳：“奇怪吗？不，生活里要是没有这样的人，那简直是一种欠缺，磕磕碰碰或许对我们还是一种锻炼呢。”

大梁深沉地：“是啊，现在我才感到自己有了一种力量。”

姚芳调皮地：“又想逞能？”

大梁：“不，这力量发自内心。”

姚芳凝视着大梁：“你开始变得成熟了。”

大梁亲昵地：“可你永远是个挺不起眼的小土丫头。”

姚芳委屈地低下头，走进树影里。

大梁似乎感觉到什么，他走到姚芳身边：“怎么啦？是我又得罪你了？”

姚芳：“不知道，我什么也不知道。”

大梁久久地凝视着姚芳……

东厢房。

灯光下，大梁盘腿坐在床上，闭着眼睛正在思考着，那神情异常郑重。

陈母朝大梁瞥了一眼：“又怎么啦？”

大梁睁开眼：“我心里有点乱。”

陈母用关切的目光注视着大梁。

姚芳走进修理室，她一下愣住了。

大梁正站在房间里。

“找我？”姚芳问。

大梁鼓足勇气：“我……我想找你谈谈。”

姚芳扬起头，眼睛闪动着，那是一种信任的目光。“……明天吧。”她似乎感到了自己心的跳动声。

姚芳走进家门，她摘下书包，向自己的床上走去。突然，她发现书包变得鼓鼓的，似乎里边多了点什么，姚芳紧张地屏住呼吸，蹑手蹑脚地走到床旁，飞快地用手向书包按了一下。

书包没有动，仍安静地躺在那里。

姚芳闭起眼睛将手伸了进去。立刻，她的脸上露出甜甜的笑意。

一只红绿相间的大苹果出现在她的手上。

夜幕降临。

幽静的中山公园后河。

大梁伏在河栏上等待着姚芳，突然身后响起“笃笃”的高跟皮鞋声。大梁下意识地回过头，不禁愣住了。随着镜头的移动，我们看到了一双漂亮的高跟皮鞋，笔挺的银灰色西裤，港式的尼龙外罩，领口露出墨绿色的毛衣。姚芳迈着轻盈的步伐，风度翩翩地走到大梁面前。

大梁的脸上露出惊异、陌生、惶惑的神情。

姚芳的笑脸。

大梁尴尬的面孔。

两人对视着……

姚芳轻声地："你好像不高兴？"

"是的。"大梁毫不隐瞒。

姚芳："为什么？"

大梁的嘴角牵动了一下："我不愿意看，你何必要跟她们一样？"

他想起了白姗姗。

姚芳噙着眼泪慢慢地低下头，难过、委屈、羞愧万种思绪一齐涌上心头。

大梁："告诉我为什么？"

姚芳："要知道这一切来得那么突然，我，我一点也不好看，很丑……"泪水顺着姚芳的面颊流落下来。

大梁感动地扶住姚芳肩头，又举手轻轻地拭去她的泪珠，深情地："不，你很美，真的，非常美，不管你穿什么样的衣服。"

姚芳的泪脸上又绽开幸福的微笑。

欢快的笑声。

大梁和姚芳携手跃上阶梯，登上景山顶端。他们凭栏远眺。远处，几幢高大建筑物上用串灯组成的大字——"庆祝国庆"在夜幕中分外耀眼夺目，整个北京城沐浴在节日前夕欢快的气氛中。

姚芳用手指着灯光辉煌的十里长街："看！"

大梁感慨地："我第一次感到它是这么美。"

姚芳充满感情地："听我爸爸说，这条路原来很窄，可现在它变得这么宽阔，伸向那么远的地方。十里长街啊，它穿过城市，也穿过人们的心房，你说，这意味着什么？"

大梁沉思着。

姚芳自己做出了回答："祖国在前进啊！"

大梁："我明白了。"

姚芳："我们这一代人应该用自己的双手继续把这条路开拓下去。"

大梁："我现在好像感到自己更渺小了，真的，你呢？"

"能做她的儿女，我感到自豪。啊，北京，多么亲切、骄傲的字眼。"姚芳激情满怀地，"每天早上当我睁开眼睛，听到那熟悉悦耳的晨钟时，我真想说一声：早安，北京……"

大梁："让我们一起来说……"

在轻快的口哨吹出的《早安，北京》的旋律中，出现下列画面：

会议室里，大梁、小范、张师傅和女青年们正听姚芳讲技术课。

大梁和衣着朴实的姚芳走进新华书店。

张师傅、姚芳、大梁和小范俯在桌前争论着。

大梁从130货车底盘下钻出来，姚芳把一团棉纱扔给他。

大梁和姚芳端着饭盒吃饭，姚芳从自己饭盒里挑出块肉放进大梁饭盒。大梁乐呵呵地放进嘴里。

小范羡慕地看着大梁。

马队长忌恨的目光。

运输队办公室。

马队长把派车单递给大梁，笑眯眯地："两趟轻活，怎么样？"

大梁冷冷地："您最好别照顾我。"

"合理安排，合理安排。"马队长讪笑着，"大梁啊，用不着生我的气。"用手一指胸口，"我这也有本难念的经啊。那么大的事故，我能替你遮盖得住吗？就为了我护着你，张老头都跟我急眼了。"

大梁反感地皱起眉："您说完没有？"

马队长："得，那咱们找机会好好交交心。"凑近大梁，压低声音，"哎，挺帅的小伙子，怎么净办傻事。甭太着急，这会儿女青年这么多，还怕选不着好模样的？"

大梁嘴角牵动了一下："您的意思是？"

马队长眼睛闪着笑意："我替你寻摸一个。"

大梁微微一笑。

马队长："怎么样？"

大梁向马队长一勾手指头，马队长赶忙凑近耳朵。大梁："您自个儿留着娶吧！"

"啊？"马队长尴尬而愤怒地咧着嘴。

130货车向大门口驶去。

姚芳热情地挥着手。

大梁从驾驶室探出头："7点啊！"

小范从另一边探出头，捏着细嗓："不见不散！"

姚芳一撇嘴："德行！"

"德行！"马队长从窗前转过身，狠狠地唾了一口。

电话铃声，马队长抄起话筒："喂，谁啊？……"他笑着弯下了腰，"张处长，对，是我，什么？"他惊奇地瞪大眼睛，而后又满脸堆笑地，"领导既然决定，我没意见，一点没有……好，就这样。"他放下电话，兴奋地搓着手走到办公室门口亲热地叫着："小姚……"

姚芳从车头上回过头，神情愕然。

马队长笑得双眼眯成了一条缝。

办公室里。

马队长伸手示意："坐，请坐！"

姚芳边揣摩着马队长的用意，边机械地坐在椅上。

马队长端起茶杯："喝，新沏的。嘿嘿，小姚啊，你怎么不早告诉我……"

姚芳不解地："什么呀？"

"得了，别谦虚了，"马队长一挑大拇哥，"真人不露相，闹半天你是姚副局长的闺女。"

姚芳淡淡地："这有什么，难道还要写在脑门上？"

马队长恭维地："别说，像你这样的人真不多……"

"就为这个找我？"姚芳不耐烦地皱起眉头。

"特大喜讯！"马队长眉飞色舞地晃着脑袋，"刚才公司人事处长来电话，通知调你到公司重新安排，调令明天就到。"

姚芳扬起脸，平静地说："我不去。"

马队长不解地："不去？为什么啊？"

姚芳含笑地："真舍不得离开您，在这儿工作会更有意义！"

马队长瞠目结舌地靠在椅背上。

四合院东厢房。

大梁整装待发。

陈母叮嘱地："多穿点，天冷！"

大梁将膀子一振："您瞧这块儿，冻不着。"话音未落，响起门声。

"进来！"大梁随手拉开门，灯影里现出马队长。

大梁惊异地："是您？"

陈母走到门边："谁啊？"

大梁："噢，我们队长。"

陈母热情地："进来，快请进！"

马队长笑呵呵地搓着双手："啊，还是屋里暖和。"

大梁："您找我又有事？"

马队长："路过，顺便瞧瞧。"

"瞧这孩子，连句客套话都不会说。"陈母歉意地笑笑，"您坐哦！"

马队长坐在床上，跷起二郎腿："老太太，我这做队长的不称职啊，早该来家访了。"

"都挺忙，哪有工夫啊。"陈母客气地，"我这个孩子不懂事，让您多操心了。"

大梁警惕地看着马队长。

马队长："您还说呐，我这眼力都不如他。老太太，大梁的媳妇这回算碰着了！"

大梁不解地望着马队长。

“甭保密了，我心里一清二楚。”马队长摇头晃脑地，“小姚是交通局姚副局长的女儿，对不？”

“什么？”大梁突地皱起眉头。

陈母惶惑不安的目光。

马队长：“这是干吗，嗨，乐还乐不够呐！”

陈母忧心忡忡地：“这，这是真的？”

大梁欲言又止。

陈母：“说话啊！”

大梁猛地转过身向门外冲去……

铺满金黄落叶的路上，大梁和姚芳正默默地走着。干枯的树叶在脚下发出沙沙的响声。寒风吹过，姚芳的大拉毛围巾飘摆着。

姚芳打破了沉寂：“你怎么突然变得不高兴了？”

大梁停下脚步，凝视着姚芳，愤懑地：“你为什么瞒着我，你是副局长的女儿。”

姚芳平静地：“那又怎么样？”

大梁发狠地擂着自己的胸膛：“我不想高攀。”

姚芳：“可我是个工人，和你一样。”

“不，绝不一样！”大梁痛苦地把头抵在粗大的树干上，“你知道我家里是什么情况？”

姚芳轻声地：“知道。”

大梁猛地扭过头：“你知道我妈是干什么的？”

姚芳依旧轻声地：“知道。”

大梁双手抓住姚芳：“你……你在捉弄我！这一切都为了什么？”

姚芳深情真挚地：“我爱你！”

惊喜、悲怆、憧憬……种种复杂的心情一齐凝聚在这个桀骜不屈的汉子脸上，大梁紧紧地搂住姚芳，晶莹的泪花夺眶而出。

姚芳依偎着大梁：“我带你去见我的爸爸妈妈好吗？明天。”

雪花纷飞。

宿舍楼前的甬路上，大梁独自徘徊着，迟疑着。

二楼窗口的纱帘上映出姚芳的身影……

宿舍楼前的甬道上。

姚芳向四周寻找着。

大梁早已踪影全无……

扫帚在雪地上挥动着。

深长而寂静的胡同里，两条身影在幽暗的路灯下移动着。

大梁咬着嘴唇，使劲地挥动着扫帚，像是要扫去心头的不宁。

陈母直起身，忧虑地望着前边的儿子，她叹口气，又弯下腰。突然，一条厚实温暖的围巾搭在她的后颈上，陈母惊异地仰起脸，碰到了姚芳亲切的目光。

陈母："姑娘，自己围吧，冷。"

"不。"姚芳替陈母严严实实围好，从陈母手里取下扫帚，不声不响地跟在大梁身后扫起来。那唰唰的声音拨动着人们的心弦。

雪花依旧静静地飘着。

望着大梁和姚芳渐渐远去的背影，陈母布满皱纹的慈祥的脸上绽开欣慰的笑容，热泪夺眶而出……

冰消雪融，湖水荡着清波，桃花盛开，又一个春天来到了。

运输队停车场。

穿着崭新工装的小范拉开一辆汽车的门，对张师傅毕恭毕敬地："您老请先上。"

张师傅乐呵呵地登上车，坐在椅上。

小范回身向大梁一挥手："向我祝贺吧，头儿。"

大梁热情友好地笑着。

小范跳进驾驶室，汽车启动。

大梁和姚芳目送着小范的汽车向大门驶去，车后槽帮上挂着个大纸牌——练习驾驶。

大梁亲切地望着姚芳："我也该出车了。"

姚芳："嗯。"

"嗨，我跟哪位？"身后传来一个粗哑的大嗓门。

大梁扭头，只见一个歪戴帽子嘴叼香烟的愣小伙子正瞧着他。

大梁："是你跟我的车？"

小伙子一撇嘴："对。"

"上车。"大梁跳进驾驶室。小伙子懒洋洋地坐在座椅上。大梁绷着脸，伸手从小伙子嘴上夺下烟卷掐灭，又回手替他戴正帽子。

大梁威严地："记住，你已经是个工人了。"

小伙子怯生生地："是，头儿。"

太阳冉冉升起，发出耀眼的光辉。

薄雾消散。

主题歌起：

啊，北京，早安。
啊，早安，北京。
你多么古老，又多么年轻。
晨空回荡着黎明的钟声，
晨风鼓满了劳动的热情。
处处同志爱，
默默无限情，
贴心心火热。
春浓情更浓。
北京啊北京，
你多么可爱，
又多么年轻。

歌声中出现下列画面：

宽阔的十里长街。

庄严的新华门。
雄伟的天安门。
高耸的北京饭店。
纵横交错的立交桥。
新建中的一座座高楼大厦。
脚手架上，工人们正在紧张地工作。
东郊工业区，烟筒高耸，一派欣欣向荣。
姚芳幸福的笑脸。
大梁幸福的笑脸。
130货车迎着初升的太阳，向东驶去……

全剧终。

1981年12月初稿
1982年5月二稿
1983年10月三稿

主创名单

编　　剧：林　力
导　　演：林　力
摄　　像：李伟民
主要演员：冯光辉（总政）　李　健（北影）
李小燕（煤矿文工团）　莫元季（青艺）
王运庭

《早安，北京》剧照

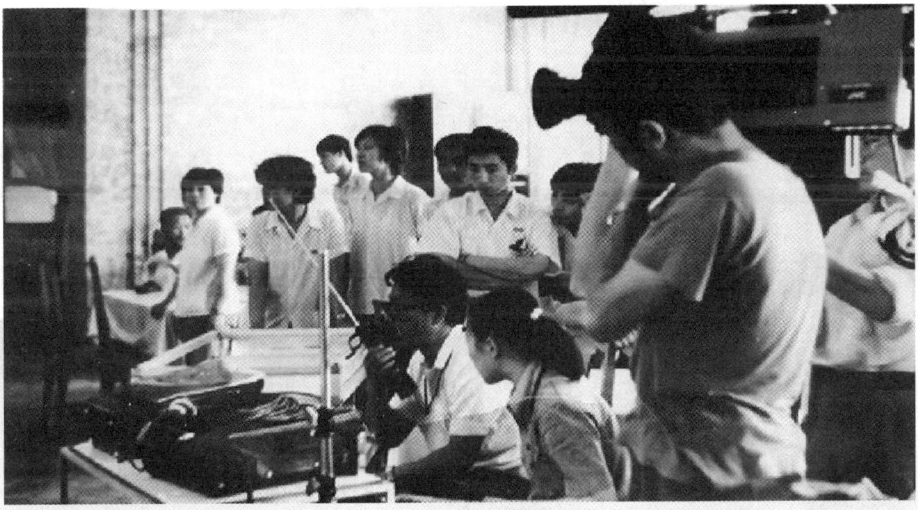

《早安，北京》莫斯科餐厅工作照

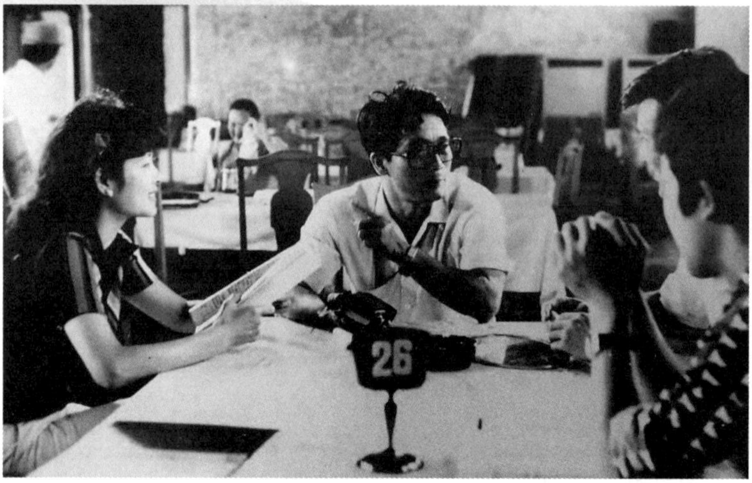

《早安，北京》工作照

左起：李晓燕、林力、莫元季

《早安，北京》工作照

左起：林力、张静、冯光新

冬去春来早

主创名单

编　　剧：林　力

导　　演：林　力

主要演员：宁海强　冯国庆　秦　芳　艾迪（儿童演员）

注：宁海强、冯国庆、秦芳均是解放军艺术学院表演系学生，如今宁海强已是八一电影制片厂著名导演，冯国庆是战友文工团一级演员。

《冬去春来早》剧照

冯国庆和艾迪（儿童演员）

《冬去春来早》剧照
冯国庆和艾迪（儿童演员）

《冬去春来早》工作照

血士

在前面的话

一、追溯历史的足迹，真实地再现两位民主志士的光辉形象，缅怀先烈，启迪和教育后代，这是我们创作的宗旨和目的。

二、“生活本身所提供的东西往往比虚构的有力得多。”这是我们创作的信念。

摒弃说教。让镜头更多地对准人物的心灵和人物的命运，在心与心的交流中，让今天的观众窥探到那个时代的悲剧，认识我们民族的灵魂的伟大和悲壮，探求生的意义和价值。

这里所写的，仅仅是历史的一个断层面。写李公朴、闻一多两位民主志士在纷繁复杂、曲折激烈的生活中，所表现的复杂心理、正直的品质、耿直的性格、坦荡的胸怀、爱国的激情和不屈地追求真理的精神。

三、浓缩。

生活的浓缩，意味着艺术的高度。艺术的浓缩，是对生活更深刻的理解和反映。我们勾勒的，不是流水账似的传记片，而是鲜明的艺术形象。

为了使人物更清晰，个性更鲜明，更具有凹凸感，就必须打破对事件过程烦琐的叙述交代的弊端。方法是——浓缩！

人物的浓缩——使之更适合视觉表现，以获得鲜明的形象。

时间的浓缩——让镜头在有限的时间里展开更广阔的视觉空间，以获得更多的思索与感受。

情节的浓缩——紧凑、起伏和跌宕，产生更加强烈的艺术感染力。

四、真实。

这是艺术的生命所在。

人们已经厌恶那种先知先觉的屏幕形象，希望看到和普通人一样的有血有肉的“人”，有棱有角的“灵”。

李公朴、闻一多两位民主志士正是这样普通而又伟大的英雄。他们的普通在于他们是活生生的人，他们的伟大在于他们的品德、情操和思想追求。

我们努力追求的是，再现生活中真实的他们。

当然，真实不是不要高度的冶炼，不是不要在真实的基础上的再创造。照葫芦画瓢，这是对真实最大的误解和扭曲。

真实应该最大限度地用来衡量人物的思想、行为及感情，而不必过分拘泥于原始材料。那样，我们将陷于史料的沼泽里，寸步难行。

五、风格。

我们不打算拉开屏幕与观众间的距离，尽管我们所展示的故事已随时光流逝了整整40年。

我们深信，主人公深沉、执着的追求，威武不屈为真理献出生命的崇高气节，“亦余心之所善兮，虽九死其犹未悔”的爱国主义情操可以跨越一切时空界限，激起当代人强烈的共鸣。

纪实性——这也是我们刻意追求的风格之一。充分利用当年的影片资料，并加以巧妙的剪辑，刻意强化时代的气氛。表现手法上的纪实性，将会产生许多意想不到的效果。

这些，都是我们竭力探究并热诚希望的。

1985年11月

第一集

一条公路通向深处，两旁的油加利树挺直、高大。

一辆日野旅游轿车奔驰在红土高原上。

身着旅游服装的乘客们，透过车窗望着，寻找着。

一对年轻人低声说着什么，他们服饰鲜艳，格外引起观众的注目。

绿色的田野上，深处晃动着三个彩色的小点。

小点逐渐变得清晰。

绿色的草地上前后走来三个人，一对四十开外的夫妻和一个十一二岁的孩子，他们身着漂亮的尼龙夹克，使人感到时代的气息，他们走上一处土坡，驻足眺望。

红土，无边无际的红土，像血一样的红土。

笔直的剑麻，像卫士一样竖立在红土之上。

中年人若有所思地望着，镜头慢慢推向沉思的脸庞。

无伴奏的男声合唱《西南联大校歌》渐起，声音雄厚悲怆——“千秋耻，终当雪，中兴业，须人杰，便一成三户，壮怀难折。多难殷忧新国运，动心忍性希前哲。待驱除仇寇，复神京，还燕碣。”

歌声加进了口琴的伴奏，口琴伴奏的《西南联大校歌》仿佛从山谷中传来，从原野上传来，从宇宙的最深处响起。这一曲历史的回声，重把人们带回到那苦难的、战斗的年代中去。

迅速推出片名：

血土

在歌声中，出现下列画面，推出职员表。

西南联大的旧址，仅存的一排黄色墙壁的教室。

司家营，闻一多先生曾居住过的乡村小楼，天井。

学院坡，李公朴先生纪念石碑。

采着花的孩子。

西仓坡，闻一多先生的纪念碑。

一束淡雅的小花捧在孩子的手中。

小花的特写。

中年夫妇带着孩子走上云南大学至公堂高高的台阶。

深思着的中年夫妇的脸。

绿荫覆盖着的李公朴和闻一多先生的衣冠冢。

突然，画外传来清脆的枪声。

一切音响都消失了，沉静。

突然，铺天盖地的呐喊声骤起，震耳欲聋。

呐喊声止，字幕完。

字标——1943年，云南，昆明。

近日楼。

几个青年学生用糨糊向墙上刷着标语。

标语特写——“打倒日本帝国主义！”

“抗日救国，还我河山！”

“保卫大西南！”

鼓号齐鸣。

一队童子军从镜头前走过。

像军人一样迈着正步。

歌声，疯狂的歌声。旋转着的黑色百代唱盘。

商店里的老式留声机正播放着《满场飞》。

一双双男人和女人的腿在舞池中转动着。

鼓号声。

童子军的队列开始变得混乱。

凌乱的步伐。

一只脚上的鞋被踩掉。

镜头在铺满碎石的小路上移动。

鼓号声渐逝。

当镜头拉起时，现出“国立西南联合大学”的校牌，并传来口琴的独奏声。(西南联大校歌)

一群学生迎面走来，突然他们停住脚步。

迎面，闻一多先生一手抱着蓝布书包，一手微微提到胸前，肘上挎把玉屏手杖正慢慢走来。他身着黑色长衫，戴一副银丝眼镜，美髯飘拂。

学生们深深地鞠了一个躬："闻先生。"

闻一多和蔼地点头一笑，诗人的潇洒、学者的深沉尽在其中。

学生崇敬地望着闻一多离去的背影。

学生甲甩了甩手中的口琴："'何妨一下楼主人'的尊号得改一改了。"

学生乙："不然。虽然闻先生现在并不像刚来云南时那样天天只关在楼上做学问了，但'何妨一下楼主人'仍适合于他。"

学生甲："嗯？"

学生乙："从狭义上理解，这尊称仅指他做学问而言。"

学生甲学着京戏腔："师兄所言极是，闻先生做学问的认真，真叫人佩服。"

闻一多缓慢地走着，胖胖的郝教授骑着一头小毛驴从他身后赶上来。

"吁……"郝教授喝止毛驴，朝闻一多，"一多兄，你这两条腿倒是比不上我这四条腿快。"

闻一多："人与畜生岂能相提并论。郝教授何时自备起交通工具？"

郝教授从驴背上弯下腰，颇为神秘地："莫轻看它，咱们需要自救。"又不无自嘲地，"咱们可是国宝，跑起警报，这就快多了。"

闻一多习惯地捋着长长的胡须，矜持地："虽说是战乱年代，可我们究竟还身在学府，这驴……"

郝教授不以为然地："顾不上那些了，重要的是保存自己。所谓留得青山在，不怕没柴烧。"说着，他使劲儿朝驴背拍了一掌。毛驴一惊，载着郝教授朝路边荒地跑去，郝教授猝不及防，险些坠地。

"站住，站住，你这畜生。"

闻一多微微一笑，掏出怀表看看，朝教室走去。

一挂红色的鞭炮劈劈啪啪地响起来，纸屑飞扬。

穿戴各异的路人们饶有兴趣地张望着、围观着。

新开张的北门书屋前，李公朴满脸喜悦。张曼筠走近李公朴身旁。

张曼筠："公朴，看你高兴得像个孩子。"

李公朴："总算开始了……"

土垒的教室内，早已坐满学生。

闻一多昂然而进，走上讲台，将手杖靠在土黄色的墙壁上，然后转过身，向站立的学生们一挥手。

学生们坐下。

闻一多也坐下。他有条不紊地打开蓝色包袱皮，将一大卷手稿讲义取出，放在课桌一侧，然后又将那块又大又厚的包袱皮一层层叠好，塞进长衫口袋里。他又掏出纸烟匣，打开，对教室中的学生一扬，蔼然笑笑："哪位吸？"

学生们笑了，拘束的气氛一扫而光。

闻一多燃上烟深吸一口，缓缓吐出，然后像念坐场诗一般，用迂缓而富有共鸣的腔调朗声念道："痛——饮——酒，熟读——离——骚——方得为真——名——士！"

"扑哧——"教室后排传来一个人的笑声。

闻一多举目寻着，他的目光落在一个剪齐眉短发、长相秀气的女孩子身上。

闻一多："你是谁？"

女孩站起来："我是刚来的，叫潘炎。"

"坐下，今天讲《天问·释天》。"他转身把这几个字写在黑板上。

学生们翻开由贡川纸装订成的笔记本。

闻一多："'夜光何德，死则又育，厥利维何，而顾菟在腹。'屈原在这里向月亮发问，也是探求月亮之奥妙。自王逸的《楚辞章句》至朱熹均释'顾'为'顾望'。清代毛奇龄提到'顾菟为目中菟名'。'顾菟'究为何解呢？我以为，顾菟，即蟾蜍也。我列举以下十一项证据予以考证，第一……"

学生们低头快速地记着。

北门书屋。

小小的店堂里挤满了读者，他们从四周的竹架上和屋中间的铺板上选看着书籍。

一个青年拿起一本书。

镜头推近。书名——《高尔基》。

西南联大教室。

闻先生正在结束自己的论证。“……综上所述，”他目光炯炯地环顾了一下教室，转身在黑板上写道，“窃谓古无称兔为顾菟者，顾菟，即蟾蜍之异名。”他返身又对学生念了一遍。

学生们佩服得五体投地，一时竟忘记写笔记。

西南联大校园里。闻一多先生一手拿着蓝布包，一手拄着手杖和潘炎不慌不忙地踱在甬路上交谈着。

画外传来口令和训骂声。

闻一多驻步向远处眺望。

远处荒地上一队士兵正在操练，他们在当官的吆喝声中正步、转身、卧倒、起立……

突然，军官冲向队列，伸手揪出一个瘦弱的士兵，飞起一脚，将士兵踢倒在地。

闻一多皱起眉头。

潘炎同情的目光。

画外传来士兵的嚎叫声。

老兵举起竹担，稍有迟疑，背后当官的一脚踢来：“打！”老兵又狠命地打下去，一下，又一下……

嚎叫声渐弱。队列开始乱了。有的兵低下头，有的兵闭起眼睛，有的兵吓得面无血色。

军官双手叉腰：“立正！都给我看！”

闻一多始而惊愕、继而愤怒的目光。

潘炎刚要说什么，闻一多：“上课去吧。”

教室里。学生们静静地等待着。

随着一阵清脆的皮鞋声，进来又瘦又高的黄教授，他西装革履，风度翩翩。当他走上讲台，环视一周后，突然双手一抱拳："我是法律教授，谢谢各位赏光，选我黄某的课。"

同学们一愣，但看黄教授那副认真的样子，都强忍住笑。

黄教授："我是爽快人。与诸位就见这一面，大家回去看书。期末每人80分。"

同学们又是一愣，惊愕地不知说什么好。

黄教授拱着双手，边拜四周，边说："诸位请多包涵，Bye-bye！"

终于，同学们被黄教授的语言和姿态逗得哄堂大笑。笑声中，黄教授给了他们一个飞吻，又是一阵哄笑。

看见黄教授消失在门外，潘炎和一些同学露出失望的神情。

碧绿的田野，红色的小路。小路上闪现着闻一多的背影。

普吉镇。

狭窄、拥挤的小街。熙熙攘攘的人群中出现闻夫人和赵妈的身影。她们正向一间当铺走去。

一幅黄旗格外醒目，上面写着一个斗大的"当"字。

闻夫人停下脚步转身对赵妈说："您在外边等等，我去去就来。"

当铺里。

这是一家缺资少本的小当铺。掌柜的是当地人，看见有人进来，他揣着手踱近柜台。

闻夫人递上几件亚麻短罩衫，掌柜的翻来覆去地看着，然后为难地将衣服退给闻夫人。

"这样式的，眼下恐怕没人要，也不经穿。"

闻夫人："那您先收下，等有钱了再说吧。"

掌柜犹豫片刻："那好……等出了手……"

闻夫人赶快点了点头。

普吉镇热闹的街头。

闻家保姆赵妈正蹲在菜摊前与卖菜的老幺聊天。看样子，他们经常打交道。

老幺："今天不买菜？"

赵妈："不，今儿专门陪我们闻太太出来。"她朝当铺方向一扬下巴。

老幺明白地点点头："您老伺候他们几年了？"

赵妈："这可长了，闻家的几个孩子全是我带大的。"赵妈不无自豪。

老幺："伺候人的活不好干吧？"

赵妈："看什么人家。闻先生和太太对我可是甭提多好了，教书的人，知书达礼。"

老幺点点头。

赵妈从菜摊上拿了几棵青蒜："这青蒜水灵灵的真喜人。今儿饶我几棵，连昨儿欠的豆腐钱，赶明儿一块算。"

老幺忙不迭地："是啰，是啰，拿去吃，拿去吃。"

赵妈："北平那才是好地方呢，什么吃的没有？六必居的酱菜顶有名，还有芝麻酱火烧，又稠又香的豆汁儿，果子面儿小窝窝头，甭提了，当年连慈禧太后都打发人出宫来买。"

老幺在一边听得入了迷。

赵妈："哎，要不是逃跑逃到这儿……我们那位闻先生也是惜书如命，从北平逃出来的时候，什么也没带，只包了几本书……"

赵妈还想说什么，画外传来闻夫人的声音："赵妈，赵妈。"

赵妈欲走，老幺赶紧又拿起几棵青蒜塞给她。

夕阳西下。

闻一多移动着的身影投射在红土路上。

闻一多走着，他忧郁的目光投向远处。

村庄附近的兵营。

门前的两根大木柱被涂成黑色，上面用白粉刷着几个大字。

一边是：顶天立地。另一边是：继往开来。

一队国民党士兵一肩扛着枪，另一肩扛着宣威火腿，疲惫不堪地走进营房。

聚在路旁的村民们窃窃私语。

“看，刚刚从贵州撤下来的。”

“又打败仗了……”

“杂种，打仗外行，扛火腿倒卖命得很！”

“大概用军饷买的。”

“小声点，人家是中央军！”

“狗屁！剥下那身狗皮都是土匪。”

“是啰。是啰。”

闻一多默默地听着，神情茫然。

四方客栈。

这是一栋云南小县镇里随处可见的木结构的栈楼，前堂卖饭，后堂住宿。

此刻，赶场的人们正聚集在店堂，吆三喝四地喝着酒，吃着饭。

闻一多穿过一群赤裸着上身、脸上淌着汗珠的幺民们，往后边阁楼走去。

镜头从摆着一盘麻辣豆腐和一大碗水煮青菜的饭桌上拉出来。

闻家八口人正围在方桌前吃饭。灯光暗淡。

赵妈坐在一张破旧的藤椅上，闻一多和夫人合坐一条木凳，几个孩子站立在桌旁。

闻一多默默地吃着饭。

夫人关心地朝他瞥了一眼：“不舒服？”

闻一多摇了摇头。

闻夫人替他盛了一小匙豆腐。

小女儿：“都咸死了！”赌气地放下筷子。

闻夫人疼爱地抱起女儿：“咸点儿下饭，吃吧，乖。”

赵妈歉意地停下筷子。

闻一多给赵妈夹菜："您吃，让您也跟着受苦了。"

清晨。离北门书屋不远的一间洗染店，从上海逃难来的女老板正愁眉不展地看《中央日报》。

画外传来"咕噜，咕噜"的声音。女老板一抬头，看见李公朴骑一辆自行车驶来。他着一身旧西装，两只裤脚扎在长筒袜里。女老板站起身，招呼道："李先生，李先生！"

李公朴在店门前停住车跳下："有事？"

女老板："侬来评评理，天天让阿拉交这样那样费，说是戡乱抗战。"用手拍打报纸，"可这上又说，国军顺利撤退，退啊，退啊，还有头没有？阿拉几时才回得了上海！"

李公朴："狗屁撤退，自欺欺人，不战自溃！"

女老板殷勤地："李先生进来坐，阿拉和你多谈谈比看报强。吾家侄儿刚从思茅带来普洱茶，实在味正汤浓。"

李公朴："多谢啦，书店里很忙，有空再来。"

北门书屋。

正值上午，读者稀少，竹架前有五六个人在翻看书籍。

年轻的店员小季正抽空读书。

一只手拿起一本书。

一个青年用眼角扫射四周，趁人不备，将书揣进怀里。

小季用眼角余光发现了这一切。

青年径自朝门走去。

小季站起身："先生，请等一下。"

青年停步，忐忑地望着走近的小季。

小季伸手从青年怀中掏出书籍，气愤地："你——不觉得可耻！"

青年低下头去。

小季："走。上警察局！"

一只大手按在小季肩头，小季猛回头，原来是李公朴先生。李公朴示意他别再说话，然后走近青年，轻声地："你是学生？"

青年点点头。

李公朴："哪所学校的？"

青年："西南联大。"

李公朴："什么地方人？"

青年迟疑地："泰国。已经被日本占领了……我生在那儿……"

李公朴同情地点点头，随即从小季手中抽出那本书。

李公朴："你喜欢它？"

青年学生点点头。

李公朴："那我送给你好了。"说完掏出钢笔，在扉页上写了几个字"李公朴赠"，然后将书交给青年，"你叫什么名字？"

青年："樊林修。谢谢你先生。"他双手接过书，感激地向李公朴鞠躬，正欲离去。

小季大声地："等等！把书拿来！"

青年怯怯地望着小季。

小季："我替你包上。"

青年惭愧地笑笑。

一把大铜茶壶在镜头前晃动着。

画外音："清茶一杯，往里请！"

镜头拉开。青云街一间小小的茶馆，茶房提着大铜壶穿梭其间。店堂里座无虚席，一派热闹景象。学生们三五成群地各据一方，有的看书，有的高谈阔论，有的在打桥牌，有的在做功课，大有"划桌为界"之状。

角落里的一张桌旁，潘炎正伏在桌前做功课。她对面的樊林修双手捧着本书正起劲地看着。书皮是用报纸包着的，上面赫然写着"三民主义"几个字。

潘炎瞥了一眼樊林修："你对三民主义很感兴趣？"

樊林修没有理她，只管读自己的书。

潘炎伸手夺过书，不小心撕破了报纸书皮。

樊林修紧张地："哎，别……"他抢过书，用手捂住书面。

潘炎挪开他的手，书封面上“保卫察里津”几个黑色大字露了出来，她会心地一笑：“噢，对不起。”

樊林修：“没关系，我再包一个皮。”

“潘炎！”随着一声招呼，一个20岁左右的青年小心地提着长衫穿过人堆，走到桌旁。

潘炎亲热地：“赵明！老赵！”

老赵：“我一猜，你就是跑到这儿来用功了。”

潘炎：“我在整理闻先生课的笔记。”

樊林修对老赵：“老赵，你是个消息灵通人士。有什么新消息？”

老赵：“听说独山又失陷，衡阳被占，日本鬼子逼近贵阳了……”

樊林修忧虑地：“缅甸是不是也被占领了？”

喧嚣的茶馆突然变得沉寂下来，有几个学生围聚过来。

“哎！”不知谁长叹了一声。

一学生：“如果日本人直逼云南，我们还往哪儿流落？”

潘炎：“我们没有退路，只能抗战，遗憾的是领导抗战的人却不能让人相信。”

老赵：“前方吃紧，后方呢？紧吃！”

一青年：“败类！中国的败类！”

老赵：“听说了吗？王恭回来了。”

西南联大训导处。

满脸倦容的三青团学生王恭把一只手提箱放在桌上，然后毕恭毕敬地朝训导长：“请训导长清点！”他啪地打开皮箱，露出满皮箱的烟土。

训导长满脸欢喜，他盖好箱子，小心地锁进保险柜。

王恭：“还有30两云土，遵照您的吩咐已送交缉查处王长官。”

训导长：“王恭，你辛苦了，先休息两天再上课吧。”

王恭：“是，系里要是追问……”

训导长：“不会，我已经打过招呼。”说着，开开抽屉，取出一叠钱扔在桌上。

王恭拿起钱，放在衣袋里：“谢谢！”

训导长一摆手："党国需要的正是你这样的有为青年。"

王恭："我一定不辜负训导长的栽培。"

训导长："现在是战乱时期，学生单纯无知，最易被人利用，你要多多注意他们的动向。"

王恭："是。"

青云街茶铺。

王恭身着美式夹克，趾高气扬地晃进来。

几个打牌的学生们站起来："王恭，王恭。"

王恭一举手："Hello！"急匆匆地走到桌边。

一小个儿学生站起来："坐这儿。"

王恭落座的同时，扔在桌上一包烟："抽，骆驼牌。"

小个儿青年："对，有福同享。"他俯下身，"你不在，我替你誊抄了一份笔记。"

王恭："辛苦了，辛苦了。"

角落里。

樊林修喝了一口茶，看见对面的那场戏，噗地一口，把水吐在地上。

王恭猛回头。

樊林修转过脸，避开了王恭射来的目光。

王恭站起身，慢慢朝樊林修走去。

人们紧张地屏住呼吸。

王恭凶狠的目光。

樊林修惧怕的目光。

潘炎担心的目光。

老赵不动声色地观望着。

王恭叉开双腿直立在樊林修面前。他紧抿着嘴唇，腮帮突突地跳动。他指着地上的茶水："是你吐的？"

樊林修极力保持冷静："是我。"

王恭："你把它给我吸回去！"

樊林修沉默不语。

王恭逼近一步："你要让我动手吗？"

气氛更紧张了。

老赵笑嘻嘻地："诸位学友，君子从来动嘴不动手。"

王恭推老赵一把："没你的事。"话音未落，只听见嘶啦一声。

老赵："两国交兵还不杀使者呢，你可太无理了。你要赔我的衣服。"说着撩起长衫，露出里面一条破裤，"我不比你……"

四周传来笑声。

王恭暴怒地："笑什么？"

潘炎平静地："笑也不允许吗？"

王恭顺着声音发现了潘炎，他目不转睛地盯住她："你是？……"

潘炎："我刚来不久，你不认识。"

王恭堆起笑脸："我一向尊重女性，请别误解。"指樊林修，"我只和他算账。"

潘炎微微一笑："你知道他吐谁？"

王恭不语。

潘炎："他看不起那些不好好学习、借国难之机发横财的人，难道你是吗？"

王恭忙不迭地："当然不是，当然不是。"

潘炎："那这又与你何干呢！"

王恭一愣，自找台阶："还是这位同学明白事理。"又掏出烟，"诸位抽烟，骆驼牌。"

老赵："你自己受用吧。"

王恭一边给大家散烟一边说："其实我们三青团最喜欢和大家交朋友。训导长教导我们要多关心大家。"

一男学生："真关心？"

王恭满脸真诚地："绝无半点虚情假意。"

男学生："那就请你先关心关心我吧。"说着从口袋里掏出一张大纸抖开，上面用毛笔写着："兹有牛皮面、牛皮底、三接头牛皮鞋一双，为生活之计，甘愿舍血本出让，价格面议。"

远处的一个学生也举着一张纸凑过来。

王恭神情愕然地望着。

纸上写着："本人有清版《石头记》一部，愿忍痛割爱，8折出售。"

赵明凑到王恭耳边低语："本人还有贴身内裤一条，价格不拘，你看着给……"

哭笑不得的王恭忙不迭地："诸位，诸位……"话音未落，只见先头那个青年飞快地从脚上脱下皮鞋，边塞进王恭怀里边说："一手钱一手货。"

王恭猛地屏住呼吸……

普吉镇街头。

闻一多夹着蓝布包缓缓而行。

卖菜老么从菜摊旁站起身，恭敬地："闻先生。"

闻一多和蔼地笑笑。

老么："闻先生，您老人家辛苦了。"

闻一多："老不敢当，我不过四十有余。"

老么用手比画："可您的胡子……"

闻一多抚髯一笑："怕国民党抓丁嘛。"

老么会心地："是啰，是啰，您这是上哪儿去？"

闻："去讲课。"

老幺："啊呀，要走好远呢！"

闻一多用手杖拄拄地："安步当车，乐在其中嘛。"

西南联大拥挤不堪的学生宿舍。

赵明正欲出门。

"老赵，"樊林修把他叫住，"你出去？"

赵明风趣地："王恭不买我的内裤，为了肚皮，我今天只好再去拉趟黄包车。"

樊林修："今晚闻先生要来讲课……"

赵明止住步："是吗？"他走到小桌前端起水杯咕咚咕咚喝了几口。

樊林修拿着一小纸包递过来："白开水不能充饥。给，一点米粉煮煮吃吧。"

赵明感激地望着樊林修。

西南联大教员休息室。

闻一多推门而入，不禁愣住。

对面昏暗的角落里，朱自清、吴晗和魏教授正围坐在一起，似乎在等待什么。

闻一多："怎么，你们还没有回去？"

朱自清："今天一多兄讲课，我是一定要奉陪到底。"

"多谢，"闻一多望着朱自清身上披着的赶马人穿的毡披风，感叹地，"这哪里像个大学教授哟。"

吴晗指指身边胖胖的魏教授："魏公连老鼠都吃过了。"

魏教授："我不过是想尝尝老鼠的滋味。"苦笑一下，"没听说过吗？连要饭的都不愿意向我们伸手。"

闻一多神情黯然。

朱自清信赖地："一多兄，我们到底该怎么办？"

闻一多思忖道："这问题提得好，回答吗？我自认没有能力。不过，我想外面来的'朋友'会帮助我们做出判断的。"他把"朋友"二字说得很重，使人领略到其中的含义，稍一顿，又感叹地，"只是有时我们这些做学问的人还放不下架子。"

画外传来脚步声。

吴晗回头。

屋门呼地被推开，训导长查良钊大步而入。

众人止住话语。

训导长满面春风："一多兄，我真佩服你的号召力，听说你讲课，大教室里竟人满为患了。"

闻一多不冷不热地："训导长也来听讲了？"

训导长："一多兄才华横溢，学问渊博，哪一位不愿洗耳恭听呢？啊，哈哈。"他看看周围的人，希望有人捧场。

闻一多立起身："我生平最恨阿谀奉承之辈。"

训导长神情尴尬……

破旧饭堂改成的大教室里挤满了学生，昏暗的灯光照射在讲台上，闻一多洪亮的声音在教室中回响："……黄昏时分，从四面八方辐辏而来的鼓声近了，更近了，十分近了，神光照得天边通亮……"

镜头摇向讲台下，潘炎、樊林修、老赵、王恭等均聚精会神地听着。

闻一多的声音："……吉日兮辰良，穆将愉兮上皇；抚长剑兮玉洱，璆锵鸣兮琳琅……"

镜头推出窗口。

漆黑的夜空。

闻一多的声音变得越来越小。

夜深沉，万籁俱寂。

闻一多辗转未眠。

闻夫人正轻声地述说着："……交完房租，还能过上5天。我把家里带来的几件旧衣服卖了……"

闻一多："让你受苦了。"

闻夫人："我苦点不算什么。孩子们……立鹤、立鹏马上要住校。可连被子还没有。"

闻一多："想想办法，再想想办法。"

"还有什么办法？"闻夫人鼻子一酸，禁不住抽泣起来。

闻一多："睡吧，睡吧，我来想想办法。"

普吉镇。

闻一多夹着件大衣走过街道。

赵妈拎着菜篮迎面而来。

闻一多想闪躲开已来不及，只好站住。

赵妈："闻先生，您这是……"

闻一多："昆明天气热，用不上这大衣，送去换几个钱。"

赵妈伸手夺衣："这可不行，太太说卖什么也不能卖这件大衣，您身体不好，留着给您挡寒的。"

闻一多："我身体还好还好。"匆匆而去。

赵妈望着闻一多的背影，叹息了一声。

桐油灯的火苗轻轻晃动。

昏黄的灯光勾勒出闻一多的背影。他俯在桌上，做着什么。

楼下灶房里。

赵妈烧火煮一锅开水。

闻夫人腰间围块蓝布，正往锅里放一种植物。烟火呛得她不时地抹着眼泪。

闻夫人："云南这地方真是遍地是宝，这不起眼的草根根，简直像上好的染料，把旧衣服放进去一煮，染出的衣服和新的一样。"

赵妈："瞧您真会说开心话。太太，您和先生可真不容易啊。"

突然，楼上传来闻一多剧烈的咳嗽声。

赵妈紧张地："太太，闻先生怎么啦？"

闻夫人扔下衣服……

阁楼上。

闻一多手握刻刀，耸着双肩咳嗽着。

闻夫人心痛地轻轻替他捶背。

赵妈把一杯热水放在桌上，关切地："先生，您得爱惜自个儿啊！灯这么暗，楼上又冷，怎么受得了！"

闻夫人："赵妈，去把先生那件大衣拿来。"

赵妈未动，脸上显得有些不安。

闻夫人疑惑地："怎么？……"

闻一多费力地："我拿出去卖了。"

闻夫人责备地；"看你，怎么不和我商量商量。我们一家8口人都指望你呢，你怎么不知道爱惜自己，你在搞什么？"她的目光转向小桌，上面堆着几方石料和几柄刻刀。

闻一多：“几个朋友鼓励我刻印，我也想试试。或许这是一个好办法，既可多一技之长，又可补助家庭生活。”

闻夫人心疼地拉过闻一多的手。

磨得起了血泡的手指特写。

闻夫人：“你看看……”

闻一多勉强地笑笑：“万事开头难……你相信吗？我一定会成为治印专家。”

闻夫人辛酸地一笑：“这我相信。”

闻一多憨憨地一笑，又是一阵剧烈的咳嗽。

这时窗外响起了由远至近的铜锣声。

闻夫人和闻先生都抬头朝窗外望去。

赵妈：“太太，我去看看。”

普吉镇街上。

夜色中，几个国民党士兵敲着铜锣，边走边吆喝：“哎，快来看电影，国军请客，不收钱，白看……”

镇上的人们纷纷打开家门，好奇地探头观望，有一个小伙子壮胆凑上前：“老总，演哪样戏哟？”

敲锣士兵：“洋人的戏，搂女人，亲嘴儿，过瘾啊。去晚了没地儿坐呀，快走啊，快走啊。”

卖菜的老么抱着个娃娃也凑过去：“真的不要钱？”

士兵不耐烦地：“不要钱！不要钱！老子的嗓子眼儿都快冒烟了，国军打了胜仗，白请客，懂不懂？”

老么堆起笑脸：“是啰，是啰。”抱着娃子带着自己的女人尾随着锣声走动。

人们三三两两地加入了这支看电影的队伍。

街角处。

赵妈默默地望着，她的脸上露出疑惑不解的神情。

兵营大操场上。

在老式放映机轧轧的声响中，临时挂起的大白单上映出一队身着短衣短裙的外国女人，她们挥臂踢腿，载歌载舞。

爵士乐呜里哇啦地叫着。

兵营的大门被几个士兵悄悄地关上。

老么们聚精会神地看着电影。

两队士兵提枪跑来，分两侧将观众们团团围住。

一个国民党军官跳上土台，手里挥舞着一只手电筒。

人群哗然，老么惊恐的面孔，他身边的女人紧紧地把娃子抱在怀里。

军官高声喊叫着：“都听我的命令，女的原地别动，男的站过来，快！”

这句话就像一颗无形的炸弹在人们的头顶上炸开，人们哄的一声四散而逃，士兵们用枪托推打着。

银幕上，拼命扭动着的腰肢，刺耳的音乐声。

几个年轻人跑到了大门边，又被守兵推了回来。

一只枪托砸向正在奔跑的男人的后背，男人扑倒在地。

银幕上，外国女人的媚笑，刺耳的音乐声。

一个男人双手抱着流血的头，惊骇地叫着，跑着。

银幕上，几双扭动着的女人的大腿，刺耳的音乐声。

奔跑着的各色各样的脚。

阁楼上。

闻一多披着毯子伫立在窗前。

闻夫人坐在床上，孩子们依偎在她的身旁。

远处，叫骂声、哭声隐约传来。

突然，夜空中响起一串清脆的枪声。

小女儿惧怕地把头埋进闻夫人的怀里。

兵营操场上。

军官挥舞着手枪狂叫着："谁再跑，我毙了谁！"

人们吓呆了。

荷枪实弹的士兵冲向人群。

年轻的小伙子被强拉出来。

一个士兵走近老么，他女人一手抱着孩子，一手死死地揪住他的袖管。

"别抓他，别抓他，求求你老总……"女人哀号着。

士兵抡起枪托砸女人的手。

手流下鲜血，可是并没有松开。

老么怒火胸中烧："你来打我，你来打我，我和你拼了。"

另一士兵赶过来，照老么的脑袋挥起枪托……

阁楼上。

赵妈气喘吁吁地上来。

闻一多、闻夫人和孩子们望着她。

赵妈："该杀的，该杀的……"

画外哭声。

闻一多愤怒的面孔。

闻一多夹着蓝布包行走在田间土路上，他的步伐显得沉重。

镜头缓缓推进。他那张棱角分明的脸上苍白而忧郁，带着彻夜未眠的倦容。

闻一多画外声："暮投石壕村，有吏夜捉人。老翁逾墙走，老妇出门看。吏呼一何怒，妇啼一何苦，听妇前致辞，三男邺城戍。一男附书至，二男新战死。存者且偷生，死者长已矣……老妪力虽衰，请从吏夜归。急应河阳役，犹得备晨炊。夜久语声绝，如闻泣幽咽……"

随着颂诗声，出现下列画面：

竖着"顶天立地，继往开来"木柱的军营大门里，一长串手上缚着绳子的壮丁被士兵驱赶出来。

一张张脸划过镜前：痛不欲生、麻木、愤怒……

卖菜老么的头上缠着破布，上面血渍斑斑。

一群妇幼和老人从四面八方拥向路边，呼叫着。

老么的女人抱着娃娃发疯般地冲进去，一个士兵凶狠狠地用枪挡住。

刺刀在女人脸前闪着寒光。

娃子哭叫起来。

老么愤怒但又无可奈何的目光。

壮丁们艰难的步伐。

哭声，叫声。

西南联大教室里。

闻一多正念着最后的诗句：“……天明登前途，独与老翁别。”诗吟诵完了，课堂里一片寂静，学生们被闻一多深沉的感情打动了，全神贯注地听着下文。

闻一多的长髯微微抖动：“1000多年流水行云般过去了，可世界仍和1000多年前一样。杜甫毕竟是1000多年前的古人。万万想不到至今还会有比‘石壕吏’更悲惨的事情，也万万想不到还会有比唐肃宗时代更卑鄙无耻的今天！昨天夜里……”

学生们激动地听着，他们被闻一多的情绪所感染。

潘炎明亮的目光望着闻先生。

音乐渐起。乐声中出现下列画面。

闻一多慷慨激昂地讲着。

闻一多与潘炎、赵明等学生交谈着。

闻一多与朱自清、吴晗等在校园内边走边谈。

音乐止。

训导处。

电话铃骤响。

训导长抄起话筒生硬地：“喂，大点声……”突然，他的面孔急剧地起了变化，谦恭地，“是……好……好的。教授会正在开，是……我一定照办。”放下话筒，他喜滋滋地搓着手，整了整衣服，大踏步地向门口走去。一拉门，他一下子愣住了。

门外，黑乎乎毛茸茸的大脑袋正朝他顶来。

训导长赶紧往后退了几步。

门口原来是郝教授那只毛驴，那驴子朝他叫了一声。

他腻歪地挥着手：“去，去，一边去。”

破旧的会议室里。

教授会正在进行。

一位老成持重的教授正缓缓而谈：“……我们是做学问的人，更该懂得规律的重要。任何一则公式都是一成不变的，随便变了就会乱。学术上如此，政治上亦如此，不变则稳，变则乱。我们的责任便是引导学生们读好书，做好学问……”

朱自清向闻一多瞥了一眼。

闻一多紧锁眉头，大口地吸着烟。

魏教授在本上记录着什么。

吴晗用审视的目光盯着讲话的那个教授。

郝教授闭目养神，似听非听。

老成持重的教授：“这仅仅是鄙人一管之见，哪位再谈？”

“我说几句……”

众人的目光一齐射向闻一多。

闻一多慢慢站起身：“我的修养非常不好，说话容易得罪人，好在大家都是老同事、老朋友，有不同意见，可以提出来讨论。”他的脸沉下来了，“深奥的数学理论，我们在座的许多人也许不懂，但这哪里值得炫耀？又哪里值得用来吓唬人？今天在座的谁没有搞过10年20年研究？谁不想安心研究？但是可能吗？我这一二十年的生命都埋葬在古书古文中，究竟有什么用？究竟为了什么人？不说研究条件，连起码的人的生存都没有保障，怎么能再做那自命清高、脱离实际的研究？”他进行了一连串的反诘之后，大声地吼起来，“国家糟到这步田地，我们再不出来说话，还要等到什么时候？我们不管，还有谁管？”

老成持重的教授辩解道：“闻先生，你误解我了，你误解我了。”

闻一多理直气壮地："没有。某些人就是这样，胆小怕事，还要逢迎，这就是这些知识分子的态度！"

老成持重的教授神情尴尬，他求援似的向门外望了一眼。

训导长推门而进。

训导长环视各位教授，表情异常郑重："鄙人荣幸地通知诸位，明天晚上，第五军军座邱清泉将军举行时事座谈会，请各位参加，请柬随后即到。"

郝教授站起身："对不起，我先走一步。"

训导长："郝教授一定要参加啊。"

郝教授避瘟似的："再说，再说……"

会议室外的大树下。

半截扯断的绳子还拴在树上，郝教授惊恐："驴，我的驴呢？"

会议室里。

训导长转对朱自清："佩弦兄一定是要去的喽，关心关心局势，还是大有裨益的嘛！"

朱自清婉转地："训导长，我实在没有空闲，司家营的文学研究所就要开始工作，抱歉，抱歉……"

训导长无可奈何地耸耸肩："遗憾，太遗憾了。"转对闻一多，"闻先生，您……"

魏教授、吴晗、朱自清关注的目光。

闻一多干脆地："我去！"

西南联大校门。

兜售货品的小商贩和卖旧衣物的学生们的叫卖声此起彼伏。

"贱卖啰，真正美式夹克。"

"美国玻璃丝袜，货真价实。"

"派克笔谁要，派克笔谁要。"

一个身着笔挺西装、涂着锃亮发蜡的学生挽着两个打扮得花枝招展的女学生走出校门，登上等候在那里的福特牌轿车，扬长而去。

王恭挺着胸，健步走出校门，他向一辆黄包车招手。

车夫拉车走近，抬起头，原来车夫是赵明。

王恭笑嘻嘻地："老赵，南屏街西餐馆。"他跳上车。

赵明一声不吭地拉起车就走。

王恭坐在车上，得意地："喂，老赵，参加我们三青团吧，那你就不用再靠拉黄包车缴学费了。"

赵明边喘着粗气边吃力地爬上一道坡。

王恭挖苦地："怎么，瞧不起我们三青团？我早就知道你穷得都穿上纸糊的裤子啦，哈——哈哈——你听听这声音，哗哗响，你想在大腿和屁股上办壁报？哈哈——哈——哎，你要干什么？"话音未落，老赵双手一招，王恭从打了天秤的黄包车上朝后跌下去。

王恭发出怪叫声："哎哟！"

赵明向地上唾了一口："去你的三青团。老子不伺候你了。"

望着老赵远去的背影，王恭忍着疼痛，整理着弄脏的衣服和凌乱的头发，发狠地："走着瞧，我饶不了你！"

青云街。

赵明精疲力竭地拉着空车走着，突然，他止住步。

对面，闻一多急促走来。

赵明恭敬地："闻先生。"

闻一多："你在拉车？这很辛苦吧。"

赵明："没什么。"

闻一多："早点回去吧。"

赵明："哎，闻先生走好。"

闻一多继续前行，老赵从背后赶上。

赵明："闻先生去哪里？"

闻一多："邱清泉军部。"

赵明不解地："先生怎么去那个地方？"

闻一多坦率地："开会。"停了一下，"过去，我有许多事情弄不明白，也不想去弄明白。现在，我想弄个明白，不愿再过糊里糊涂的日子。”

赵明很理解自己的先生，他说：“闻先生上车，我送您。”

闻一多：“谢谢你了，不用了。”

赵明诚恳地：“学生就这点要求。”

闻一多被赵明的热诚感动了。

暮色中，老赵拉着黄包车飞快跑着。

一只手托着银制的茶具在镜头前移动。

镜头拉开。

第五军军部的会客厅里。四壁挂着的名家的墨迹和大理石嵌面的红木家具，使这里显得古色古香。

此刻，勤务兵正依次向在座的教授们敬茶。

画外传来一阵脚步声。

众人的目光一齐投向门口。

身着将军服的邱清泉在几位高级军官的陪同下，精神抖擞地走进来。

邱清泉环顾拱手：“对不起，让各位久等了。”他的目光停在闻一多身上，走上前彬彬有礼地，“这位老先生年迈德高，请坐上座。”

吴晗：“邱将军，闻先生虽德高而年不迈，时年不惑有五。”他在“不惑”二字上特别加重了一下口气，念得很响。

“国家栋梁，国家栋梁。”邱清泉看了闻先生一眼，转向大家，“诸位在座的都是国家栋梁。”然后，又朗声道，“今天，请诸位知名教授来鄙舍，是想让大家了解目前的局势，更好地承担起肩上的重任，为国家分担忧虑，共同完成历史赋予我们的艰难使命。下面请我的参谋长为诸位介绍当前时事。”落座。

参谋长走到早就挂在墙上的军用地图前，用军人特有的声调说：“这是敌我双方示意图。日军从这里开始由北向南推进，长驱直入我河南、湖南、广西、广东、福建及贵州大部，其目的是想打通陆上交通线……”

教授们认真地听着。

北门书屋。

灯光下，李公朴正在整理书架。

“李先生。”随着呼唤声，赵明和樊林修走到李公朴身边。

李公朴：“小赵，你们有事？”

赵明：“闻先生和其他教授去邱清泉的军部开时事座谈会去了。”

李公朴眼睛一亮：“噢？”

第五军军部客厅。

参谋长：“……完了。”

邱清泉站起身：“刚才参谋长做了介绍。应该说前方战事胜利有望。我军在重创日军主力军后，有计划、有组织地撤离桂林、衡阳、独山等地，此乃诱敌深入之策略，外患内忧都不可掉以轻心，蒋先生正在布置救国韬策……”

闻一多冷眼看着邱清泉，耐心地倾听着那滔滔不绝的长篇大论。

邱清泉的嘴唇在不停地蠕动。

画外响起激烈的枪炮声。

在刺耳的尖啸声中，日本战机俯冲投弹。爆炸声、火海、烟浪、残墙断壁。

溃逃的国民党官兵。

老么痛苦的呼叫声。

邱清泉蠕动的嘴巴。

日本人逼迫中国的平民百姓挖坑。

坑，越来越大、越来越深的大坑。

日本兵用刺刀逼迫中国百姓跳下坑。

邱清泉喋喋不休的嘴巴。

邱清泉终于讲完了，勤务兵递过白毛巾，他轻轻地擦去脸上的汗珠。

沉默，沉默使得客厅的气氛显得有些紧张。

邱清泉意识到了这点，他微微一笑，谦恭地：“诸位先生有何见解？”

闻一多慢慢站起身，他显得很沉重：“听了军长的讲话及情况介绍，心里总算明白了……”

邱清泉微微点了点头。

闻一多一字一板地："以前，我们看到各方面都没有办法，总认为军事上或许会好些。现在方才明白了，军事上也一样地没有希望。这种现象如果继续下去，国家的前途如何得了？抗战前途更不堪设想。那么，看来只有一条出路了……"

邱清泉身体前倾，众人的目光一齐投向闻一多。

闻一多提高嗓音："那就是——革命！"

全场为之一震。

吴晗和朱自清担心地望着邱清泉。

邱清泉突然立起身。

空气一下子极度紧张起来。

邱清泉出人意料地竟没有发作，他极力装作宽容地："闻先生精神可嘉，精神可嘉……"

众人站起身。

四方客栈的阁楼上。

昏暗的灯光下，闻一多正奋然地刻着一方印。

敲门声，随后木板楼梯上响起一串脚步声，闻一多回转头。

吴晗陪着李公朴笑哈哈地跨进房门。

闻一多急起身："公朴先生，这么晚了……"

李公朴紧握着闻一多的手："闻先生的讲话太令人高兴了，痛快，痛快啊。"

闻一多迅速地看了一眼已落座的吴晗。

吴晗也笑望着他。

闻一多："我觉得现在许多人心太冷了。人，总要有血。我不懂政治，可到了今天，我们难道只考虑个人的安危吗？做一个人要有良心，还要有热乎乎的血才行啊……"

李公朴神情肃穆，眼里闪着泪光，他们的两颗心离得那么近。

远处传来急促的梆子声。

梆子声越来越响。

突然，警报声大作，在寂静的深夜里异常刺耳。

“灭灯！灭灯！夜袭警报！”

“灭灯！”

闻一多走近桌前，端起油灯。

黄色的火苗闪动着，照射在闻一多那张布满皱纹、神态坚毅的面孔上。

闻一多画外音：

我来了，我喊着，迸着血泪。
这不是我的中华，不对，不对！
我来了，因为我听见你叫我！
擎一把火，
我来了……

闻一多和李公朴久久地相互望着。

烛光，越来越亮的烛光。

第二集

屏幕上短暂的黑暗，只听到飞机刺耳的轰鸣声。

美军重型轰炸机俯冲投弹。（资料）

白色的蘑菇云腾空而起。（资料）

一队队在八路军驻地等待受降的日军。（资料）

字幕：1945年8月14日，日本天皇宣布无条件投降。

中国各地庆祝抗战胜利欢呼雀跃的人群。（资料）

昆明街头。

“号外，号外，日本无条件投降……”报童们奔跑着，用激动而嘶哑的嗓音叫喊着。

北门书屋楼上。

李公朴拉过妻子张曼筠，在她额头上落下几个激情的吻。

张曼筠莫明其妙地：“别，别这样，孩子们会看到的。”

“看吧，让大家都看吧。”李公朴猛地推开窗户，街上传来沸腾的人声。他把张曼筠搂得更紧，“这快乐属于每个人。”

张曼筠从窗外传来的呼叫声中明白了一切，她激动地：“我们早就盼着这一天。”

画外传来一串急跑的脚步声。

张曼筠轻轻推开李公朴，女儿南南已冲到跟前，眨着眼睛调皮地：“你们……真好。”

张曼筠显得有些不好意思地：“什么真好？”

南南笑望李公朴不语。

李公朴开心地大笑起来。

张曼筠佯作愠怒地瞪了他一眼。

南南向门口一招手，小季拿着两把小彩旗进来。

南南：“爸爸、妈妈，我和小季上街去。”

李公朴：“去吧。”

南南兴奋地拉着小季跑去。

南南躲在门外，悄悄地又探进头……

北门街上。

南南和小季在人群中挥动着彩旗。

报童挥着报纸穿过人群：“号外！号外……”

报童奔跑的脚步……

在田间小路上奔跑的双脚。

镜头拉开。闻立鹏满头大汗地奔跑着。

司家营，文研所。

闻立鹏气喘吁吁地冲进四合小院。

朱自清正走下台阶，看见立鹏，吃惊地：“立鹏！出了什么事？啊？快说……”

闻立鹏喘着粗气。

闻一多和其他几个教授走上前来。

闻一多焦急地："立鹏，究竟出了什么事？"

闻立鹏："日本……日本……"

紧张而关切的目光。

闻立鹏："投降了！"

还是紧张而关切的目光。

闻立鹏朝着他们大声喊："日本鬼子投降了！"

教授们激动地相互望着，不知道说些什么好。

阁楼上几个学生站在那里。

闻一多大声地："日本鬼子投降了！"

教授们有的热泪横流，有的互相握着手，有的喃喃地："真的？日本鬼子投降了？"

有的学生欢呼着从教室里冲出来。

有的学生在楼梯上拥抱着一起雀跃着、叫着。

闻一多猛地握住朱自清的手，泪水夺眶而出："佩弦……"

朱自清也激动地流着泪："一多兄……"

闻一多满面泪水的特写。

锅里的水沸腾着。

闻夫人和赵妈在灶房里忙乎着。

孩子们高兴地跑来跑去。

闻一多、吴晗、朱自清等教授和学生举着杯子、饭碗、茶缸。

朱自清："薄酒一杯，为结束流亡生活，干！"

一教授："也为新生的到来，干！"

闻一多："为民族的希望，"他把杯子举向几个年轻人，"你们在艰苦的条件下钻研自己的学业，等待你们的定将是灿烂的明天。"

学生甲："谢谢闻先生。"

闻一多："来，为了抗战的胜利！干！"

众人一饮而尽。

街上。

小孩子们点燃爆竹。

胜利的人们还在一起兴奋地交谈着。

楼上闻家居室。

闻夫人、赵妈正在收拾东西。

闻立鹏："妈，又要搬家？"

闻夫人："先收拾收拾，西仓坡上建了宿舍，等你爸爸有了安排咱们就搬。"

赵妈："太太，说句心里话，在这儿一晃都5年了，心里啊，还真有点儿舍不得离开呢。"

闻立鹏逗着赵妈："您不是老惦念回北平吗？"

赵妈："敢情。"

闻夫人乐了，转对闻立鹏："你爸爸呢？别不是喝醉了？"

闻立鹏用手指指小房间。

闻夫人走到门口，看见闻一多对着一面小镜子左右端详着。

闻夫人笑出了声。

闻一多放下镜子，用手捋着长须："你还记得我的誓言吗？"

闻夫人笑而不语。

闻一多："现在我该……"他做了一个去掉胡子的手势。

龙泉镇，小理发馆。

闻一多胸前罩着块白单躺在椅上。

胖理发师边磨着刀边说着："抗战胜利，小店今天破例优待各位，包您满意。"

闻一多闭上双眼……

画外，爆竹声大作。

鞭炮齐鸣。

白烟弥漫，纸屑飞扬。

北门书屋楼上。

爆竹声不断地从远处传来。

此刻，欢乐的气氛已从这里消失了。

张曼筠、南南、关关、小季默默地注视着李公朴、齐北宣和赫铭文的背影，他们正站在窗前，交谈着什么。

李公朴："北宣，这么说时局要有变化？"

齐北宣："前一阶段，云南的进步力量所以能展开活动，是借助于云南地方势力的代表人物龙云与国民党中央的矛盾，蒋介石迫于抗战的形势，不敢轻易动他。但是，现在老蒋可以腾出手了。"说完，意味深长地看着李公朴。

赫铭文："这是蒋介石的一贯手法。"

齐北宣："应该让人们及早地从胜利的喜悦中清醒，绝不可乐观得太早……"

话音刚落，木板楼梯传来咚咚的脚步声和闻一多洪亮的说话声："公朴，公朴先生在吗？"

众人回首望去。

闻一多精神抖擞地站在门口。

众人惊愕的目光。

镜头推近闻一多。刮掉了长髯的脸庞显得年轻了许多。

闻一多下意识地摸着下巴："怎么？不认识了？"

李公朴快步上前："闻先生，你这是……"

闻一多："抗战开始留胡须，抗战胜利剃胡须嘛。怎么？你忘了？"

李公朴捋着自己的胡须一笑："我不剃，我不剃，还不到剃的时候。"

闻一多疑问的目光。

李公朴意味深长地："闻先生的胡须剃得太早了。"

闻一多不以为然地："难道要我留一辈子？"

李公朴加重了语气："闻先生以为我在开玩笑？您不知道现在的形势？"

闻一多微微扬起头。

李公朴：“内战危机迫在眉头，形势更加复杂。”

闻一多的目光似乎在询问。

李公朴：“我给你们介绍一下，这是齐北宣先生，这是我们年轻的诗人赫铭文，都是朋友。”他把“朋友”两字讲得很重。

闻一多脸上呈现敬慕之色。

齐北宣握着闻先生的手：“闻先生，久仰您的大名。”

赫铭文也热情地伸过手：“闻先生，我读过您的诗。”

闻一多紧紧地和他们握手。

画外又传来一阵紧密的爆竹声。这声音在他们听来已不仅仅意味着胜利。

西南联大校舍。

窄小凌乱的宿舍里挤满了学生，大家围聚在桌旁看着赵明写字。只见赵明高挽衣袖，挥动着毛笔。红纸上现出苍劲有力的大字——“诗歌朗诵会。”

众人的身后突然露出王恭的脑袋，他透过紧挨在一起的肩膀缝隙向里窥视。

“谁那么大酒味？”潘炎厌恶地回过头。

王恭堆起笑脸：“潘炎同学，啊，对不起，”炫耀地，“我刚参加了宴会，就喝了一点点，一点点……”

潘炎：“你想到这儿来醒酒？”

不知谁喝了一声：“我这里有一盆洗脚水没倒呢。”

哈哈一阵笑声。

王恭：“诸位，诸位，老赵早就说过，君子动嘴，不动手。”

赵明停住笔：“哈，我的话又成了金玉良言了。”

王恭借机凑上前，使劲地盯着那张红纸上的字。

赵明挖苦地：“看出什么问题了？”

王恭：“哪里的话？看不出你的毛笔字写得这么好。”

赵明抢白地：“你以为我就会拉车？”

王恭尴尬地翻了翻白眼。

潘炎："你还有什么事？"

王恭："不再打扰，不再打扰。"匆匆离去。

望着王恭的背影消失在门外，潘炎："他闻到了什么味？"

樊林修："我最烦他。"

赵明："我看他是夜猫子进宅，无事不来。"

训导室。

训导长查良钊的背影。

对面，王恭汇报着："……他们组织诗歌朗诵会。"

查良钊："还是那几个活跃分子？"

王恭："对。是他们……影响还很大。"

查良钊："三青团是干什么的？你们不会也照方抓药！"

王恭："您是说……"

查良钊打断他的话："我什么也没说！"

王恭心领神会地："明白，明白。"

西南联大布告栏。

一张大红纸上写着："兹定于9月2日下午5时举行诗歌朗诵会，欢迎师生踊跃参加——新诗社宣。"

闻一多、吴晗、朱自清夹杂在学生中饶有兴致地望着。

"让开，让开……"随着一阵吆喝，只见两个三青团学生在王恭的指挥下，撑着一张大黄纸拿着糨糊挤进来。

人们小声地嘀咕着。

王恭刷糨糊，示意那两个人把黄纸贴在红布告旁。

黄纸上写着几个美术字："为庆祝抗战胜利，兹定于9月2日下午5时举行游乐晚会。恭邀各位师生莅临——三青团敬启。"

闻一多、吴晗、朱自清相对一视，转身走开。

校园甬路上。

郝教授悠然而行。突然他看见闻一多、朱自清和吴晗边谈边走来，不禁快步迎上。

郝教授亲热地：“你们好，你们好。”

朱自清憨厚地：“都好，都好。”

吴晗面露惊异之色：“我觉得你郝先生少了点什么。”

闻一多直言快语：“你的驴呢？”

郝教授如释重负地：“卖掉了，嘿，用不着再跑警报了。”

闻一多似玩笑又似认真地：“要是仗再打起来，郝先生用什么代步呢？”

郝教授：“哪里会，哪里会呢？”

闻一多严肃地：“会的。”

郝教授愕然：“真的？难道苦海无边了？”

吴晗诚挚地：“郝先生过于超然，其实谁又能逃脱得掉。”

闻一多：“郝先生今晚不妨听听诗朗诵。”

郝教授犹豫地：“这……”对朱自清，“佩弦也去？”

朱自清点点头。

郝教授：“看情况，看情况……”

闻一多、吴晗、朱自清都好意地笑了。

鼓槌在军鼓上击打着。

小喇叭朝天高举呜呜地叫着。

镜头拉开。

在游乐晚会的字标下，几个三青团学生正卖力地奏着音乐招徕师生。

王恭双手叉腰眯起眼向远处张望着。

西南联大食堂门前。

潘炎、赵明、樊林修和另外几个学生热情地接待着来参加朗诵会的师生们。

吴晗走进。

潘炎高兴地：“吴先生。”

吴晗点头微笑：“闻先生来了吗？”

潘炎："闻先生和朱先生已经进去了。"

吴晗："噢。"朝远处喧闹处投去一瞥，"唱上对台戏啦。"

赵明："那几位鼓号手还特别加了餐。"

吴晗揶揄地："真为难他们了。"

震天动地的鼓号乐渐渐变弱。

小喇叭手的额头上汗水淋漓。由于疲劳，用气不足，吹出的音跑了调。

王恭不满地："停！停！重来！重来！"

小喇叭手大口地喘着气。

王恭恼怒地转身冲进教室。

布置的五颜六色的教室里，气氛冷落。

训导长陪着黄教授孤独地坐在前排，四周散坐着一些没精打采的学生。有两个花枝招展的女学生边聊边吃着零食。

王恭快步走近查良钊，俯耳低语……

西南联大食堂里。

人头攒动，气氛炽热。

李公朴、闻一多、朱自清、吴晗、魏教授和另外一些教授们坐在前排，他们时不时交谈几句。

潘炎走上讲台，用手撩开飘落在额际的秀发，用银铃般的嗓音讲起来："尊敬的来宾们，老师们和同学们，诗歌朗诵会今天如期举行。"

会场上立刻安静下来。"我代表新诗社对诸位热情的支持表示最诚挚的感谢。今天，我们特别请到了李公朴先生……"

一阵热烈的掌声。

李公朴起身向师生们致意。

潘炎："让我们用热烈的掌声欢迎社会教育家、著名的'七君子'之一的李先生为我们朗诵他的新作。"

又是一阵热烈的掌声。

李公朴谦虚地："你们的掌声让我感动。坦率地讲，我不是什么诗人，比起闻一多先生、朱自清先生和诸位在座的教授们，我就差得更远了。"一顿，又接着说，"但是，我深深地知道，诗也是武器，而现在我们每个人都需要拿起武器！"

闻一多激动地鼓起掌。

全场掌声雷动。

西南联大校园甬路上。

郝教授徘徊着，倾听着远处传来的掌声。少顷，他似乎下了决心正欲向会场走去，突然两个彪形学生挡住了他的去路。

郝教授目不斜视。

王恭规规矩矩地深鞠一躬："郝先生。"

郝教授不知所以然地："……有事？"

王恭满脸堆笑："请您参加游乐会。"

郝教授不知所措地："再说，再说。"转身欲走。

王恭向另一个学生一递眼色，两人不由分说，上前架住郝教授的胳膊拉着就走。

郝教授几乎在大叫："成何体统！成何体统！"他的声音渐渐被声嘶力竭的鼓号声淹没了……

西南联大食堂。

人们鸦雀无声地凝神静听。

李公朴长须飘拂，激情满怀。

不要狂欢，且慢骄傲，
胜利团结与民主并没有真正得到。
它还要靠咱们大家努力，
抓紧时机共同创造！
……

西南联大教室。

临时搭起的小舞台上，两个人正前后搂在一起演双簧：

双簧一上台，
脸上抹点白，
头戴瓜皮帽，
皮靴脚下踩。
……

镜头摇向稀稀拉拉的观众。

郝教授像个小鸡似的被王恭和另一个彪形学生夹在当中。他哭笑不得地望着台上……

西南联大食堂。

李公朴慷慨激昂地继续朗诵道：

8年来，团结抗战成了空口号，
中国的命运几乎不能保，
现在“胜利”总算被“等”到了，
胜利的果实不能白白地送掉。
……

朗诵中出现下列画面：

美国运输机把大批国民党兵运到东北。（资料）

用美式武器武装起来的国军。（资料）

蒋介石在演讲。（资料）

特务、军警在抓捕进步人士。（资料）

李公朴在大声疾呼：

我们要抓紧时机打定主意，

把民主和平高唱入云霄。
把反民主的将军、老爷，
汉奸、走狗，
摩擦专家、顽固分子，
一齐都打倒！打倒！打倒！！

掌声雷动，群情激昂。一双双拼命鼓掌的手。

一只手狠狠地击在桌上。
镜头拉起。
查良钊在发怒："废物，饭桶！你们还能担当什么重任，啊？"
王恭和另外三四个三青团学生灰溜溜地听着训斥。
查良钊从桌上拿起份文件："上面又来了命令……"
王恭抬起头。

晨光熹微。
从高空俯瞰这座高原城市，大街小巷笼罩在黎明的静谧之中。
山峦，红色的，红得犹如凝固的血液。
丛丛笔直的剑麻在晨曦中拖着长长的阴影。

艳丽的三角梅在镜头前轻轻地摇动着。
闻一多和赵明、潘炎沿着两边种植着花的小路走来。
潘炎天真而真诚地："……闻先生，过去我只知道您是一个大学者，一位在故纸堆里埋头钻研学问的人……"
闻一多和赵明都笑了。
闻一多感叹地："是啊，过去有人说我一头扎进故纸堆中，可并不知道我在做什么。经过十几年的故纸堆中的生活，我有了把握，看清了我们这民族、这文化的病症。难道我是蠹虫？不，我是杀蠹的芸香。虽然二者都藏在书里，他们的作用并不一样啊。"
潘炎对赵明："啊，蠹虫、芸香，说得多好！"

赵明点点头，深表同感。

潘炎："闻先生，虽然日本投降了，可狼烟又起，我们该如何去做？"

闻一多略一思索，轻轻念道："诚既勇兮又以武，终刚强兮不可凌，身既死兮神以灵，魂魄毅兮为鬼雄。"

潘炎用明亮的眼睛望了一眼赵明，她说："先生的意思是说，要用前人的精神来激励我们自己，振作我们自己，对吗？"

闻一多点点头。

赵明："闻先生，我再陪您一段儿。"

闻先生和赵明走去。

潘炎："走好，闻先生。"潘炎目送他俩走远，她转过身，神情一变。

她的对面站着王恭，他叫了一声："潘炎同学。"

潘炎冷淡地："你有什么事？"

王恭欲言又止，最后下了决心："潘炎同学，希望你不要误解我，其实，我对你的印象十分深刻。"

潘炎不屑地："深刻也好，淡漠也罢，都与我无关。"

王恭："潘炎同学，你能听我一句话吗？"

潘炎："还没说完？"

王恭："我可是一片好心……"他话到嘴边又吞了回去，"你不听，就算了。"

潘炎从王恭身边走来。乌黑的短发衬托着她那秀丽的脸庞，王恭的心又动了，他环顾了一下四周对着潘炎的背影急促地说："你别再跟着他们乱跑了，时局马上要有变化……"好像怕自己说多了，他又止住。

潘炎站住，转过身来："你说的是真的？"

王恭唯唯诺诺不知道该肯定还是该否定。

潘炎轻蔑地转身走开。

华灯初上。

一辆黑色的福特牌轿车驶进北门街。

正在关北门书屋门的小季警惕地瞥了一眼。

轿车在北门书屋前戛然而止。

车门一开，一个很有气派的中年人跳下车，他手拎着一篮水果走上前。

小季：“您找谁？”

中年人：“公朴先生在吗？”

小季打量着眼前的这个人不置可否。

中年人：“你就说林卓达来拜会他。”

小季迟疑地：“哎呀，不知在不在家……”

中年人微微一笑，用手分开挡在门前的小季，径自跨进门去。

小季由后边快步追上，大声地：“哎，请你等一等，等一等。”

来人突然止住脚步。

小季抬头看见李公朴已迎了出来，他吁了口气。

李公朴打量着来人。

林卓达：“公朴兄，不认识小弟了？我是林卓达呀。”

李公朴：“啊，林先生，我记得你在重庆政府里……”

林卓达：“专程拜访，专程拜访。”

李公朴：“请。”

李公朴看了一眼站在林卓达身后的小季，小季快走了几步，赶在李公朴前进去。

北门书屋楼上。

林卓达坐在藤椅里环顾四壁，他的目光停在一张梅花图上：“画得好，公朴兄真是多才多艺。”

李公朴：“这是岳父所作。”

林卓达微微一怔，立刻圆滑地：“诗书之家，实在令人羡慕。”

张曼筠端来茶放在桌上：“林先生，请喝茶。”

林卓达欠身：“谢谢，谢谢。”

李公朴：“林先生此次来……”

林卓达忙不迭地：“叙旧，叙叙旧嘛。”

李公朴：“叙旧？我怕已叙不出什么了，有话不妨直说。”

林卓达把椅子往前拉拉，郑重地：“小弟这次来实有重要口信带给你。”

李公朴：“请讲。”

林卓达神秘地：“蒋先生……”说着下意识地想站起来。

李公朴嘲讽地一笑：“坐着讲，坐着。”

林卓达有些尴尬，他勉强笑了一下，没有站起来，找回话头说：“蒋先生让我转告，只要公朴先生跟原来的朋友一刀两断……”

李公朴不动声色地：“怎么样？”

林卓达：“政府会委任公朴先生部长的高位。”

李公朴沉吟不语。

林卓达：“俗话说，机不可失，失不再来，望兄三思。”

李公朴慢慢站起身：“我考虑好了。”

茶馆里。（次日）

王恭正向一些学生绘声绘色地说着什么。

墙角里，正在看书的樊林修抬起双眼……

西南联大校园花间甬路。

矮个子的三青团学生正在搂着两个学生的脖子边走边说……

西南联大宿舍里。

樊林修正向大家说着。

赵明激动地绞着自己的手。

潘炎手托着腮，若有所思……

西南联大西仓坡教职员宿舍。

闻夫人、赵妈和孩子们正在布置新居。

小妹展开一卷布：“妈，这个还要吗？”

闻夫人回头望见小妹手中的印谱，命令地：“快放下吧。那是你爸的印谱。”

闻一多心事重重地走了进来，他烦躁地翻看书，突然，他把一本书重重地一放，大声地说：“糊涂！糊涂啊！”

闻夫人、赵妈惊奇地相互看了一眼。

闻一多猛地转过身来：“不行！我这就去找他！”说完就朝门外走去。

闻夫人急切地：“一多，你怎么了？你要干什么？”

闻一多没有理睬她，一边大步流星地走去，一边自言自语地说：“真可谓知人知面不知心哪！”

几声重重的敲门声后，门被猛地推开。

李公朴和张曼筠一惊，转过身来。

闻一多冷着面孔站立在门前。

张曼筠热情地：“闻先生，请坐。”

李公朴也笑哈哈地：“我正要找你，闻先生。”

闻一多跨进房门，双手拉着拐棍，挺着腰板端坐椅上：“公朴先生眼里还有我？”

李公朴与张曼筠面面相觑。

闻一多冷冷地望着李公朴。

李公朴仿佛意识到什么，转对张曼筠：“你到下面去照应一下，好吗？”

张曼筠把一杯茶放在闻一多的面前：“好，你们谈吧，闻先生请吃茶。”说完不放心地看了一眼李公朴，走了出去。

李公朴客气地：“闻先生，请讲。”

闻一多极力克制着自己：“听说重庆方面来人了……”

李公朴坦率地：“是的。”

闻一多：“公朴先生不愧是活动家啊！”

李公朴有些生气地：“闻先生是在说反话？”

闻一多：“不敢。你是官运亨通之人，我看这小小的书屋再也不够你施展宏图了。”禁不住顿了一下手杖，“李先生，你要好自为之啊！”

李公朴皱起眉头，急于替自己辩解地：“我深知闻先生是嫉恶如仇，但绝不可轻信他人之言，误会我李公朴……”

“罢了，不必再说。”闻一多提高嗓音，“他们为什么不去找别人，非要找你？”

楼下店堂里。

天花板上传来脚步声，时走时停。

正在为顾客包书的小季，关切地朝后面瞥了一眼。张曼筠正在整理书籍，神情不安。

天花板上的脚步声消失了，变得很静，很静。

张曼筠慢慢仰起头……

楼上。

李公朴独自一人坐在椅中，他想用看书来平息心中的愤慨，但又实在不能看进去，他激动地翻弄着手中的书。

张曼筠轻轻推门进来。

李公朴赶快翻好一页，佯装看书。

张曼筠缓缓走近他，紧紧地搂住他的肩头。

李公朴转过脸来望着张曼筠，想做出无所谓的笑脸，可是眼睛里却分明充溢着热泪。

张曼筠望着李公朴，目光里有委屈，更有同情和体贴。

李公朴望着理解自己的妻子，苦笑了。

夜幕降临。幽静的翠湖小路上。

李公朴和赫铭文缓缓走来。

李公朴心情沉重地："……知道我的人很多，了解我的人却很少。敌人的辱骂，我不认为是坏事；朋友的伤害，的确是感到可悲的。这究竟是'人不知我'或者是'我不知人'，实在有些茫然。"

赫铭文："老李，你的心情我理解，我想闻先生的本意也是好的，他不愿意自己的朋友们违背初衷，误入歧途。"

李公朴宽厚地："我没有丝毫怪他之意，我感激他。"他止步，眯起眼睛注视着平静的湖水，"是啊，敌人偏偏选中我来做文章，想必我自己有让敌人钻空子之处。"

赫铭文被李公朴的坦白感动了："我能帮您做些什么……"

李公朴和赫铭文向远处走去，镜头推向他们的背影。

两个人的背影缓缓前行。

当镜头拉出来时，我们看到闻一多和赫铭文也正走在翠湖边的小路上。

赫铭文正在结束自己的话语："……您对公朴确实误会了。"

闻一多的声音很低："这么说……是我错了。"

赫铭文："公朴绝不会与敌人同流合污，我们应该信任他啊。"

镜头慢慢推进赫铭文。（闪回）

北门书屋楼上。（回忆）

林卓达："俗话说，机不可失，失不再来，望兄三思。"

李公朴慢慢站起身："我考虑好了。"

林卓达欣喜地俯近李公朴："痛快，英雄本色。"

李公朴："请替我谢谢蒋先生，就说我李公朴没有做官的福分，我这北门书屋虽小，可工作够我做了。"

林卓达脸色陡变："李先生要不听话，将来有什么事……就不好办了。"他在威胁。

李公朴冷冷地："恕我不送。"

林卓达尴尬地："好，好……"转身欲走。

李公朴："请留步。"

林卓达以为李公朴回心转意，正要有所表示。

李公朴一指桌上的水果篮："请拿回去！"

林卓达愤愤地一把抄起水果篮，气哼哼地冲出门。他的脚绊在门槛上，一失手将水果篮掉落在地，几只苹果滚了出来。他恼怒地飞起一脚。

满地的苹果滚动着。

林卓达自言自语地："我要给你来个满城风雨，尽人皆知……"

汽车声远逝。

小李重重地关上北门书店的店门……

赫铭文的画外音："于是他们便到处散布流言蜚语……"

西南联大门口。

闻一多停下脚步，信任地望着赫铭文。

赫铭文意味深长地：“闻先生，在这个危机四伏、混乱的时刻，我们更要注意团结啊！”

闻一多坦诚地：“我去找他，向他道歉。”

赫铭文被闻一多像孩童一般纯洁的心灵感动了，他拉着闻一多的手，使劲握了一下。

音乐渐起。

音乐声中：

闻一多穿过街头熙攘的人群。

闻一多拐进北门街。

闻一多走进北门书屋的小门旁。

闻一多匆匆登上楼梯，衣衫飘摆。

音乐止。

闻一多喘息着猛地推开房门。

伏案疾书的李公朴一惊，他抬起头，看见闻一多站在门前，他们的目光碰在一起。短暂的沉默。

李公朴慢慢站起身。

闻一多一步走上前：“公朴！……”

李公朴友爱地：“闻先生！”

没有语言，不需解释，两颗赤诚的心跳动着，两双手紧紧地相握。

李公朴欣慰地笑了。

一行热泪从闻一多面颊上滚落下来。

音乐起。

火红火红的大地。

笔直的剑麻。

连绵不断的山峦。

一轮红日渐渐隐没在山后。

几声枪响，湮没了音乐声。

枪响后，音乐声继续。

又是一阵长时间的枪响，音乐声被迫终止。在乱枪声中，镜头以较快的速度扫过大地、剑麻、山峦。一片模糊，像血一样红的底色。

在像血一样红的底色中，出现下列字幕：

1945年。

国共两党谈判正在进行，“双十协定”尚未签字，10月3日蒋介石对龙云发动了突然袭击，昆明即被蒋介石的嫡系直接控制。10月3日当天，宣布云南省政府改组，李宗黄代省主席，关麟征任省警备司令，于是枪声就在昆明上空响开了。欢庆抗日胜利的爆竹的硝烟刚刚飘散，人民又要流血了……

（在出现上述字幕的同时，用有关资料做衬底）

在灯光的照耀下，现出条幅特写——“反内战时事晚会”。

镜头拉出。

新搭的主席台对面的草坪上，黑压压地席地坐满了来开会的大中学生、教职员、公务员。

翠湖警备司令部。

身着美式军服荷枪实弹的士兵严密地监视着过往的人。

查良钊与王恭一前一后，走过森严的大门。

王恭看见荷枪的士兵，心惊肉跳，他胆怯地朝后退了一步，查良钊拉了他一把。

卫兵上前制止。

查良钊掏出证件。

他们的身影消失在黑黝黝的门洞里。

西南联大草坪。

歌声此起彼伏。

闻一多、吴晗、朱自清、魏教授等人坐在学生中间。

郝教授从后面走来，挤在闻一多身边坐下。

闻一多回头，惊讶地："哦，郝先生也来了。"

郝教授忙不迭地："反对内战，人人有责，人人有责。"

闻一多："郝先生也讲一讲吧。"

郝教授刚要说什么，朗朗的声音从台上传来。

"今天国立西南联合大学、国立云南大学、私立中法大学和云南省立英语专科学校四校召开的'反对内战，呼吁和平'大会现在开始！"这是潘炎在宣布大会开始。全场立刻安静下来。

潘炎继续说："下面请李公朴先生讲话。"

在热烈的掌声中，李公朴从侧面稳重地登上讲台。

台下鼓掌的人们。

闻一多和郝教授也在鼓掌。

李公朴："抗战胜利了，小日本滚回东洋了，可在我们耳边，在昆明，在东北，在大半个中国，杀人的枪炮声仍不绝于耳。许多人关心中国的内战会不会打？答案是肯定的，内战不是会不会打，而是打起来了。"

此时，王恭和一些人拥进会场，他们分头挤进人群。

李公朴情绪激昂："……我们都是手无寸铁的老百姓，打日本人，我们献出了自己的儿子，献出了田里的谷子，献出了赖以生计的无数钱银，现在我们怎样反对内战呢？只有一条路，有儿子的，不给儿子；有谷子的，不给谷子；有钱银的，不给钱银。这就是我的办法！"

人们的情绪高涨起来，一个中年妇女站起身高呼："对！我们不给儿子！"

人们呼应着："我们不给儿子！"

"不给钱银！"

"不给谷子！"

潘炎站在台角振臂高呼："反对内战！"

人群中发出雷鸣般的轰响："反对内战！反对内战！"

人群的一侧。

王恭看着眼前的场面有些发愣。

一个戴便帽的中年人向王恭捅了一下，示意他上台发言，王恭有些胆怯地看了看四周。

中年人压低声音咒骂道：“脓包！”他霍地立起身，挤过人群跳上台。

台上，潘炎打量跳上来的中年人：“你是……？”

中年人拨开潘炎，对着台下：“我是一个老百姓，姓王。刚才有人讲话，说国家现在是内战，这是诬蔑，我看不是内战，而是内乱。有一小撮坏人整天和政府捣乱，不听政府的话，请问，民国的天下是哪一个打出来的？”

人群哗然。

潘炎皱起眉：“这位先生讲完了吗？”

中年人得意地：“没有，刚开始……”

一个声音从台下传来：“叫他讲，叫他讲！”

一帮人起哄地鼓起掌，呼叫着：“坚决拥护老百姓的讲话！”

潘炎神情焦灼。

李公朴冷静地观察着。

闻一多有些按捺不住了，他刚要站起来，一只手拉住他，吴晗低声对他说：“让他们先表演一下。”

中年人在台上：“坚决消灭共匪！拥护蒋主席！”

人群中站起一个人，指着台上的中年人大声地：“大家不要听他的屁话，我认识他，他不是什么老百姓，他是国民党调查统计室的，是特务！”

群情愤怒。

“特务滚出去！”

“滚出去！”

“不要特务讲话。”

中年人慌了：“诸位，诸位，兄弟我是老百姓啊。”

“我们不听特务讲话！”

“滚下去！”

潘炎鄙夷地一笑：“这位先生还讲下去吗？”

草坪上歌声骤起：

你，你，你，
你这个坏东西，
拉夫抽丁，征粮征米，
拆散父子，拆散夫妻都是你！
……

中年人在歌声中溜下台，消失了。

人们还在唱着。
闻一多边挥着手边唱。
李公朴大声地唱着。
朱自清轻声附和着。
郝教授在刚才那番争执中受了惊，此刻看见没人注意他，就悄悄溜走了。

街上。
一队队全副武装的士兵跑过去。

西南联大校门口。
一个黑影从里面闪出来，还没等他站定，几束手电筒光射在他的身上。瞬间，我们看清楚这是郝教授。郝教授用胳膊挡住光……

西南联大草坪上。
讲台上，潘炎边打着拍子，边大声地唱着：

你的心肠和魔鬼一样，
你这个坏东西，
真是该枪毙！

人群中，可以看见郝教授重又挤回到闻一多身边坐下。
潘炎："下面请吴晗教授讲话！"
掌声。
吴晗刚刚站起身，突然灯全熄了，全场一片漆黑。
会场中有些乱。
哨声、咒骂声、惊慌声。
李公朴站起来大声地："大家不要怕，这是有人故意捣乱……"
话音刚落，砰砰叭叭地响起一阵枪声，会场更加乱了。

西南联大校门外。
埋伏在房顶上的士兵正在射击。
机枪喷着火焰。

西南联大草坪。
会场已经大乱。
人们四处奔逃着，躲闪着，互相碰撞着。
郝教授闭着双眼，索性趴在地上。
突然，台上闪起了一支红烛。
镜头推近。
烛光映照着闻一多坚毅的脸。
子弹呼啸着。闻一多高举着红烛，一动也不动，犹如一尊雕像。
一些人看见红烛镇定下来了。
又一只红烛亮了，这是李公朴，他紧挨着闻一多站在台上。
奔跑的人停下脚步。
一只红烛，又一只红烛亮了起来。
吴晗、齐北宣、朱自清也举着红烛站在台上。

报纸特写——中央社讯："本市西门外白泥坡附近，昨晚7时许，发现匪徒。当地驻军接报后，即赶往捉捕。匪徒竟一面鸣枪，一面向黑暗中逃窜而散。"

镜头拉开。

西仓坡联大宿舍闻家。

闻一多将报纸啪地摔在桌上："世界上居然有这些个无耻之徒！"

吴晗："贼喊捉贼，这不过是他们惯用的伎俩。"

闻一多鄙夷地："8年抗战，经过了血的洗礼，难道几声枪响就能把人吓倒？"

吴晗："学生们已经行动起来了。"

闻一多走近窗前，久久地眺望着……

一双手将一张大纸贴在墙壁上，上面写着："罢课委员会。"

镜头慢慢摇过铁皮屋顶，空无一人的教室。

实验室里，静悄悄地摆着仪器。

图书馆里，一排排书架，一行行的桌椅，一个戴眼镜的管理员坐在借书台前无聊地玩着扑克牌。

西南联大食堂。

破旧的大棚里挤满了学生、职工。

赵明站在桌上念"罢课委员会"的通知："……'三、保障同学们的人身自由，不许任意逮捕。四、要求中央改正诬蔑西南联大之荒谬言论，并向当晚参加大会人士致歉！'这就是我们的要求，可是已经3天了。没有任何人答复我们，现在我们宣布无限期罢课！"

人群中发出赞同的声音。

"我讲几句，我讲几句……"随着声音查良钊分开众人挤到桌前，"同学们，同学们，学校当局体谅大家，可大家也要体谅我们啊。"

"反内战到底有何罪？"

"你敢不敢把射击事件的内幕公布？"人群中有人责问查良钊。

查良钊急得用手帕擦着汗水："同学们，同学们，我希望你们还是回到课堂去，不要上坏人的当……"

人群中爆发出一声怒吼："查良钊，你算不算人？"

"下去！下去！"

查良钊实在讲不下去了，气愤地走开。

学生们目送他的背影。

人群中突然爆发出欢呼声："闻先生他们来了！"

闻一多、朱自清、吴晗、齐北宣几个人出现在门口。

人群自动闪开一条路，闻一多等人走进来。

潘炎："闻先生，希望您支持学生的罢课活动。"

闻一多略一迟疑，然后登上桌子，他久久地望着那一张张熟悉的面孔，少顷，他开口说："我，坚决支持你们……"

热烈的掌声。

闻一多声音低缓："……3天来的罢课使你们也使我们学到了不少东西，一些目的也已经达到了。腐败的政治积习，非几日之间可以解决，我的意见，大家不妨先复课……"

全场突然变得寂静无声。

一双双疑惑不解的眼睛望着闻一多。

赵明跳上课桌，显得很激动，他说："闻先生是我们敬重的师长，可刚才的话却使我们失望，对于刽子手的屠杀和诬蔑，同学们的情绪已经由愤怒变为仇恨，我们多希望得到先生们的支持啊……"

闻一多他们相互望了一眼，默默地听着。

镜头前是一双微微颤抖着、正在刻印的手。

镜头拉开，闻一多坐在桌前用力地刻着，然而他的心里却似乎在想着另外的事。

闻夫人向他投去关切的目光。

小妹正欲上前，被闻夫人一把拉住。

闻一多放下刻刀，长吁一口气。

闻夫人："你怎么了？心里有事？"

闻一多担心地："也不知道学生们怎么样了。"

昆明街头。

一队队学生手持宣传纸旗、标语正在沿街宣传。

国民党省党部。

一根根木棒、一把把铁尺在特务手中传递着。

昆明街头。

学生宣传队振臂呼喊口号："反对内战！我们要民主！"

一只只胳膊高举着。

镜头从国民党党旗和蒋介石的相片上拉出来。

特务军警们正在宣誓："……为党国牺牲在所不惜。"

昆明街头。

手持木棍、铁尺的特务们追打着学生宣传队。

一个学生手捂着流血的额头倒下，一只穿着皮靴的鞋狠狠地向他踢去……

字幕：1945年12月1日。

在急促的令人紧张的鼓点声中，一双双脚跑动着。

一只在街上惊跑的小猫被踏在脚下。小猫发出凄厉的尖叫声。

西南联大紧闭的大门外。

国民党士兵和特务们推倒警卫木楼，挥舞着木棍、铁尺冲打着校门。

校门里。

一群罢课的学生们在赵明、樊林修的带领下，用桌椅抵挡住校门。

特写——大门在剧烈地摇晃着。

校门里。

学生们惊恐的目光。有的人开始往后退。

赵明飞身上前用肩抵住大门。

樊林修和其他同学们学着赵明的模样，用自己的肩头、双手死命地抵住大门。

校门外。

军人和特务们号叫着，向大门冲击着。

王恭和几个学生三青团员缩在一边，心惊肉跳地看着嘎嘎作响的大门。

一个头戴鸭舌帽的特务转过头来朝王恭他们凶狠地：“混蛋！过来！”

王恭畏缩不前。

突然画外传来一声裂响。

特写——校门向镜头倒来。

士兵、特务们狂叫着，踏着大门朝镜头冲来。

学生们向后退去。

士兵和特务们挥着棍子和铁尺在后面追赶。

赵明和几个特务厮打起来。

学生们被分隔开，士兵、特务蜂拥而上，大打出手。

“我们来了！”一个女子高叫着。

潘炎率领男女学生从里面跑出来。

“打特务啊！”

学生们抄起桌椅向敌人砸去。

戴鸭舌帽的特务后脑挨了一板凳，他像木偶似的转过身，翻着白眼跌倒。

军人和特务们向后退着。

越来越多的学生们呐喊着跑来。

赵明和樊林修一个抓肩一个抓腿把昏倒在地的“鸭舌帽”扔出校门外。

学生们重又支好大门。

校门外。

“鸭舌帽”渐渐睁开眼睛，他咬着牙伸手从怀里掏出颗瓜式手榴弹，敲开保险，隔着门扔进院里，他几个翻身滚到一边。

大门里爆发出震耳欲聋的轰鸣。

校门内。

学生们四散着向后跑开。

院子里弥漫着硝烟。四周变得死一般静。

被震昏的赵明醒过来，他的手摸到一只腿。他抬头向地上望去，一个学生被炸得血肉模糊。

赵明悲痛地：“小李……”

赵明站了起来，他又叫了一声：“潘炎！”

顺着赵明的目光，我们看见潘炎背靠着院墙坐着，她面色苍白。

镜头推近。

潘炎一只手捂住胸口，殷红的血正从那里流出来，流下去。

赵明和几个学生正欲上前救护，大门又被推倒，士兵、特务们狂叫着冲了进来。

赵明被几个士兵抓了起来。

另外几个学生也被特务们追赶着。

“鸭舌帽”手持一杆大铁钎走进院中，王恭和两个特务站在他身后。

“鸭舌帽”指着潘炎：“她是不是共产党？”

王恭看了一眼，吓呆了。

潘炎一手捂着胸口，吃力地站了起来，她的血还在流。

王恭吓得捂住眼睛。

潘炎鄙夷地：“血，要用……血……来偿还！”

“鸭舌帽”眼露凶光：“好！还你……我马上还你。”他一步一步地向潘炎走去。

潘炎忍着疼，高傲地扬起头。

“鸭舌帽”双手握着铁钎狠命地朝潘炎腹部扎去……

一声撕心裂肺的尖叫。

一股鲜红的血喷射而出。

“鸭舌帽”拔出铁钎扎进去，又扎进去……

潘炎无声地倒下了。

血，喷溅到墙上，染红了土地。

王恭浑身颤抖着，颤抖着，突然，他哇地大叫一声向外跑去。

校外街道上。

王恭号叫着，狂奔着。

两个特务一把拉住他。

“鸭舌帽”凶狠地踢了他几脚。

王恭赶快跪下，口中念念有词地嗫嚅着什么，目光呆滞。

画外传来追打的号叫声，这声音越来越强烈。

突然，一切都静下来。

长衫摆动，一双脚缓缓走来，停住步。

镜头拉起。

低缓和悲怆的音乐声中，闻一多满腔悲愤、哀伤。他久久地凝望着那残破不堪的校门和地上的摊摊血迹。“国立西南联合大学”的校牌歪斜着，无力地要坠下来。

西南联大教室。

桌椅东倒西歪，破烂不堪。

闻一多走到教室的最后一排，扶起桌椅，缓缓坐下。他呆呆地，耳畔又响起潘炎那熟悉的声音：

“咯咯……”

“你是谁？”

“我叫潘炎，新来的。”

“坐下吧，今天讲……”

校院甬路。

闻一多踯躅而行。

画外潘炎的声音："闻先生，您说，我们能当亡国奴吗？"

红土，一眼望不到头的红土地。

剑麻高耸。

闻一多和李公朴眺望着远处。

李公朴："你知道吗？她，也是外面的朋友。"

闻一多眼睛里饱含着泪水："有她这样的学生，我感到自豪。在我们这个民族里，许多人可以没有，许多人活着等于白费。而她，用死为我们说出了生的意义和价值。"

李公朴："他们的血不会白流，人们在觉醒，你听！听！……"

画外传来沉重而有力的鼓声。

鼓槌在鼓上敲打。

哀乐奏起。

"一二·一惨案烈士殡仪"的大字横幅下，抬着一座自由钟，边走边敲，引导着万余人的送葬队伍，浩浩荡荡地行进在昆明街头。

在肃穆的音乐声中：

闻一多、李公朴、吴晗、齐北宣、朱自清、魏教授等人在队伍的第一排行进着。

镜头推向并肩而行的闻一多和李公朴。他们坚定地走着。

闻一多的画外音："我们一定要为死者报仇，要追捕凶手，我们要追到天涯海角，这一辈子追不到，下辈子还要追，这血债是要还的！"

音乐起。

第三集

字幕——1946年。

重庆　政治协商会议。

在"反对内战、争取民主"高昂的口号声中，现出下列画面：

中共代表团步下飞机。（资料）

周恩来微笑着向欢迎人群频频致意。（资料）

举着标语、喊着口号的游行示威队伍。(资料)

国共双方谈判代表激烈地辩论着。(资料)

蒋介石冥思苦想，一筹莫展的神态。(资料)

响起浑厚、苍劲的画外音：“1946年2月10日，重庆各界人士在校场口举行庆祝政协会议成功大会，国民党政府却指使特务捣毁会场，打伤数十人，郭沫若受伤，李公朴的头也被打破。在云南……”

画面上出现火红的土地和笔直高耸的剑麻。

面外音：“……西南联大的师生在历经苦难折磨、腥风血雨，完成了它的历史使命之后，即将复原北上……”

《西南联大校歌》的旋律起。

在震撼人心的音乐声中。

镜头从高高矗起的纪念碑摇下——闻一多书写的《国立西南联合大学纪念碑》。

师生肃然而立，透过他们的肩头我们看到闻一多正站在石台上，他用平静却极富感情的声音，安详地说着：“……我们都是在美国式的教育里培养出来的，固然可以学得一些知识和技术，但是经过这8年的检验，可以说，过去受的美国教育实在太坏了。它教我们只顾自己，脱离人民，不顾国家民族。这就是所谓的个人主义吧。它几乎害了我一辈子！有些人毕了业，留了洋，干脆不回来了；有的爬上去了，做了教授，或者当了校长，或者当了大官，有了地位，就显得不同，想的和说的也和别人不一样啦！其实这些有什么值得夸耀的呢？我希望西南联大的同学，再不要学我们的样子。你们这些校友都是走进社会上工作的人了。你们都有责任改革这些现状，要拿出勇气来，不要重走误人误己的道路了……”更加深沉地，“西南联大就要分开了，北大清华和南开。不久就要回到老家去啦！这当然是值得高兴的，我也和大家一样，怀念故乡，怀念清华园。可惜，如今除了那半个中国之外，哪儿也不会有安乐土。这使我不能不想到北平。在那里等待着我们的，恐怕不是什么幸福，也许是更丑恶的灾难……”

在闻一多的画外音中，现出下列画面：

吴晗激动的面孔。

朱自清的眼里噙满泪花。

魏教授擦拭着自己的眼镜。

郝教授动情地叫着。

赵明崇敬的目光。

樊林修飞快地往小本上记着。

绿荫深处，可以看见烈士的墓碑。

闻一多、吴晗、朱自清、赵明、樊林修等人走来，肃立在烈士碑前。

教室里，黑板上规整地写着一行字——最后一课。闻一多默默地望着学生，他口衔大烟斗，用激动而颤抖的手划着火柴，一根灭了，又一根，又一根，终于划着了一根。他把火柴凑近烟斗，猛吸了一口，他被浓烟呛着，烟雾飘散，但见两行热泪滚落……

彩灯齐明。

校牌特写——云南大学。

操场上燃着篝火，一幅标语"'五月'27周年大会"赫然在目。

《茶馆小调》的歌声传来。

木柴燃烧着，火焰熊熊。

进步教授和青年学生们围坐在操场上，观看几个学生表演《茶馆小调》。

闻一多和从重庆归来的李公朴都挤坐在青年中间，闻一多衔着那支别有风趣的烟斗，出神地望着场上表演的节目。火光映照在他神情和悦的面庞上，现出从来不曾有过的欢乐。

8个穿着苗族服装的青年出场了，唱着凄婉的调子，跳起民间舞蹈《插秧苗》。

闻一多、李公朴他们颇有兴致地看着。

突然，一枚二踢脚腾空而起。

闻一多、李公朴仰头观看。

二踢脚在空中爆炸，火星闪闪，迎来了节奏欢快的锣鼓声。

一男一女在锣鼓声中，扭着秧歌，跳起了"兄妹开荒"。

熊熊的篝火在燃烧，人们笑着，谈着。

李公朴抚摸着额头新愈的伤口，满怀激情地说道："一多，昆明毕竟是一个民主堡垒！在重庆校场口开会，头给打破了，胡子也给拉去一大把。今天在这里，热火朝天，我感到四周都是力量。"

闻一多开怀大笑起来。

李公朴："昆明的青年们太热情，太勇敢了，啊……"他向身边的青年们眨眨眼，一指闻一多，"还有你这样的老头子，也很年轻热情哩！"

闻一多笑吟吟地正想说话，只见领头扭秧歌的人到了眼前。

"欢迎闻先生和李先生参加。"

场上的青年们一齐喊了起来："一二三，欢迎！一二三，欢迎！"

领头的青年伸手挽住闻一多。

闻一多笑着："哎，骨头硬了，比不上你们了……"见学生还拉着自己，便一指李公朴："他扭得好。"

李公朴爽快地站起来，意味深长地："好，再重温重温吧。"

锣鼓敲打着。

李公朴随着青年扭起秧歌。

无数双腿在跳着、扭着。

闻一多钦佩的目光。

李公朴开心的笑脸……

一间幽暗空旷的大房间。

低扣的台灯照射着将军服的下摆。

置身在黑暗中的人猛地将手掌击在桌上，震得茶杯弹起，歪倒，茶水顺桌流下……

"啪！"清脆的枪声，在空旷的院子里回荡着。

一只手枪直对着镜头。

枪口喷着青烟，一发，两发……枪声不绝。

镜头拉开。

身着皮夹克的王恭叉开双脚，眯着一只眼，勾动枪机，朝前面的靶子发射着。他绷紧的面孔上，一双眼睛冷漠无情。

“老王！……”随着叫声，一个着军便装的中年人向王恭走来，“组长叫你去呢。”

王恭站立未动，扣响最后一颗子弹。

中年人凑近王恭，挑起大拇指悄声地：“听说大头发火了。”

王恭举起枪，吹去枪口的青烟：“为什么？”

中年人：“昨晚上云大扭大秧歌，头儿说，昆明快成解放区了。”

王恭不屑地撇撇嘴，把枪往枪袋上一插，返身出去。

青云街茶馆。

烟雾缭绕，语声不绝，学生们各自围聚在桌前聊着。有的人低声哼着：“我的家在东北松花江上……”

赵明、樊林修、闻立鹤和另外两个女学生围坐在角落里的桌前，低声叙谈着。

闻立鹤：“……我们就要回北平了，你们呢？一道走吗？”

赵明：“不，我是昆明人，我准备留下。”

闻立鹤望着樊林修：“林修，你打算怎么办？”

樊林修阴郁地：“无家可归。泰国被日本占领后，我和家里断了音信，还不知他们是死是活。唉，你们好歹有个去处，可哪儿是我的去处？”

赵明：“林修，就留在昆明吧，只要我有一口饭，就有你半口。”

闻立鹤：“干脆，学校走后你就住我家吧。”他亲切地拉住樊林修的手，“我爸爸可喜欢你们了。”

“这样也好。”赵明赞同地说，又感慨道，“总有一天你可以回自己的家园，我们也可以过上好日子，这一天不会太远了。”

茶馆老板托着大茶壶走到桌前，一边续水一边向墙上努嘴。赵明抬起头。

墙上贴着墨迹未干的纸片——莫谈国事。

“莫谈国事！”老板又拎着壶高叫着走去。

樊林修目送老板，突然眼神愣了一下：“瞧……”

赵明和闻立鹤顺着他的目光朝窗外望去。

青云街上。

身着皮夹克的王恭正向茶馆走来，小个子三青团员像个跟屁虫似的紧紧地尾随着他。

茶馆里。

赵明鄙夷地："听说这小子当特务了。"

一女学生："他自己说是投笔从戎。"

樊林修低声地："他进来了。"

赵明抬起眼角。

王恭铁着脸径直朝桌前走来，止步，用脚勾过一个凳子，沉沉地坐下。

两个女学生起身欲走。

王恭冷冷地："请坐，我尊重女性。"

女学生们不屑地一撇嘴走开。

赵明冷静地呷了口茶，未做任何表示。

王恭挑衅地："赵明，我真想再坐一次你拉的车。"

赵明："可惜，我没那工夫了。"

王恭逼视着赵明："那你靠什么混饱肚子？"

赵明："这，你用不着操心。我绝不用带血味的钱。"

王恭语塞。但仍阴着脸，逼视着赵明。

赵明起身："咱们走吧。"

闻立鹤、樊林修起身随他走开。

其他桌上的学生们也纷纷起身走开，仿佛避瘟神似的。

灶房里。

茶馆老板使劲儿把壶顿在灶台上，发火地："他一来把买卖全搅黄了，天杀的，还让不让人活了。"

老板娘悄声地："莫谈国事，莫谈国事。"

老板突然意识到地："是啰，是啰。"

茶馆里。

小个子对王恭："什么时候教训教训他们。"

王恭阴森森地："还轮不到他们。"

小个子似懂非懂地："噢。"

篆塘河岸边土路。

一辆美式吉普车缓缓地行驶着。

透过玻璃可以看见戴着墨镜的"王老百姓"正叼着香烟直勾勾地盯着前方。

司机对着反光镜中的他："白组长，再近点吗？"

白组长："就这样，保持距离，咬住它。"

清清的河面上。

一只载着人的细身尖嘴木船正顺水划去。

一只手握着小木槌笨拙地钉着一只鞋。

透过修鞋人的背影，露出北门书屋。

洗染店的老板娘正由书屋右边出来，她好奇地向修鞋人这边瞥了一眼，便匆匆进了侧门。

北门书屋楼上。

老板娘正向张曼筠说着："……自打侬先生由重庆回来，阿拉在这条街上碰到好几回这个修鞋的，这个瘪三满脸杀气，侬心跳得慌哩。叫李先生多多留心啊，这世道不太平啊。"

张曼筠忧心忡忡地："谢谢你了。"她走到窗前，轻轻撩起窗帘……

北门街上。

修鞋人双手拢在脸前点烟，当他把手放下时，我们看见这原来是王恭。他将烟喷出，举目向北门书屋楼上望去。

北门书屋楼上。

张曼筠急忙放下手，离开窗前。

老板娘关切地："李先生出去了？"

张曼筠："去大观楼了。"

大观楼。

小木船停泊在大观楼前。

朱自清站在石岸上念诵着孙髯翁的长联："五百里滇池，奔来眼底，喜茫茫，空阔天边……"他转对身边的闻一多，"这副对联虽不算上乘之作，倒也以长取胜。"

闻一多笑眯眯地："佩弦你若有雅兴，何不比他一首。"

吴晗："好主意，好主意。"

朱自清不慌不忙地："不可，不可，要不孙髯翁在九泉之下睡不安稳了。"

众人大笑。

李公朴对船家："我们到对面草地去坐。"

船家："是啰。"

众人上船。

大观楼石栏后。

白组长探出头，见小船已无踪影，急忙纵身越过石栏，奔向石岸边，焦急无奈地张望着湖面上穿梭不息的各式木舟……

绿油油的草地上。

闻一多、李公朴、吴晗、朱自清、齐北宣等人席地而坐。在此起彼伏的鼓声和吆喝声中，湖上几只龙舟竞相地向前划着。

龙舟破浪前行。

水手们挥动着肌肉隆起的胳膊奋力地划着桨。

李公朴不无感慨地："看来，这是我们在昆明过的最后一个端午节了。"

齐北宣亲切地望着李公朴："李公朴先生何去何从？"

李公朴无限憧憬地："回上海。办一所大学，一所社会大学。让那些有为的青年有个求知的机会。还打算办个出版社。"风趣地对众人，"专门出版各位的大作。"

吴晗笑对朱自清："佩弦，你的《荷塘月色》可以再续一篇喽。"

朱自清似被触动，感慨万分地："我真的想念北平了。想念清华园里的一草一木……"他的目光转向闻一多，还没有讲完的话停住了。

只见闻一多微闭双目，脸上挂着孩子般的稚气，陷入梦幻中。

镜头渐渐推进闻一多（化）。

北平清华园72号院内。（闪回）

积雪盖满了庭院。

孩子们在堆雪人。

屋门开了，闻一多步出。

孩子们呆呆地望着他，等待着他的训斥。

突然，闻一多卷起长袍，跳到雪地里，紧紧地团弄着一块雪。

雪团在雪地上转着，越滚越大，不一刻便成了一个大球。

孩子们高兴地跳了起来，围上去，帮助父亲推着。

小妹拉着闻夫人从屋里走出来，指给妈妈看。闻夫人笑了。

闻一多带着孩子们用煤球，给雪人安眼睛。

雪人滑稽地咧着嘴。

闻一多、闻夫人和孩子们拉着手，围绕着雪人，转着，笑着。

草地上。

闻一多脸上挂着笑，沉浸在美好往事的回忆中。朱自清不无担心地："一多，一多兄……你怎么了？"

"……"闻一多从沉思中惊醒。

朱自清："你，笑什么？"

闻一多："真想清华园啊，一晃阔别8年多了。"

吴晗："是啊，8年了，8年的西南联大生活终于结束了。再过若干年，有谁知道，在这片杂草丛生的角落里，曾有一座由我们付出心血的最高学府呢！”

闻一多：“不会忘，我们不会忘，我们的后人也一定不会忘。”

《西南联大校歌》音乐旋律骤起。

西南联大操场上。

北上的师生们正向几辆大卡车上装着行李物件。

闻一多胳膊上挂着手杖深情地望着朱自清和吴晗：“祝你们一路顺风。”

朱自清留恋地：“一多兄，早点回来啊。”

吴晗：“我们先行一步，一多兄，北平见。”

闻一多两只手拉着他们：“佩弦，吴先生，回去后一定到我家院子里看看，我亲手栽的那几棵竹子是不是还活着。”

朱自清：“一定，一定。”

吴晗：“闻先生，你要多保重啊。”

闻一多激动地点点头：“我们会很快见面的。”

吴晗：“到时候，我们一定到清华门口接你。”

“上车，快上车。”训导长查良钊在人群里穿来穿去地叫着。

几个学生跑到闻一多面前，一字排开。

“再见，闻先生。”他们深深地鞠躬。

一个女学生忍不住哭了起来。

赵明跃上车厢踏板，大声地唱了起来。众人跟唱：“万里长征，辞却了五朝宫阙……暂驻足衡山湘水，又成离别。绝徼移栽桢干质……九州遍洒黎元血。尽笳吹，弦诵在山城，情弥切。”

汽车的马达轰鸣声大作。

歌声在继续：

千秋耻，终当雪，
中兴业，须人杰。
便一成三户，壮怀难折。
多难殷忧新国运，

动心忍性希前哲。
待驱除仇寇，复神京，还燕碣！”

歌声中：

西南联大的师生们含泪拥抱，握手道别。

汽车缓缓启动。

赵明、樊林修和另外一些未走的学生一边挥着手，一边跟在车后跑着。

闻一多把手杖挎在左胳膊上，不停地挥动着右臂。他的眼镜片变得模糊了。

卡车轮卷起的尘土把一切都遮住了。

尘土慢慢消散。

卡车消失在远方。

闻一多久久地望着。

歌声止。

“闻先生。”一个喑哑的声音。

闻一多转过头，只见郝教授失神落魄地站在跟前。

“啊，郝先生。”

郝教授愤怒而又伤心地：“这帮衣冠禽兽，屁事屁会放不过我，回北平倒把我丢置脑后。唉！”

闻一多意味深长地：“郝教授，您该清醒了。”

郝教授惭愧地：“一多兄，你们不会看不起我吧？”

闻一多诚恳地：“您也是有血有肉之人，所缺少的只是一点傲骨，郝教授您也该挺起腰板走路。”

郝教授感动地：“一多兄！……”

西仓坡西南联大教职员宿舍。

闻一多在写信。

赵明悄悄走进房间：“闻先生！”

闻一多放下笔，转对赵明："赵明。你来了。"

赵明对闻夫人："师母好！"

闻夫人："快坐，请坐下。"

赵明环顾室内："还没收拾东西。"

闻夫人苦笑了笑："有什么好收拾的，这满屋子破破烂烂的，凑起来还抵不上一张飞机票哩！"

闻一多释然地："这样倒也省事……"话音未落，窗外传来刺耳的警车声。

闻夫人担心地："立鹤和林修怎么还没回来？"

近日楼。

新贴在墙上的几张花花绿绿的大标语异常醒目。人们围观着。闻立鹤拉着樊林修分开人群挤到前面。

标语特写——

李公朴奉中共之命，携带巨款来昆密谋暴动！

云南民盟支部组织暗杀公司，董事长闻一多夫。

——中国民主自由大同盟宣。

闻立鹤气得伸手要撕，樊林修一把拉住他。

刺耳的警笛声由远至近。

惊慌的人们四散躲避。

闻立鹤、樊林修向一条小街跑去……

昆明市街头。

黑色的警车呼啸而过。

电影院。

银幕上一对外国男女正在倾诉爱情。

突然，灯光大亮，一队军警冲入。

观众哗然。

一个当官的严肃地："都不许动，搜查！"

字牌——中苏文化协会。

一辆警车戛然而止，几个军警跳下来，冲上前摘下牌子向地上砸去，然后拼命地擂门。

中苏文化协会院内。

年近30岁的工作人员老毕老练地把一叠文件装进口袋，迅速地向四周扫了一眼，然后纵身攀住墙头向外翻下。

中苏文化协会大门外。

一个军警在门口糊上封条。

警车驶去。

北门书屋。

齐北宣紧皱眉头："……动手了。"

李公朴："他们大概以为解散联大，师生复原，民主力量就削弱了。"

闻一多："这些东西，确实绞尽脑汁了。就看看近日楼这些标语，哈，居然改了我的国籍，称我谓'闻一多夫'，无耻之极！"

李公朴："我今天早上有幸收到了一封信……"从口袋里摸出只牛皮纸信封，朝桌上一抖，一颗子弹掉落下来。

闻一多抬起目光："真可谓杀气腾腾啊。"

李公朴轻蔑地："居然用这种小玩意儿恐吓我，可他们忘了，我，已经是见过血的人了。"他额角的疤痕在跳动着。

齐北宣关切地："现在形势越来越复杂，公朴和闻先生多多注意才好，这，也是朋友们的意见。"

闻一多："个人受些损失不足惜，可我不能容忍这帮东西对民盟的诬蔑！"

楼梯响起急促而沉重的脚步声。

三人紧张地相望。

门嘭地被推开，老毕气喘吁吁跌撞进来。

李公朴赶忙上前搀住老毕："老毕，你？……"他扶老毕坐在椅上。

齐北宣不安地："出事了？"

老毕频频点头："中苏文化协会被封，进修出版社、昆华图书馆都被搜查。国民党已经向解放区发起全面进攻！"

众人沉默。

李公朴沉重地："内战爆发了……"

闻一多猛地扬起头用信任的目光望着齐北宣："北宣，我们怎么办？"

齐北宣沉思的脸庞……

漆黑的夜。

整个昆明一片沉寂。

一只白色的狗在街头跑着、嗅着。

突然，一只枪托狠狠地砸在它的头上。

白狗发出凄厉的吠声。

三个荷枪实弹的士兵狞笑。

北门书屋楼上。

清晨，李公朴刚要伸手撩开窗帘，张曼筠一把拉住他的手。

李公朴疑问地望着她。

张曼筠："那个修鞋的又来了，我的心老像在悬着，人家早就盯上你了。"

李公朴望着她不以为然地一笑。

张曼筠："你……你就在家待上一阵吧。"

李公朴像哄孩子似的："曼筠，要是有危险，待在家也躲不过去的。"他疼爱地抚摸着张曼筠，为她理着纷乱的头发，"怎么？有白头发了？"

张曼筠抬起头："还不是为你操心。"

李公朴感动地："筠，"一顿，语意深长地，"在重庆时，马寅初老先生随时都准备被打死，买了口棺材放在家里。我是壮年，还有何惧？连封建时代的文人都懂得'民不畏死，奈何以死惧之'，在这黑暗统治下的昆明，我从来就抱着前脚踏出门，后脚就不准备跨回来的打算。"

张曼筠泪水夺眶，欲言又止。

泪水打湿了李公朴的衣襟。

北门书屋外。

侧门吱扭一声被推开，李公朴步出，随手又将门带上，他向街对面瞥了一眼。

装作修鞋的王恭，慌忙低下头胡乱地敲着小槌。

李公朴脸上掠过一丝鄙夷的笑容，信步向北门街口走去。突然，他像想起什么，又掉转身径直朝王恭走来。

正在窥视李公朴的王恭没有料到这一突然的情况，慌乱中将小槌砸在手指上，疼得他差点叫出声。

李公朴走近王恭微微一笑："我看你也确实辛苦哩。"

王恭咬着牙，忍着疼，慢慢抬起头，那是一副挑衅的目光。

李公朴弯腰拿起鞋看着，揶揄地："看，一只好鞋生生被你敲坏。"用利剑般的目光盯视着王恭，"我送你一句话，一个人要光明正大才是！"

望着李公朴远去的背影，王恭的目光渐渐变得阴冷……

字牌——商务酒家。

一只手在签名——杨杰，两个苍劲的字赫然纸上。

镜头拉起。

身着将军服、气宇轩昂的杨杰将笔递还给小季。

老毕礼貌地："请……"

商务酒家大厅里坐满了应邀而来的记者、社会名流、禅杖长老、商人及其他云南各界人士。

闻一多、齐北宣、魏教授等和来宾们相对而坐，神情严肃。

李公朴正侃侃而谈："……各位均是云南各界知名之士，今天请大家来，是想向大家表明我们的态度……"

杨杰将军走进大厅。他悄悄挤坐在后面的空椅上。

商务酒家门口。

小个子三青团员似乎是漫不经心地走到签到处。

小季警惕的目光。

小个子向签名簿瞥了一眼："里面在干什么？真热闹啊！"

小季没好气地："热闹什么，又没演戏。"

小个子嬉皮笑脸地："我不过问问，急什么！"

商务酒家大厅里。

李公朴在结束发言："……我们的手是洁白的，没有任何血污，所以也无须戴白手套。为了民主和和平，我们愿意和一切人携手合作，把中国建设成一个繁荣幸福的新中国。"

话音刚落，闻一多激动地站起身，镜片后闪动着炯炯的目光："公朴先生道出了我们的心声，我们都是些文弱书生。所有的只是一双手、一张嘴和一颗诚恳热情的心……"

商务酒家门外。

小个子低头点燃香烟，他的目光又射向放在桌上的签到簿。

老毕："你还有事没有，啊？"

小季腻歪地："去，去吧。"

小个子掏出香烟递到老毕、小季面前，嬉笑着："来，抽根烟嘛。"

小季推开那只伸过来的手："不吸！"话音刚落，只见小个子就在收回胳膊的刹那间迅速抓起签到簿，扭头窜向街道。

小季向路人大呼："截住他！"

老毕："追！"

二人冲向门外……

商务酒家大厅里。

众人在凝神静听，他们被闻一多的话语深深地吸引着。

闻一多突然向人们伸出自己的双手："请诸位认清，这是一双无缚鸡之力的书生的手，不可能也不愿意以威逼人，因此也不受人威逼；这只空空如也穷措的大手，不可能，也不愿意利诱人，因此也不受人利诱；拿了一辈子的粉笔，只有雪白的粉笔灰，没有丝毫的血腥气！不要怕，这是一双洁白的手啊……”

盘龙江边。

小个子气急败坏地奔逃着。

画外传来由远至近的喊叫声。

“抓住他！”

“抓小偷啊！”

小个子惊慌地向后面看了一眼。

老毕和小季在追赶着。

越来越多的人在追赶着。

一个警察也加入追赶的人群。

小个子踯躅地奔向一辆吉普车。

吉普车却突然驶去。

小个子声嘶力竭地叫着：“等等，等等……”

吉普车在街头消失了。

小个子惊慌地环顾着。

商务酒家大厅里。

闻一多在继续谈着：“……我再说一句不必怕，也没有什么可怕的，然而当许许多多这样的手和拿锄头的手，开马达的手，打算盘的手，拉洋车的手，及至缝衣、煮饭、扫地、擦桌子的手，团结起来捏在一起时，那就会扭转历史，创造奇迹！”

盘龙江畔。

人影晃动，喊声不绝。

走投无路的小个子惧怕地从怀里掏出签到簿向地上一丢，然后猛吸口气，双眼一闭向水里跳去。

小季、老毕和警察及人群满头大汗地赶到。

小季拾起签到簿，长呼口气。

警察气喘吁吁地瞪着小季手中的本子："就追……这个……老子快断气了。"

商务酒家大厅。

闻一多诚恳地："……我们现在以最诚恳的心向诸位伸出干净的手。希望大家和我一道，去反对使老百姓们陷于水深火热之中的内战吧！"

大厅中响起热烈的掌声。

一位长者缓缓起身，声音细弱但却充满了感情："今天我感觉到又回到了护国战争那个年代……30多年啦，我要是减去一个甲子，一定甘当诸位君子的……"提高声音，"马前卒！"

闻一多恭敬地向老人深鞠一躬。

老者忙不迭地："不敢受，不敢受。"

杨杰昂然起立，声音洪亮："古人说，相见恨晚。听了诸位先生的演讲，如读一篇好文章，文情并茂，食之如饴，嚼之有味。如果中国的政界人物，都能像这样通情达理，我们的国家早就不会搞到今天这步田地了……"

一位商人打扮的绅士，站起身，走上前："我冒昧地请求诸君，假如不嫌弃一个商人有铜钱臭气的手的话，我愿意伸出手来与诸位握手……"

闻一多、李公朴、齐北宣、魏教授等没等他说完就走上前，赶快握住他的手。

几只手紧紧地相握。

音乐起。

音乐声中：

闻一多和李公朴行走在热闹的街头，亲热地交谈着。

学院路路口，李公朴与闻一多道别。

李公朴兴冲冲地走上楼梯。

李公朴推开房门。

张曼筠、南南、明明和小季在等待着他。

李公朴感动的目光。

张曼筠如释重负地吁了口气，露出欣慰的笑脸。

小季钦佩的目光。

南南和明明扑向李公朴："爸爸。"

李公朴展开双臂，将南南和明明紧紧搂在怀里，在原地转了一圈，向曼筠眨眨眼："喏，安然无恙。"

张曼筠嗔怪地："瞧你，还开玩笑。"

李公朴："可惜，你没能听到闻先生精彩绝伦的讲话，太激动人心了。"

张曼筠："下次，你也带我去。"

李公朴："你不害怕？"

张曼筠摇摇头："有你。"

李公朴感动地望着张曼筠，没有讲话。

张曼筠："那个修鞋的，也不知什么时候走了。"

李公朴："能杀人的并非是强者，他们更胆怯。"

张曼筠似想起什么："噢，刚才赫铭文先生来过，说一个朋友要为募捐举行音乐会，问你能不能帮助借电影片。"

李公朴："既然是朋友有求，哪有不行的。"一顿，又感慨地，"能为这个事业做任何一点小事，我都感到快乐。"

"圣牌，买圣牌……"

西仓坡教职员宿舍门前，一个脖子上挂着十字架、打扮得怪里怪气的中年女人正疯疯癫癫地叫着："它说，误入歧途的人，只要他们真心悔过，它是可以饶恕他们的。"

闻立鹤正欲进家门。

怪女人一把拉住他："买个圣牌吧，对你有好处。"

闻立鹤甩开怪女人的手，跑进家门。

怪女人向他投去异样的目光，边又喊起："主啊，饶恕他吧。"

闻家。

闻立鹤冲进门。

闻夫人问："外面叫什么？"

闻立鹤端起杯子痛饮，用手抹去嘴边的水珠："不知哪儿来了个疯女人。”

闻一多从书桌旁抬起头：“取回来了？”

“嗯。”闻立鹤小心翼翼地从怀中掏出一个纸包，“前天的。”把纸包递给闻一多。

闻一多打开纸包，拿出一卷报纸，很快地展开。

报纸特写——新华日报。

闻一多刚要仔细阅读，画外传来女人的高叫声：“误入歧途的人，听着啊，它是放不过你们的……”

闻一多的目光射向窗口。

西南联大教职员宿舍门口。

怪女人手舞足蹈地叫着：“主啊，饶恕他们吧……”

镜头推向她吊在胸前的十字架。

十字架晃动着，晃动着。

在一阵低沉恐怖的音乐声中。

镜头顺着一张列满人名的白纸向上摇动，在写有李公朴、闻一多和齐北宣的地方定住。

一只手握着杆红笔，将三人的名字用力地勾掉。

幽暗的灯影中。

两只酒杯重重地相碰，酒水四溢。

镜头拉出。

王恭和小个子正在一起对饮，杯盘狼藉。

小个子呷了口酒，心有余悸地：“……王兄，要不是上次我灵机一动跳进河里，怕见不到你了。我真怕他们把我打成肉泥。”

王恭轻蔑地撇撇嘴，猛饮一口酒，伸手从腰际掏出手枪把它重重地放在桌上。

小个子拿起枪，羡慕地：“嚯，无声手枪。”他比画起来。

王恭一把夺过手枪：“顶着子儿哪！”他卸下子弹，将子弹一粒一粒地放在桌上。

小个子吹了声口哨。

王恭两眼布满了血丝，怔怔地望着子弹。

小个子："是不是？……什么时候？"

王恭抬手从墙上的日历上撕下一页，露出——

1946年7月11日。

王恭："闭起你那张臭嘴，少去胡说。"

小个子："不说，我绝对不说。"他殷勤地给王恭倒酒。

王恭："唉，人活一世，如果不能流芳百世，那就干脆……遗臭万年！"

小个子驴唇不对马嘴地："对，对，今朝有酒今朝醉嘛，干！"

王恭端起酒杯，他突然感到一阵莫名的恐慌，端酒的手抖动起来，酒泼洒而出。

小个子："王兄……"

那只手剧烈地颤抖着。

突然，王恭发出一声怪叫，手中的杯子滑落。

杯子碎片四溅，酒在地上流着。

王恭双手紧紧地抱住自己的脑袋。

天色阴暗，淫雨绵绵。

街道上，行人寥寥无几。

一队宪兵，大摇大摆地走过。皮靴在街面上发出沉重的响声。

一双脚在奔跑着。

镜头拉起。

赵明满头大汗地穿过一条商业街道。

赵明的脚步声在小巷中响着。

赵明奔上一道坡。

赵明拐进北门街口。

北门书屋黑黝黝的没有一点声音。

赵明使劲擂着侧门。

侧门启动，小季警惕地拉开一条缝隙，见是赵明忙将门大开：“快进来。”

赵明擦着头上的汗：“公朴先生在吗？”

小季：“刚刚出去。”

赵明焦灼地：“去什么地方？”

小季：“去南屏电影院刘经理家，”不安地，“有什么事吗？”

赵明：“他们今晚要动手杀害李先生，事不宜迟，要快通知李先生。”

小季拔脚就跑：“我马上去。”

“不，”赵明拉住他，“你在家里守着，李先生如果回来，一定让他先躲一躲。我去南屏了……”

刘经理家。

李公朴、张曼筠和刘经理正亲切地谈着。

李公朴：“……办音乐会募捐的事，希望能得到刘经理的帮助，否则我真要愧对朋友的重托了。”

刘经理：“既然是李先生亲自登门，我还会拒绝吗？我虽然没有李先生这样的胆略和气魄，但做人之道尚未敢全忘。”

李公朴感激地：“我代表朋友们谢谢你。”

刘经理：“不敢当，不过区区小事……”他望了眼张曼筠，“今晚有部美国新片，李太太不想看看吗？”

张曼筠征询地望着李公朴……

一辆吉普车慢慢开向路边，停住。

身着皮夹克的王恭和三个穿军便服的青年军人从车上跳下来。

南屏街。

店铺红红绿绿的灯光闪动着。

赵明解开衣领，气喘吁吁地跑着。

学院坡。

王恭吸着烟，慢慢走来。他把烟蒂丢在地上，用脚踩熄，一闪身藏进黑暗之中。

南屏街。

赵明拼命地敲着一扇门，

刘经理打开门：“你找谁？”

赵明上气不接下气地：“李……李先生在吗？”

刘经理：“噢，他们刚走。”

赵明猛地一顿足：“唉……”转身跑去。

刘经理莫名其妙的表情。

南屏街电影院门前。

赵明东张西望地在散场的人群中寻觅着李公朴……

汽车站旁。

李公朴和张曼筠正在等车。

三个身穿军便装的人悄悄走近。

破旧的公共汽车缓缓驶来，停下。

李公朴扶着张曼筠走上汽车，

三个穿军便装的人也蹬上车踏板。

汽车启动。

远处，赵明步履踉跄地跑来，他追着车，喊着：“停停，停停……”

汽车消失在远处。

赵明大口地喘着气，艰难地向前跑去。

行驶中的汽车上。

张曼筠紧傍着李公朴坐在椅上。她不安地看看前面的两个穿军便装的人，然后又朝身后瞥了一眼。

另一个穿军便装的人，急忙避开那几乎碰到一起的目光。

黑黝黝的街景从车窗前掠过。

汽车的车轮飞转着。

赵明迈动着沉重的脚步。

北门书屋。

南南、明明和小季正焦急地等待着。

南南："爸爸妈妈怎么还没回来？"

小季看了一下老式挂钟。

钟特写——时钟指着晚上10点30分。

学院坡口。

公共汽车戛然而止。

李公朴亲切地扶着曼筠步下车。

那三个穿军便装的人紧接着跳下，消失在黑暗中。

幽暗的街灯照着空寂无人的街道。

张曼筠紧紧地拉住李公朴。

一支枪渐渐从黑暗中伸出来。

李公朴和张曼筠步上土坡。

握枪的手在瞄准，

李公朴和张曼筠缓缓地向上走着。

握枪的手颤抖着。

李公朴和张曼筠继续缓缓地向上走着。

握枪的手剧烈地颤抖。

李公朴和张曼筠的背影。

突然，随着一声低闷的响声，李公朴双手按着肚子跌倒下去。

张曼筠用手搀扶李公朴："公朴，小心路……"

李公朴喘着粗气："我……中枪了。"

张曼筠蹲下用手去摸，她触到了黏糊糊的热血，惊呼："来人啊，抓凶手，抓凶手！"

随着一串脚步声，赵明跌跌撞撞地扑到李公朴面前，痛心地抱起李公朴的头："李先生，李先生！您醒醒，我……来啦……李先生！"他号啕大哭。

张曼筠浑身瘫软："公朴，公朴，你醒醒。"

云大医院。

镜头从白色的窗帘拉出来摇向病床。

李公朴面色苍白、憔悴。

张曼筠无声地流下眼泪。

李公朴讷讷地："一多……一多……一多呢？"

张曼筠握紧李公朴的手："他来了，就要来了。"

李公朴："一多……"

众人凝神屏气地注视着公朴。

李公朴讷讷地："天……快……亮了……快……亮了。"突然睁开了双眼，像是在最后的控诉，"无耻！无……耻，无耻……啊，无……"他的声音渐渐低弱。

张曼筠跪倒在床边，把脸埋进李公朴的胸前。

李公朴的心脏已停止跳动，张曼筠的眼泪涌了出来，她慢慢抬起头，突然她听到公朴的心在微微地跳动着。

她把脸转向齐北宣。

齐北宣的耳边也响起心脏咚咚的跳动声。这声音渐渐变得响起来，越来越响。

在心脏如鼓的跳动声中：

闻一多拄着手杖匆匆走下青云街的土坡。

闻一多的身影闪进云大医院。

闻一多快步越上台阶。

闻一多在医院走廊里疾步而行。

那如鼓的心脏声渐弱。

闻一多走到病房前。

心脏跳动声骤止。

闻一多用手推开房门，他的目光从那一张张挂着泪痕的脸上扫过。他似乎明白了一切，可仍旧轻移脚步慢慢来到床前，像是对李公朴低语：“公朴，我来了，我……来了。”

李公朴静静地躺着。

闻一多眼泪纵横，他用手杖顿着地，一字一字地说：“公朴，你没有死，你没有死啊！”

“公朴，你没有死啊！”的声音在山谷群峰中回荡着。

连绵起伏的山峦。

大片像血一样红的土地。

笔直的剑麻耸立在红色的土地上。

闻一多沿着红色的土地，悲愤地走来，任凭细雨淋漓，他向前走着，走着。

镜头推向他似乎变得更加苍老的面庞。

雨水打湿了他的头发，又顺着脸颊流下来，他向前凝视着，像是凝视着千千万万的人：“公朴没有死！”

南屏街电影院。

一位手持小提琴的青年音乐家正说着：“……我要把贝多芬的这首曲子奉献给我最敬爱的良师益友——李公朴先生。他没有死，他能听到，一定能听到。”由于激动，他的声音变得喑哑。

镜头推向青年音乐家，泪水模糊了他的眼睛。模糊中长弓划向琴弦，手指在琴弦上颤动，一曲《贝多芬第九交响乐》的旋律飞扬开来。

画面渐渐虚隐。

在时而悲怆、时而激扬的弦乐声中。

镜头从镶着黑框的李公朴画像上拉出来。

张曼筠、齐北宣、赫铭文、赵明、樊林修、小季及孩子们沉痛地望着照片。

齐北宣低声地：“曼筠，公朴先生的追悼会已定在15日——明天举行。”

张曼筠：“噢……”她抬起眼睛，关切地，“告诉闻先生注意安全，他不要再出去了。”

齐北宣：“我和他谈过了，他执意参加。”

赵明沉思的目光。

在小提琴撼人心肺的旋律中，闻一多和赵明站在西南联大校园四烈士的墓前。

赵明：“……我们已经失去了四个学友，您和公朴先生都是我们敬爱的师长，如今公朴又被敌人暗杀，闻先生，我们再不能失去您了。”

闻一多沉默着，没有讲话。

赵明：“明天的追悼会，您万万不要去了。这是大家的请求。”

闻一多坚决地：“不，我要去。事已至此，我不去则诸事停顿。这，何以慰死者？公朴先生尸骨未寒，我怎能为了活着便坐视不顾？”

赵明几乎在恳求：“闻先生，您不能再去。”

闻一多平静地：“你去通知其他人，就说我闻一多一定要参加！”他极力控制着自己的感情，“我可以答应一点，我不讲话，不讲话。”

在如诉如泣低缓的音乐声中：

闻一多默默地坐在藤椅中，像是老了许多。

闻夫人躺在床上，赵妈和孩子们也都坐在一边，她们静静地望着他，不说话。

闻立鹤悄悄走进来。

闻一多睁开眼睛。

闻立鹤从口袋里拿出一个小纸包：“爸爸，飞机票今日来了，就两张。”

闻一多伤心地：“这，还是你李叔叔辗转托人买的，如今票买来了，可他竟做了古人。”说完，眼睛里涌出了泪水。

闻立鹤用哭腔：“爸爸，你和妈妈先走吧。”

赵妈：“闻先生和太太放心，我会把孩子们照顾好，他们也都大了。”

闻夫人：“一多，你说呢？”

闻一多："不，我不能走，这里需要我。"

闻立鹤："哪……"

闻一多亲切地拉起闻夫人的手："你妈身体不好，我不放心……"一顿，果断地，"让立文、立仁先走。"

小妹一手揪住立文，一手拉住立仁哭了："我不让他们走，我不让他们走。"

闻一多亲昵地搂过小妹哄着她："小妹，乖，爸爸离不开你呢。"

闻立文、闻立仁眼里含着泪水，依依不舍地望着闻一多和闻夫人。

赵妈老泪纵横向两个孩子叮嘱："这年头坏人多，多长点心眼儿啊！"

闻夫人："还不快去收拾收拾。"

闻立文、闻立仁听话地走进隔壁。

闻立鹤想起什么："爸爸，明天是……"

闻一多急忙截住他的话："都安排好，安排好了。"他瞥了一眼闻夫人，唯恐引起她的不安。

闻夫人避开了闻一多的眼光。

画外突然传来怪女人的叫声："主啊，快救救这些个瞎了眼、走上歪路的人吧！"

闻一多厌恶地皱起眉头。

闻立鹤："我去把她轰走。"

西仓坡教职员宿舍门口。

闻立鹤跨出门，呵斥地："你别在这里叫了。"

怪女人阴阳怪气地："小家伙，我是主派来救你们的。快醒醒吧，醒醒吧。"她舞动着《圣经》，"我是未卜先知，闻一多，多，这多字上下分开不就是个夕字吗？太阳快要落山了，还不醒悟吗？"

闻立鹤恼怒地："去你的吧。"他的目光转向对面墙根处，一个戴黑眼镜的人正叼着烟斗靠着墙。

闻立鹤转身跨进门。

大门呼地关上了。

怪女人叫着："太阳落山了，主啊，太阳落山了。"渐远去。

夜已深，万籁俱寂。

闻夫人躺在床上，呆呆地望着空洞洞的天花板。

闻一多端着碗，走到床前坐下："趁热喝，药要趁热喝。"

闻夫人把他的手推开："一多，你不该瞒着我。"

闻一多像个孩子似的眨着眼，嘴里嗫嚅着："别乱想，别乱想。"

闻夫人："这些年来，我们一家人含辛茹苦，生死相依，总算活过来了。有人骂你穷疯了，可我知道你想好好活着，过得更好；有人说你冷漠无情，可我知道你的心才最热，你爱孩子，爱朋友……"

闻一多激动地拉住她的手："真……"

闻夫人："明天，公朴先生的追悼会是不是要召开了？"

闻一多点点头。

闻夫人："我知道，拦也拦不住你，你要去就去吧，让立鹤陪你去。"

闻一多激动无语，他深情地握住闻夫人的手，又扶她慢慢躺下。

画外传来轻轻的鼾声。

闻夫人和孩子们都睡熟了。

窗下木桌上，只有台灯还亮着幽暗的光。

在缓而低沉的音乐声中：

闻一多衔着空烟斗，俯在桌前手握刻刀，向印石上一刀一刀地刻着。

他那线条分明的脸上，呈现着难以名状的复杂神气。

刻刀在印石上刻着，仿佛要刻去他心头的不平与愤怒。

镜头顺着刻刀的手摇向窗子。

闻一多将尚未刻好的石印，以及刀规整地摆在桌上。他站起身伸手拉开窗帘，晨光洒进。

闻一多的神态渐渐变得肃穆。

镜头从无数张表情肃穆的脸上摇过。

到公堂里，鸦雀无声，人们目送张曼筠走上讲台。

闻一多闭紧嘴巴，默默地站在第一排。齐北宣、郝铭文、赵明、小李、南南、明明分站在他的左右。

张曼筠站在讲台上，虔诚地向李公朴先生的遗像鞠了一躬，转过身又向人群鞠了三躬，她虚弱的身体微微晃动，急忙双手撑住桌面。

人们等待着。

沉默、沉默。

张曼筠的声音轻轻地传向人群："今天，大家悼念公朴先生，我向大家深深致谢。今年2月10日在重庆校场口，公朴先生为庆贺政治协商取得和平民主五项协议的成功而被特务打成重伤，现在，打成重伤还不够，必欲置之死地而后快，这就是咱们中国的'民主'啊！"她哽住了，止不住地啜泣起来。

闻一多不安的目光。

镜头摇向会场，人群中现出几个身份不明的人，一个戴黑眼镜的人，嘴里还叼支香烟。

云南大学校门外。

两辆吉普车停靠在路边。

一个瘦弱的身影从远处走来，突然，从一扇门里闪出个人影挡住了他的去路。

郝教授慢慢抬起头。

王恭正似笑非笑地看着他："郝教授，还认识我吗？"

郝教授敷衍地一笑："认识，认识，永世难忘。"

王恭："您上哪儿去？"

郝教授慢条斯理地："看看。"

王恭："我劝您还是回去吧，何必惹是生非？你我师生一场，还是听学生一句为好。"

郝教授："是啊，听，过去我都听都信，可现在我琢磨过来了，该听听这儿了……"他用手指着自己的心口，"再不能枉做人了。"

王恭羞恼地："你！"

郝教授："你给我走开！"也不知他哪儿来的一股力量，用手推开王恭，挺着腰板，昂首而去。

望着郝教授的背影，王恭恶狠狠地："这帮老不死的。"

在公堂里。

张曼筠泪水满面地讲着："……公朴先生说，马寅初老先生那么大年纪，都买口棺材摆在家里，我是壮年，更应该准备随时被打死……"

郝教授走进会场，在后面站定，激动地望着讲台。

张曼筠已经伏倒在讲台上泣不成声。

闻一多双手紧紧地抓着手杖，强忍着自己，他的太阳穴突突地跳着。

张曼筠双肩无力地耸动着，南南和明明走上讲台，搀扶着张曼筠慢慢走下台阶。

戴黑眼镜的人向上喷出一大口烟，会场里立刻响起尖尖的口哨声和挑衅的叫声。

"李公朴先生是被共产党杀的！"

"我们不看哭鼻子抹眼泪的。"

"散会！散会！"

"哈哈……"

会场秩序开始混乱。

闻一多被特务的行径激怒了，他再也控制不住自己，跺了一下手杖，昂扬起头，大步奔向讲台，啪地把手杖拍在桌上。

全场都吃了一惊。

闻一多的目光扫过黑压压的人群："这几天来，大家晓得，在昆明发生了历史上最卑劣、最无耻的事情！李先生究竟犯了什么罪？要遭到这样的毒手？他只不过用笔写文章，用嘴说说话，他所说的所写的都无非是个没有失掉良心的中国人的话！大家都有笔，有嘴，有理由拿出来讲啊！为什么要打、要杀，而且偷偷摸摸地杀啊！"

全场响起掌声。

掌声停止，又响起几声口哨声。

闻一多的目光，顺着哨声寻找着，他更加激动了："今天，这里有没有特务？你站出来，是好汉的站出来！"

会场一下子寂静了，短暂的沉默。

闻一多脸上现出轻蔑的神情："杀了人又不敢承认，说什么'桃色事件’，说什么‘共产党杀共产党’，无耻啊，无耻啊！……”

人们凝神屏气地听这堂堂正气的演讲。

齐北宣和赵明交换了一下担心的目光。

那个戴黑眼镜的特务，悄悄隐到人后摘下眼镜。

闻一多提高了声音：“……这是国民党的无耻！是李先生的光荣！以为打伤几个，打死几个，就可以把人民吓倒吗？其实广大的人民是打不尽杀不完的！你们杀死一个李公朴，就会有千万个李公朴站起来！你们将失去千百万的人民！”

人们热烈地鼓起掌。

齐北宣、赵明激动地鼓掌。

郝教授使劲儿地拍着手。

戴黑眼镜的人和十几个特务向门外溜去。

闻一多洪亮的嗓音在会场中回响：“……反动派以为暗杀恐怖会使从事民主运动的人减少，以为没有力量。告诉你们，我们的力量大，大得很！多得很！看吧——今天到会的这么多民众都是我们强大的力量！”

镜头从鼓掌的人群中摇过。

闻一多：“……人民的力量是要胜利的，真理永远存在！历史上没有一个反人民的势力不被人民毁灭的！希特勒、墨索里尼，不都在人民面前倒下去了吗？我们的光明就要出现了！看，光明就在我们面前——正像李公朴先生临终时说的‘天快亮了’，我们的光明就是反动派的末日！”

掌声雷动。人们用热烈的掌声支持闻一多的演讲。

闻一多：“……争取民主和平是要付出代价的，我们绝不怕牺牲，我们每个人都要像李公朴先生一样，跨出了门，就不准备再跨回来！”

人们热泪盈眶长时间地向闻一多鼓着掌。

镜头推向闻一多，他的头发凌乱了，消瘦的脸上现出坚毅的神情，像一头凛然不可侵犯的怒狮。

两辆吉普车驶进西仓坡。

王恭和七八个便衣特务跳下车，轰起沿街的小商贩。

一个卖水果的小商贩动作迟缓。

一个特务朝筐踢去……

云大至公堂。
闻一多、赵明、闻立鹤在人群的簇拥下，步下台阶。
“闻先生。”画外传来低低的呼唤声。
闻一多抬起头，只见郝教授站在校门旁。
闻一多赶前几步紧紧拉住郝教授亲切地：“郝教授，您终于来了。”
郝教授无不自豪地：“我……什么都不怕了。”
闻一多诚恳地：“要是佩弦和吴先生在，他们一定也会为您高兴。”
郝教授凑近闻一多悄声地：“要是回北平，您不打算邀我同行吗？”
闻一多笑了：“邀请，现在就邀请。”
郝教授认真地：“一言为定。”挺着腰板，大步离去。
闻立鹤警惕地向四周瞥了一眼。
赵明：“闻先生，我们送您。”
闻一多关切地：“北宣呢？”
闻立鹤：“他送李太太回去了。”
闻一多放心地点点头。
众人簇拥着闻一多拐入青云街。

一只手轻轻地敲着临街的门扉。
门打开，男主人刚探出头，一支手枪顶住他的脸。
男主人害怕的表情。

青云街。
闻一多、赵明、闻立鹤和学生们边走边激动地谈着……

又一只手轻轻地敲门。
一中年妇女打开门，惊叫一声。
一只大手捂住她的嘴巴。

青云街十字路口。

闻一多止住步对赵明和学生们亲切地："同学们，都回去吧，看，马上就到家了。"

赵明："闻先生，我们明天再来看望您。"

闻一多热诚地："欢迎你们常来。"

赵明和学生们返身走去。

闻一多长久地目送着他们。

闻立鹤："爸爸，回去吧。"

闻一多恋恋不舍地收回目光。

闻立鹤从口袋里掏出张报纸："日报，今天的。"

闻一多边展着报纸，边拐进西仓坡。

破烂不堪的巷子里，显得格外寂静。

闻一多和闻立鹤慢慢地走着。

闻立鹤的目光射向街道两旁紧闭的门窗，轻声地："真静啊。"

"嗯？"闻一多应着，眼睛却没有离开报纸。

闻一多和闻立鹤向右拐向宿舍。

西仓坡教职员宿舍的大门前空无一人。

闻一多和闻立鹤走来。

一支黑洞洞的枪口从他们身后的窗口里伸出来。

一支。

又一支。

闻一多和闻立鹤毫无觉察径自前行。

宿舍大门近了，越来越近了。

突然他们的身后传来一声大叫："站住！"

闻一多和闻立鹤下意识地止住步，闻一多正欲回头。

"叭叭！叭叭！……"枪声大作，子弹雨点般射击过来。

闻一多猛然抱住头颅，向后倾倒下去。（高速摄影）

镜头前呈现出闻一多双手抱着头，疼痛不堪的面孔。（高速摄影）

"爸爸，爸爸——"闻立鹤哭叫着扑倒在闻一多的身上。

子弹呼啸。

闻立鹤猛地扬起头，悲愤欲绝地："凶手！凶手！你们打死我吧，打呀，打呀！"

几个模糊不清的身影，叉着腿，端着冲锋枪，发疯地射击着。

闻立鹤被子弹掀翻，从闻一多身上滚翻去。

枪口吐着罪恶的火舌。

屏幕重现闻一多慢慢向后倾倒的镜头。枪声响着。

闻一多倒在血泊里的镜头。枪声继续。

闻立鹤翻倒过去的慢镜头。枪声继续。

闻一多倒在血泊里的镜头。枪声变成嗡嗡的刺耳响声，回响在整个空间。

屏幕上出现李公朴躺在病床上的镜头。以嗡嗡的刺耳的声音为基调，响起李公朴"无耻啊！无耻！"的强音。

屏幕上出现躺在血泊里的闻一多。渐弱的刺耳的嗡嗡声中，响起他的心声："无耻啊！无耻！无耻。"

一切声音均停止。

在死一样的寂静中，镜头顺着地上的血迹缓缓摇过大门、楼梯、房间、书架、方桌，最后停在未刻完的印石和刻刀上。

画面渐隐，屏幕上一片黑暗。

字标：1946年7月16日上午9点，李公朴先生的遗体在云大医院火化。

木柴在盖着锥形铁盖的铁桶下面熊熊地燃烧着。

字标：1946年7月18日上午9点，闻一多先生的遗体在云大医院火化。

木柴在盖着锥形铁盖的铁桶下面熊熊地燃烧着。

镜头慢慢推向燃烧着的火堆。

火，越来越大，充满整个屏幕。

响起浑厚、苍劲、低沉有力的画外音："永垂青史的典型人物，旷代难逢，瞬息间却替我们增多了一个双子星座。时代并不寂寞，把哀痛的心情化为崇敬吧！瞻仰着这成对的庄严星座，慎重地完成我们的双重任务：一重是要消灭无声的悲剧，使人民得以翻身；二重是要铸造有声的悲剧，使人民知所纪念。"

在音乐和朗诵中：

闻一多和李公朴肩并着肩，慢慢向前走着。

火红火红的大地。

笔直的剑麻高耸。

连绵不断的山峦。

大地的尽头，一轮红日喷薄欲出，染红了半个天际。

在耀眼夺目的光环中，李公朴和闻一多向天际凝望着，凝望着……

朗诵结束。

只有音乐的旋律在轻轻地响着。

耀眼的光环化成一束淡雅的小花。

小花在微风中抖动着。

镜头拉开，在绿荫覆盖的闻一多和李公朴衣冠冢前。

孩子张开手把淡雅的小花撒在衣冠冢上。

音乐起……

1985年11月1日—12月11日

脱稿于京

主创名单

片头题字： 楚图南
编　　剧： 林　力　丁小平　艾　玲
导　　演： 林　力
副 导 演： 宁海强　杨斌来
作　　曲： 刘　奇
摄　　像： 刘允良　王崇智　杨　毅
总制片人： 张青山（儿影厂长）
主要演员： 葛存壮　刘　欣　贾　平　张宝秋　李乃伦
刘仲元　吴　漾　徐木森　李　强　宁海强

《血土》剧照

《血土》工作照

左起：葛存壮、林力

《血土》

左起：葛存壮（饰演闻一多）、导演林力、刘欣（饰演李公朴）

☆ **电视剧《血土》主题歌**

西南联大校歌

万里长征，辞却了五朝宫阙，暂驻足衡山湘水，又成离别。绝徼移栽桢干质，九州遍洒黎元血。尽笳吹，弦诵在山城，情弥切。

千秋耻，终当雪，中兴业，须人杰。便一成三户，壮怀难折。多难殷忧新国运，动心忍性希前哲。待驱除仇寇，复神京，还燕碣。

散论

感悟篇

让生活充满欢笑

喜剧是广大观众喜闻乐见的一种艺术形式。莎士比亚、莫里哀的许多作品，至今脍炙人口。电影艺术大师卓别林所创作的艺术形象，给人们留下了深刻的印象。每当电影院、剧院上演喜剧的时候，观众都格外踊跃，足见喜剧对人们有着强烈的吸引力。

群众需要喜剧，但是我们的喜剧片生产数量在整个电影生产数量里所占的比例很小。迄今为止，新中国成立以来所生产的喜剧片只有70部左右。由此不难看出，喜剧片的生产远远不能满足广大观众的需要。

谈到繁荣喜剧片的创作，单纯强调提高数量是不行的。当然，没有数量就没有质量，可是如果忽视了质量，就会走入粗制滥造的歧途，即便生产的影片再多，也不能说是真正的繁荣。所以，我认为，关键是要不断提高质量。为此，我们应该重视对喜剧艺术规律的探讨和研究，以求在不断的实践中，对喜剧创作的理论加以充实、丰富，继而创作出具有我们本民族特点的、健康的、有教育意义的喜剧作品来。

究竟什么叫喜剧？我个人认为，喜剧应该以笑作为主要表现手段。而笑，仅仅是手段，绝不是目的。

笑，是人的一种感情表现方式。在生活中，笑是千姿百态的、不同性质的。笑可以是真诚的、善意的、愉快的，也可以是抑郁的、含泪的、骄傲的或嘲讽的。许多事物尽管其性质不同，但都包含着笑的因素，反映到不同人的头脑中，就会产生各种不同的笑。这也正是喜剧具有强大生命力的根本原因。

司汤达说过："笑是个最难捉摸的东西。"一般地说，笑是由不协调引起的。许多理论家也指出过：不具有危险性的，即不导致痛苦的不协调才能引人发笑。例如，在写《瞧这一家子》时，写到嘉奇误认为小孩落水，自己虽不会游泳，也勇敢地跳下去救人。大阮在张岚的催促下，也被迫下水。结果两人在水中挣扎。待园林工人跑过来一看，叫他们站起来。这一站，水才到腰眼。在放映过程中，每到这里，电影院总是爆发出观众的笑声。由此我体会到，运用喜剧的意外性和突然性造成上面所说的那种不协调，是可以收到较好效果的。

在喜剧创作中，还有一种方法最容易惹人发笑。那就是先让观众预料发生某种事件，这种事件果然发生了。但不是按照预料时间、方法和人物表现出来。喜剧大师卓别林曾经说过："我总是试图以新的方法，来创造出人意料的情景。假如我确信观众猜想我在影片中要散步，那我就突然跳上一辆汽车，先按观众预料的来演，后来却要演得出乎观众的预料。"我觉得他虽然谈的是表演，但这个方法编剧也应掌握。在《星星星》的创作过程中，我写了这样一场戏：晓芬的同学二宝在窗外弹着吉他，喊晓芬下去，晓芬的母亲丁大妈一气之下将一盆凉水隔窗泼了下去，并说："我让他清醒清醒。"这时在观众的思想中，会料到二宝被水浇之后的尴尬相。我却写了老丁破门而入，浑身滴着水，气急败坏地嚷着："谁泼的水！"在试映过程中，这个出人意料的结果使观众哄堂大笑。由此我体会到夸张而合理、巧妙而不雕琢的意外结果，是喜剧创作中不可或缺的一个手法。只要运用得当，就会产生强烈的喜剧效果。

日本导演山田洋次认为我们的喜剧片误会法运用太多。这个意见是值得考虑的，但这不等于说误会法已陈旧过时，不能再用了，关键还是在于创新，使剧本有新意。这就要求编剧不断地在生活里挖掘新的内容、寻找新的角度、尝试新的表现方法。

喜剧要引人发笑，但通过笑去表现什么？达到一个什么目的？这是每一个从事喜剧创作的人所面临的严肃课题。我认为，应该通过剧本，让人笑出思想来，笑出哲理来，这就是寓教于娱乐之中。这种思想应该贯穿于选材、构思和创作的全过程，在揭露和抨击生活中那些消极的、阴暗的事物时，要防止流于庸俗和低级趣味，以使自己的作品能客观地、准确地反映人们的现实生活，向人们不断地提出或解答应当思索的许多生活问题，不断地引导人们去向社会主义精神文明的境界攀登。

如果把可笑的事物和生活的其他东西脱离开，我认为那就不是喜剧了。因为我们不能把生活划分成可笑的、严肃的或是可悲的几个方面，而只去描写可笑的一面，那是不对的。通过可笑的事物来表达严肃的主题、多侧面的生活过程，这才是人们所需要的喜剧。

我还想就喜剧的语言谈点看法。电影艺术具有强有力的手段，但我们不能忘记，影片的基础是剧本，剧本的基础是剧情，剧情的中心是人。人物的刻画靠动作，其中包括语言。对话语言可以反映出一个作者是不是熟悉生活，以及他提炼和从生活中吸取营养的能力。有的同志存在着一种误解，认为喜剧语言就是专找一些逗人的话。这种认识是不对的。喜剧语言追求的是生动和幽默。幽默的叙事语言，可以作为情绪的一种提示来感染人，使人发出笑声。在任何一部喜剧作品中，幽默的成分越多，这部作品就越好，因为它使作品更有喜剧色彩。我自己在创作中，追求的是幽默气息比较浓的语言。当然由于我的水平有限，还没有达到一个较高的境界。我认为生活的、富有哲理的语言应该是我们追求的目标。当然，这不是说要剧中的每个人物一张嘴都是满篇哲理。那样的作品不是艺术。

（原载《光明日报》1983年4月21日）

《瞧这一家子》创作始末

1979年《瞧这一家子》作为国庆献礼片呈现给观众，40年后，当再次回忆起这部影片的创作，我依然感慨良多。

当年,《瞧这一家子》上映后，我陆续收到了从全国各地寄来的几百封热情洋溢的信件。有些青年朋友在向我表示祝贺之余，还迫切地希望我介绍一下“一炮打响”的经验，以求得自己也能获得成功。

作为一个历经艰难坎坷的过来人，我理解业余创作者的苦衷，能够体会他们渴望获得成功的心情。但是，我却无法满足他们的要求，因为创作是一项严肃认真且充满艰辛的工作，并无什么“捷径”和“窍门”。

我在一封回信中说过这样一段话：“一个神炮手总是要经过千百次的练习，才能百发百中而获真名。电影创作同样要付出汗水和坚持不懈的努力。这一炮虽然‘打响了’，但是我绝不会忘记那无数次的‘哑炮’。而且我可以断言，今后也未必炮炮俱中，因为随着观众欣赏水平的提高，对电影剧作的要求也会越来越高……”

事实也的确如此。《瞧这一家子》上映4年之后，我创作的《星星星》才再次问世。这期间所写出的剧本，大概有四五部之多，由于种种原因，大都落了个悲剧性的结局。虽然酷暑寒冬，身居斗室，弓伏桌前，昼夜挥笔，可谓“字字皆辛苦”。但在转瞬间就会变成一堆废纸，这其中的滋味是甘？是苦？只有自己清楚。失败虽没有让我陷入“痛不欲生”的地步，但也的确品味过一些“切肤之痛”。好在我这人有自知之明，尽管落选，却也无怨无悔。

《瞧这一家子》在喜剧上还仅仅是做了一些粗浅的探索和尝试，对来自观众的赞扬，我深感受之有愧。

追忆剧本的修改过程

有位满腹牢骚的青年业余作者曾向我愤然地“控诉”了一位编辑的冷

漠无情。据作者陈述，他亲身体验到一件事，激动不已，顿生灵感，于是废寝忘食，像一架不知疲倦的机器般苦干起来，仅用七天，大作便一气呵成。且自我感觉良好，每自读一遍，都能催其泪下。可他万万想不到，编辑非但无动于衷，没有落泪，而且还让他大删大砍地重新修改。这使作者悲愤不已，连连感叹自己未遇知音。

一个作者固然应该有创作的自信和信心，但更应该有自己的特点和风格。在创作《瞧这一家子》的过程中，我由于自己的浅薄，也曾有过狂妄之举，致使走了一段弯路。虽事隔多年，仍记忆犹新。

《瞧这一家子》写于1977年7月。我只用了一个月的时间，便将洋洋洒洒四万字的初稿完成了。彼时的心情可谓“感觉极好”。我怀着喜悦的心情将剧本寄了出去。大概我比别的业余作者幸运，只过了短短的一周便获得了答复。北影厂编导室的胡海珠主任约我前去谈剧本。当我踏进编导室的门槛时，仿佛就像穿过了那座举世闻名的“凯旋门”。

编导室主任的一席话，概括起来就十二个字：基础很好，可以扶植，尚需修改。我听后，大有悲喜交加之感。悲者，没有发炮即响；喜者，总算还有一线生机而未满盘皆输。于是，和胡海珠主任、剧本编辑、导演共同商定好了修改方案，我便下了工厂，继续体验生活，收集素材。

为了向大家显示我的神来之笔，仅隔半月，我便交出了五万字的修改稿。经过传阅，这次结论缩减到了八个字：有进展，但仍需修改。我心里虽然一百个不乐意，但也只好硬着头皮，又跑回了工厂。一头扎进招待所，既没有认真思索领导、编辑和导演的意见，也没有从自身错误的创作指导思想上悟出对否。而是一味地冥思苦想，头疼医头、脚疼医脚地替剧本打着补丁。

过了半个月，我又交出了近六万字的第三稿。没想到形势陡变。讨论那天，胡海珠主任、王好为导演全都沉默不语，连结论都没了。我的心怦怦地跳着，不安地望着那一张张失望的面孔。于是，我给自己下了结论：砸了！

是啊，篇幅越来越长，字数从四万跃到了六万多，可结果呢……？

这使我想到了那段脍炙人口的著名相声《钓鱼》。

“鱼没钓来，可饭量见长。”

我茫然了。

可是北影厂的同志们并没有抛弃我，而是诚恳地和我促膝长谈。支持、鼓励、批评、期待……这一切给了我莫大的鼓舞。使我认识到端正创作思想的重要性。

这之后，在很长一段时间里，我没有轻易动笔。我再次深入到生活中，认真地观察、分析、积累。尽量使自己变得充实。我毅然抛开了原来的思路，重新思索，使所有的人物都在内心深处活起来，和他们的脉搏一起跳动。

直至1978年8月，剧本终于获得了通过。历时一年，先后改了七稿，草稿足有尺余高。虽然付出的精力和心血难以用语言表达，但所得到的东西，却是花任何代价都买不到的。因为每改一稿，都使我学到了很多过去从来得不到的知识。我深深体会到，修改的过程也是一种成长的过程。

生活是创作的源泉

说到“生活与创作的关系”，大概有人认为纯属于老生常谈，这简单的道理又有谁会不知道呢！我相信，每个想学写作的人都明白这一点。但是，知道是一回事，做到却不容易。否则，怎么解释那些脱离生活、生编硬造的电影呢？

这里不妨通过实例，说些个人体会。

《瞧这一家子》的前三稿，是以纺织厂提高喷气织机转数为中心事件所展开的革新与保守的矛盾。前些年人们争先竞购的“快巴的确良”就是由喷气织机纺的产品。在我创作剧本时，喷气织机已经过了多次革新，转数由每分钟230转提高到了280转，正在向300转冲刺，提高转数就意味着提高产量。后来北影厂厂长汪洋同志读了剧本，尖锐地指出：革新的根本目的，应当是把工人们从繁重的体力劳动中解放出来。而提高转数只能增加劳动强度，这是否是革新的目的和方向？

问题被提了出来。说实话，我当时有些不太服气，认为自己有生活依据，并非杜撰。其实这正表明了我思想肤浅。在我真正深入生活的时候，才心悦诚服地改变了看法。

我跑遍了北京的毛、棉纺工厂，在北京清河毛纺厂生活了半年，又在胡海珠主任和王好为导演的陪同下，两下江南，奔赴上海、常州纺织基地。我深入到车间班组，召开了各种类型的座谈会，又进行了家访，广泛地接触了纺织战线的干部、工人。我突然感到自己的感情和他们越来越接近，他们忘我的劳动精神深深地鼓励着我。不分酷暑寒冬，纺织女工们都有如拉练般地围着机器转啊，转啊，一天不停地穿梭、行走，加起来相当于120公里的路程。她们要求从繁重的体力劳动下解放出来的呼声是那么强烈。纺织战线上广大的技术人员和工人都在为改变现状做着努力。

在上海国毛二厂，一位老电工师傅利用光电管的原理，自行设计了一套光电探纬装置，并在全车间推广使用，受到了纺织女工的欢迎。

北京丝绸厂青年工人吴强，认真取经，刻苦钻研光电管的技术原理。在领导的支持下，终于搞出了一个半自动化控制的车间，为纺织战线的技术革命充实了新的内容。

但是，我也看到了这样的现实：就是这样一项小小的简单易行的光电探纬革新，推广起来也并非易事。它不但涉及文化水平、技术力量，还有人们安于现状的惰性习惯，这些都成为革新的障碍。

某工厂的一位车间主任极其严肃地对我说：不搞自动化她们还五分钟上一趟厕所，搞成了自动化，还能干活？！

这种观点虽然令人啼笑皆非，但是这位老主任确实是一位吃苦在前、享乐在后、可亲可敬的老同志。我突然意识到，这正是剧中老胡的形象啊。而光电探纬技术革新与保守的斗争过程，不也正是矛盾冲突的中心吗？到此时，我的头脑豁然开朗。这是生活给我的恩赐。

电影上映后，在我收到的众多来信中，竟然有人向我索要光电探纬技术的图纸，于是，我把他们全数介绍给纺织厂的吴强同志了。

据说，那位可亲可敬的老同志已经担任了技术科长……

生活永远不会一成不变，只有迈开你的双腿，才能真正寻找到创作的源泉。

40年后的今天我依然怀着崇敬的心情由衷地感谢汪洋厂长、胡海珠主任、王好为导演，前辈陈荒煤、严历、申述、马德波、张翠兰、柏柳等众多良师益友曾经给予的悉心指导与大力帮助！

《执手当年》导演阐述

一、时代与环境

我们的影片所要展现的是今天——20世纪80年代。

这是大变革的时代。

举目纵观，新旧交替处处可见：平地而起的高楼大厦与破旧低矮的小屋，窄小的街道与现代化的立体交叉公路，高级餐厅与简陋的街头饭摊发展并存。这一切形成强烈的对比。现代生活中巨大变化带来的现代思想意识，必然对传统的观念、传统的生活方式和精神需要产生强烈的冲击。

我们的主人公们就生活在这样的时代和环境中，通过他们，我们可以感觉到时代的脉搏。这部影片我们将探索什么？

友谊，人与人之间的友谊。男性之间最质朴的友谊。

友谊将给人以力量和信心。

“让我的手拉着你的手，让我的心贴着你的心。”多一些理解、关心和同情，少一些冷漠、自私和欺骗，我们的生活会变得更加美好。

《执手当年》所要唱的正是一支友谊之歌。

故事是那样简单，人物又是那样普通，我们期望得到什么呢？

最质朴的思想可以包含最深奥的道理。最深奥的道理往往靠最简单的、最平常的故事朴素地表现出来。然而它绝不靠说教，应该让事件本身的内涵和情节中产生的思想以及细节的火花来完成它。

二、风格样式

这是一部喜剧影片。

喜剧应带给人们笑声，但这绝不是我们唯一的目的。生活中既有欢乐，也有痛苦。我们不能把生活划分成可笑的、严肃的或是可悲的那么几个方面，只去描写可笑的一面。我们要通过可笑的事物来表达严肃的主题，表达多侧面生活的过程。

我们的影片应力求较客观地、较准确地反映现实生活，向人们提出应当思索的生活课题，引导人们去向社会主义精神文明的崇高境界攀登。

不要忘记幽默。

一个剧作家说过：一部影片幽默色彩越多，就越接近生活。

轻松、愉快又不失于肤浅，这将是我们追求的。

三、表演

我不想为每个角色作一番注解。这留待演员自己去分析、研究和设计。不管是剧中的大苇、丁雯、韩江还是铁明、小魏和猩猩，他（她）就生活在你的周围。深入到生活里去捕捉你所要的一切吧。

你就是他。

你就是她……

开始吧，不是开始表演，而是开始生活。

不管是悲是喜，是乐是忧，都要让观众感觉到而不是看到。我们强调演员要设计，要准备，但表演时要回到生活本身最自然的状态中来。

注意节奏感、分寸感和幽默感，这是你成功的保证。

期待着你们献给观众的是深刻、真实、富有生命的形象。

四、摄影

设计出全片的色彩总谱，要强调总体感，根据剧情的特殊要求（例如歌厅、剧场），可以采用不同的色调，但要统一在总的色调中。

要强调摄影的流动感和造型感，给人以真实和美的享受。

要大胆使用开放式构图。不完整构图所产生的画面的张力，必然使影片的思想也具有张力。它对观众将会产生意想不到的感染力。

把镜头紧紧地对准人物。

节奏对摄影同样是重要的。

去熟悉你要拍摄的对象吧，别放过他们的一个眼神。

五、美工

这部影片内景占了一半，除歌厅、剧场之外，几个家庭准备搭景拍摄

（如丁家、程家、于家等），但一定要避免被人看出破绽，造成虚假感。

六、结束语

电影永远是综合性艺术，它离不开各部门的协调一致和密切配合。我相信，当每个人的智慧火花都释放出来并汇聚在一起时，它必将带来成功。

电视剧《早安，北京》创作感怀

在电影《星星星》拍摄完成之后，我又以北京平民生活为题材创作了电影剧本《早安，北京》。

1984年我第一次作为导演，将该剧本拍成了电视剧。

《早安，北京》原来是想拍成电影，但由于当年电影厂拍电影是需要指标的，北影厂作为电影大厂，最多时每年也只有18部影片的拍摄指标，地方的小电影厂只有一两部或者四五部不等。由于《早安，北京》写完之后，各厂的指标都已排满，为能让该剧本早日搬上银幕，我便去找了紫禁城影业公司的总经理张和平。1978年我去清河毛纺厂体验生活时，他是那里的工会宣传干事，负责配合我的采访与素材收集，几年后，他调到了北京市文化局，并晋升为了局长，还兼任了北京人艺的党委书记兼院长，我想通过他找到一部电影的拍摄指标，但他也只是爱莫能助，终未如愿。

由于该剧本是一部反映先进共青团员帮助后进青年不断成长进步的轻喜剧，从思想性到观赏性，我对这个剧本都很有信心，实在不甘心将其搁置，既然搬上银幕有困难，就想退而求其次，将它拍成电视剧也好。

虽然电视剧不像电影那样对资金的要求相对较高，但也需要一定的数额。为了解决资金问题，我拜访了北京市时任团市委书记兼海淀区委书记的贾春旺同志，他热情地接待了我，听我细说完缘由之后，表示愿意支持。此后，我又求助了我的好友，时任湖北二汽的董事长兼总经理纪保详，也得到了一定的支持。

资金落实之后，便开始组建了电视剧的拍摄团队，虽然资金有限，但参与者还是热情高涨，总政话剧团的著名演员冯光新及北京电影制片厂的老演员李健都参加到了剧组中来。北京电影洗印厂支援了车辆，科影派了摄像李为民及照明团队，八一厂支持了化妆及服装人员。

因剧中的主人公是一名司机，市内及郊区公路上的戏较多，为了保证安全，海淀区交通大队派了事故科的陈朴同志随组行动（他后来先后担任了东城区交通大队和朝阳区交通大队大队长）。

电视剧开拍后并不十分顺利，主要原因是担任女主角的中戏女学生因为学业等原因经常迟到或早退，有时候还会不到现场，严重影响了拍摄进度。她的表现引起大家不满，但问题出现时已经拍了160个镜头，如果更换演员，就会造成很大的经济损失，如果不换，则会影响其他人的热情。经过和大家协商之后，最后还是决定更换演员。为此，我去北京电影学院见了沈嵩生院长，在他的应允下，我到表演系选中了女学生张静，由她取代中戏的女学生。张静的悟性很好，表演真实可信，在大家的共同努力下，一周就把原有的戏补拍完了。

电视剧完成后，我邀请了著名老艺术家谢添和陈强在北影厂录音车间的小放映室审看了片子。因为这是我第一次作为导演拍摄的作品，心情十分忐忑，生怕被他们否定，我聚精会神地关注着他们的反应，听到他们边看边发出了由衷的笑声，我心中的石头才终于落地。看完后，谢添和陈强这两位老艺术家给予了一致肯定和鼓励。

《早安，北京》在央视播放后，反响热烈，好评如潮。剧组陆续收到全国各地的表扬赞誉信件一千余封，充分肯定了该剧的思想性和艺术性，这对全组人员无疑是巨大鼓舞，让大家都感到十分欣慰。

如今，这部电视剧的创作虽然已经过去了30余年，但当年拍摄时的许多情景依然让我怀念，尽管剧组的经费有些捉襟见肘，每天只有五元的补助和很少的酬劳，但无论是演员还是其他工作人员都心往一处想，毫无怨言。

当年的社会风气很好，遇到困难时，很多相关单位和个人都会伸出援手。拍外景时，不管是公园还是市内胡同，经常是架起机器就拍，既无人捣乱，也无人勒索。拍内景时，借用了著名的莫斯科餐厅，竟然分文不取，借用私人住宅，同样也是无偿提供。

那是一个充满了真情和质朴的年代，正如《早安，北京》所颂扬的那样，也是一个给我们带来过温馨的年代！

我认识的老艺术家葛存壮

葛存壮老师到了晚年我才有幸与他相识，并在仅有的一次合作中，建立了感情，给我留下了难忘的印象。

1985年，为了纪念闻一多、李公朴先生殉难40周年，民盟中央决定以这两位先驱的生平为素材，拍摄一部电影。在民盟中央秘书长——李公朴先生女婿王健先生的支持下，我提交了一部与他人合作，由我执笔的电影文学剧本《血土》，经民盟中央领导和部分政协委员审阅之后，获得了一致认可，并同意投入拍摄。

但由于该题材拍摄成本较高，资金的筹措一直没能如愿，为了能在既定的时间之内完成拍摄，便将剧本改为了三集电视剧。由民盟中央宣传部和湖北电视台共同出资。由我任导演，同时还聘请了八一电影制片厂的美术设计、珠江电影制片厂的美术助理和北影厂的化妆师一道工作。

拍摄之前，最费周折的就是主要演员的选定。由于闻一多和李公朴都是历史上颇具影响力的人物，他们的形象通过历史照片已被人们熟知，他们的性格和气质也在大量的文字资料中有着生动的记载，加上他们留存于世的文学经典，让这两个人物在人们的心中既可知可感，也十分鲜活。

闻一多作为剧中的第一主角，饰演者的表演功力和外形相似度将会直接关系到制作的成败。因此，一时间让剧组的主创人员有些犯难。

据史料记载，早在20世纪六七十年代，著名演员赵丹就有扮演闻一多的夙愿，黄宗英还为此创作过电影文学剧本《红烛》，但因各种原因，最终并未投拍，这也成为赵丹先生毕生的遗憾。

为了找到一个适合扮演闻一多的演员，我们先后看了十几位演员，除在北京走访过很多文艺单位，还有经人推荐，从四川话剧院赶来的演员，但都因与剧中人物的气质相差太远而最终放弃了。那些日子，在我的脑海里有无数熟悉的演员不断浮现，但又不断地消失。正当我和我的合作者们都一筹莫展时，一个熟悉的身影突然出现在了我的脑海，这就是著名的表演艺术家葛存壮老师，他的年纪和外形都与闻一多十分接近，表演的功力也没有问题。于是，我有些喜出望外地把想法迅速告诉了大家。

不料想，我刚把话说完，却招来了一片反对。理由是葛存壮在过往的影片中大都是塑造的反派角色，从《小兵张嘎》里的日本兵到《红旗谱》里的老地主，从《决裂》里的老学究“马尾巴的功能”到《神秘的大佛》里的“沙舵爷”，虽个个出神入化，却又个个令人切齿，如果让这样一个给观众留下过深刻印象的演员扮演闻一多，会产生什么效果呢？大家的质疑也绝非没有道理。

但我想，正是因为他的表演给人们留下了如此深刻的印象，正说明他的演技是毋庸置疑的，于是我毅然决定，请老先生来试一试。为此，我特意征求了化妆师冯桂香的意见，没想到，她很支持我的想法，认为在人物造型上应该没有太大问题。

在初步决定之后，我前去拜访了葛存壮老师，并带去了剧本，请他阅读，倾听他意见。

令我欣喜的是，葛存壮老师当晚即给我打来了电话，同意出演闻一多，并表示在有生之年能扮演这样一位爱国者是他的荣幸，也是对他艺术创作的挑战。他的这一表态令我十分感动。

当演员初步确定下来之后，随之便是试妆，当化好妆之后，一个新的问题出现了，就是葛存壮老师的牙齿在他所饰演过的角色里特点过于明显，无论化妆师在面部和发型上怎样处理，他那具有标志性的牙齿也很容易让人联想起他以往扮演的角色，这让我很是为难。如果因此再重新挑选演员，一是会让这位老艺术家的自尊心受到伤害，二是时间也过于紧迫。

也许是葛存壮老师感觉到了我有什么难言之隐，主动问我道：“导演，你是不是觉得我化完妆之后，不太像闻一多先生？”

既然老先生已经问到了我，我也只好硬着头皮对他说出了实情。

他听后，沉默了良久，然后抬起头，毅然地说出了一句：“把牙拔了……”

他的话让我惊呆了，一种崇敬之情油然而生，半晌不知该说什么才好，没想到为了艺术，他竟然愿意做出如此牺牲，于是，我通过朋友在北京找到了一位非常权威的牙科医生，对他讲明了情况，这位医生也被葛老为艺术牺牲的精神深深感动，并通过精湛的技艺将葛老的牙齿做了更换。之后，当他再次化上妆，穿好服装，一个儒雅中带有几分刚毅的闻一多便真实地呈现在了人们面前。看到经过重新造型的闻一多，与他配戏的几位演员无不击掌叫绝！

主要演员确定下来之后，剧组便紧锣密鼓地投入了拍摄。

外景地主要安排在了闻一多先生曾经工作过的地方云南，拍摄环境十分艰苦。由于剧组成员来自不同单位，加之时间紧迫和经费紧张，夜以继日的工作让剧组成员有些不堪重负，一时间出现了人心涣散，个别工作人员因合同到期开始流露出来一些不满情绪，特别是其中的几位演员，不仅出现了抱怨，还提出了离开剧组的想法。

如果仅仅是一般工作人员离开剧组，其损失还可以弥补，为此，在民盟领导的协调下，也的确从北京电视剧艺术中心、峨眉电影制片厂等单位分别联系了摄影和照明来支援工作，但如果是演员离开了，其损失将会是难以估量的。

为了鼓励剧组把拍摄工作完成好，民盟秘书长王健先生从北京专门打电话到云南，对大家表示慰问。葛存壮老师对于剧组的情况也看在了眼里。一天，剧组召开工作会，会上，有些人再次表达了对于艰苦环境和福利待遇的不满，葛老当即挺身而出，缓缓地说道："今天我们拍摄的是革命英雄人物，他们曾经在那么艰难的环境里，不畏艰险，不计得失，敢于斗争，敢于争取胜利，难道眼前的这点困难就把我们吓倒了吗？我们常说为艺术而献身，现在不正是考验我们的时候嘛！"

老艺术家的一席话铿锵有力，具有很强的感染力，也给众人带来了很大的鞭策和鼓励。

在之后的拍摄中，葛老更是以身作则，率先垂范，在他的感召下，20多人的演员队伍中，再没有一个提出离开的，使这部戏最终得以拍摄完成。

在表演上，给我留下最深印象的是拍摄闻一多的最后一场重头戏，场景是在当年举行李公朴追悼会的西南联大原址。当天参演的群众演员有200多人，但现场气氛十分肃穆。在特务遍布、对仁人志士监控异常严酷的年代，闻一多为了捍卫良知和正义，不顾友人们阻拦，健步登上讲台，对李公朴的被害悲痛欲绝，愤怒地对国民党的恶行发出了声讨，面对现场特务的挑衅与捣乱，闻一多拍案而起，横眉冷对，毫不留情地怒斥混进人群的特务们的丑恶行径，让他们无处躲藏，狼狈而逃。

葛存壮老师在这场戏中的表演十分投入，声情并茂，慷慨激昂，一气呵成，给人以强烈的震撼。老艺术家的表演功力和人格气质融为了一体，让人们完全忘记了那是在表演，好像一个鲜活生动的闻一多又重现人间！

电视剧拍完后，经由民盟中央领导及部分政协委员初审后，再请民盟中央主席、全国人大常委会副委员长楚图南先生审定。

1985年12月的一天，在民盟中央金副秘书长的陪同下，我们来到了楚老的住宅，当时气温很低，楚老披着大衣端坐椅上，聚精会神地用两个多小时看完了全剧，我看到他流下了泪水。少顷，他站起身紧紧地握住我的手，轻声地说道："谢谢，谢谢你们。"短短两句话，让我感到了莫大欣慰。楚老是那段历史的参与者和见证人，他不仅仅是对电视剧的肯定，更是对由葛存壮老师担纲的演员表演的认可。

如今，时光虽然已经过去了40多年，葛老也早已离我们而去，但他崇高的人格和艺德，却一直令我难以忘怀，他将会激励着后人不断前行。

春天里的一段记忆

——北影业余电影编剧进修班

这是一张拍摄于20世纪80年代初的照片，距今已经过去了37年光景。虽然无情的岁月让照片上的很多长者都已离我们而去，当年的那些年轻学员也都步入了花甲甚至古稀之年，但那个时代的情怀、梦想却始终在伴随着我们前行，许多记忆也依然让我们留恋。

1981年，北影厂编导室创作组共有十位成员，除几位资深的老编剧，还吸纳了在文坛新崛起的著名作家张洁（不久后，张洁调离了北影厂）和创作了话剧《丹心谱》的苏叔阳，以及徐子衡和我。为了让年轻人承担起更重要的工作，创作组进行了改选，编剧徐子衡担任了组长，在大家的信任和鼓励下，让我担任了副组长。

那是改革开放初年，改革开放的春风让整个社会对文化生活的繁荣都充满了渴望，尤其是电影，更是成为广大观众瞩目的对象。由此，也吸引了一大批文艺青年投身其中。年轻的创作者把电影当作实现人生梦想的金色桥梁。当时，编导室每天都会收到来自全国各地的大量投稿，最多时一天可以收到几麻袋。但具有编剧基础的稿件却不多见。为了尊重作者的热情，编导室的编辑们会尽量对来稿进行一些简单的点评，然后再做退稿处理，而被退稿的那头所系着的则是一颗颗火热的写作之心。所以，每写一封退稿函，都会让编辑人员颇费思量。那时看外稿，可以说是编导室的一项繁重工作。

我也是从业余作者队伍中成长起来的，深知业余作者的辛苦。之所以如此，很重要的一个原因就在于，业余作者缺少系统的理论知识和创作经验。如今，我们虽然已经进入了专业编剧行列，但有责任为那些仍在苦苦探索的年轻人提供一些帮助。通过帮助，也许在业余作者队伍中还能涌现出一些英才，为繁荣电影创作起到添砖加瓦的作用。

1982年，文化部原副部长陈荒煤、北影厂厂长汪洋等领导与北影厂业余编剧进修班全体师生在北影厂主楼前

于是，我和徐子衡经过商量，达成了共识，以编导室的名义举办一个编剧进修班，并将这一想法向编导室的领导进行了提议。该提议很快得到了编导室主任胡海珠、副主任谢逢松的赞许和支持，并由谢逢松作为负责人主抓该项工作。具体招生等事宜由徐子衡和我操办。

因老徐要把主要精力用于创作组的工作，于是筹办工作就落到我的肩上。为了扩大招生面，也为了让进修班吸引更多的专家学者参与进来，形成更广泛的覆盖面与社会影响，我认为与社会上的其他文化单位共同主办更为恰当。于是我拜访了西城区文化馆的李四野馆长。这是一位原总政文工团转业下来的老同志，熟悉文化事业，为人又极爽快，谈得十分顺利。他不但同意共同筹办，还主动提供了活动场所，以及协助工作的人员。

与李馆长商谈之后的第三天，便在北京晚报上登出了招生广告。广告内容包括：一、报名时需要审查的资质和证件；二、提交一两部自己创作过的作品；三、面试（口试）。

令人没想到的是报名异常踊跃，短短一周就达到了三四百人。经我和北京电影学院的柳城老师面试之后，最终选择了81人作为录取学员。学员来自各行各业，有北京电视台电视剧中心工作人员，有民族歌舞团的创作员，有美术学院讲师，舞蹈杂志社记者，中学老师，部队军人，还有部分工人及少部分大学生，年龄最大的50多岁，最小的一位才18岁。

学习期间分别由著名表演和导演艺术家谢添，北京电影学院教授汪流、于倩，青年讲师张暖忻、柳城，北影厂编剧谢逢松等电影专家从不同角度给大家讲述了专业课程。

谢添导演平易近人、风趣幽默，结合自己的创作经验给学员们讲述了喜剧电影的创作规律，并通过与学员的互动，回答了学员们在创作中遇到的各种问题；汪流教授结合中外电影的剧作特点，从理论角度向学员们讲述了电影剧本的结构技巧，并对一些具有影响的影片和剧本进行了深入解剖；于倩教授深入分析了中国电影的创作现状与经验教训；刚刚拍摄完《沙鸥》的电影讲师张暖忻，结合《沙鸥》的创作过程，讲述了个人的创作体会以及她对电影的理解；柳城老师结合当时正在热映的日本电影《幸福的黄手帕》，向学员们讲述了散文电影与戏剧电影在结构方式与影像处理上的不同；正在创作剧本《红楼梦》的电影编剧谢逢松，则结合剧本改编，讲述了文学名著在改编过程中需要注意的艺术问题。学习期间，还聘请了北京电影学院教授沈嵩生，讲师谢飞、黄世宪、司徒兆敦、林洪桐，北影厂电影导演张华勋等知名专家与学者为学员们讲述了课程。除了上课学习，还为学员安排了电影观摩，并经请示北影厂领导批准，让学员进入摄影棚观看了电影的现场拍摄。

经过一年多每周两次的学习，学员们受益匪浅，对剧本创作有了更加深刻的认识，并直观地了解了电影的拍摄实践。

一年的学习虽然短暂，但学员们却在全方位收获了电影知识的同时，还建立起了深厚友谊。结业时，业余编剧进修班全体人员在北影厂录音棚放映厅举行了隆重的结业典礼。文化部原副部长、电影前辈陈荒煤和北影厂厂长汪洋莅临典礼。前辈陈荒煤即席发表了讲话，他语重心长地勉励学员们：不要怕挫折，不要惧怕失败，力争为电影事业做出贡献。

结业典礼结束后，陈荒煤和汪洋厂长欣喜地和学员们一齐在主楼前合影留念。

北影厂业余编剧进修班的兴办引来了各方关注，《电影通讯》主编李文彬还在电影局的内部刊物《电影通讯》上发布了相关信息，哈尔滨市文化馆还专程派人赴京取经，不久也在当地举办了业余编剧进修班，为支持他们工作，柳城和我还专程赴哈市讲课、辅导，受到了热情的欢迎。

进修班结束不久就频频传来了好消息，学员吕淼晶创作的电影剧本《电梯上》被西安电影制片厂采用，不久便搬上了银幕。还有一个学员考取了北京电影学院研究生后又赴美国深造。有的学员成为央视《每周一歌》的策划人。特别要提到的是北京电视台电视剧中心来的学员鲁晓威，结业后不久便拍摄了令万人空巷的电视剧《渴望》。

在随后的日子里，进修班的其他学员也分别在不同岗位上取得了值得欣喜的成就。如今，这段历史已过去了近40年，那段岁月虽然短暂，但却令人十分难忘。如果时光能够倒流，我仍然愿意做一块基石，为培养电影新人贡献一点绵薄之力。

后 记

在重新整理这本文集的过程中，我的思绪与情感也随之不断起伏，时而欣喜，时而感叹……

电影于我，曾经是那么的遥远。遥远是因为它的神秘，它的惊艳，它的高深莫测，它的色彩斑斓！

在历经了十年“文革”的动荡之后，文化复苏让我与那个时代的很多文学青年一样，唤起了一份对遥远彼岸的追逐——尽管追逐的路上充满了艰辛，追逐的脚下常有羁绊。

所幸的是，在这个过程中，我遇到了很多贤达益友，他们也曾在这条路上耕耘、跋涉，也曾在这条路上沐浴风雨。所不同的是，在与他们相遇时，我看到的是他们的手中已经捧得了累累硕果。在我尚处迷茫的时候，是他们悉心的指导，无私的点拨，才让我看清了前进的方向。他们曾经对我的每一次伸手，都让我感悟到了一种呵护，一种真诚。我永远忘不掉他们的音容，在那些音容中，有长者风范的前辈陈荒煤先生，有性格豪爽、做事干练的汪洋老厂长，有北影厂编导室慈祥而严厉的胡海珠主任，有幽默风趣、平易近人、多才多艺的谢添导演，有温文儒雅的表演艺术家孙道临老师，有学者气派的上海电影局严厉局长，还有年轻有为的王好为导演……他们在我最初踏上逐梦的道路上的每一声教导，每一句鞭策，成为我迈向远方的极大动力。如今，我之所以能够完成这本文集，留下这份收获，与这些人曾经的关爱与指导是密不可分的！

时光荏苒，如今已近暮年，正是“盛年不重来，一日难再晨，及时宜自勉，岁月不待人”。

流年逝水，风雨兼程，在过去的征途上，我们努力过，也收获过，跌倒过，也欢笑过。而本书所记录的正是这样一份生命历程。其中既有对人间风骨的刻画，也有对勤劳与善良的赞美。尽管书中还有缺憾，但我愿将其视为人生的留白，在转身之间，很多的美好有时也会在回眸处闪现，历经种种，唯不变的是对事业的执着。所谓成长，就是读懂了生活，却依然热爱着生活。了解了它的不易，却依然坚定着信念不曾放弃。一生很短，短得来不及享受年华，便已迟暮……所以，生命中的每一天都值得我们认真对待，经历过时光的磨砺，品味过沧桑的甘苦，在懵懂中成长，在成长中懂得，在懂得中感悟，在感悟中成熟。走过那么多的路，只为抵达彼岸，看过那么多风景，只为回归自己的内心。在漫长的岁月中，不曾停下过前行脚步，在如水的光阴里留给了我很多的珍惜。尽管如今已然风华不在，也需要活得透彻明白。

在本书即将付梓之际，我愿以一颗感恩的心，将它献给那些曾经培养我、支持我、帮助过我的前辈和良师益友们。

林力

2021年3月17日